洪荒年代

瑪格麗特・愛特伍——著

呂玉嬋——譯

The Year of the Flood

Margaret Atwood

謹獻給葛拉姆（Graeme）與潔斯（Jess）

【導讀】

不一樣的愛特伍？

東華大學英美語文系教授 郭強生

瑪格麗特·愛特伍又有新作了。從一九七〇年代《使女的故事》開始，加拿大籍的愛特伍在英語小說上的成就在在讓人驚豔，她能揉合不同文類的敘事技巧，讓流暢的故事與當代種種不容忽視的議題攜手聯袂，從女性主義到生態批評，科技到後人類倫理，她都像預言家般，先同儕一步拔得頭籌。

熟悉評論思潮與文學書寫脈絡的她，這幾年似乎已坐穩「生態—科幻—女性主義」第一人寶座，成為諾貝爾文學獎呼聲極高的候選人。不像《地海巫師》的作者烏蘇拉·勒·瑰恩（Ursula K le Guin）已不再有與先前作品齊名的新作，或是高齡八十九始獲諾貝爾獎的朵樂絲·萊辛（Doris Lessing）一度心血來潮也以外太空想像為題材，愛特伍的科幻寫作一直持續且成績不凡。但是，她對「科幻小說」一詞加諸其身，始終盡力辯駁，指稱她所寫的是「科推小說」（speculative fiction），而非「科幻」。根據她的說法，兩者差別在於，「科推」是有根據的推想，甚至合理懷疑這些推想已存在且正在發生中！

我們究竟能不能從二〇一〇年她最新推出的這本《洪荒年代》中，更清楚理解她宣稱的「科推」為何呢？

讀完本書，赫然發現這是她先前之作《末世男女》的另一種版本。其聰明處在於，即使你從未讀過前作，《洪荒年代》也可獨立成冊閱讀。基本上講述的是同一段歷史，發生在不曾言明的一個未來末世，但這回是從兩名女性的觀點看這段人類浩劫，而這兩位女性與《末世男女》中兩位男性主角又有著不過於緊密、但互為表裡的牽扯。也就是說，《洪荒年代》既不是《末世男女》的前傳或續集，而是開啟了一個可以永續經營的系列，以同樣的一個未來設定，每次可以再找出一個不同的觀點，再說一次那個人類已被不知名傳染病近乎滅絕、基因造人成功而將人類取而代之的時代裡的點滴面向。

或許，愛特伍下回可以嘗試以黑人或北美原住民為主角？

無怪乎愛特伍要強調她寫的不是科幻小說，因為能讓這個故事一再繁衍的重要條件，不是一再翻新的科技奇想，而是一切災難與人類文明的瓦解都似曾相識，不必特別解釋是怎樣的瘟疫，因為我們都已於媒體耳濡目染下熟悉N1H1、禽流感與SARS一旦失控的後果。人造人也不是新鮮話題，除非讀者有興趣閱讀實驗室裡執行的繁複過程。愛特伍的企圖或許仍是在人性的描寫，尤其在《洪荒年代》裡女性意識又再一次浮出，暗喻女性的互助堅忍才是重新點亮生命意義的力量。人類早已處在水深火熱了，何需科幻來教導？愛特伍彷彿在呼籲。

然而，愛特伍的這個「科推」之說，在《洪荒年代》裡留下了許多問號。我不敢說這是她的刻意安排，還是她欲與「科幻」這個隱含次文類、商業的標籤劃清界線時的倉促不周。《洪荒年代》的敘事結構或文字技巧不在話下，是她強調「非科幻」這個自我說明的註腳，留給我們更多討論的空間。

科幻小說或許絕大多數不在正統嚴肅文學經典的範疇，但成功之作如赫胥黎的《美麗新世界》、歐威爾的《一九八四》等，都警告了後世一種特定的人類存亡之秋，這些科幻小說的價值建立在提醒我們，用科技打造的烏托邦並非表面如此安全美好。但是愛特伍現在告訴我們的是，她寫的這些災難雖未發生在眼前，但應該沒人會懷疑它們在未來發生。如果都已是我們聽多看多的「必然災難」，那愛特伍之末日書還有暮鼓晨鐘的效果嗎？

書裡有許多的生態災難，如果你是好萊塢影迷，想必倍感熟悉，例如蜜蜂如果絕種？或政府被企業集團所取代？愛特伍的故事發生時代遠在不知名的「洪水二十五年」，但卻是此時二〇一〇的我們隨處可見的「科學推想」，這裡頭便產生了一個有趣的弔詭：如果科幻小說是反烏托邦的幻想，那麼愛特伍的科推小說，豈不是在廢墟中建立閱讀／書寫樂趣的一種烏托邦？

《洪荒年代》裡出現了一個奇怪的宗教團體「園丁會」，全書不斷出現他們領袖人物的佈道與眾園丁們的讚美詩歌，要不是讀了愛特伍書後的致謝詞，她很高興有作曲家為這些讚美詩譜上了曲，發行了ＣＤ，歡迎大家到網路上收聽，我還以為愛特伍是在嘲諷宗教狂熱。顯然她也很愛那些讚美詩。讚美詩ＣＤ肯定是不會與科幻小說一同出版的吧？還是說，愛特伍的小說出現了宗教福音伴讀ＣＤ，這正是整件事最「科幻」的地方？

【關於本書】

愛特伍的「創世紀」

編　者

《洪荒年代》是愛特伍繼《末世男女》一書後，再次發揮其富有創造力的想像，用詩意般的文字而寫出的反烏托邦小說。

本書故事一開始便提到災難後的世界，藉由兩名女主角努力在這無水洪災中幸免於難的奮鬥歷程，逐步展開這奇幻的未來世界。

桃碧是其中一位倖免於難的女性。她因為在高級芳療館工作而躲過這場災難，並靠著倉庫和花園裡的食物得以存活。桃碧後來回到家園，回想起母親生病、父親因此而被生活重擔壓垮的景象，並間接了解到母親極可能是藥品公司的實驗體。在父母相繼去世後，桃碧被迫從事各種非人職業，這狀況在她受雇於「祕密漢堡」時最為悲慘，她淪為經理的性愛玩具，長期受其凌辱，直到被一群號稱「園丁會」的示威者解救出來。這群「園丁」發誓要保護所有動植物的生命。桃碧成了他們當中的一員，最終成為領導者之一。

在「園丁」們中，有個叫做芮恩的女孩，是在媽媽琉森的帶領下來到園丁會。琉森原是藥品公司高層主管的前妻，與情人澤伯私奔，離開家庭。芮恩後來回到生父身邊，並愛上同學吉米（《末世男女》中的主角）。但是吉米卻與芮恩的好友亞曼達相戀，至此令芮恩心碎腸斷。芮恩的狀況在生父遭到綁架後產生變化，她被迫離開藥品公司的保護，為了生活而在一家夜總會充當舞孃，但也就是在這裡的麻煩間內，她躲過了洪水。

隨著這兩位主角的遭遇，我們得知這場洪水與《聖經》故事中上帝為了掃除邪惡和罪孽而施放的洪水毫無關聯，而是一場「無水災害」，是一場不同尋常且迅速蔓延的災難，它讓無數人命喪黃泉；如連鎖反應般，讓全數科技系統同時間內陷入癱瘓。愛特伍運用科學、自然及宗教元素，描述倖存者在這樣殘酷的未來世界裡如何生存、如何活出自己的道路。

在閱讀上，愛特伍匠心巧思，創造大量的怪異字詞，她認為在那個年代裡，「基因科技」是人類對世界的最大迫害，就像基因的荒謬結合，她刻意用兩種不同的字組合成一個有意義的詞彙，例如：rumirose（晶玫瑰）、liobam（綿羊獅），或是用諧音諧形的方式來比喻，例如：AnooYoo與A New You（泉馨、全新）；SeksMart與SexMart（幸市場、性市場）。

此外，宗教雖然不是愛特伍試圖探討的核心，但此次她卻大量引用《聖經》典故，創造出「屋頂崖伊甸園」，以及帶領人類的領袖亞當與夏娃們；還仿效了諾亞方舟，預示洪水即將來臨，地球即將毀滅。最特別的一點是詩人出身的愛特伍更在每個章節起始，用讚美詩歌、領袖亞當一的講道，來暗諷末世論以及人性的陽奉陰違。愛特伍也在某種程度上譴責人類破壞生態，例如在讚美詩中特意藉由保育者的保育行動，告訴人類應該如何珍惜地球；在主角桃碧與芮恩的探險裡，省思科技發展達到顛峰後，企圖扮演上帝的種種不人道行為。愛特伍留下許多值得深思的諸多課題。

但不論愛特伍之後將再給讀者怎樣的震撼，這部思想深奧、更具創造力、敘述手法更華麗的作品都已成功展示了她純粹而有精湛的敘述才能！前行者愛特伍預告「洪荒年代」的來臨，在世界毀滅之後，「創世紀」即將開啟。

各界佳評如潮：

寓意深遠，想像奔放，文字優美，形式獨特，這就是我喜愛的愛特伍。

——鍾文音（名小說家）

替未來把脈的任務，就交托給愛特伍吧！

——《環球郵報》

引人入勝的真誠作品，展現出她在二〇〇〇年《盲眼刺客》中同樣的純粹說書天分。

——《紐約時報》

始終引發挑釁的作家又一部反烏托邦之作，複雜糾結的角色生活在詭異卻又真實得令人恐慌的未來。

——《克科斯評論》

奔放的想像力……一部筆鋒強勁、情感洋溢的小說，充滿了見解與巧喻。

——《出版人週刊》

愛特伍的作品始終描繪並歌頌女性情誼，這樣的友誼不乏嫌隙，經歷競爭和失望後卻是依舊存在，更有寬宏的大度讓小說結局多了希望。《洪荒年代》真實得令人覺得毛骨悚然。

——珍奈・溫特森（Jeanette Winterson），《紐約時報》書評

愛特伍帶著殷切的牽掛與淘氣的幽默，在這本調皮而睿智的反烏托邦小說裡，處處安排了緊張的情節，故事順著當今生態災難的軌道發展，走上了可能成真的毀滅結局。

——《Booklist》

《盲眼刺客》與《使女的故事》的書迷已經知道，這位加拿大現今頂尖的小說家無疑有一手講述動聽故事的好功夫，然而此書也傳達一條嚴肅訊息：看看我們正在對我們世界、自然和自身所做的事情，如果這樣繼續下去……

——《華盛頓郵報》

《洪荒年代》是如殭屍般的恐怖小說，更蠻勇地連續惡搞現代慣例與制度。這樣可怕的未來或將成真，如果愛特伍也能鼓勵人類提出預防之道，那麼我們要歸功於她的，可遠遠不只是對文學的讚美。

——《舊金山記事報》

為了所有的物種，愛特伍無畏地尊崇生命的神聖、推崇人類對愛的追尋。

——《芝加哥太陽日報》

迷人的《洪荒年代》寫得正是時候！愛特伍打造出如真的未來世界，其中的人類多數近乎野獸，人性尚存者反成了亡命之徒。無論背景為何，愛特伍述說了動人的好故事，懸疑重重，變化莫測。

——《今日美國報》

愛特伍的創意滿分。無論在任何背景，桃碧、芮恩和失去靈魂的友人亞曼達都是能引發共鳴的角色，而愛特伍將她們放在這樣狂妄的場景：禿鷹如黑傘展開雙翼，去除腎臟是對惡行的懲罰，手鐲以水母製成；我們因此更加喜愛她們。

——《費城詢問報》

《洪荒年代》自始至終符合了讀者對愛特伍作品的期待，讀來趣味橫生，懸疑連連，滿足了讀者的本能衝動，同時又精妙細緻，保有文學的價值。

——《明尼亞波里星壇報》

有資格贏得諾貝爾獎的愛特伍，在《洪荒年代》中展現她驚人非凡的想像力，在具歷史關鍵的全球變遷時代，她提出對社會契約崩潰的看法，以恐怖的故事反映並預言了全球變遷。

——《Elle雜誌》

這位加拿大大師級的作家以末世啟示女王的姿態逐漸現身，於《洪荒年代》中再次刻畫陰鬱的景象，令讀者得到相當多的啟發。

——《美聯社》

愛特伍的最新作品充溢著想像，其中描繪的苦難不遜於約伯的苦惱。她的想像雖然晦暗悲觀，但筆下女子的連結力卻讓故事添了喜悲交加的力量。

——《時人雜誌》

一部具有娛樂、知識和啟發的作品，更可貴的，還激發讀者成為更好的人。

——《聖安東尼奧快報》

加拿大指標作家愛特伍再度刻畫了不遠卻令人心驚的未來，在那裡，拯救世界的最佳之道恐怕是大屠殺。

——《女士雜誌》

目錄

THE YEAR 洪水之年 OF THE FLOOD

005 不一樣的愛特伍？（導讀）郭強生
008 愛特伍的「創世紀」（關於本書）
013 各界佳評如潮
019 洪荒年代
027 創世紀念日
065 亞當暨全靈長動物節
103 方舟節

野生食物聖烏爾 139
鼴鼠日 177
四月魚 213
大蛇智慧節 249
授粉節 291
殉道者聖戴安 325
肉食性動物日 361
聖瑞秋與眾鳥日 387

423 聖泰瑞與眾徒步旅者日
447 聖朱利安與眾靈魂日
459 致謝

花　園

是誰細心呵護
這鬱鬱蔥蔥的花園？
有史以來
舉世無雙的花園

上帝珍愛的創造物
在園裡游水飛翔嬉戲
貪狠之徒竟擾亂壞事
將生命屠殺殆盡

那繁茂一時的大樹
給予我們有益的果實
枝葉根莖
盡埋於波波的沙浪之下

灩灩大水
化為軟泥爛土
錦繡的覆羽之鳥
終止了喜悅的合唱

噢，花園，我的花園
我將永遠哀悼
直至園丁再起
你恢復盎然生氣

——《上帝之園丁口述讚美詩集》

洪荒年代

THE YEAR
洪荒年代
OF THE
FLOOD

1

桃碧

創園二十五年

洪水之年

一大清早，桃碧爬上屋頂看日出。她靠著掃帚柄以保持平衡，因為前些日子電梯壞了，屋子後方的樓梯潮溼滑溜，假使她滑跤一頭栽下，可不會有誰來救她。

第一波熱氣來襲時，霧氣從她與棄城之間那片樹林升起。空氣中隱約有種燃燒的味道，一種混著焦糖、柏油與烤肉油臭的氣味，還有下雨過後垃圾場焚火那種夾帶灰燼的油膩味。遠方棄守的塔樓猶如古老暗礁上的珊瑚，褪色黯然，了無生氣。

可是，還是有生命存在的。小鳥的啁啾聲，麻雀，一定是麻雀，牠們細弱的鳥鳴清晰刺耳，彷彿指甲劃過玻璃的聲音，再也沒有任何交通喧鬧聲能淹沒。牠們注意到那片安靜了嗎？發現車輛不見了嗎？如果答案是肯定的，牠們變得更加快樂了嗎？桃碧不知道。桃碧與那些比較激進或可能用藥過量的園丁不同，從來不曾產生能與鳥兒溝通的幻覺。

太陽在東方熠熠生輝，染紅了遠處海洋邊界上的灰藍雲氣。禿鷹棲息在電線桿，展開翅膀讓水分揮發，好像一把把舒展開來的黑傘。牠們一隻接一隻隨上升暖氣流升空，往上盤旋，若是牠們猛然撲身而下，那便表示發現了腐屍。

「園丁會」教過：禿鷹是我們的朋友，牠們淨化大地，負責分解屍體，是上帝不可或缺的黑暗天使。想想看，要是沒有死亡，那有多麼可怕！

我還相信這番話嗎？桃碧心裡懷疑。

凡事近看細瞧都是不同的。

屋頂上有幾座花架，上頭的觀賞植物枝葉扶疏，還有兩三張假木長凳。本來有張雞尾酒時間用的遮陽篷，不過已經被風吹走了。桃碧坐到長凳上眺望四周土地。她舉高雙筒望遠鏡，從左邊掃視到右邊。車道：兩側種植的晶玫瑰（lumirose）現在雜亂無序，好像磨損的髮刷，在益發耀眼的光線下，花朵的紫光一點一滴黯淡了。西邊入口的電能外牆，顏色是粉紅泥磚色，紊亂的車輛堵塞在大門外。花床：長滿苦菜與牛蒡，偌大的水葛蛾在上方振翅。噴泉：扇貝形的水池積滿發臭的雨水。停車場：一輛粉紅色高爾夫球車、兩輛粉紅色「泉馨芳療館」（譯註：原文AnooYoo與A New You諧音諧形，故採用與「全新」諧音之譯名）迷你麵包車，每輛車上都有「眨眼」圖案，那是他們的商標；沿著車道再過去，第四輛迷你麵包車撞上了樹幹，本來有隻手臂懸吊在車窗外，現在已經不見了。

寬闊草坪上冒出長長的野草，乳草、飛蓬與酢漿草底下有一堆堆參差不齊的低矮雜物，這裡有一塊布，那邊的骨頭則發出閃光。那是人們倒地的地方。他們穿過草坪，有的拔腿快奔，有的連跌帶爬。桃碧當時蹲在屋頂花架後方看著，不過為時不久，因為有人大喊救命，好像知道她在那裡，但她又能幫上什麼忙呢？

泳池是一條雜色的水藻毯，裡頭已經長出了青蛙，蒼鷺、白鷺與孔雀鷺在淺水區捕抓牠們。桃碧有陣子想把不小心走進去而淹死的小動物——夜光綠兔啦，老鼠啦，還有長有條紋尾巴與浣熊、土匪面具的浣鼬——撈出來，現在則不去想牠們的事了。當泳池更像沼澤時，搞不好會有魚莫名其妙生出來呢！

她已經想著要吃這些未來可能出現的魚種了嗎？當然沒有。

絕對還不到那個時候。

她轉身朝向那片由大樹、藤蔓、蕨葉與低矮灌木建構而成的深色圍牆，透過雙筒望遠鏡仔細觀察。假使有任何危險，它將從那裡而來。而是怎樣的危險？她無法想像。

夜裡有尋常的聲響：遠方有狗吠，老鼠吱吱叫，蟋蟀發出水管般的音符，青蛙偶爾會嘓嘓叫。還有血液在她耳裡奔騰的聲音：倥聱，倥聱，倥聱。一把沉沉的掃帚掃過枯葉。

「睡覺去。」她發出聲來。自從獨居在這棟建築後，她始終睡不安穩。有時她聽見聲響，是人聲，痛苦呼喚她的聲音。或者女人的聲音，有從前在這裡工作的女子、到這裡休養恢復青春的焦慮女子。也聽見池子的水花聲，草坪上的漫步聲。任何雅嫩聲音都靜了下來，變得平滑順耳。

有時她聽見園丁的聲音，或細語，或歌唱，或是孩童在伊甸崖花園齊聲大笑。亞當一，魯雅娜，波特。年邁的琵拉爾被她照顧的蜜蜂團團包圍。還有澤伯。如果他們當中還有人活著，那肯定是澤伯，他隨時可能沿著道路走來，或者從樹林中竄出。

不過他現在絕對是死了。這樣想比較好，才不用浪費希望。只是一定還有其他人留下來吧，她不可能是星球上唯一的人，一定還有別人在，是敵是友？假如她見到了，要怎麼判斷呢？

她做好了萬全準備，門上了鎖，窗戶也封死了。不過這樣的封閉也不能保證什麼，每一個中空處都是入侵的機會。

就算睡覺，她也不忘傾聽。如同動物會留意固定聲響中的異常，她留意不知名的聲音，留意寂靜如岩石爆裂聲似地展開。

亞當一說過，小動物的歌聲如果沉默下來，那是因為牠們害怕，務必仔細傾聽牠們恐懼的聲音。

2

芮恩

創園二十五年
洪水之年

當心文字，當心你寫下的內容，不要留下蛛絲馬跡。

這是我小時候在園丁會時，他們告訴我們的。他們教我們倚賴記憶，因為寫成文字的任何東西都不可以信任。精神會從嘴移動到嘴，不會從東西轉移到東西，書可能被燒了，紙會粉碎，電腦可能毀了，只有精神永垂不朽，而精神不是一樣東西。

那麼寫字呢？寫字很危險，亞當夏娃們是這麼說的。因為敵人可以靠著文字找到你，追蹤你，利用你的文字給你定罪。

不過既然「無水之洪」席捲了我們，我寫的每一個字都非常安全，因為可能拿它對我不利的人大概都死了吧!?所以我愛寫什麼就寫什麼。

我寫的是自己的名字，芮恩。我拿眉筆寫在鏡子旁的牆壁上。我寫了好幾次，芮恩芮恩芮恩，嗯，聽起來像首歌。亞曼達告訴我，一個人久了，連自己是誰都可能忘記。我看不到窗外的情景，因為那是玻璃磚，我也不能走出門，因為門從外面上鎖了。不過只要太陽能發電機還繼續運轉，我就還有空氣和水。我還有食物。

我很幸運，真的很幸運。亞曼達常說要數一數自己有多少好運，所以我就來數數看吧。第一，我很幸運，洪水來襲時剛好在鱗尾夜總會工作。第二，更幸運的是，我被關在「麻煩間」，所以一定很安全。有個客人太忘情，居然咬了我一口，就從綠色小金屬片中間咬下去，於是我的生物膜身體手套（Biofilm Bodyglove）就破了個洞，只得在這裡等待檢驗結果出來。那個洞破在手肘附近，是乾的，不是溼的，沒有沾到分泌物與薄膜，所以我不用擔心。不過鱗尾這裡的人會徹底檢查一遍，他們的風評可不能毀了：大家都知道我們是城裡最乾淨的骯髒姑娘。

鱗尾夜總會會照顧你，這是真的，前提是你要有天分。這裡食物新鮮，要醫生，醫生就來，小費也很好賺，因為頂尖公司的男人會上這裡來玩。雖然這一帶破破爛爛的，夜總會的生意可好的呢，所有的夜總會都是這樣。馬迪斯說那是形象問題，破破爛爛的環境對生意是好的，可怖或俗豔的氣質、些許的寒酸味，則叫做優勢，沒有這種優勢，我們跟男人在家裡就能抱的普通女人，抹面霜、穿棉質白內褲的女人，哪能有什麼不同？

馬迪斯相信講話要直接。他從小就入行了，後來上頭規定不許拉皮條，禁止在大街上交易（據說是為了大眾健康與女性安全），把一切都收歸給公司安全衛隊底下的「幸市場」（譯註：原文SeksMart與SexMart諧音）部門管理，這時馬迪斯因為資歷而地位三級跳。「重點是你認識誰，」他常常這樣說，「還有對他們有什麼了解。」然後他會嘻皮笑臉地拍拍你的屁股，這動作只是表示友善，他從來不會揩我們的油，他可是有職業道德的。

他筋骨強壯，剃了個光頭，有一對黑黑亮亮的眼睛，那兩顆眼睛像螞蟻的頭，總是溜溜轉在提防什麼。只要都沒出錯，他也不會要求你什麼。不過假如客人做出暴力的動作，他也會替我們出頭。「誰也不能傷害我這些頂呱呱的小妞。」他說。這有關他的個人名譽。

還有，他不喜歡廢物，他說我們是有價資產，高水準，高品質。自從幸市場接手以後，只要是不在制度內的人，不但要非法工作，而且讓人看得就覺得同情。有幾個體弱多病的阿姨在巷子徘徊，簡直跟乞討沒有兩樣，還有腦細胞的男人根本不會靠近她們。我們綠鱗女孩常常叫她們「危險廢料」，我們不該這樣嘲笑人家，要有慈悲心才對，可是慈悲需要付出，我們當時還年輕。

無水之洪開始的那個晚上，我正在等待檢驗結果。他們怕你身上有傳染性病毒，所以把你關在麻煩間幾個星期，食物從安全密閉的艙口送進來，另外裡面還有個裝零食的小冰箱，不管是進來或出去的水都先經過過濾。裡面要什麼有什麼，可是很無聊。可以利用機器做運動，我就常常鍛鍊身體，因為高空舞者不持續練習是不行的。

你可以看電視或老電影、放音樂、講電話，也可以透過內線影像螢幕看看鱗尾的其他房間。有時我們在接客，呻吟到一半就對著攝影機眨眼睛，造福困在麻煩間的人。我們知道攝影機藏在何處，就在天花板的蛇皮或羽毛裝飾裡面。鱗尾是個大家庭，即使你人在麻煩間，馬迪斯也要你假裝還參與外面的活動。

馬迪斯讓我覺得很放心，我知道如果遇上大麻煩可以去找他。在我的人生中，像這樣的人只有幾個，我多半會找亞曼達，有時候找澤伯。還有桃碧，你想不到我會去找桃碧吧！她脾氣又硬，人又嚴格，可是如果你就要淹死了，抓住一壓就爛的軟東西可不成，你需要更堅固的東西。

創世紀念日

THE YEAR
洪荒年代
OF THE
FLOOD

創世紀念日

創園五年

主　題：創世紀念日與動物命名

演講人：亞當一

親愛的朋友，親愛的上帝創造物同胞，親愛的哺乳動物同胞：

在五年前的創世紀念日，我們的伊甸崖屋頂花園是片炙熱的荒地，四周是化膿的城市陋巷與邪惡賊窩，現在，它如玫瑰般繁榮興盛。

四周舉目皆是衰敗與不毛，我們以綠色植物覆蓋草木不生的屋頂，盡一己微薄之力，避免上帝創造物步上如此的命運，我們還食用未受沾汙的食物。有人說我們白費工夫，但是如果人人追隨我們，我們珍愛的星球會出現多麼大的改變！前方還有許多辛苦的工作等著我們，可是不要害怕，我的朋友們，我們必須無畏無懼地往前走。我很高興我們都記得戴上了遮陽帽。

現在且讓我們全心進行一年一度的創世紀念日祈禱。

《上帝人語》（譯註：即指《聖經》）以古人能理解的措詞談論創世，裡面沒有談到銀河，沒有論及基因，因為這樣的用語會讓古人非常迷惘！但我們得因此就把世界在六天內創造的故事當作科學事實嗎？進而把明顯的資料當成胡說亂語嗎？我們不能以狹隘的文字與物質來解釋上帝的行為，亦不可依照人類的尺度來丈量祂，因為祂的時間是永恆，人類的千秋猶如祂的一夜。我們與其他宗教不一樣，我們從來不覺得對孩童欺瞞地質學的事實能達成更高尚的目的。

記住《上帝人語》的頭幾句話——地是空虛混沌，神說：要有光，就有了光（譯註：文中引用《聖經》之處，採《中文聖經和合本》譯文）。而這一瞬間，自然科學稱為「大爆炸」，彷彿這是一場性愛狂歡會。不過兩方的描述本質上是一致的：黑暗，然後剎那間大放光明。不過這段期間上帝必然在創造宇宙，因為分分秒秒不都有全新的星球誕生嗎？朋友們，上帝的日子不是連貫的，而是同時發生，第一日與第三日共存，第四日同第六日並進。如《上帝人語》告訴我們：「你發出你的靈，他們便受造；你使地面更換為新。」

我們也從中得知，在上帝創世的第五日，水滋生了生命，在第六日，乾燥的大地上有了動物，有了植物樹木，上帝賜福萬物，囑咐它們繁殖增生。最後，祂創造了亞當——也就是人類。根據科學，地球的物種實際上也是以同樣的次序先後出現，人類排在最後。或者該說是差不多的次序，或者是非常相近的次序。

接下來發生什麼事呢？上帝把動物帶到人的面前：「看他如何稱呼牠們。」不過為什麼上帝事先不知道亞當會選擇什麼名字呢？可能的答案只有一個：上帝給予亞當自由意志，因此亞當能做出上帝無法提早預料的事。下次你們面對吃肉或物質財富的誘惑時，想想那一點！就是上帝，也可能無法永遠預知你的下一步！

上帝要召集動物，必定對牠們直接說話，可是祂用了何種語言？朋友們，不是希伯來語，不是拉丁語，不是希臘語，不是英語、法語、西班牙語、阿拉伯語或華語。不，祂用了動物本身的語言呼喚牠們。對馴鹿，祂說馴鹿語，對蜘蛛，祂說蜘蛛語，對大象，祂說大象語，對跳蚤，祂說跳蚤語，對蜈蚣，祂說蜈蚣語，對螞蟻，祂說螞蟻語。必然如此。

亞當呢？他最早開口說出的是動物的名稱，那是人類語言發聲的第一刻。在這無垠的瞬間，亞當主張了他的人性靈魂。我們相信，命名是歡迎的表現，吸引其他動物朝自己而來。讓我們想像亞當以溺愛歡喜的聲音喊出動物的名稱，彷彿在說：你們來啦，我最寶貝的寶貝！歡迎！因此亞當對動物的第一個舉動是親切的，是親密的，因為人類在墮落之前尚未開始食肉。動物知道這一點，所以才沒有拔腿跑開。所以在那無法重來的一日有場祥和的聚會，人類擁抱地面上每一個具有生命的實體。

親愛的哺乳動物同胞，親愛的凡人同胞！我們損失了多少！我們任性蹂躪了多少事物！我們的內心有多少需要修補的殘缺！

朋友們，命名的時刻還沒結束，在神的眼中，我們還活在這第六日當中。如同冥想一樣，想像你在那提供保護的一刻被感動，朝著那些帶著信賴望向你的溫和眼睛伸出手來，那是尚未遭到屠殺、貪食、傲慢與侮辱所褻瀆的信賴。

說出牠們的名稱吧！

讓我們歌唱。

亞當的第一次

當亞當第一次呼吸生命
在那繁榮大地
他與鳥獸和平共處
與上帝面對面

為親愛的生物一一命名
是人類最早以語言表達的精神
上帝呼喚萬物合作互助
牠們無畏無懼到來

牠們嘻笑喧鬧唱歌飛翔
一個動作是一聲讚美
讚美上帝偉大的創造
豐富了早年的大地

在我們的年代
上帝創造物的強壯種子萎縮凋零
因為人類謀殺貪婪
破壞了互信的友誼

噢，上帝受苦的創造物
我們如何用愛來彌補？
我們在內心為你命名
再次喚你為朋友

——《上帝之園丁口述讚美詩集》

3

桃碧

土杉日 創園二十五年

破曉了，曉破了，桃碧反覆思量這個詞：破，破碎，破裂，天亮時是什麼東西破掉了？是夜晚嗎？是太陽嗎？太陽如雞蛋般被地平線敲碎，然後溢出了光芒？

她舉起雙筒望遠鏡，樹木依舊天真無邪，可是她有種感覺——有人在監視她，彷彿連毫無生氣的石頭或殘株餘幹也能感覺到她的存在，而且不祝福她。

孤立無伴會產生這樣的印象，在上帝之園丁會的晚禱與靜修活動中，她學習面對這樣的感受。漂浮的橘色三角形，饒舌的蟋蟀，植物盤纏的圓柱，樹葉中的眼睛。但如何分辨這樣的幻影與實物？

太陽已經完全升起，體積變小，溫度卻更熱。桃碧從屋頂下來，把全身包在粉紅罩頭曳地連身裝中，噴上「超級D防蟲液」，然後調整粉紅寬邊遮陽帽。她打開前門的鎖，走到外面照料菜園。她們以前在這裡種植有機生菜：香菜、奇異的基因接合變種蔬菜、花草茶，提供給芳療館咖啡廳的太太小姐們食用。菜圃上方有結網阻擋小鳥，四周還加裝網眼隔離柵，因為綠兔、小山貓和浣鼬可能會從公園遊蕩過來。洪水爆發前，這些生物的數量不多，現在卻以驚人的速度繁殖。

她仰賴這處園子，因為倉庫裡的糧食愈來愈少了。這些年來，為了應付這樣的緊急事件，她儲藏了自認已經足夠的東西，可是她低估了所需，現在黃豆片和黃豆罐頭快吃光了。幸好，菜園的植物蓬勃生長，雞豆開始結莢，香蕉豆也開花了，聚莓灌木上覆滿了形狀大小不一的小褐穗。她拔起幾株菠菜，彈開葉子上發出虹彩的綠色甲蟲，然後一腳踩下去，接著又萬分後悔，用拇指為牠們壓出墓穴，念了幾句靈魂解脫、要求寬恕等等的話。沒有人在注意她，可是要放棄根深柢固的習慣可真不容易。

她把幾隻蛞蝓和蝸牛移到別處，拔除了若干野草。獨留馬齒莧，她日後可以蒸來吃。在嬌嫩的蘿蔔葉上，她發現兩條天藍色的葛蛾幼蟲。原本開發這種生物是要以生物防治手法控制葛根蔓生，不過牠們好像更喜歡菜園裡的蔬菜。在發展基因接合變種的頭幾年，常常有人故意開玩笑，葛蛾的設計者也是，讓牠們的頭有大眼睛和快樂笑容的娃娃臉，讓人難以對牠們痛下毒手。她從紅蘿蔔上把牠們揪下來，牠們可愛面具底下的顎骨正大吃大嚼。她掀起網緣，把牠們拋到隔離柵外。牠們肯定還會再來。

返回屋子的途中，她在小徑旁發現一截狗尾巴，看起來像是愛爾蘭獵犬，長毛上糾結著芒刺和小樹枝。很可能是禿鷹扔下來的，牠們總是丟東西下來。她努力不去回想牠們在洪水爆發後第一週丟下來的東西。其中最可怕的是手指。

她自己的雙手愈來愈粗，也曬黑了，像地下莖一樣堅實。她掘土的次數太多了。

4

桃碧

聖亞魯斯爵爺日
創園二十五年

大清早，她趁太陽還不是很熱的時候洗澡。她在屋頂放了好幾個提桶與碗盆，用來收集午後暴風雨的雨水。芳療館有專屬水井，可是太陽能系統壞了，幫浦不會動。她也在屋頂洗衣服，洗好後鋪在長凳上晾乾。廢水則用來沖馬桶。

她用肥皂搓身子（肥皂還剩很多，都是粉紅色的），然後拿海綿抹掉。她心想，我的身子愈來愈瘦，我在收縮，我在變小，馬上就只剩下指甲旁的肉刺了。不過她向來算是瘦的，那些太太小姐們以前常說：噢，桃碧雅沙，我要是有妳的身材不知道有多好！

她把身體擦乾，匆匆穿上粉紅色罩衫，這件上頭寫著「美樂蒂」。反正既然沒人留在這裡看標籤，也沒有必要標明自己是誰，所以她穿起別人的罩衫：雅妮塔、葵塔娜、芮恩、卡梅爾、喜逢妮。那些女孩都好快樂，懷抱著無限希望。不過芮恩不是這樣的，她一直很哀傷，而且也比她們更早離開了。

後來問題一來，大家也都走了。她們回家與家人團圓，相信愛能拯救她們。「妳們走吧，我來鎖門。」桃碧當時這樣告訴她們。於是她鎖上門，只是也把自己鎖在裡面了。

她洗刷黑色長髮，把頭髮盤成溼答答的髮髻。她非剪了不可，頭髮這麼多，天氣又這麼熱。而且頭髮聞起來有羊肉味。

她把頭髮弄乾時聽見一聲怪響。她小心翼翼地走到屋頂欄杆前，有三隻巨豬在泳池附近嗅來嗅去，兩隻母的，一隻公的。晨光照射在粉灰色圓滾滾的身體上，牠們像摔角選手一樣閃耀光芒。又圓又大的身體讓牠們看起來不像正常的豬。她以前在草地上見過這種豬，可是牠們從來沒有走到這麼近的地方來，一定是從某間試驗農場逃出來的。

牠們聚在泳池的淺水區旁，沉思似地望著池子，突出的鼻子一下一下抽動著。長滿浮渣的水面漂著一條死掉的浣鼬，也許牠們正在聞牠的氣味。牠們想把牠銜起來嗎？牠們彼此輕柔地呼嚕呼嚕叫，然後又退開；就算是對豬來說，那東西想必也是臭不可當。牠們停下來聞了最後一次，接著快步繞過建築的轉角。

桃碧順著欄杆追蹤牠們的行跡。牠們發現了花園柵網，正朝裡面張望。接著一隻開始掘土。牠們要從下面挖地道。

「走開！」桃碧對牠們大喊。牠們抬頭盯著她瞧，並不理會她。

她三步併兩步下樓，在不會跌倒的前提下盡快衝下去。白癡！她應該隨身都帶著步槍。她從床邊一把抓起槍，急忙衝回屋頂。她瞄準其中一隻，公的那隻，要射中牠很簡單，因為牠的身軀偏向一旁。可是她遲疑了。牠們是上帝的創造物，亞當一說過，沒有正當理由，絕不殺生。

「我警告你！」她大喊。真神奇，牠們好像聽得懂她的話，以前一定見識過噴槍或眩暈槍（譯註：使人或動物短暫失去知覺的武器）一類的武器，牠們驚慌起來，咿咿尖叫，然後轉身逃走。

豬群跑過四分之一的草地時，桃碧想到牠們會再回來，牠們會在夜裡掘土，沒多久便用豬鼻把她菜園的土翻開，那麼她長期的食糧供給就沒了。她必須開槍打牠們，這是自衛。她扣下手指，發射一發子彈，沒打中，再來一發。公豬倒下，兩隻母豬繼續奔跑，直到森林邊緣才轉身回頭看，然後與樹葉融合為一，不見了。

桃碧的手在顫抖。她對自己說，妳扼殺了一條生命，妳在氣頭上魯莽行事，應該覺得愧疚。不過她想提菜刀出去切下一條後腿肉。她加入園丁會時發過「素誓」，可是現在吃塊培根三明治是莫大的誘惑，不過她還是忍住慾望，得到不得已的時刻才能求助動物性蛋白質。

她喃喃念著園丁會規定的道歉語，不過心裡並不覺得有什麼歉意，起碼沒有覺得非常虧欠。

她需要練習練習瞄準靶子，第一發居然沒打中公豬，還讓母豬給跑了，手腳真笨。

最近幾週她對步槍的態度變得隨便，現在她發誓，不論走到哪裡，一定都要隨身帶著，連到屋頂洗澡、上廁所都要提去。甚至去菜園也不要忘，尤其是去菜園。豬很聰明，牠們會記住她，牠們不會原諒她。她到外面時該不該鎖門呢？要是她必須匆忙跑回芳療館時那該怎麼辦？可是她不鎖門的話，在菜園工作時，任何人或東西可以悄悄溜進裡面等她回來。

她必須考慮周到。小小園丁常常這樣背誦：亞拉臘（Ararat，譯註：傳說中諾亞方舟最後停靠之處），亞拉臘，無牆不是亞拉臘，築起牆，築起牆，固若金湯才是好。園丁會的人熱愛他們深具教育意義的詩歌。

5

騷亂發生後沒幾天，桃碧就去找步槍。那晚，女孩子們從泉馨芳療館逃走，留下粉紅色罩衫。

如果是尋常的流行病，死了成千上萬的民眾之後，疫情就會受到控制，再利用生化工具與漂白水，便能將病菌斬草除根。不過這不是一般的流行病，這是園丁會一再警告的無水之洪。它具備一切的徵象，彷彿生了翅膀，藉由空氣傳染，如火焰燒盡了城市，夾帶病菌的暴亂、恐怖與屠殺往四面八方延展而去。各地的光源熄滅，消息零零星星，各個系統失去了作用，因為負責操控的人員已經死了。這情景看起來好像全世界都崩潰了，這就是她需要步槍的理由。持有步槍是非法的，一星期前要是有人被發現持有步槍，那性命可就不保了。不過現在這樣的法律不再具有效力了。

這趟路很危險，所有交通運輸工具都停止運作，她必須步行前往以前住過的平民區，然後找出短暫屬於她父母的那間樓中樓小破屋。接著她必須從步槍埋藏處把它挖出來，而且期望沒有人會撞見她這麼做。

走這麼一大段路大概不成問題，她的身體狀況不錯。危險來自他人。根據她斷斷續續還能從手機收聽的新聞報導，到處都在騷動。

她在黃昏離開芳療館，走出去後鎖上門。她穿過寬廣的草坪，順著林間步道朝北口走去，客人以前常常在這條隱蔽的路上散步，走這裡比較不容易被人發現。還有若干亮光標示出小徑的位置。她沒有遇到人，只有一隻綠兔跳進灌木叢，還有隻小山貓從她前面橫越而過，然後轉頭以柔亮的眼睛凝視她。

入口大門沒關，她躡手躡腳溜出去，恍恍惚惚期待有人盤查她的身分。接著她往古蹟公園走去。民眾匆匆走過，有人單槍匹馬，有人結伴同行，他們要離開城市，希望設法走過雜亂拓展的平民區，到郊外尋找避難處。有咳嗽聲，有個孩子嚎啕大哭。她險些被地上的人給絆倒了。

她走到公園外圍時，天色已經黑了。她躲在暗處，沿著外緣從一棵樹移動到下一棵。大道上擠滿了汽車、卡車、太陽能單車、巴士，司機手按喇叭，嘴裡放聲高喊。有幾輛翻覆的車子在燃燒。商店內打劫的人正搶得火熱。放眼望去，沒有公司安全衛隊，他們一定最早潛逃的一批人，朝著層層關卡裡的公司要塞前進，好挽救他們的皮膚，而且還帶著致命的病毒一起離開——桃碧非常希望是如此。

某處傳來槍鳴。桃碧心想，有人的後院已經被挖開了，擁有步槍的不只有她。

前面的馬路架起路障，車輛擠在一塊。那裡有守衛，他們配備了什麼武器？就桃碧所見，他們拿著金屬管。憤怒的群眾朝著他們大吼大叫，扔磚頭、丟石子，他們想過去，他們想逃離城市。擋路的人想要什麼？還用說，當然是想搶劫，想強暴，想要錢，想要其他沒用的東西。

亞當一常說，當無水之洪發生時，民眾不想被淹死，就連稻草也想抓住，千萬別成為那根稻草，我的朋友們，如果你被人抓住了，甚至碰到了，你也會跟著沉淪。

只得繞路了。桃碧於是轉身背對路障，退回暗處，在樹葉後方繼續沿著公園邊蹲伏前進。然後她走到園丁們以前舉辦市集的空地，還有孩子以前在裡面玩耍的泥草屋。她躲到屋子後方，等候眾人注意力分散的時機，不久便傳來撞擊聲和爆裂聲，所有人都轉頭過去，她於是從容地走過去。最好別用跑的，澤伯教過她，奔跑讓人成為獵物。

岔道巷弄擠滿了民眾，她閃身避開。她手戴手術手套，身穿防彈背心，背心還是蜘蛛與山羊基因接合變種所吐出的蛛絲所製成的，這是一年前她從泉馨芳療館警衛室偷來的。她還戴上黑色鼻塞空氣清淨器。她從菜圃拿了鏟子與鐵撬各一把，如果動作果決，兩樣工具都能讓人斃命。她的口袋有瓶泉馨芳療館的「柔柔亮亮噴髮霧」，對準眼睛的話，會是很好用的武器。她從澤伯教的「都市屠殺弱點」這門課程學到很多：在澤伯眼中，第一個屠殺弱點就是你自己。

她朝東北而行，通過販售高檔貨的蕨邊區，接著走入大箱區。大箱區是住宅開發區，裡面的房子窄小，營建品質惡劣。她悄悄走過最窄的巷弄，這裡光線昏暗，人不多。有兩個青少年停下腳步，好像企圖行凶搶劫，不過她開始咳嗽，用低啞的嗓子大喊：「救命！」於是他們急忙跑開。

將近午夜，大箱區的街道看來大同小異，她轉錯了幾個彎，然後才走到父母以前的屋子。沒有燈光亮著，通往車庫的門是開著的，前面窗戶的厚玻璃碎了，所以她認為裡面沒有人。現任住戶不是死了，就是去了他處。隔壁外觀相同的屋子也是同樣的狀況，而步槍就埋在隔壁。

她站住片刻，冷靜下來，細聽腦中的血流：倥鼕，倥鼕，倥鼕。步槍不是還在，不然就是不見了。如果還在，那她就有了一把槍，要是不見了，她手上沒有槍。沒有什麼好慌的。

她小偷似地鬼鬼祟祟推開鄰屋的庭院柵門。一片黑漆，沒有動靜。她聞到午夜花的芬芳，是百合與菸草，其中混雜了幾條街遠處傳來的陣陣燃煙，她看得見在那裡搖曳的火光。一隻葛蛾背著她的臉龐振動翅膀。

她把鐵撬插進一顆庭院的石頭底下，然後往上一撬，接著抓住石頭邊緣將它扳起來翻過去。同樣的動作重複再重複。三顆庭院石。接著她拿起鏟子掘土。

心跳一下，然後又一下。

它在那裡。

別哭，她對自己說，只管把塑膠割開，趕緊拿起步槍彈藥離開這裡。

為了閃避危機四伏的暴動，她花了三天時間才回到泉馨芳療館。外面的臺階上有泥濘的腳印，不過沒有人闖入。

6

這把步槍是非常原始的武器，型號是魯格44/99狄爾菲，本來是她父親的，他在她十二歲時還教過她怎麼開槍。現在回想起來，那段時光就像吃了蘑菇之後大腦所想像出的科幻色彩景象。他說，瞄準身體中央，別浪費時間瞄準頭顱。他說他指的只是隻動物而已。

他們本來住在半鄉下的地方，當時雜亂開發的城市還沒有蔓延到那片土地上。他們白框房子周遭有十畝地，有松鼠，有第一代綠兔。沒有浣鼬，牠們還沒有被組合出來。那裡有很多鹿，鹿會跑進母親的菜圃，桃碧射過幾隻，還動手幫忙放血、清除內臟；她仍記得那股氣味，以及油亮內臟的滑溜感。他們吃燉鹿肉，母親用骨頭熬湯。不過桃碧與父親通常射的是錫罐，和垃圾場的老鼠——當時還有垃圾場。她常常練習，父親看了很高興。「這槍射得真漂亮，妹妹。」他說。

他想要個兒子嗎？也許。他說人人都需要學會開槍，他那一代的人相信，若是有麻煩，只要開槍射了某人，那麼就會沒事。

後來公司安全衛隊為了公眾的安全，禁止民眾使用槍枝，並且把新發明的噴槍保留給衛隊使用，突然間，守法民眾不能擁有武器。她的父親把步槍與庫存彈藥埋在廢棄的圍欄尖樁底下，並且讓桃碧知道槍在哪裡，以防萬一。公司安全衛隊本來可以利用金屬探測器找出槍來，據說他們掃查過，只是不可能每一吋土地都檢查到，況且在他們的眼中，父親是無害的。他賣空調產品，不過是市井小民。

後來有個開發商想買他的土地，提出了很好的價格，可是桃碧的父親不肯賣，他說他喜歡現在的生活。桃碧的母親也是，她在離家最近的商圈販賣康智公司（譯註：原文Helth Wyzer，與Health Wiser諧音諧形）生產的健康營養補給品。他們拒絕了另一次開價，接著婉拒了第三次出價。「那我們就在你家周圍蓋房子。」開發商說。桃碧的父親表示他無所謂，到了這時候，這已經成為原則問題。

桃碧暗自想：他還以為世界還是五十年前的樣子，他不該這麼固執。在那時候，公司安全衛隊已經逐步鞏固勢力。一開始，他們是公司集團的私人保全公司，後來地方警力因為缺乏資金而解散，他們便接管了警方的工作。民眾本來樂見其成，因為公司集團會出錢，可是現在公司安全衛隊把觸角往四面八方伸去。他當時應該讓步的。

他先是丟了空調公司的職務，於是另外找了賣保溫窗的工作，可是薪水變少了。接著桃碧的母親染上了怪病。母親不明白，因為她一直小心地維持身體健康，她運動，吃大量蔬菜，每天吃一份「康智高能活力維生補給品」。像她這樣的經銷商，可以用便宜價格購買補給品，以及量身調配的包裝，就像給康智公司上級吃的一樣。

於是她吃下更多營養補給品，身體卻愈來愈虛弱，心裡也愈來愈不解，而且體重直線下降。她的身體好像在跟自己作對。沒有醫生能診斷出她的問題，不過康智公司附設診所為她做了很多檢測，他們很關心，因為她是對公司產品堅貞不二的愛用者。他們安排了特別照護，派公司的醫生過來，不過他們照樣收費，雖然是康智經銷家族的折扣價，但這筆費用也不少。另外，由於病狀沒有名稱，她父母的一般健康保險不願支付費用。除非身無分文，否則沒有人能得到政府健康保險的保障。

桃碧心想，反正也不會有人想去那種公共垃圾場，他們只會攪一攪你的舌頭，給你幾個你還沒有染上的細菌病毒，然後就叫你回家去。

桃碧的父親又辦了一次房貸，花了大把鈔票延醫、買藥、聘雇護士、安排母親住院，可是桃碧的母親依然日漸虛弱。

於是她的父親不得不賣了白框房子，賣得的錢比人家第一次開價低很多。房子售出的隔天，推土機把那裡夷為平地。父親又買了房子，在新開發的小塊土地上買了樓中樓小屋。那一帶被暱稱為「大箱區」，因為兩旁夾著艦隊似的超級商店。他把圍欄尖樁下的步槍挖起來，偷偷帶去新家，又埋了起來，這回埋在荒蕪小後院的庭院石底下。

接下來，他因為妻子的病請了太多假，所以保溫窗的工作沒了，他不得不把太陽能汽車賣了。接著，家具一件接一件消失。他賣得的錢也不多，他對桃碧說，人家用鼻子聞就知道你走投無路了，於是就占你便宜。

這段對話是在電話中講的，雖然家裡沒錢，桃碧卻順利進入大學。她從瑪莎・葛蘭姆學院拿到微薄的獎學金，又在學生餐廳當服務生增加收入。母親已經從醫院回來了，因為無法爬樓梯，只好睡在一樓的沙發上。她想回家幫忙照顧母親，可是父親說不行，桃碧應該留在學校，因為家裡沒有她可以做的事。

最後，連這間位於大箱區的寒酸屋子也得賣掉。桃碧返家參加母親喪禮時，草坪上已經立起牌子了。當時她的父親猶如行屍走肉，羞辱、痛苦與挫折啃食他的身心，他只剩下一具空殼。

母親的喪禮簡短而枯燥，結束後，桃碧陪父親坐在廚房，這裡可拆的東西都已經拆光了。他們合喝半打啤酒，桃碧兩罐，父親四罐。後來桃碧上床睡覺，父親走到空無一物的車庫，把魯格槍塞進嘴裡後扣下扳機。

桃碧聽見槍響，立刻知道出了什麼事。她本來就注意到步槍立在廚房門後，父親把槍挖出來，一定有個理由，可是她不許自己去猜想可能的理由。

她無法面對車庫的場景，便躺在床上。怎麼辦？如果打電話找官方單位，醫生也好，叫救護車也好，那麼他們就會發現彈孔，於是會要求她交出步槍，這下桃碧的麻煩就大了。她是非法持有武器的公認罪犯的女兒，這還是最好的下場，他們搞不好會控告她謀殺。

彷彿過了幾個小時後，她強迫自己移動。到了車庫，她努力不要看得太清楚。她把父親的殘體包在毯子裡，然後裝進耐重塑膠垃圾袋，再用強力膠帶封好，最後埋到庭院石底下。她覺得很難過，不過父親能體諒的。他個性務實，不過骨子裡多情，是那種在庫房存放電動工具、生日時卻會送你玫瑰花的人。很多太太因生病而身體愈來愈差，開銷也很龐大，丈夫都會跟她們離婚。如果她的父親夠現實，早就帶著離婚文件大步走進醫院，讓母親被扔到大馬路上，才不會走到無法清償債務這種地步。相反的，他把他們的錢都花得一乾二淨了。

桃碧對一般宗教沒有多大熱忱，他們一家人都是這樣，他們去附近的教堂，因為鄰居會去，不去對生意不好。可是她聽過父親在黃湯下肚後偷偷說，講道壇上有太多騙子，禮拜堂中有太多笨蛋。儘管如此，桃碧還是站在庭院石邊低聲念了一小段禱告：「土歸土。」然後把沙子掃進縫隙中。

她把步槍包回塑膠套，然後埋到隔壁的庭院石底下。那裡好像沒人住，窗戶暗暗的，很明顯也沒有車子，也許他們把房子抵押後拿不出錢來還債，失去了房子的所有權。她把握機會闖入隔壁，因為如果父親的屍體就留在那裡，有人來挖掘院子，而她又把步槍埋在他身邊，那麼槍也會被人發現。她希望槍留在原處沒有人會去動。「妳永遠不知道，」她父親常說，「妳什麼時候需要它。」這句話沒錯，你永遠不知道。

可能有一兩個鄰居撞見她在黑暗中挖地，不過她想他們不會去告發，他們不會想引人注意，也許他們自己也藏了武器在後院。

她用水管把車庫地板的血沖走，然後洗了澡，接著上床。她躺在黑暗中想哭，可是只感覺到寒意。不過根本一點也不冷。

她不能把房子賣了，一賣就洩漏了父親去世而成為屋主一事，這麼一來也會讓她惹出一卡車的麻煩。比方說，屍體在哪裡？怎麼死的？因此到了早上，她吃了幾口早餐，把餐盤放進水槽，就走出屋子。她連行李都沒帶，有什麼好收拾的嗎？

公司安全衛隊照理懶得追查她的下落，找到她沒什麼好處，某間公司銀行大可把房子收去。如果她的失蹤引起關切，比方說也許她的學校問起她在哪裡？她病了嗎？她發生意外了嗎？公司安全衛隊會把消息傳出去，最後會說有人看見她與到處吸收新血的皮條客在一起，對於她那樣的年輕女子，這種情形並不意外：她財務吃緊，走投無路，眼前沒有親人與儲蓄，沒有信託基金，沒有可依賴的人。民眾會搖搖頭，不要臉，可是還能怎麼辦？起碼她還有銷路，就是那年輕的屁股，因此她不會餓死，沒有人需要覺得愧疚。假如行動必須付出任何代價，公司安全衛隊總是以謠言取代行動，他們堅持不虧本。

至於她的父親，眾人會假定他改名換姓，消失在更為齷齪的平民區裡，省得付不出她母親喪禮的花費。那樣的事情時時刻刻都在發生。

7

之後的日子對桃碧來說相當難熬。她藏起證據，設法消失無蹤。公司安全衛隊依然有機會向她追討父親的欠債，她沒錢讓他們查封，可是傳說欠錢的女子會被外包出去做性交易。假如她必須躺著賺錢養活自己，最起碼也要把錢留在自己的口袋裡吧！

她把身分證件燒了，不過沒錢買新身分。不用注入DNA或改變膚色的便宜身分也有，只是她連這種也買不起，因此找不到合法工作，那種工作一般都是由公司集團控管。不過如果往下沉淪，沉淪到名字消失、沒有人有過去的那一層，公司安全衛隊就不會來煩你了。

她租了間小房間，以前在餐廳工作存下來的錢還夠付房租。一間自己的房間，可以避免寥寥無幾的財產被可疑的室友偷走。房間位於一棟沒有消防設備的商業大樓頂樓，這一帶是惡名昭彰的平民區，叫做「柳田」，不過當地人稱這裡「汙水礁湖」，因為一大堆的爛貨蠢蛋最後都到這裡來落腳。她與六名安靜無聲的非法泰國移民共用浴室。據說公司安全衛隊認為驅逐非法移民成本過高，所以會採用農夫在牧群中發現生病母牛的手法：開槍，鏟土，閉上嘴。

房間樓下是一間高級女裝工廠，叫做「潛行坊」，以快要絕種的動物做布料。他們零售萬聖節服裝，好蒙蔽提倡動物權利的激進份子的眼睛，同時在密室燻製獸皮。濃煙從通風系統灌上來，桃碧用枕頭塞住通風口，可是小隔間還是充滿化學藥劑與油臭味，有時候還會聽見動物吼叫或咩咩聲。他們在現場直接屠宰動物，因為客人不想拿到假冒巨羚皮的山羊皮，或者買狼獾結果拿到染色的狼皮。他們希望自己自誇的所有品是貨真價實的。

剝了皮的畜體賣給一家叫做「珍饈」的美食連鎖餐廳。在公開的用餐空間，餐廳供應的是牛肉、羊肉、鹿肉、水牛肉，這些肉品獲得健康認證，所以煮個幾秒，趁著鮮嫩就可以上桌。「珍饈」表面上是指這個意思。可是在會員專屬、保鏢守門的私人宴會廳，客人可以吃到瀕臨絕種的動物，利潤奇高，光是一瓶老虎骨酒就與一整串鑽石等價。

嚴格來說，買賣瀕臨絕種動物是違法的，罰金很高，可是非常有賺頭。街坊鄰居都知情，可是他們有自己的顧忌，而且跟誰說都有風險。利益總是層層勾結，每一層都有公司安全衛隊的手伸進去。

桃碧找到了「廣告動物」的工作，這種廉價的零工不需身分證件，只要穿上人造毛做成的動物裝，戴上卡通頭套，然後把廣告板掛在脖子上，在比較高檔的購物商場與精品零售街走動。可是動物裝裡又熱又溼，看出去的視線也有限。頭一個星期，她遭到戀物癖攻擊三次，他們撞倒她，把大頭套一轉，讓她看不見，然後用臀部去摩挲她的毛皮，同時發出詭異的聲音，其中最好辨識的是貓叫聲。這不算強暴，她實際的身體沒有半吋被碰到，卻還是令她不寒而慄。還有，她一方面打扮成熊、虎、獅等即將絕種的動物，一方面又可以聽見這些物種在樓下被屠殺的聲音，這樣太不舒服了。於是她辭職了。

接著她賣了頭髮，輕輕鬆鬆賺了一大筆錢。毛髮市場當時還沒被「魔髮羊」畜牧場（Mo'Hair sheep breaders）搞垮（幾年後就垮了），所以還有黃牛願意跟民眾買頭髮，而且不會過問任何問題。她當時頭髮很長，雖是不深不淺的棕色（不是最好的髮色，他們比較喜歡金色），還是賣到不錯的價錢。

賣髮的錢用完了，她就去黑市賣卵子。有的夫妻拿不出必要的賄賂款項，或者資格實在不符，官方無論如何不肯賣父母身分執照給他們，於是年輕女子把卵子捐給他們，以換取高額報酬。不過拿取卵子的玩命遊戲她只做過兩次，因為第二次取卵針受到感染。在當時，如果出了什麼差錯，卵子販還會付醫療費用，不過她還是花了一個月才康復。她要試第三次時，他們告訴她她有併發症，所以不能再捐卵了，也順便告訴她，她不能生育了。

桃碧當時才知道自己想要孩子。以前在瑪莎・葛蘭姆學院時，她有個男朋友，他成天把結婚掛在嘴上，他叫史坦。可是桃碧說他們那麼年輕又這麼窮，想這個還太早。她讀的是「全方位療癒系」，學生戲稱是「瓶瓶罐罐系」，史坦讀的是「問題學與四式創意資產規劃」，成績很好。他家裡並不有錢，否則也不用讀瑪莎・葛蘭姆學院這樣三流的學院。可是他有野心，而且一心一意要成功。在比較安靜的夜晚，桃碧會把花香劑與草藥精華抹在他身上，然後兩人在清新草本芳香中做愛，洗乾淨之後，再來點無鹽無油的爆米花。

不過她的家庭一走下坡，桃碧知道自己配不上史坦，也知道自己在學校的日子屈指可數，於是就和他斷了聯絡，連他傳來的責備簡訊也沒有回覆，因為他們沒有未來可言：他想要兩名專業人士組成的婚姻，而她已經沒有成功指望了。她告訴自己，早哭比晚哭來得好。

不過她似乎是想要孩子的，因為當她被告知她不孕時，她感覺到所有光線都從身體往外滲出去。得知那消息後，她逃避現實，把捐贈卵子存下來的錢拿去揮霍，去度假，去享受迷幻藥的刺激，醒來時，身邊有從未見過的不同男人。不過這種興奮很快就消退了，尤其當她發現他們習慣把她多餘的零錢收進自己口袋中。第四次或第五次之後，她知道必須做個選擇了：她想活？還是她想死？要死，那有更快的方法。當真想活的話，那她必須換種方式生活。

透過某位一夜情的對象（一個在汙水礁湖還算有顆善心的男人），她在平民幫派經營的店裡找到工作。平民幫派不會過問你是誰，也不需要推薦人，如果你把手伸進錢櫃，他們就直接砍下你的手指。

桃碧在祕密漢堡連鎖店開始新的工作。祕密漢堡的祕密就是沒有人知道究竟裡頭是哪一種動物性蛋白質。櫃檯小姐身穿T恤，頭戴棒球帽，上面寫著廣告臺詞：「來客祕密漢堡，因為人人都愛祕密！」這份工作只給最低薪資，可是一天可以免費拿兩個祕密漢堡。一加入園丁會發了素誓以後，桃碧便盡量不去回想吃這些漢堡的記憶，可是正如亞當一以前常說，飢餓能徹底改造良心。絞肉機不是百分之百有效，在漢堡中可能找到一塊貓皮或一截老鼠尾巴。不是有次還找到人類的指甲？

有可能。當地的平民幫派塞錢給公司安全衛隊，讓他們睜一隻眼閉一隻眼，公司安全衛隊反過來讓平民幫派幹些簡單的綁票與暗殺，也讓他們在室內偷種迷幻藥、製造古柯鹼、在街頭零售毒品，他們還經營一向涉入的色情場所。他們也處理屍體，把器官割下來移植，然後將除去內臟的屍體送入祕密漢堡絞肉機。這是最可怕的謠言。在祕密漢堡生意興隆的時期，空地上的確發現過兩三具屍首。

如果有所謂「真相追追追」的電視節目，那麼公司安全衛隊會假裝調查，接著把案件列入「未解」而放棄不管。對於那些口頭上還支持過去理想的人，他們必須維護形象——他們可是和平保護者，是公共防護執行者，他們維護街道安全。這在當時就是已經是笑話了，不過人民幾乎都覺得有他們比完全無政府狀態來得好。連桃碧也這樣認為。

前一年祕密漢堡做得太過火，公司安全衛隊某位高階官員到汙水礁湖區探訪，結果被人發現他的鞋子穿在祕密漢堡負責絞肉機的員工的腳上，於是公司安全衛隊讓祕密漢堡停止營業。所以有段日子流浪貓在夜裡呼吸比較自在。不過沒幾個月的時間，熟悉的燒烤攤又開始滋滋響，因為誰能對庫存成本如此低廉的生意說不呢？

8

桃碧很高興可以到祕密漢堡工作，她可以付房租，不會挨餓。可是後來她發現其中有陷阱。陷阱就是經理，他叫做布朗可，祕密漢堡的女孩子在背後罵他自大狂。蕾貝佳・艾克勒與桃碧輪同一班表，馬上把他的事情告訴了她。「遠離他的雷達，」她說，「也許妳不會有事，他正在搞朵拉那個妞兒，他通常一次只惹一個，妳有點瘦，他喜歡翹屁股。不過如果他找妳去辦公室，眼睛放亮一點，他是個超級醋罈子，還會把女生操到不行。」

「他找過妳嗎？」桃碧問，「去辦公室？」

「謝天謝地，呸呸呸，」蕾貝佳說，「我這麼黑，他看了就討厭，才不喜歡。加上他只喜歡吃嫩肉，老太婆可不要。寶貝，也許妳應該給自己弄點皺紋，打掉幾顆牙齒。」

「妳才不討厭哩。」桃碧說。蕾貝佳有棕色肌膚、紅色頭髮、埃及人的鼻子，其實頗具姿色。

「我不是說那種討厭，」蕾貝佳說，「是難應付的那種討厭，我們是你們不會想招惹的兩種人，他知道我可以找『香煎雄鮭魚幫』的人來對付他，他們那幫人可是夠狠的。也許還可以找『以賽亞獅子會』，到時叫他悔不當初！」

桃碧沒有這樣的後臺。布朗可在附近時，她就一直垂著頭。她聽到有關他的故事。據蕾貝佳所言，他本來是礁湖最時尚的夜總會「鱗尾」的保鏢，保鏢是有地位的，穿著黑套裝、戴深色墨鏡走來走去，看似斯文，其實凶得要命，還有女人像大批蒼蠅在身邊打轉。但蕾貝佳說，布朗可在重要時刻搞砸事情，他把一個綠鱗女孩撕了兩半，那人可不是非法走私、常被弄到斷手缺腳的外國臨時工，而是最性感的尤物，是當紅的鋼管舞孃。這種傢伙不能留，居然沉不住氣，把工作搞砸了，於是他們要他走路。算他走運，有朋友在公司安全衛隊，否則他最後會出現在碳質垃圾油大垃圾箱裡，而且少了幾樣器官。他們安插他來經營汙水礁湖區的祕密漢堡專賣店。這簡直從天堂被貶到地獄，所以他心懷不平：他幹麼得為了某個賤貨受這種折磨？所以他恨死這份工作了，不過他把這些女孩想成是他的津貼。他有兩個兄弟，跟他一樣，以前也是保鏢，現在成了他的隨行，有剩的甜頭也會讓他們嘗嘗，假如他還有吃剩的話。

布朗可還是一副保鏢體型，中廣身材，肌肉發達，不過肥油愈來愈多；蕾貝佳說是啤酒喝多了。他的頭髮愈來愈稀疏，後腦勺則還留著保鑣的招牌馬尾，而且常誇示整套的手臂刺青：手臂上有蜿蜒的蛇，手腕是一圈骷髏頭，手背有青筋與血管，所以看起來好像被剝去了一層皮。脖子刺了一圈鎖鍊，上頭紅心形狀的鎖頭剛好就隱約刺在胸毛裡，他常穿敞開的襯衫，在V領的地方展示那顆紅心。根據傳言，那條鎖鍊往背部延伸，盤繞著一個上下顛倒的裸女，女人的頭就卡在他的屁股裡。

桃碧觀察朵拉，她在桃碧輪班時間結束會到燒烤攤接替工作。一開始她身材豐滿，性情樂觀，幾週下來，人卻愈來愈瘦，愈來愈憔悴，大量的瘀青在兩臂白皙的肌膚上出現又褪去。「她想逃跑，」蕾貝佳耳語，「可是怕得要命，也許妳最好逃離這裡，他最近注意上妳了。」

「我沒事的。」桃碧說。她不覺得沒事，其實她很害怕。可是她還能上哪去呢？她賺一天過一天，她沒有錢。

隔天上午，蕾貝佳做手勢要桃碧過去。「朵拉死了，」她說，「本來想逃的，我剛聽到的，在空地上被人發現，脖子斷了，切成小塊，說是瘋子幹的。」

「不過是他幹的嗎？」桃碧問。

「不是他是誰，」蕾貝佳嗤之以鼻，「他還拿來說嘴呢！」

就在那一天中午，布朗可吩咐桃碧進他辦公室，他派他那兩個兄弟來傳達口信，這兩人左右各站一邊，陪她走過去，以防萬一她冒出什麼古怪的點子。他們走在路上，行人紛紛轉頭。桃碧覺得自己好像要去送死。有機會的時候，她為什麼沒有辭職呢？

要進辦公室，先得通過一扇藏在碳質垃圾油大垃圾箱後面的髒門。裡面是間小房間，有辦公桌、檔案櫃和塌扁的沙發。布朗可齜牙咧嘴從旋轉椅上站起來。

「瘦婆娘，我要給妳升職，」他說，「說『謝謝你』。」桃碧只能發出細聲，她覺得被人勒住了脖子。

「看到這顆心沒？」布朗可指著自己的刺青說，「這表示我愛妳，那麼現在妳也愛我，對不對？」

桃碧勉強點了點頭。

「聰明女孩，」布朗可說，「過來，脫下我的襯衫。」

他後背的刺青就像蕾貝佳所描述：一個裸女被鏈條纏住，看不見她的頭，長髮如火焰向上飛揚。

布朗可用猶如脫皮的雙手箍住她的脖子。「敢耍我的話，看我把妳像樹枝一樣斷成兩段。」他說。

9

自從家人慘死之後，自從她從檯面上消失之後，桃碧努力不去回想以前的人生。她把它埋在冰裡凍起來。而現在她極其渴望回到過去，即便是最苦的日子也無所謂，即便是悲傷也沒關係，因為眼下的人生是酷刑。她試圖想像她那如夢遙遠的父母，想像他們像守護神保護她，卻只見到了迷霧。

她成為布朗可的「唯一的愛」還不到兩週，卻感覺好像已經過了好幾年了。他是這樣想的：像桃碧這樣扁屁股沒肉的女人，如果有男人想把他的鑽鎚插入她的身體，她應該覺得自己很幸運。他沒有把她賣去鱗尾夜總會當臨時員工（也就是暫時活著而已），她更該覺得自己走運。她應該感謝自己的幸運星，最該感謝的人是他：每次忍辱完事之後，他都要求一句「謝謝你」，不過他不要她感覺歡愉，只要她屈從就好。

他也不會讓她少做一點祕密漢堡的工作。他要求她在午休時間去服務，整整半個小時，也就是說她吃不到午餐。

她一天比一天飢餓，體力愈來愈不支。她現在也有了瘀傷，就像朵拉一樣。絕望讓她不知如何是好，她知道這樣下去她會走上哪一條路，而且那看來是一條漆黑的隧道。很快她就會精疲力竭了。

更糟的是，蕾貝佳走了，沒有人知道她究竟去了哪裡。街頭傳言說她跟某個宗教團體走了。布朗可不在意，因為蕾貝佳向來都不是他的後宮佳麗，轉眼就找到人接替她在祕密漢堡的工作。

桃碧輪早班時，有一群奇怪的隊伍沿著馬路行進而來。從他們拿的標牌與唱的歌曲判斷，她猜想他們跟宗教有關，不過以前沒見過這個宗派。

在汙水礁湖一帶，有許多偏激的教派活動，吸引受苦的靈魂。「已知果實會」、「石油浸禮會」與其他有錢人的宗教不願靠近這一區，不過有少數幾團脖子鬆垮、年紀老邁的救世軍樂隊會拖著腳步走過，他們背著沉重的鼓和法國號，講句話簡直就要斷了氣似的。綁頭巾的「純心同志蘇菲」團體也會如旋風般經過。穿黑衣的「時代老人社」或披藏紅袍的「印度教克瑞須那派」會搖鈴，反覆唱歌，引得旁觀者訕笑，朝他們扔擲腐爛的植物。「以賽亞獅子會」與「以賽亞豺狼會」都會在街角傳道，雙方人馬一遇上就吵架，他們對於當「和平國度」降臨時，與羔羊同臥的是獅子還是豺狼這一點有不同的看法。當大街上有人扭打，結夥作惡的鼠民，例如褐皮膚的德墨佬、白皮膚的「麻布頭」、黃皮膚的「亞洲共融國」，會朝著倒地的人蜂擁而上，翻找他們的衣服夾縫，尋找任何值錢的東西，事實上拿得走的東西就可以了。

行進的隊伍愈來愈來靠近，桃碧看得更清楚了。帶頭者留著鬍鬚，穿著好像小精靈拼縫而成的束腰長袍。後面是各色各樣的小孩，有高有矮，膚色不一，可是都穿暗色衣服，手上拿著石板，上頭標語寫著：「上帝之園丁會為上帝的花園努力！不吃死屍！動物與我們同一地位！」他們看似衣衫襤褸的天使，或像無家可歸的侏儒。原來唱歌的人是他們。「不吃肉！不吃肉！不吃肉！」他們反覆吟唱。她聽過這個宗派：據說他們在某處有座蓋在屋頂上的花園，一堆快乾的泥土，幾朵拖到地上髒掉的金盞花，一排髒兮兮、瘦巴巴的豆棚，無情的太陽曝曬著這些植物。

行進隊伍靠近祕密漢堡的攤位，民眾聚集起來，準備嘲笑奚落。「朋友們。」帶頭者對整體群眾說。桃碧心想，他的講道不會太長，因為汙水礁湖的居民聽不下去。「親愛的朋友，我叫亞當一，我曾經也是貪圖享樂、對神不敬的肉食者。跟你們一樣，我曾經認為人類是衡量萬物的標準。」

「他媽的閉嘴，環保怪胎。」有個人大喊。亞當一並沒有理會。「事實上，親愛的朋友，我曾經認為『度量衡』是衡量萬物的標準！對，我以前是科學家，我研究了流行疾病，我計算過生病和死亡的動物，我也計算過人類，就好像人類是一堆卵石。我認為只有數字可以確實說明『事實』，可是——」

「快滾，笨蛋！」

「可是，有一天，當我就站在你們現在所站的位置，大口大口吃著——沒錯，大口大口吃著祕密漢堡，陶醉在漢堡裡的肥油中，我見到了偉大的光輝，我聽見偉大的聲音，那聲音說——」

「它說：『把肚子吃得飽飽的！』」

「它說，不要傷害上帝創造物同胞！不要再吃有臉的東西！不要扼殺自己的靈魂！然後……」

桃碧感覺到群眾的存在，感覺到他們準備好要一擁而上。他們會把這個可憐的傻瓜用力踩到地上，還有跟他一起來的小小園丁兒童。「走開！」她用力扯開喉嚨說。

亞當一朝她微微鞠了躬，以示禮貌，同時親切笑了笑。「孩子，」他說，「妳到底知不知道妳在賣什麼東西？妳一定不會吃自己的親戚吧。」

「我會，」桃碧說，「如果我很餓的話。請走吧！」

「孩子，我了解妳生活困難，」亞當一說，「妳變成了冷酷無情的軀殼，可是那無情的軀殼不是真正的妳，在那軀殼內，妳有溫暖柔軟的心，善良的靈魂……」

「軀殼」二字用得很好，她知道自己變冷酷了。可是這層冷酷是她的盔甲，沒有它，她軟弱無力。

「這個王八蛋在煩妳嗎？」布朗可說。他陰森森地從她身後挨了上來，這是他的習慣。他把手扶在她的腰上，而她不用眼睛也能看到那些青筋和血管，那好像破了皮的肉。

「沒事，」桃碧說，「他沒有惡意。」

亞當一並沒有露出自行離開的打算，他繼續說下去，就好像剛才沒有人說過話。「妳渴望在這世界上行善，我的孩子──」

「我不是你的孩子。」桃碧說。她非常清楚，她不是任何人的孩子，不再是了。

「我們是彼此的孩子。」亞當一露出悲傷的表情說。

「快滾，」布朗可說，「不然我就把你綁起來！」

「拜託你，快走吧，不然要受傷了。」桃碧盡可能地催促他。

這人並不害怕。她壓低嗓子，用噓聲對他說：「滾啊！快滾！」

「會受傷的人是妳，」亞當一說，「妳每天站在這裡，販賣上帝鍾愛的創造物的破碎肉體，這麼做會傷妳更深。加入我們吧，親愛的，我們是妳的朋友，我們有地方讓妳落腳。」

「媽的，你的髒手不要碰到我的員工，幹，變態東西！」布朗可大罵。

「我為妳帶來麻煩嗎，我的孩子？」亞當一不理他，又說：「我絕對沒有碰到……」

布朗可從攤子後面走出來衝過去，亞當一卻好像已經習慣遭人攻擊，一閃就站到一旁去了。於是布朗可疾速朝唱歌的孩童撲去，撞倒了幾個孩子，自己也跟著摔倒。一個麻布頭少年立刻用空瓶子朝他的腦袋砸下去──布朗可在這一帶不得人緣──於是他沉沉倒下去，頭上長長的傷口開始流血。

桃碧趕緊繞到燒烤攤前面，她的第一個本能反應是扶他站起來，不幫忙的話，她等一下麻煩就大了。一票香煎雄鮭魚幫的鼠民在毆打他，幾個亞洲共融國的傢伙正卯足力想脫下他的鞋子。人群往他四周靠去，不過他已經掙扎著要站起來。他那兩個左右護法呢？連個影兒也沒有。

說來奇怪，桃碧覺得很快樂，於是朝布朗可的頭踢下去，連想都沒想就踢了下去。她覺得自己像狗一樣嘻嘻笑，她覺得自己的腳跟他的頭顱連在一起；他的腦袋好像包著毛巾的石頭。她踢下去就立刻明白自己犯了錯，她怎麼會這麼蠢？

「走吧，親愛的，」亞當一抓著她的手肘說，「最好還是走吧，反正妳工作也不保了。」

布朗可的兩個惡棍兄弟現在回來了，正忙著擊退那些鼠民。布朗可身體搖搖晃晃，眼睛可是張開的，而且緊盯著桃碧不放。他知道被她踢了一腳，更嚥不下的一口氣是，她居然在大眾面前羞辱他，這下臉可是丟大了。他隨時就要撐起來，過去把她捏個粉碎。「賤貨！」他用低啞的嗓音說，「我要把妳的乳頭切下來！」

接著一群孩童團團圍住桃碧，兩個牽起她的手，其餘的在前後自動形成護衛隊。「快走，快走。」他們一面說，一面又拉又推地帶她沿著馬路走開。

後面傳來一聲怒吼：「賤貨，妳給我回來！」

「快，走這邊。」最高的男孩子說。亞當一在後方掩護，他們快步走過汙水礁湖的街道。這好像一場遊行，路人直盯著他們瞧。除了恐慌外，桃碧覺得好不真實，有點茫茫然。

後來群眾少了，街上氣味也不那麼嗆鼻，用木板封閉的商店也沒那麼多。「再快點。」亞當一說。他們跑過一條巷子，接連快速轉了好幾次彎，於是呼喊聲逐漸模糊遠去了。

他們來到一棟早期現代紅磚工廠建築，正面一個標牌寫著「柏青哥」，下面更小的字體寫著「星塵私人按摩，二樓，人人滿意。鼻子整形另外收費」。孩子跑到建築一側，開始攀爬防火梯，桃碧跟著上去。她爬得上氣不接下氣，他們卻像猴子一樣動作敏捷。一到屋頂，人人都說「歡迎光臨我們的花園」，並且一一擁抱她。沒洗澡孩子身上那股甜鹹夾雜的氣味包圍了她。

桃碧不記得曾經被孩子擁抱過，對這些孩子而言，這一定是固定做的動作，就像擁抱遠房的阿姨，對她，卻是無法解釋的經驗，朦朦朧朧，溫柔而親密，好像被兔子用鼻子摩擦，不過是火星來的兔子。她覺得很感動，有人碰她，自然卻善良，與性慾無關。想到她近來過的日子，只有布朗可的雙手會摸她，不可思議的感受一定與那一點有關。

也有大人伸出手來迎接她；女人穿的是深色寬鬆連身裙，男人是工作服。而且突然之間蕾貝佳出現了。「妳辦到了，寶貝，」她說，「我把事情告訴他們！我就知道他們會把妳接出來！」

花園根本不是桃碧根據傳聞所想像的情景，不是曬乾的淤泥長著即將腐爛的荒廢蔬菜——正好相反。她一面觀察四周一面發出驚嘆：好美，這裡種了林林總總她前所未見的植物花卉，還有生氣活潑的蝴蝶，近處更傳來蜜蜂的嗡嗡共鳴。每一片花瓣葉子都實實在在具有生命，它們發現她的到來，散發出閃耀的光芒。花園裡連空氣都不一樣。

她不知不覺落下了寬心與感激的眼淚，彷彿有隻仁慈的大手伸下來將她拎起，捧在手心呵護她。後來她常常聽到亞當一說「沉浸於上帝創世的光輝中」，當時她還不知道這就是她此時此刻的感受。

「我非常高興妳做了這個決定，親愛的。」亞當一說。

不過桃碧認為她根本沒有做什麼決定，是其因素造成這個結果。雖然後來發生那麼多事情，她不曾忘懷過這一刻。

頭一天晚上，為了歡迎桃碧的到來，他們舉辦了適度的慶祝活動。打開一瓶紫色蜜餞時（那是她頭一回吃到接骨木漿果），眾人陷入一陣熱烈的忙亂。他們還拿出一罈蜂蜜，彷彿那只罈子是耶穌在最後晚餐時使用的聖杯。

亞當一針對神意指使的營救行動做了短短的致詞，提到從火中抽出的柴木與迷途羔羊。桃碧以前在教堂聽過這些上帝拯救世人的故事，不過亞當一也提到她並不熟悉的營救例子，例如把蝸牛放到他處、被風吹落的果實等。接著他們吃了某種扁豆薄餅，還有一盤叫做「琵拉爾特製醃菇雜燴」，接著上來的是抹了紫色漿果和蜂蜜的黃豆麵包切片。

最初的喜悅消退過後，桃碧覺得震驚不安，她怎麼上來這裡的？如何來到這個不可能而且又讓人莫名心煩的地點？她跟他們在一起要做什麼呢？這群人友善可是詭異，信奉荒謬的宗教，而且——就是現在，牙齒居然是紫色的！

10

在園丁會的前幾個星期，桃碧忐忑不安。亞當一沒有給她任何指示，只是觀察她，所以她知道自己還在試用期。她想融入大家的生活，在需要時提供協助，可是在日常工作方面她顯得笨手笨腳。夏娃九魯雅娜希望她把針線縫得緊密些，可是她不會，之後她切菜切到血流到沙拉蔬菜上，蕾貝佳就叫她別切了。「要是我希望那看起來像是紅色的甜菜，直接放甜菜進去就好了。」她是這樣說的。亞當十三波特負責田園蔬菜，也不許她除草，因為她搞錯了，連根拔起幾棵朝鮮薊。不過，她可以清潔紫羅蘭環保馬桶，這是簡單的雜務，不需要特別的訓練。因此她就負責起那件工作。

她的努力亞當一全看在眼裡。「環保馬桶沒有那麼可怕，對吧？」一天他對她這麼說，「畢竟我們這裡完全吃素。」桃碧納悶他所指為何，不過接著就明白了，馬桶臭味比較少，像牛糞，而不像狗屎。

她費了點時間才明白園丁會的階級組織。亞當一堅信，所有的園丁在心靈層次是平等的，可是在物質層次則不然：亞當夏娃們地位較高，不過他們的編號代表專業領域，而非地位高低次序。她心想，這裡很多方面與修道院相仿。有個核心參議會，然後有庶務修士，自然也有庶務修女，只是他們不要求人禁慾。

既然她接受園丁會的款待，加上她不是真的受洗，只是假裝認同他們的信仰，她覺得應該非常認真工作以回報恩情。除了清潔紫羅蘭環保馬桶，她增加其他任務：從防火梯把新鮮的土壤搬運上去。園丁會補充用土，他們從荒廢的建築舊址和空地收集泥土，再混上堆肥與紫羅蘭環保馬桶的副產品。她把殘餘的肥皂溶化後慢慢注入容器，替醋貼上標籤，參加「生命之樹自然物料交換市集」，打包蝨子，還用拖把清潔「發電生光跑步機」運動館的地板。此外，她打掃位於屋頂下一層的宿舍隔間，單身會員每晚睡在填塞乾燥植物素材的日式床墊上。

過了好幾月這樣的生活，亞當一建議她發揮其他才能。「什麼其他才能？」桃碧說。

「妳不是學全方位癒療的嗎？」他問，「在瑪莎．葛蘭姆學院？」

「對。」桃碧說。問亞當一怎麼得知她的事情是沒有用的，他就是知道。

於是她著手自製香草劑與乳霜。這份工作不太需要切切剁剁，而她手臂強壯，適合研缽搗杵。沒多久，亞當一請她與孩童分享技藝，於是她的日常工作添加了好幾堂的日課。

現在她習慣了女性穿的深色布袋裝。「妳應該想把頭髮留長吧？」魯雅娜說，「不要再留小男生頭了，我們女園丁都留長髮。」當桃碧問起原因，魯雅娜讓她明白這點美學偏好是來自上帝。這種含蓄卻跋扈的一本正經的特質，她太常在這個教派的女性成員身上看到。

偶爾她考慮要逃跑。首先，她不時渴望動物性蛋白質，除了按捺不住慾望，也覺得自己很可恥。「妳曾經想吃祕密漢堡嗎？」她問蕾貝佳。蕾貝佳來自她之前的世界，這種事情可以同她討論。

「我必須承認，」蕾貝佳說，「我確實想過這種事情，他們在裡面加了東西，一定是的，加了讓人上癮的東西。」

不過這裡的食物很可口，蕾貝佳盡量發揮手邊的有限材料，可是吃來吃去就是那幾樣。此外，祈禱冗長而乏味，宗教理論是胡亂湊出來的，如果你相信每個人即將在這星球上被消滅，為什麼斤斤計較生活方式的細節？園丁會深信大難臨頭，不過桃碧看不出有什麼可靠的證據。也許他們正在研究鳥的內臟。

他們的信念大致是這樣：由於人口過度膨脹，人心邪惡，有大批的人類將會死亡，不過園丁會將倖免於難。他們把糧食存在稱為「亞拉臘」的隱密倉庫，有了糧食的協助，屆時他們可以漂浮在無水之洪上。至於要怎樣漂浮在這場洪水之上呢？他們自己就是自己的方舟，保管了他們收集的核心動物，起碼是這些動物的名稱，因此他們將逃過一劫，讓地球的生物得以再度蓬勃生長。

桃碧問蕾貝佳是否當真相信園丁會這番全球浩劫的說法，蕾貝佳卻不願多談，只說：「他們心地善良，會來的總是會來，所以我會說：『放輕鬆吧。』」然後給了桃碧一個蜂蜜黃豆甜甜圈。

不管他們是不是好人，桃碧無法想像自己脫離現實，與這些逃亡者長久堅持下去。然而她不能就這麼率性地一走了之，那樣就顯得她不知感恩圖報，畢竟這些人幫助她逃脫。於是她想像自己從防火梯溜下去，經過下方的宿舍、柏青哥店、按摩店，然後在黑暗的掩護下跑走，搭便車，坐太陽能汽車到北方更遠的其他城市去。搭飛機是不可能的，實在太貴了，而且公司安全衛隊會嚴密檢查乘客。就算她有錢，也不能搭子彈列車，火車上會檢查身分證件，而她沒有。

不只是這樣，布朗可大概還在費心尋找她。他與他那兩個惡棍兄弟在平民區的大街小巷尋找。從來沒有女人逃出他的手掌心，這是他引以為榮的一件事，早晚他會找到她，要她付出代價。她那一踢的代價可真不小，要消除他的心頭大恨，她要麼不是遭到公開宣稱的輪暴，就是腦袋瓜被插在竿子上。

有沒有可能他並不知道她的下落呢？不可能，結黨做惡的鼠民總是打聽各種謠言，他們絕對聽到了消息，而且把情報賣給他。她一直避免上街，不過布朗可居然沒有一路追來，爬上防火梯與屋頂抓她，是什麼攔阻了他呢？最後她把擔憂告訴了亞當一。亞當一知道布朗可，明白他很可能怎麼做，因為他見識過他凶狠的模樣。

「我不希望讓園丁會遭遇危險。」桃碧是這麼說的。

「親愛的，」亞當一說，「妳跟我們在一起是安全的，起碼有普通程度的安全。」他解釋，布朗可屬於汙水礁湖的平民幫派，而園丁群住在隔壁的陰溝口。「不一樣的平民區，有不一樣的幫派份子，」他說，「他們不會來侵犯我們，除非想挑起幫派衝突。不管怎樣，公司安全衛隊管理幫派，根據我們的情報，他們宣布我們這裡是禁區。」

「為什麼他們要大費周章那樣做？」桃碧問。

「如果他們攻擊任何名稱中有『上帝』的團體，對於他們的形象不利，」亞當一說，「想想他們之中那些石油浸禮會和已知果實會的影響力，公司集團不會同意的。只要宗教不要開始壞事，他們聲稱尊重聖靈，支持宗教信仰自由，他們厭惡破壞私有產業。」

「他們不可能喜歡我們吧？」桃碧說。

「當然不喜歡我們，」亞當一說，「他們把我們看成古怪的狂熱信徒，除了在飲食方面有極端的堅持，還跟不上時尚，嚴格禁止購物。可是我們沒有任何他們想要的東西，所以我們還沒有資格當上恐怖份子，親愛的桃碧，安心睡覺吧，天使守護著妳。」桃碧心想，是古怪的天使吧，並不全是光明的天使。不過她躺在沙沙響的米糠床墊上，的確睡得比較安穩了。

亞當暨全靈長動物節

THE YEAR 洪荒年代 OF THE FLOOD

亞當暨全靈長動物節

創園十年

主　題：上帝創造人類的方法

演講人：亞當一

親愛的地球園丁同胞：

地球就是上帝的花園。看見你們所有人在我們美麗的伊甸崖屋頂花園集合，我非常開心！我也很開心看見這麼出色的創造物之樹，那是我們的孩子利用拾荒的塑膠品創作的——這是一個很好的實例，說明了邪惡的材料也能用在好的地方！我期待等一下的友情大餐，主菜有蕾貝佳美味的蕪菁派，裡面加了我們去年收成存放下來的蕪菁，更不用說醃菇雜燴，這要謝謝琵拉爾，我們的夏娃六。我們也慶祝桃碧升等成為全職的老師。桃碧以勤奮與奉獻向我們證明了一件事情，一個人能夠見到真理的光，便能克服千辛萬苦與內心障礙。我們以妳為榮，桃碧。

亞當暨全靈長動物節，我們強調我們靈長類的血統，這樣的承認已經讓傲慢堅持否認進化的人對我們提出譴責。不過，我們也堅稱神意將我們設計成現在的樣子，而這樣的堅稱讓那些在心裡講「沒有上帝」的科學家大怒，他們主張證明上帝並不存在，因為他們無法將祂放進試管秤重測量。不過上帝純然是精神，因而怎麼有人能就此推論，無法測量無窮的祂就能證明祂的不存在呢？上帝的確是「無」，而一切有形物質就在這「無」中存在，就靠這「無」而存在。如果不是有這「無」，存在將會因充滿實體而擁擠，我們無法分辨不同的事物。個別有形物體的存在，就是上帝之「無」的證明。

當上帝將自己的靈魂介入團團物質之間，形體從而形成，地球的基礎因而立下，此時這些科學笨蛋在哪裡呢？當「晨星一同歌唱」，他們在哪裡呢？讓我們在心裡寬恕他們，因為我們今天的任務不是譴責，而是以全心的謙卑思考我們自身物質的形態。

上帝以簡短一句話即可創造人類，然而祂並沒有採用這個方法。祂也可以利用大地泥土造人，從某個角度而言，祂確實以泥土造人，因為「土」除了意味所有物質實體基材的原子分子以外，還能指什麼呢？除此之外，祂在自然與有性生殖的漫長繁複過程中創造我們，這過程正是祂徐徐灌輸人類人性的巧妙方法。祂讓我們「比天使微小一點」，不過在其他方面，如科學所證實的，我們與靈長動物同胞關係極為密切，這項事實讓這世上自大者覺得有傷自尊。我們的胃口，我們的慾望，我們更難掌控的情緒——全是靈長類的特徵！我們從原始花園墮落，即是從單純表現這樣的典型與衝動，到清楚意識這些特質而且心懷羞愧，因此我們有了傷悲、焦慮、疑惑與對上帝的強烈憤怒。

的確，正如其他動物，我們受到祝福，收到「生養眾多、遍滿了地」的指示，不過這樣補給往往竟是以無比羞辱、侵略而痛苦的手段進行！難怪我們與生俱有罪惡與恥辱感！為何祂不將我們造就成純粹的精神，如同祂本身呢？為何祂讓我們崁入容易腐敗的物質中，而且非常遺憾，是與猴子相仿的物質中呢？古人於是哭了。

我們違抗了什麼戒律？以簡樸方式過動物生活的戒律——也可謂是不穿衣裳。而我們卻渴望善與惡的知識，我們獲得了那份知識，而現在我們得到了旋風般的破壞力做為報償。我們努力超越自我的過程中，我們其實往深處墮落，而且依然繼續往下墮落中，如同創世一樣，墮落也是持續進行。我們墮落到貪婪：為何我們以為地球上的萬物都屬於我們？然而實際上我們屬於萬物。我們背叛了動物的信賴，褻瀆了我們神聖的管理任務，上帝吩咐「生養眾多、遍滿了地」，不表示人口過度膨脹，從而消滅了其他萬物。我們已經殲滅了多少物種？只要是毀滅上帝最小的創造物，我們也就是對上帝做出同樣的行為。朋友們，下次你腳底壓扁一隻小蟲或輕視一隻甲蟲時，請好好想想那一點！

我們祈禱我們不會犯下驕傲的錯誤，自認是創造物中唯一擁有靈魂的例外，祈禱我們不會自負地想像位居於其他生命之上，而能隨心所欲、不受責罰地毀滅生物。

我們感謝祢，噢，上帝，祢以如此方式創造我們，讓我們想起我們比天使微小的存在，同樣也提醒我們，將我們與許多創造物同胞聯繫在一起的DNA與RNA鏈結。

讓我們歌唱。

啊，別使我驕傲

啊，別使我驕傲，親愛的上帝
別使我高於其他靈長類之上
我們經由他們的基因
漸漸變成了祢的愛

千秋萬世，祢的歲月
祢的方法超越慧眼
而由於祢混合的DNA
我們有了熱情理智與學識

憑藉猴子猩猩
我們無法永遠查考祢的路線
然而一切生物
在祢神聖的傘下得到庇護

若我們自誇驕傲
虛榮而傲慢
回想南猿（譯註）
我們內心的動物
請讓我們遠離更壞的特點
侵略，憤怒，貪婪
讓我們不藐視普通的出身
也不輕蔑我們靈長類的血統

—《上帝之園丁口述讚美詩集》

（譯註：多數古人類學家相信南猿屬是現代人類的祖先）

11

芮恩

創園二十五年

當我回想那一夜，無水之洪開始的那一夜，想不出有什麼跟平常不一樣的事情。大概七點左右，我覺得餓了，就從迷你冰箱拿出勁力棒吃掉半條。任何東西我都只吃一半，因為我這種體型的女孩子胖不得。有一次我問馬迪斯，我該不該做美胸手術，不過他說我在昏暗的光線下可以假裝未成年，客人可是超愛我們假扮女學生。

我拉了幾次單槓，又練練凱格爾骨盆肌肉收縮地板操，然後馬迪斯打視訊電話找我，看看我好不好：他很想我，因為沒有人能像我讓觀眾為之瘋迷。「芮恩，就妳能叫他們支付有好幾個零的帳單。」他說。我給他一個飛吻。

「屁股有沒有扁掉？」他說。於是我把視訊電話拿到身體後方。

「好性感，好想舔一口。」他說。就算你自己覺得很醜，他也讓你覺得自己是個大美人。

之後我打開「蛇穴」影像畫面，確認舞臺上活動，同時隨著音樂起舞。好奇怪，看著一切在沒有我的情況下繼續發生，好像我被擦掉了。緋瓣在挑逗鋼管。蘇凡娜代我上場跳高空舞蹈，她看起來很迷人，一身綠色亮片扭來扭去，頭皮還新做了銀色魔髮。我考慮自己也做一頭魔髮，它比普通假髮好，永遠不會掉下來。不過有些女孩說那氣味像是羊排，尤其在雨中時。

蘇凡娜動作有點笨拙，她本來不是跳高空舞蹈的，是跳鋼管的，而且她超級重，胖得像海灘球一樣鼓起來。穿細跟高跟鞋戳她，從後面朝她吹氣，她就會垂直往前跌個狗吃屎。「行得通的都好，」她常說，「而且寶貝，這招有用。」現在她單手抓住，做出頭下腳上的劈腿動作。她的動作過不了我這關，不過底下的男人對藝術向來也沒什麼興趣：除非蘇凡娜不發出呻吟，反而發笑，或是竟然從高空鞦韆上摔下來，不然他們會認為她跳得很棒。

我不看蛇穴的畫面，快速切換其他房間的畫面，看來看去，不過沒什麼有趣的。沒有戀物癖，沒有人想包在羽毛中，沒有人想塗上一層厚厚的麥片粥，沒有人想用絲絨繩高高吊起，沒有人想讓孔雀魚咬得全身扭動。只有日常單調的工作。

於是我打電話給亞曼達，我們就像彼此的家人。我猜是因為小時候我們都像流浪的小狗，所以我們兩個綁在一起。

亞曼達在威斯康辛州的沙漠。她近來很喜歡弄她所謂的「藝術惡搞」，目前正在拼裝一組生態藝術裝置。這次用的是牛骨。威斯康辛州十年前出現了嚴重的乾旱，後來他們發現就地把沒有死掉的牛群殺掉，比送牠們走還更便宜，所以威斯康辛州現在滿地都是牛骨頭。亞曼達有幾臺使用燃料電池的推土機，另外還找了兩個德墨佬非法難民來幫忙。她把牛骨堆成很大的圖案，大得只能從上空才看得懂。她用很大很大的大寫字母拼出一個字，然後在上面淋煎餅糖漿，等到上面滿滿都是昆蟲時，再從半空攝影，然後送去美術館展出。她喜歡看東西移動、增加、然後消失。

亞曼達永遠能弄到做藝術惡搞的錢，她在對文化有興趣的圈子裡算是有點名氣，這種圈子裡的人不多，不過都是有錢人。這一次她跟一個公司安全衛隊的高官談好了，用直升機送她到空中錄影。「我用大人物換來小旋風。」她是這樣跟我說的——我們在電話上絕口不提公司安全衛隊或直升機，因為他們用機器人監聽那一類的特殊字眼。

她在威斯康辛州做的藝術品屬於「活字」系列，她開玩笑說靈感來自於園丁會，因為他們百般制止我們寫字。她一開始做的是只有一個字母的字，I、A、O，接著做兩個字母的字，像是It，接著三個字母，四個、五個。現在她已經做到六個字母了。她用不同的材料拼寫這些字，魚內臟啦，因外洩有毒物質而死掉的小鳥啦，有次是從拆毀的建築拿來的馬桶，她在裡面裝滿用過的烹飪油，然後放火燃燒。

她最近在組「kaputt」（完蛋）。早先她告訴我時，說她要傳達一條訊息。

「傳給誰？」我說，「上藝廊的人嗎？有錢的大人物？」

「沒錯，」她說，「還有她們：有錢的大人物的老婆。」

「妳會惹上麻煩，亞曼達。」

「不會有事的，」她說，「他們又看不懂。」

她說計畫進行順利，下過雨，沙漠的花開了，出現大批昆蟲，昆蟲對她傾倒糖漿的時候有幫助。她已經完成了字母K，A做到一半。不過兩個德墨佬覺得愈來愈無聊了。

「我跟他們兩個一樣無聊，」我說，「我等不及要離開這裡。」

「三個，」亞曼達說，「他們是兩個人，德墨佬加上妳，這樣是三個。」

「好啦。妳看起來氣色很好，妳很適合穿卡其裝耶。」她個子高，有那種會去遠方探險的神情，很適合戴上熱帶國家那種遮陽帽。

「妳也不錯，」亞曼達說，「芮恩，妳要照顧自己。」

「妳也是，不要讓那些德墨佬撲到妳身上。」

「他們才不會，他們覺得我瘋瘋癲癲的，瘋女人會把人的小雞雞切掉。」

「我怎麼不知道！」我哈哈大笑。亞曼達喜歡逗我笑。

「妳怎麼會知道？」亞曼達說，「妳又沒有瘋瘋癲癲的，妳從來沒看過那話兒在地板上蠕動樣子。晚安，祝妳有好夢。」

「也祝妳有好夢。」我說。不過她已經切斷電話了。

我已經搞不清楚聖徒日，想不起來今天是哪一天。不過我可以計算幾年幾月。我用眉筆在牆上計算認識亞曼達多久了，我的作法跟以前卡通漫畫裡的囚犯一樣，畫四橫，然後中間穿過一條直槓，這樣就代表五。

認識很久了，亞曼達加入園丁會後已經超過十五年了。我早期的人生中，好多人從那裡來，亞曼達、伯妮斯、澤伯，亞當一、小薛、小柯，老琵拉爾，當然還有桃碧。我很想知道他們怎麼看我，對我後來謀生的方法有什麼看法。有人會對我感到失望，例如亞當一。伯妮斯會說我墮落，這句話罵得好。琉森大概會罵我蕩婦，我會說彼此彼此。琵拉爾會用睿智的眼光看我。小薛與小柯會笑吧！桃碧會對鱗尾很不滿。澤伯呢？我想他會想救我出去，因為這是個挑戰。

亞曼達已經知道了，她沒有批評。她說妳是去交換必需品，人也不是隨時都有選擇的機會。

12

當琉森和澤伯最初把我從凶域帶去園丁會生活，我不喜歡。園丁們常常微笑，可是我看到他們就怕，他們對世界末日、敵人和上帝很有興趣，常常討論死亡。園丁會嚴格規定不許殺生，另一方面又說死亡是自然的過程，現在我想一想，覺得這種說法有一點自相矛盾。他們認為變成堆肥也沒關係，讓身體成為禿鷹的一部分，這麼可怕的未來可不是每個人都嚮往，園丁們卻很期待。他們開始談論無水之洪，說洪水會奪走地球上每個人的性命，也許除了他們以外。我聽了之後開始做惡夢。

這些話完全嚇不到真正的小小園丁，他們習以為常，甚至拿這些論點開玩笑，起碼那些大男生會，像小薛、小柯和他們的哥兒們。「我們全都會死死死死死。」他們常這麼說，同時還扮出死人臉。「嘿，芮恩，想不想為生命循環貢獻自己的小小心力？去，躺到大型垃圾箱裡，妳就是堆肥了。」「嘿，芮恩，想不想當蛆？來，舔我的傷口！」

「閉嘴，」伯妮斯總是說，「不然你自己就要進垃圾箱了，因為我會把你塞進去！」伯妮斯很暴躁，而且堅持立場不退讓，於是大部分的小孩子就會退下。可是這麼一來，我就欠了伯妮斯人情，她說什麼我都要照做。

當伯妮斯不在身邊，不能擋開小薛和小柯，他們就會嘲弄我。他們捏蚯蚓、吃甲蟲，想讓你覺得噁心想吐。他們是麻煩人物——桃碧是這樣喊他們的，我聽見她對蕾貝佳說：「麻煩人物來了。」

小薛年紀最大，高高瘦瘦的，手臂內側有個蜘蛛刺青，那是他用針與少許蠟燭炭灰戳出來的。小柯比較矮胖，頭圓圓的，掉了顆旁邊的牙齒，他聲稱是在街鬥時被敲掉的。他們有個小弟弟叫做奧茲。他們沒有爸爸媽媽。本來有的，可是他們爸爸跟著澤伯出門，參加某個特別的「亞當行程」，然後就再也沒有回來過了。後來他們的媽媽走了，走前告訴亞當一，說她安頓好了之後會派人來接他們過去。不過她始終沒有派人來。

園丁學校不在屋頂花園那一棟樓，學校那棟建築叫做「健康診所」，因為那裡本來就是診所。裡面有幾箱裝滿紗布繃帶的剩貨箱，那是園丁會拾荒來的，要做成工藝品。裡面有醋的味道，因為教室走廊對面是園丁釀醋的房間。

健康診所的長凳硬梆梆，我們排排坐。我們在石板上寫字，每天上課結束時就必須把字擦掉，因為園丁說不能把文字留在敵人可能會發現的地方。反正使用紙張是有罪的，因為紙是樹的肉做成的。我們花了很多時間背書吟誦，例如「園丁史」，就像這樣：

創園元年，花園初建；創園二年，嶄新依然；創園三年，琵拉爾與蜂館；創園四年，波特入團；創園五年，桃碧脫難；創園六年，克郎大打混戰；創園七年，澤伯進了我們的樂園。

創園七年應該說我也來了，還有我媽媽琉森，不管怎樣，反正這裡也不是什麼樂園，園丁會只是喜歡頌歌押韻而已。

創園八年，魯雅娜尋獲命緣，創園九年，斐洛大放璀璨。

我希望創園十年有「芮恩」的名字在裡面（譯註：Ten與Ren正好押韻），不過我想是不會有的。其他要背的東西更難，數學和自然科學最可怕。我們也必須記住每一個聖徒日，每一天起碼有一個聖徒，有時候更多，有時候可能有宗教祭日，因此要背的東西超過四百個。除此之外，還要記住聖徒成為聖徒的所做所為，有的很簡單，比說，草鴞聖萊西姆（Yossi Leshem），嗯，答案很明顯吧。還有聖佛西（Dian Fossey），好記，因為故事很慘；聖薛克頓（Shackleton），好背，因為是英雄故事。不過有些非常難記住，誰記得住聖亞魯斯（Bashir Alouse）？聖克利克？土杉日？我永遠搞錯土杉日，因為什麼是土杉啊？是種古老樹種，不過聽起來像是魚的名稱。

我們的老師有魯雅娜，她教幼童班、放春唱詩班與「織物回收利用課」。蕾貝佳負責「廚藝課」，也就是做菜。舒雅教縫紉課，穆基教心算課，琵拉爾教蜜蜂和真菌學，桃碧上「草藥全方位癒療法」，波特負責「野生與栽培植物」，斐洛是冥想課老師。澤伯教我們「肉食性動物與獵物關係」與「動物偽裝」。我們十三歲時還有其他老師，克郎教我們「緊急醫療」，馬魯須卡助產士教「人類生殖系統」，我們都只學到「青蛙卵巢單元」，不過主要就是那些。

小小園丁們替所有老師取了綽號，琵拉爾是蕈菇，澤伯是瘋狂亞當，史都華是螺釘，因為他做家具。穆基是肌肉，馬魯須卡是黏液，蕾貝佳是胡椒鹽，波特因為禿頭叫做圓頭。桃碧是乾巫婆，叫她巫婆，因為她老是把東西混起來倒進瓶子，「乾」是因為她很瘦很嚴格，而且可以跟魯雅娜區分。魯雅娜是溼巫婆，因為她嘴巴溼溼的，屁股還愛扭來扭去，還因為你兩三下就可以把她給惹哭了。

除了學習頌歌，小小園丁自己也會編粗俗的曲子，小小聲地偷偷唱。薛克頓和柯洛齊等大男生會先開頭，然後我們就都加入一起唱起來：

淫巫婆，淫巫婆，
淫淫答答的大肥娘，
賣給肉販發大財，
做成香腸一口吃，
淫淫淫淫，淫巫婆！

歌詞中特別惡劣的是肉販與香腸，因為對園丁來說，任何種類的肉都是討厭的。「別再唱了。」魯雅娜說。接著她哽咽起來，大男生便對彼此豎起大拇指。

我們向來無法惹乾巫婆哭。男生說她是鐵娘子，她和蕾貝佳是最嚴格的兩個鐵娘子。蕾貝佳看起來心情都很好的樣子，不過不要故意激怒她。至於桃碧呢，她裡裡外外都跟鐵一樣硬。「不要亂來，薛克頓。」她說，雖然她根本背對著薛克頓。魯雅娜對我們非常寬容，不過桃碧在該罰的時候就會罰我們，而我們比較信賴桃碧，要選依靠的對象，你不會選蛋糕，而會選擇岩石。

13

我、琉森和澤伯住在離花園約五個馬路口的建築，它叫做起司工廠，因為本來就是起司工廠，裡面隱隱約約還有起司的氣味。起司工廠之後，這裡被當作藝術家的工作室，不過後來裡面半個藝術家也沒有了，而且好像沒有人知道誰是屋主。這段期間，園丁會接收了屋子，他們喜歡住在不必付房租的地方。

我們的起居空間是一間寬敞的房間，然後用簾子圍出幾個隔間，我一間，琉森和澤伯一間，還有一間裡面是紫羅蘭環保馬桶，一間用來盥洗。隔間簾是用長條塑膠袋和強力膠帶黏出來的，完全沒有隔音效果。這樣很不好，尤其使用紫羅蘭環保馬桶的時候。園丁們說消化是神聖的，氣味聲響是營養處理過程的終極產物，沒有什麼好笑或可怕的。不過在我們住的地方，很難不去理會這些終極產物。

我們在主廳用餐，餐桌是用一片門板做出來的。我們利用廢物做鍋碗瓢盆，園丁會稱這是「拾荒」，不過有幾個比較厚實的盤子和馬克杯例外，那些是園丁們以前在製陶時期製做的，後來他們認為窯爐消耗太多的能量，就不再燒陶了。

我睡在塞了糠和稻草的日式床墊上，被子是藍色牛仔褲和用過的浴室足墊縫出來的，每天早上我必須做的第一件事情是鋪床，雖然園丁對於床的材料不講究，可是喜歡整齊無瑕的床鋪。然後我從牆壁的釘子上把衣服拿下來穿上。我每七天有一套乾淨的衣服可穿，園丁會不喜歡浪費清水和肥皂過度清潔。

我的衣服永遠是溼溼的，因為溼度很重，因為園丁會不喜歡烘衣機。「上帝創造太陽是有理由的。」魯雅娜常常這樣說，根據她的說法，那個理由就是要曬乾我們的衣物。

琉森還躺在床上，那是她最喜歡的地方。當我們還跟我親生爸爸住在康智園區的時候，她幾乎不會待在家裡，到了這裡，她幾乎不到屋子外面，除非是去屋頂或健康診所，幫助別的女園丁剝牛蒡或縫製凹凹凸凸的被子，還是編黏塑膠袋簾子什麼的。

澤伯則會去洗澡，他違背了許多園丁規則，不能每日洗澡就是其中一條。我們的洗澡水以園藝用水管從雨水桶接下來，靠地心引力當作能源，所以不會耗費能量。這正好是澤伯讓自己破例的理由。他常常唱著：

沒人在意，
沒人在意，
所以我們從瀉槽流下來，
因為沒人在意！

他洗澡時唱的歌每一條都這樣消極，不過他可是用那俄羅斯大熊一樣的嗓音，歡天喜地唱著呢！

我對澤伯的感情很複雜，他有時候很嚇人，不過家裡有個這麼重要的人在，你會覺得很安心。澤伯是亞當，是一個居領導地位的亞當，你從別人尊敬他的樣子就知道。他高壯結實，留著長鬍子和長髮，他的毛髮是褐色的，有一點點少許的灰色。他的臉很像皮革，眉毛像鐵絲網，那副德性看起來好像應該要有銀牙和刺青，不過他沒有。他跟保鏢一樣強壯，也有同樣險惡卻又親切的表情，好像必要時會把你脖子折斷，而且不是鬧著玩的。

有時候他會陪我玩骨牌。園丁會的玩具很少，大自然是我們的遊樂場，他們只批准利用剩餘布料或累積下來的繩子所做出來的玩具，不然就是把乾燥的山楂子改造成皺巴巴的老人頭像。可是他們允許我們玩骨牌，因為骨牌是他們自己刻的。我贏的時候，澤伯會笑著說：「真有妳的，妹妹。」於是我心底覺得暖暖的，好像開了一片金蓮花。

琉森總是叫我要對他親切，因為他雖然不是我的親生父親，可是對我就像是親生父親，如果我不尊重他，他心裡會難過的。可是她又不太喜歡澤伯對我好，所以我很難知道該怎麼做才是對的。

澤伯在浴室唱歌時，我會自己弄東西吃，吃乾燥的黃豆片或可能是晚餐剩下的蔬菜麵餅。琉森的菜做得很難吃。然後我就出門上學去。通常我這時肚子還很餓，不過可以期待學校午餐，雖然吃得不會很好，不過總歸是食物。亞當一說得真好，飢餓是最佳調味料。

在康智園區時，我不記得曾經餓過。我好想好想回去那裡，我想要我的親生父親，他一定還愛我，要是他知道我人在哪裡，一定會來把我接回去。我想住在我真正的家，有自己的房間，床上掛著粉紅色床帷，衣櫃裡塞滿了不同的衣服。可是我最希望的還是媽媽回到以前的樣子，以前她會帶我去買東西，或者去俱樂部打高爾夫球，或者去泉馨芳療館給她自己修修門面，然後回來時她笑得可親切了。不過我如果提到任何與過去生活有關的事情，她只會說那是過去的事情了。

她跟澤伯私奔加入園丁會，理由很多。她說他們的習慣對人類最好，對地球上其他生物也都很好，而且她是為了愛才這麼做，不光是對澤伯的愛，還有對我的愛，因為她希望世界能夠恢復正常，生物才不會全部都滅絕，我知道了難道不覺得開心嗎？

她自己看起來就沒那麼開心。她總是坐在桌子前梳頭髮，盯著我們唯一的小鏡子瞧自己，露出悶悶不樂的樣子，或者是批評的表情，也許是悲痛的表情吧。她跟所有女性園丁一樣留著長髮，梳好編好再以髮夾固定，這可是大工程一件。不順利時，她一天要做四或五次。

當澤伯不在的日子，她幾乎不跟我說話，不然就是表現得像我把他藏起來一樣。「你最後見到他是什麼時候？」她說，「他在學校嗎？」好像她希望我暗中監視他，然後她又會帶著歉意說：「妳還好嗎？」好像她誤解了我什麼。

就是我回答，她也不聽，反而仔細傾聽有沒有澤伯的聲音。她會愈來愈焦慮，甚至開始生氣。她來回踱步，往窗戶外頭張望，自言自語說他對她多壞又多壞。可是當他終於出現了，她又過度關心他，開始喋喋不休，上哪去啦，跟誰在一起啊，為什麼沒有早一點回來啊？他只會聳聳肩膀說：「沒事的，寶貝，我現在在這裡，妳擔太多心了。」

接著兩人就消失在他們塑膠條與強力膠帶黏出的隔簾裡面，媽媽發出痛苦又下賤的聲音，我覺得丟臉死了。我當時很討厭她，因為她沒有自尊，也沒有克制力，就好像她沒穿衣服就跑到購物商圈的商店街上。她為什麼這麼崇拜澤伯？

現在我明白了怎麼會發生那種事情。人可能愛上任何人，愛上傻瓜、罪犯、無名小卒。沒有有用的規則可依循。

園丁會還有一件事情讓我非常討厭，那就是衣服。園丁會的人什麼膚色都有，可是衣服則只有一種顏色。假如亞當夏娃們說的對，大自然是美麗的，假如原野上的百合是我們的模範，為什麼我們不能更像蝴蝶，然後與停車場的相似度少一點點呢？我們好單調、好樸素，我們的衣服已經刷過數不清的次數，我們的顏色好黯淡。

我們叫街頭那些小孩鼠民，他們幾乎沒什麼錢，可是全身亮晶晶的。我好羨慕他們手裡像魔術師紙牌那樣一閃一閃的東西，那些閃閃發亮、熠熠生輝的東西，像是電視攝影手機，有粉色，有紫色，有銀色，或者他們塞進耳朵聽音樂的「吸耳糖果機」（Sea/H/Ear Candies）。我想要他們俗豔的自由。

我們不准與鼠民做朋友，而鼠民把我們當成賤民看，不是摀住鼻子大叫，就是拿東西扔我們。亞當夏娃們說，我們因為信仰而遭受迫害，不過他們那樣做應該是因為我們的服裝：鼠民很關心時尚，身上穿的都是他們能夠交換或偷來的最好行頭。所以我們不能跟他們來往，不過可以偷聽。我們就像染病菌那樣得知他們的情報，好像透過鋼絲網眼柵欄凝望那個禁止接觸的世俗生活。

有一回，我發現了一個漂亮的攝影手機掉在人行道上，上面都是爛泥，訊號也斷了，我也不管，還是帶回去，結果夏娃們撞見我拿著它。「妳真是不知道好歹？」她們說，「那種東西會傷害妳！會燒掉妳的腦子！連看都不可以看它，妳看得見它，它就看得見妳。」

14

我在創園十年首次認識亞曼達，當時我十歲，創園幾年我就幾歲，所以很容易記住那是什麼時候。

那天是狼聖法利日，是小小環保工程師清潔馬路的日子，我們必須在脖子上繫上討厭的綠色印花手帕，然後出門收集園丁們回收材料工藝品要用的東西。有時候我們要收集殘餘的肥皂，便提著柳條籃到高級飯店和餐廳巡迴，因為他們會扔掉大量的肥皂。最好的飯店在有錢的平民區，例如蕨邊區、高爾夫公園區，其中最奢華的就屬「太陽能空間」。雖然不准騎車，我們還是會搭便車過去。園丁會常常都是這樣：吩咐你做某件事情，然後禁止你用最方便的方法去做。

玫瑰香的肥皂最高級，伯妮斯和我會帶一些回家，我把我的收進枕頭套，好蓋過潮溼被褥的霉味。其餘的就交給園丁，他們在屋頂用黑盒子太陽能炊具，以小火把肥皂煮成糊狀，放涼後切成厚片。園丁使用大量的肥皂，因為他們非常擔心微生物，不過有些切好的肥皂會留下來不用，用葉子包起來，再用葉子搓出來的繩子綁好，準備在園丁會生命之樹自然物料交換市集上，賣給觀光客和伸長脖子傻看的人，市集上還有賣袋裝的蟲子、有機蕪菁、美洲南瓜，以及其他園丁們吃不完的蔬菜。

那天不是肥皂日，是醋日。我們到酒吧、夜總會和脫衣舞廳的後門，把他們的垃圾箱徹底翻過來，找到剩下的酒，就倒進我們小小環保工程師的琺瑯提桶，然後使力把酒提去健康診所，倒進釀醋室的大罈內，讓酒發酵成醋，園丁再用醋來清潔家裡。多餘的醋就注入我們拾荒時收集來的小瓶子，上面用膠水黏上園丁標籤，等到生命之樹活動，再連同肥皂一起拿出來賣。

照理說，我們小小環保工程師的勞動是要教導我們某些有用的教訓，例如：任何東西都不該粗心丟棄，連罪惡之地的酒也不行。沒有所謂垃圾、廢物或穢物的東西，只有沒有適當利用的物質。而且最重要的是，每個人，包括小孩子，必須對社群生命有所貢獻。

小薛和小柯那些大男孩有時候並沒有把酒存下來，反而自己喝了。他們喝多，不是倒地，就是嘔吐，或者跟鼠民打架，對著酒鬼扔石頭。為了報復，酒鬼會往空的酒瓶小便，看看能不能戲弄到我們。我自己從來沒有喝到尿，只要聞聞瓶口就知道了。不過有些小孩會抽香菸或雪茄的屁股，甚至是迷幻藥（如果弄得到手的話），把嗅覺搞得麻木了，於是把瓶子對嘴一喝，然後吐口水，破口大罵。不過說不定那些孩子故意喝有人尿過的瓶子，給自己說髒話的藉口，因為園丁不准我們詛咒。

只要一離開花園裡的人的視線，小薛和小柯那些男生就會拿下小小環保工程師的印花手帕，然後綁在頭上，就像亞洲共融國那些人一樣。他們也想成為街頭幫派，甚至有組暗語。他們會喊「壞！」對方就該回答「疽！」也就是「壞疽」。「壞」是因為他們想使壞，「疽」是因為頭巾的印花很像潰瘍的圖案。這本來應該是他們幫內份子的祕密，不過總之我們全都知道。伯妮斯說這個暗語實在非常適合他們，因為壞疽是腐敗的身體組織，而他們爛到爆。

「很棒的笑話，伯妮斯。」柯洛齊說，「附註：妳醜到爆了。」

我們應該結伴去拾荒，這樣才能保護自己不被鼠民的街頭幫派欺侮，或者不讓酒鬼搶走提桶，把酒給喝了，這樣也不怕綁架小孩的人把我們賣去雛妓市場。不過我們都是三三兩兩分開，因為這樣可以更快把負責的區域掃光。

就在這一天，我一開始跟伯妮斯一組，接著我們竟然吵起架來。我們常常起爭執，我認為這代表了我們的友情，因為不管我們吵得再怎麼凶，永遠會和好。某種結合力讓我們連結在一起，它不像骨頭那樣硬，反而像軟骨那樣光滑的東西，這大概因為我們兩人在小小園丁中都覺得沒有安全感，都害怕孤單，沒有夥伴。

這一次，我們為了一個串珠零錢包吵架，錢包上有個海星，是我們從垃圾堆中找出來的。我們很喜歡很喜歡找到那種東西，眼睛隨時隨地都在注意。平民區的居民很會丟東西，因為——根據亞當夏娃們的說法，他們只有三分鐘熱度，而且道德淪喪。

「我先看到的。」我說。

「上次是妳先看到的。」伯妮斯說。

「那又怎樣？還是我先看到的！」

「妳媽醜斃了。」伯妮斯說。這麼說不公平，因為我自己就是這麼想，伯妮斯明明知道。

「妳媽才蔬菜哩！」我說。在園丁會中，不可以拿「蔬菜」羞辱人，不過它的確是一句罵人的話。

「妳嘴巴有肉臭！」伯妮斯說。她拿到錢包，她要留著。

「薇娜是蔬菜！」我追加一句。

「隨便妳！」我說。我轉身走開，隨便亂走，沒有注意四周，伯妮斯也沒有從後面追上來。

事情發生在被稱為「蘋果角」的商店街，蘋果角是我們這個平民區的正式名稱，不過大家都稱這裡是「陰溝口」，因為民眾來了這裡就消失得無影無蹤。我們小小園丁一逮到機會就走過商店街，只是看看而已。

就像我們平民區的其他東西，這一條商店街以前也比現在有格調。這裡有個壞掉的噴泉，裡面都是空的啤酒罐，固定的花槽內有好多「嘶嘶水果飲料」（Zizzy Froot）瓶子、菸蒂，還有用過的保險套，上面都是潰爛的細菌（是魯雅娜說的）。還有個全像旋轉亭（holospinner），以前轉一轉就會吐出太陽、月亮和少見的動物，如果放錢進去，轉出來的會是你自己的影像。不過前些時候被人破壞了，現在裡面空空的。有時候我們會走進亭子，拉上破破爛爛的星星簾子，讀鼠民在牆上留下的信息。莫尼卡大爛人；那達夫只欠你錢？你免錢，baBc8s！布萊德死定了。那些鼠民好大膽，哪裡都敢寫字，什麼都敢寫。他們不在乎有誰看到。

陰溝口的鼠民會進去旋轉亭吸毒，亭子裡有明顯的臭味，也在裡面做愛，我們看得出來，因為他們留下了保險套，有時還有內褲。這些事情小小園丁都不該做，迷幻藥是用在宗教用途，做愛只有那些交換綠葉、跳過火堆的人（譯註：此為園丁會的婚姻儀式）才能做。可是年紀較大的小小園丁說他們照做不誤。

沒有用板條封起來的店有兩家，專賣二十元的商品，分別叫做「金屬箔」和「西部蹦蹦」，總之是這類的名字。他們賣羽毛帽、能畫在身上的蠟筆，他們的T恤上有龍和骷髏圖案，還有很賤的標語。他們也賣勁力棒、讓舌頭在黑暗中發光的口香糖、寫著「讓我為你吹」的紅唇形狀菸灰缸、以及刺青貼紙，夏娃們說貼紙會燒傷皮膚，一直燒到血管。你還可以在那裡找到很便宜的昂貴貨品，小薛說那是從太陽能空間精品店偷來的。

夏娃們會說，全都是俗氣的廢物，如果你要出賣自己的靈魂，起碼價錢開高一點！伯妮斯和我不以為意，我們對自己的靈魂沒有興趣。我們盯著櫥窗裡面看，想要那些東西想到頭昏眼花。我們常問，妳想要什麼？ＬＥＤ燈的發光魔杖？那可是個寶！血與玫瑰錄影帶？噁，那是男生看的！乳頭會動的自黏波霸假乳？芮恩，妳很爛耶！

那天伯妮斯走了以後，我不知道該做什麼，心想也許應該直接回去，因為我覺得一個人不是很安全。然後我看見亞曼達，她站在商店街的對面，跟一群德墨平民女生在一起。我一看見那群人就知道他們是誰，不過亞曼達以前從來沒有跟她們一起出現。

那些女生穿著她們平常會穿的那類衣服：迷你裙，亮晶晶的上衣，脖子上掛了棉花糖圍巾，戴銀手套，頭髮上別著塑膠蝴蝶。她們有吸耳糖果機、閃閃發光的電話、水母手鐲，而且很喜歡炫耀。她們的吸耳糖果機播放同一條歌曲，人還隨著曲調跳舞，扭屁股，挺出胸部來。她們看起來好像擁有過每一家店裡的東西，而且已經玩膩了。那神情讓我羨慕得要死，我就站在那裡羨慕著。

亞曼達也在跳舞，不過跳得比較厲害。過了一會兒，她停下來，站到一旁，對著紫色電話輸入簡訊。然後大剌剌地看著我，露出微笑，搖一搖銀色手指，那意思是「過來」。

我看看沒有人在看，便走到商店街的對面。

15

我一過去，亞曼達便問：「想看看我的水母手鐲嗎？」我在她眼中一定很可憐，如孤兒般的服裝、蠟筆似的手指。她舉高手腕：上面有小隻水母，一張一閉，好像在游泳的花朵。看起來美呆了。

「妳哪弄來的？」我問。我簡直不知道要說什麼才好。

「偷來的。」亞曼達說。鼠民女生東西多半就是這樣來的。

「牠們在那裡還能活著？」

她指著扣緊手環的銀色圓頭。「這是供氧器，」她說，「會打氧氣進去，一星期補充兩次飼料。」

「忘了怎麼辦？」

「水母就會吃水母。」亞曼達說，露出淺淺的笑容。「有的小孩故意不放飼料進去，然後裡面就像發生小戰爭，過了一陣子只剩下一隻水母，然後牠就死了。」

「好可怕。」我說。

亞曼達維持同樣的笑容。「欸，所以他們才要那樣做啊。」

「牠們真漂亮。」我用淡淡的口吻說。我想討好她，可是沒辦法判斷她認為「可怕」是好是壞。

「拿去。」亞曼達說。她伸出手腕。「我可以再偷一個。」

我想要那只手鐲想得要命，不過不知道怎麼買飼料，那麼水母就會死。另一方面，我藏得再好，手鐲也會被發現，那麼我就倒大楣了。「我不能拿。」我說，往後退了一步。

「妳跟那些人是一夥的，是吧？」亞曼達說。她不是在嘲笑我，看起來只是好奇而已。「撿破爛的，人家說這一帶有很多這種人。」

「我不是。」我說。我全身上下都證明這是個謊言，在陰溝口平民區，有很多人穿得破破爛爛，不過不像園丁，他們是特意這麼打扮。

亞曼達微微偏著頭。「奇怪，」她說，「妳看起來跟他們很像。」

「我只是跟他們住在一起，」我說，「我只是偶爾會去看看他們，我根本不像他們。」

「妳當然不像。」亞曼達笑著說。她輕輕拍拍我的手臂。「過來，我想讓妳看樣東西。」

她帶我走去通往鱗尾夜總會後面的巷子。我們小小園丁不該到那裡去的，不過我們照樣去，因為如果我們拾荒的時候比酒鬼早到，就可以拿到很多釀醋用的酒。

那條小巷子很危險，夏娃們說鱗尾夜總會是下三濫的賊窩，我們絕對絕對不可以進去，特別是女生。門上方的霓虹燈寫著「成人娛樂」，晚上會有兩個穿黑色套裝的彪形大漢守門，雖然黑漆漆的，他們還戴墨鏡。有個小小園丁姊姊聲稱這些人跟她說：「一年後帶著妳迷人的翹屁股再來吧。」可是伯妮斯說她只是在吹牛。

鱗尾的入口兩側有立體全像照片（譯註：holophotos，為使用全像術處理相片，讓照片展現立體感），還打了燈光。在照片中，那些漂亮女孩子的身體都是由亮晶晶的綠色鱗片遮蓋，就像蜥蜴一樣，只有頭髮沒有鱗片。其中一個女孩子單腳站立，另一隻腿則掛在脖子上。我覺得這樣站一定很痛，不過照片中的女生在笑。

鱗片是長出來的？還是貼上去的？伯妮斯和我看法不一樣。我說是貼上去的，伯妮斯說是長出來的，因為那些女生動過手術，就像做了美胸移植。我告訴伯妮斯，那是不可能的事，因為沒有人會願意動那種手術。不過背地裡我有點相信她的話。

某個白天，我們看見一個綠鱗女孩從馬路上跑過來，後面有個穿著黑色套裝的男人在追她。因為亮晶晶的綠色鱗片，她發出強烈的閃光。她踢開了高跟鞋，光腳跑步，在人群中閃進閃出，後來卻撞上一片破玻璃，於是跌倒了。那男人追上她，一把將她抱起來，帶她回鱗尾，她的綠色蛇皮手臂垂下來，腳在流血。每次我想到那一幕，全身就覺得一陣寒顫，好像看到別人切掉手指般。

在鱗尾旁的巷子後面有個小方庭，垃圾桶就擺在那裡，裡面裝了碳質垃圾油廢物一類的東西。然後有一道木板柵欄，柵欄後方是空地，原本的建築已經燒毀了，現在只是一片堅硬的泥地，上面有水泥塊、燒黑的木頭、玻璃碎片，還長出了野草。

鼠民有時候會在那裡廝混。我們把酒瓶倒光的時候，他們會嚇我們，大喊：「撿破爛，破爛撿，髒兮兮。」他們還會搶了提桶就跑，不然就是把桶子的東西都倒在我們身上。伯妮斯就曾經遇過這種事，好幾天身上都散發出酒臭。

有時候戶外教學時我們會跟著澤伯到空地，他說那裡是平民區中可以找到最像草地的地方。他跟我們在一起時，平民區的小孩不會惹我們。澤伯就像自己養的老虎，對你溫順，對別人可是凶猛的。

有一回我們在那裡發現一個死掉的女孩，身上沒有一根頭髮、穿著半件衣服，身上只剩下兩三片綠鱗。我心想，那是貼上去或之類的，總之不是長出來的。所以我是對的。

「她可能在做日光浴。」一個大男孩說，其他男生都吃吃竊笑。

了。

「不要碰她，」澤伯說，「尊敬些！今天我們到屋頂花園上課。」下次戶外教學時，她已經不見了。

「我賭她成了碳質垃圾油了。」伯妮斯對我耳語。碳質垃圾油是用任何碳質垃圾提煉出來的：屠宰場渣滓、老舊的青菜、餐廳棄物，甚至塑膠瓶也可以。把碳質材料放進鍋爐，油和水就流出來，含金屬的任何東西也會跑出來。法律規定不能放人類屍體，不過小孩子會開那種玩笑。擠出油、水、襯衫扣子。擠出油、水、黃金鋼筆尖。

「擠出油、水、綠鱗片。」我對伯妮斯低聲說。

乍看之下，空地是空的，沒有酒鬼，沒有鼠民，沒有女子裸屍。亞曼達帶我到最遠的角落，那裡有一塊又平又厚的水泥塊。有瓶糖漿瓶子靠在水泥塊上，是那種可以把糖漿擠出來的瓶子。

「看看這個。」她說。她用糖漿在水泥塊上寫了自己的名字，川流不息的螞蟻在字母上吃東西，所以每一個字母的邊緣都裝飾了黑蟻。那是我第一次知道亞曼達的名字，我看見螞蟻拼出她的名字：亞曼達・佩因。

「酷吧？」她說，「想不想寫妳自己的名字？」

「妳為什麼要那樣做？」我說。

「很棒啊，」亞曼達說，「你寫字，然後他們把你寫的東西吃掉，所以你出現了又消失了，這下子就沒有人能找到你了。」

為什麼我覺得聽起來很有道理？我不知道，不過我確實覺得有理。「妳住在哪裡？」我問。

「附近啊。」亞曼達漫不經心地說。這表示她並沒有固定居處，她睡在某個擅自占用的空間，也可能是更糟的環境。「我以前住在德州。」她又繼續說。

所以她是難民。德州遭到多次颶風來襲，後來又發生幾次乾旱，於是這裡就出現了許多德州來的難民，多半是非法的。現在我明白為什麼亞曼達對於消失這麼有興趣了。

「妳可以來跟我一起住。」我說。我並沒有那樣打算，只是話就這麼說出了口。

就在那一刻，伯妮斯從柵欄的缺口擠過來。她大發慈悲，回頭來接我了，只是我現在不需要她了。

「芮恩！妳在做什麼！」她大叫。她咚咚咚地走過空地，她的腳步常常這樣果斷。我不由自主地想，她有雙大腳，身體太寬厚，鼻子太小，脖子應該更長更細，要更像亞曼達那樣才好看。

「我想走過來的人是妳的朋友吧。」亞曼達笑著說。我很想說她不是我的朋友，可是沒有足夠膽量做出那種背信忘義的事。

伯妮斯臉紅通通地走到我們面前，她生氣時永遠會臉紅。「走吧，芮恩，」她說，「妳不應該跟她說話的。」她發現了亞曼達的水母手鐲，我看得出來她跟我一樣想要。「妳這個討厭鬼，」她對亞曼達說，「鼠民！」她勾住我的手臂。

「她叫亞曼達，」我說，「她要來跟我一起住。」

我想伯妮斯大概會照舊大發脾氣，不過我用冷冷的眼神瞪她，這眼神表示我不會讓步。如果她太過分了，可能有在陌生人面前丟臉的危險，因此她反而對我露出安靜而謹慎的表情。「那好吧，」她說，「她可以幫忙提要釀醋的酒。」

我們辛辛苦苦往健康診所走回去，途中我對伯妮斯說：「亞曼達知道怎麼偷東西。」我本來要把這當作求和的禮物，伯妮斯卻只是不屑地哼了幾聲。

16

我知道一件事，我根本不可能像抱著迷路的小貓一樣地把亞曼達帶回家，琉森一定會叫我把她帶回我發現她的地方，因為亞曼達是鼠民，而琉森痛恨鼠民。在她看來，他們都是墮落的小孩，都是小偷、騙子，而且小孩子一旦墮落過，就如同野狗，永遠不可能學乖或讓人信任。她不敢從園丁會走到別處，因為走在路上時，成群結夥的雜鼠會擠到你身邊，不管搶到什麼，搶了就跑。她始終學不會撿石頭還手大罵，原因是她以前的人生，她本來是溫室裡的花朵——澤伯是這樣稱呼她的，我以前總以為這是讚美的話，因為他用了「花朵」兩個字。

所以亞曼達會被攆走，除非我先得到亞當一的許可，他喜歡有人加入園丁會，尤其是小孩子，他總是說園丁會應該鑄造年輕的心智。如果他說亞曼達可以跟我們住在一起，那麼琉森就不能反對了。

我們三個人在健康診所找到亞當一，他正在幫忙把醋裝瓶。我說我撿到了亞曼達（是我「拾荒」撿來的），她希望加入我們，她見過那種「光輝」，她可以住在我家嗎？

「孩子，是真的嗎？」亞當一問亞曼達。其他園丁也停下手邊工作，注意看著亞曼達的迷你裙和銀色手指。

「是真的，先生。」亞曼達以尊重的口吻說。

魯雅娜走過來說：「她會帶壞芮恩，芮恩很容易被人誘導，我們應該讓她跟伯妮斯住在一起。」

伯妮斯得意洋洋地看我一眼：看看妳幹的好事吧！「沒問題。」她不動聲色地說。

「不行，」我說，「是我找到她的！」伯妮斯用凶狠的眼光瞪我。亞曼達沒有說話。

亞當一凝望我們三個人，他見識廣博。「也許應該由亞曼達自己來決定，」他說，「她應該與這兩個家庭的人碰面，這樣有助於解決這個問題，那是最公平的作法，對不對？」

「先去我家。」伯妮斯說。

伯妮斯住在「怡景公寓」。這棟樓其實不是園丁會的，因為園丁會不贊同所有權這概念，不過他們用某種方式管理這棟樓。褪色的金色刻字寫著「現代單身豪華樓房」，但我知道裡面並不豪華。伯妮斯家公寓的洗澡間堵塞，廚房地磚有裂縫，下雨天時天花板會滲水，廁所因為發霉而滑溜。

我們三人走進大廳，經過中年園丁阿姨面前，她負責那裡的安全，當時正忙著做粗繩結工藝飾品，幾乎沒有注意到我們。我們得爬六層樓梯才到得了伯妮斯那一層，因為園丁會不喜歡電梯，只有老人和下身癱瘓者才能使用。樓梯間有被禁的物品：注射針、使用過的保險套、湯匙、殘餘的蠟燭。園丁會說，平民區的壞蛋、惡棍、皮條客晚上會利用樓梯間做下流的聚會，我們從來沒有見過，倒是有次逮到小薛、小柯和他們的哥兒們在那裡喝酒。

伯妮斯有自己的鑰匙——塑膠做成的，她打開門讓我們進去。公寓聞起來像是留在漏水水槽底下沒有洗的衣服，或像是別的小孩鼻子鼻塞的氣味，或者像尿布。這些氣味中還有另一種味道，一種類似濃郁肥沃香料的土味，可能是園丁地下室菇寮的氣味從熱氣排放孔傳上來。

可是這個氣味——所有的氣味——似乎是從伯妮斯的母親薇娜身上傳來的。她像生了根似地坐在鋪了厚絨的破沙發上，盯著牆壁看。她穿著常穿的那件奇形怪狀衣服，膝蓋用老舊的黃色嬰兒毯蓋住，灰白的頭髮軟綿綿地垂在發白的柔軟圓臉兩側，鬆垮垮的雙手交錯，好像手指斷了似的。前方的地板上散著髒盤子。薇娜不做菜，伯妮斯的爸爸給她什麼，她就吃什麼，不然就是不吃。她從來也不收拾，以前話就非常少，現在則不開口了。我們經過她身旁時，她的眼睛眨了眨，也許她看見我們了。

「她怎麼了？」亞曼達低聲問我。

「她在『休耕』。」我低聲回答。

「是喔？」亞曼達低聲說，「看起來根本像是吃了迷幻藥。」

我媽說伯妮斯的媽媽「憂鬱」。不過就像伯妮斯常常跟我說的，我媽不是正牌的園丁，因為正牌的園丁絕對不會說「憂鬱」。園丁相信像薇娜那樣行為的人在「休耕」狀態，他們在休息，回到內心世界好尋求神聖的心靈見解，養精蓄銳，等待如春天花蕾再度忽然綻放的那一刻。他們只是表面上看起來無所事事。有些園丁的休耕期非常長。

「這是我家。」伯妮斯說。

「我睡哪裡？」亞曼達說。

我們在伯妮斯的房間看來看去時，圓頭波特進來了。「我的小妞在哪裡？」他大喊。

「不要回答，」伯妮斯說，「把門關上！」我們聽見他在主廳走來走去，然後走進伯妮斯的房間一把抱起她來。他站在原地扣住她的腋窩。「我的小妞在哪裡？」他又問，我一聽人畏縮起來。我以前見過他做這個動作，不光對伯妮斯，他就是喜歡女生的胳肢窩。你準備把蛞蝓蝸牛移到別的地方時，他就在豆棚後面堵你，讓你無路可走，假裝要幫忙你，接著雙手就摸上來了。他真是個色胚。

伯妮斯唰地沉下臉想掙脫開來。「我才不是你的小妞。」她說。這句話可以表示：我不小了！或者：我不是你的！甚至是說：我不是個小妞！波特卻以為這是玩笑話。

「那麼我的小妞去哪裡了？」他用悲哀的口氣重複。

「放我下去。」伯妮斯大吼。我為她覺得難過，也感到慶幸，因為不管我對澤伯有什麼感覺，那絕對不是難為情。

「我現在想去看看妳家。」亞曼達說。於是我們兩人走回樓梯，留下伯妮斯。伯妮斯從來沒有這麼臉紅、這麼生氣過，所以我覺得很難過，不過還沒難過到會放棄亞曼達。

亞曼達被加到我們的家庭，琉森很不高興，不過我告訴她這是亞當一的吩咐，所以她能怎麼辦呢？

「她得睡在妳的房間。」她不悅地說。

「她不會在意的，」我說，「亞曼達，妳會嗎？」

「當然不會。」亞曼達說。她有辦法裝出非常客氣的態度，就好像是她在給你恩惠一樣。那樣子讓琉森看了很不爽。

「還有，她得把那些俗麗的衣服丟了。」琉森說。

「可是衣服還沒穿壞，」我裝著無辜的樣子說，「不能就這樣丟了！那樣很浪費！」

「我們把衣服賣了，」琉森堅持說，「那筆錢一定能派上用場。」

「錢應該給亞曼達，」我說，「那是她的衣服。」

「沒關係，」亞曼達用溫柔卻又威嚴的口氣說，「那些也沒花到我半毛錢。」然後我們走進我的隔間，坐在床上搗嘴笑。

那天晚上澤伯回來後，一開始並沒有表示意見。我們一起吃晚餐，當澤伯一面咀嚼黃豆片燉青豆，一面看著亞曼達優雅的脖子和銀色手指，亞曼達還沒脫下手套就優雅地撿起盤子上的東西。最後他對她說：「妳這小鬼，很狡猾精明喔？」他用的是親切的口吻，就像他在骨牌遊戲時說「真有妳的」那種口氣。

琉森正在替他盛第二份，聽到這句話時，動作停下，直直朝上的大湯匙在半空像某種金屬探測器。亞曼達面無表情瞪大眼看著澤伯。「你說什麼?我沒聽懂，叔叔。」

澤伯哈哈笑。「妳很行。」他說。

17

有亞曼達和我住在一起，就像有了個姊妹，而且比姊妹更好。她現在穿上園丁裝，看起來跟我們其他人一樣了，很快地也跟我們聞起來同樣的味道。

第一個星期我陪她四處看看。我帶她去釀醋室、縫紉間，到上面的「發電生光跑步機」健身房。穆基負責那裡，我們叫他肌肉穆基，因為只有他還有肌肉。不過亞曼達和他變成了朋友，她只要問問人家什麼事情怎麼做才對，就能跟對方變成朋友。

圓頭波特說明怎麼把花園的蛞蝓和蝸牛移到別的地方：把牠們拉到欄杆的另一邊，放在人車來往的地方，牠們自己就會爬走，找到新的家。不過我知道牠們其實會被壓扁。扳手克郎修補裂縫漏水，負責供水系統，他讓她看管線怎麼走。

青蛙斐洛沒有跟她說很多話，只是一直對她笑。老園丁們說，他已經超越了語言，隨精神旅行，不過亞曼達說他其實喝醉了。螺釘史都華利用回收垃圾幫我們做家具，不怎麼喜歡與人相處的他卻喜歡亞曼達。「那女孩看木頭的眼光好。」他說。

亞曼達不喜歡縫紉，不過假裝喜歡，所以舒雅讚美她。蕾貝佳喊她甜心寶貝，說她品味很好。魯雅娜輕聲細語哄她加入放春唱詩班唱歌。連乾巫婆桃碧看到亞曼達來了都面露喜色。桃碧很難討好，不過亞曼達忽然對菇類產生興趣，幫忙老琵拉爾在蜜蜂標籤上蓋上蜜蜂圖章，桃碧看了很高興，只是盡量不表現出來。

「妳幹麼那麼巴結人？」我問亞曼達。

「這樣才能挖出東西來。」她說。

我們跟彼此說了很多事情，我把爸爸和康智園區的事情告訴她，還說了媽媽怎麼跟澤伯私奔。

「我敢說，她為他準備了性感小褲褲。」亞曼達說。我們都是半夜在我們的隔間裡偷偷講這些話，澤伯和琉森就在不遠的地方，所以很難不聽見他們做愛的聲音。亞曼達來之前，我覺得那些聲音很丟臉，現在則因為亞曼達覺得很好玩而感到好玩。

亞曼達告訴我德州乾旱的故事：她的爸媽丟掉了「快樂杯咖啡」經銷權，房子又賣不掉，因為沒有人要買，那裡沒有工作，最後他們流落到有老舊的拖車，以及一大堆德墨佬的難民營。有一次颶風來了，他們的拖車沒了，而一塊飛來的金屬片把她爸爸砸死了。好多人淹死，不過她和她媽媽抱住一棵樹，有男人划船艇把她們救起來。亞曼達說那些男人是小偷，正在找可以下手的東西，不過他們說，如果她們願意交易，就把亞曼達和她媽媽送到陸地上的避難所。

「什麼樣的交易？」我說。

「就是交易嘛。」亞曼達說。

避難所是足球場，裡面有帳棚，很多人在進行交易。亞曼達說，為了二十塊，人什麼事都願意做。後來她媽媽因為飲用水而病倒了，亞曼達沒有生病，因為她跟人換來的是汽水。那裡沒有藥，所以她媽媽就死了。「很多人拉肚子拉到死，」亞曼達說，「妳真該聞聞那地方的味道。」

亞曼達後來偷偷溜走，因為生病的人愈來愈多，沒有人把糞便跟垃圾送走，也不會有人送吃的過來。她改了名字，因為不想被送回足球場；難民會被分派出去工作，被吩咐做什麼就要做什麼，他們口口聲聲說：「沒有白吃的午餐」，每一樣東西你都必須用某種方法付出代價。

「妳改名字之前叫什麼？」我問她。

「苦哈哈的白人常見的名字：巴布．瓊斯，」亞曼達說，「那是我的身分，不過我現在沒有身分了，所以沒有人看得見我。」那是我欣賞她的另一件事：她的隱形能力。

亞曼達隨著成千上萬的民眾往北走。「我想搭便車，不過只搭過一次，那個傢伙說他是養雞的，」她說，「他把手硬伸進我的大腿間，當他的呼吸變得很奇怪時，妳就知道這種事情要發生了。我用拇指戳他的眼睛，然後拔腿跑掉。」她講這話的口氣猶如在凶域用拇指插人家眼睛是家常便飯。我想學怎麼做，不過我想我應該沒有那個膽。

「然後我必須通過『圍牆』。」她說。

「什麼圍牆？」她說。

「妳沒看新聞嗎？他們蓋了一座圍牆防止德州難民離開啊！光靠柵欄是不夠的。那裡有男人拿噴槍。圍牆是公司安全衛隊蓋的，不過他們沒有辦法巡邏每一吋地，德墨佬的小孩知道每一條地道，他們幫我穿過去。」

「妳當時可能會被槍打死的！」我說，「然後呢？」

「後來我就設法到這裡來找吃的用的，花了一些時間。」

換作我是她，我會乾脆躺在水溝哭到死。不過亞曼達說如果你真心想要某樣東西，你就會想辦法得到它。她說氣餒是浪費時間。

我擔心其他小小園丁們會不高興，畢竟亞曼達是雜鼠，是我們的敵人。伯妮斯當然討厭她，不過她不敢說，因為她跟其他人一樣怕她。首先，小小園丁裡沒有人會跳舞，可是亞曼達的舞步高超，屁股的關節好像會移位般。琉森和澤伯不在的時候，她會教我，我們用她的紫色電話放音樂（她把電話藏在床墊下），電話卡用完了，她就再偷一張。她也藏了些平民區居民穿的俗麗衣服，需要偷東西時，她就穿上那些衣服出門到陰溝口的商店街。

我看得出來薛克頓和柯洛齊那些大男生愛上她，她很漂亮，褐黃色的皮膚，長脖子，大眼睛。不過就算妳是漂亮的女生，那些男生還是會對著妳喊「含香蕉」或「小肉穴」，他們給女生娶了一堆噁心的名字。

不過這些稱呼不會用在亞曼達身上，因為他們尊重她。她有一片玻璃，有一邊貼了強力膠帶，這樣才可以用手拿著。她說這片玻璃救了她不只一次。她為我們示範怎麼撞擊男人的褲檔，或者怎麼把男人絆倒後踢他的下巴、扭斷他的脖子。她說有許多類似的花招——必要時可以使用。

可是到了慶典或是放春唱詩班團練的時候，沒有人比她更虔誠。你還以為她用牛奶洗過澡了呢！

方舟節

THE YEAR
洪荒年代
OF THE
FLOOD

方舟節

創園十年

主　題：洪水與兩份聖約

演講人：亞當一

親愛的朋友與人類同胞：

今天孩子們做了自己的小方舟，在植物園的小溪把方舟放下水，讓方舟傳遞他們對上帝創造物的尊敬，傳達給在海岸意外發現小方舟的其他兒童。在絕種危機愈來愈嚴重的世界，這是多麼有愛心的舉動！讓我們記住：懷抱希望勝過意志消沉！

今晚我們將共享特別的節慶餐點：蕾貝佳烹煮的美味扁豆湯代表第一次洪水，諾亞方舟餃裡面塞了動物形狀的素菜，其中有個餃子裡是蕪菁做成的諾亞，任何找到諾亞的人會得到特殊獎品，這個活動是告誡我們，吃東西不要狼吞虎嚥、疏忽大意。

獎品是我們天賦異稟的夏娃九魯雅娜所畫的畫：航海者聖布蘭登，上面畫了我們在亞拉臘倉庫為無水之洪準備的必需品。在這幅藝術品中，魯雅娜適當地強調黃豆罐頭和黃豆片的重要性。不過我們要提醒自己，定期更換亞拉臘裡面的東西，你可不希望在有需要的那天打開黃豆罐頭，發現內容物已經壞了。

波特可敬的妻子薇娜正處於休耕期，無法與我們一起過節，不過我們期盼她很快就能加入我們。

現在讓我們全心全意進行方舟節祈禱。

在這一日我們哀悼，我們也慶賀。我們哀悼在第一次滅絕洪水中所有消滅的陸地動物之死，無論那是何時發生的故事。不過我們也慶賀魚類、鯨魚、珊瑚、海龜、海豚、海膽倖免於難，沒錯，我們同樣高興鯊魚未受傷害，只是傾盆而降的淡水改變了海洋的溫度與鹽度，傷害了某些我們未知的物種。

我們哀悼動物之間的大屠殺。如同化石紀錄證明，上帝明顯樂於解決為數眾多的物種，不過許多物種被保存到我們的時代，而這些是祂再度託付我們照顧的物種。假若你寫出動人心弦的交響曲，會願意這曲調被人徹底抹滅嗎？地球是音樂，宇宙為交響曲——這是上帝創造的作品，人類的創造力不過是卑微的影子。

根據《上帝人語》，保全精選物種的任務託付給諾亞，他代表了有所頓悟警覺的人類，只有他一人得到預警，獨自承擔亞當最初的管理之職，保護上帝鍾愛的物種的安全，直到大水退去，他的方舟停靠在亞拉臘山上。然後，他將獲救的生物釋放到大地，彷彿二度創世。

起先動物都歡天喜地，不過第二次的創世受到限制：上帝不再心滿意足，祂知道祂最後的試驗品——人類——出了很大的問題，可是祂已經來不及修正了。「我絕不再因人的行為詛咒大地。我知道，人從小就心思邪惡。我絕不再像這一次把地上所有的生物都毀滅了。」《上帝人語．創世紀》第八章第二十一節如是說。

是的，朋友們，再有災禍降於大地時，那不是出於上帝之手，而是因為人類本身的作為。想想地中海曾為豐饒農地現為沙漠的南方海岸，想想亞馬遜河流域的毀滅，想想生態系統大規模的屠殺，每一個事件活生生反映出上帝對細節無窮無垠的關護……不過這是另日的討論主題。

接著上帝說了一段值得注意的話，祂說：「懼怕你們」——也就是指人類——「凡地上的走獸和空中的飛鳥都必驚恐……都交付你們的手。」這出自於〈創世紀〉第九章第二節。有人說，上帝告訴人類，祂有權摧毀所有的動物，事實不然，這番話是上帝對鍾愛創造物的警告：小心人類，小心他邪惡的心腸。

接著上帝與諾亞、諾亞之子、「並與你們這裡的一切活物」立下聖約。許多人記得上帝與諾亞的聖約，卻忘了祂與其餘所有活物的聖約。上帝並沒有遺忘，祂重複「有血肉的」與「一切活物」多次，務必讓我們了解話中的要點。

沒有人能與石頭立下聖約，因為聖約能成立起碼要具備生命與負責能力，因此動物不是無感的物質，不只是肉塊，不，牠們是具備生命的靈魂，否則上帝無法與牠們立下聖約。《上帝人語》證實這一點，〈約伯記〉第十二章說：「你且問走獸，走獸必指教你；又問空中的飛鳥，飛鳥必告訴你……海中的魚也必向你說明。」

今天且讓我們紀念諾亞，這位精選物種的照顧者。我們上帝之園丁是複數的諾亞：我們也受到感召，我們也收到事前警告。如醫生觸探病者的脈搏，我們察覺即將到來之災難的徵兆。有人違反了對生物的責任，上帝將牠們放在大地，人類卻從地表上將這些生物除去。我們要準備好面對無水之洪席捲這些人的時刻，上帝的邪惡天使在夜間飛翔，將以翅膀帶走他們，用飛機，用直升機，用子彈列車，用運輸卡車與其他類似的交通工具帶走他們。

不過我們園丁將保存自身對物種的知識，以及牠們對上帝的珍貴意義。我們必須如同在方舟內，於無水之洪的水面上運送這無價的知識。

朋友們，讓我們細心打造我們的亞拉臘，讓我們在裡面儲備遠見、罐頭、乾糧，讓我們妥善掩藏它們。

如〈詩篇〉第九十一篇所言，願上帝讓我們從捕禽者的陷阱中解脫，以祂的翎毛遮蔽我們，投靠在祂的翅膀底下，你也不怕黑夜橫行的瘟疫，或是午間滅人的毒病。

讓我提醒你們每個人洗手的重要，一天起碼洗手七次，每次碰見陌生人後就要洗手。實踐這項基本預防措施永遠不嫌早。

避開打噴嚏的人。

讓我們歌唱。

我的身體是我現世的方舟

我的身體是我現世的方舟
是抵禦洪水的證明
在心中容納一切生物
知道牠們安然無恙

無數基因細胞神經元
打造堅固耐用的方舟
我的方舟包攬了千秋
亞當休眠的萬世

當毀滅旋轉而來
我朝亞拉臘滑行
在聖靈光輝的指引下
方舟將安全登陸

與全體創造物和諧共處
我走過凡人歲月
眾生以分派的聲音
高歌讚美造物主

——《上帝之園丁口述讚美詩集》

18

桃碧

聖克利克日
創園二十五年

死豬還躺在北邊草地上，禿鷹已經忙著吃牠，不過啄不開堅硬的豬皮，只吃得了眼睛與舌頭。牠們得等到豬腐爛爆開，才能挖出裡面的肉來吃。

桃碧把雙筒望遠鏡朝向天空，對準附近咿咿呀呀喧鬧的烏鴉，接著回頭看草地，兩隻綿羊獅走過草地，公母各一，那悠哉漫步的模樣彷彿這是牠們的地盤。牠們停在公豬前，聞了兩三下，然後又繼續前進。

桃碧目不轉睛望著牠們，看到渾然忘我。她沒見過活生生的綿羊獅，只看過照片，不由得心裡納悶：這是我的幻想嗎?不是，千真萬確是綿羊獅，牠們一定是動物園裡的動物，在最後絕望的日子被某些更加狂熱的教徒放出來了。

牠們看起來沒有危險，但其實是有的。以賽亞獅子會為了加速和平國度的降臨，委託科學家做出這種獅子與綿羊的基因接合變種，根據他們的推論，要實現獅羊和樂的預言，又要避免獅子吃掉羊群，唯一方法是把這兩種生物混種，不過最後的變種並不全然吃素。

綿羊獅的樣子還是非常溫順，有金色捲毛和打轉的尾巴。牠們小口吃著菜花，雖然沒有抬起頭來，桃碧卻感覺到牠們必然注意到她的存在。接著公的張開嘴，露出又長又尖的犬齒，然後高呼一聲。那一聲很詭異，像羊叫又像獅吼，桃碧心想這算是一聲「獅咩」。

她的皮膚一陣麻。想到這些動物從灌木後面撲到她身上，她覺得不怎麼好玩，假如她注定被動物撕爛然後吃掉，她寧可成為更普通野獸爪下的犧牲品。不過綿羊獅的確是驚奇的生物。她看著牠們一起跳躍，聞一聞空氣，接著從容不迫往森林邊緣走去，消失在濃淡不一的遮蔭裡。

她想琵拉爾看到那些動物一定欣喜若狂。琵拉爾，還有蕾貝佳，還有小芮恩。還有亞當一。還有澤伯。全都死了。

別再想了，她告訴自己，現在快別想了。

她利用掃帚柄保持平衡，小心翼翼地側著身步下階梯。她還會期待電梯門打開，燈光一閃一閃亮起，空調開始送風，還有某人——誰？——會站出來。

她下樓來到長廊，輕輕踏在愈來愈溼軟的地毯，走過一排鏡子前。芳療館不缺鏡子，太太小姐們需要刺眼的光線來提醒她們容顏的衰老，然後接受幾種昂貴的協助後，再由柔和的光線讓她們知道自己也能這般明亮動人。不過她獨處幾個星期後，就用粉紅色毛巾將鏡子遮住，免得自己被一個鏡框掠過另一個鏡框的身影嚇到。

「誰在這裡過活？」她大聲說。不是我，她心想，我做的事情簡直不能叫做「過活」，反而像是休眠，像是冰河中的細菌。熬過時間，如此而已。

接下來的上午時光她都恍恍惚惚地坐著。本來應該是冥想，不過現在她不可能這樣稱呼它，好像將有一陣打擊士氣的盛怒衝上心頭，而又不可能知道它何時會爆發。一開始是懷疑，最後是悲痛，在這兩個階段中間，她整個身子竟因悲憤而顫晃。恨誰？恨什麼？為什麼她被救活了？有那麼多那麼多的人口。為什麼不是某個更年輕的人？某個更樂觀、細胞更新鮮的人？她應當相信她人在這裡是有理由的——要見證，要傳遞訊息，起碼要從全面的毀壞中搶救下某樣東西。她應該相信，可是她不能。

她告訴自己，花那麼多時間哀悼是錯的。哀悼沉思完成不了任何事情。

在一天最熱的時候，她會睡午覺。在正午的蒸氣浴中竭力保持清醒只是浪費體力。

她睡在按摩檯上。小隔間本來是芳療館客人做有機植物美容的空間，有粉紅色床單、粉紅色枕頭、也有粉紅色毯子，讓人想擁抱的柔軟顏色，疼愛嬰兒的顏色。不過她不需要毯子，這種天氣不需要。

要醒過來很不容易，她必須和呆滯昏沉作戰。睡，是強烈的渴望，一睡再睡，永遠長眠。她不能像灌木只活在當下，可是過往是一道關閉的門，她看不見一絲未來。也許她就這樣日復一日、年復一年過下去，最後枯萎收縮，像老蜘蛛一樣乾掉。

她也可以走捷徑。她一直留著裝在紅瓶裡的罌粟，一直帶著致命的鵝膏毒蘑菇，那小小的死亡天使。如果她把它們釋放到自己的體內，它們會在多快的時間，以潔白無塵的翅膀帶著她飛遠呢？

為了讓自己開心，她打開了她那罈蜂蜜。這是她好久以前——她和琵拉爾——在伊甸崖屋頂上採收的蜂蜜中的最後一罈。她保存了這麼多年，彷彿是保護自己的護身符。琵拉爾說蜂蜜不會腐壞，只要不碰到水就好，因此古代人稱它是不朽之糧。

她吞下一匙芳香的蜂蜜，然後又一匙。採集蜂蜜不容易，得先用煙燻蜂房，辛辛苦苦把蜂巢摘下來之後，擷取蜂蜜，這份工作需要靈巧機敏的技巧。你必須跟蜜蜂說話，說服牠們，不要提到你會暫時灌煙進去，有時候牠們會螫人。不過在她的記憶中，那整個過程是毫無瑕疵的快樂經驗。她知道這一點是在欺騙自己，不過她寧可自欺，她非常非常需要相信，這樣純粹的喜樂依然是可能的。

19

桃碧逐漸不再認為她最好離開園丁會，她不完全相信他們的信條，不過也不再懷疑了。一季連著一季過去，有時雨量多，有時暴風雨常來，有些季節燥熱，有些時令乾冷，有的季候潮溼而溫暖，於是一年又一年過去了。她不怎麼算得上是園丁，也不再是平民區居民。她兩邊都不是。

這時她會大膽上街，只是不會離開花園太遠，而且把自己包得好好的，套上鼻塞，戴上寬邊遮陽帽。她還會做到與布朗可有關的惡夢，他手臂上的蛇，束縛在他背後的無頭女人，無皮膚般的青筋雙手伸過來勒住她的脖子。說妳愛我！說啊，賤貨！與他同處最討厭的時刻裡，在最恐怖的恐怖中，當忍受最痛苦的痛苦時，她集中心思，想像他的手掌脫離了手腕。他的雙手，他的其他部位。灰色的血液大量噴出。她幻想他被塞進垃圾油的鍋爐中，活生生地被塞進去。那些念頭極端暴力，自從加入園丁會，她由衷想從腦中抹去那樣的想法，只是它們持續回來。旁邊小隔間睡鋪的園丁告訴她，她偶爾會在睡夢中發出他們所謂的「苦惱信號」。

亞當一注意到這些信號。隨著時間過去，她發現低估他是不對的。雖然他的鬍鬚已經轉為如純潔羽毛的白色，藍色圓眼睛無邪如嬰孩，雖然他看似容易輕信他人、受人欺侮，桃碧覺得自己永遠無法遇到比他意志更堅決的人。他不把意志當成武器行使，只不過在這份意志內飄移，讓它帶領著他而行。要攻擊他並不容易，就像攻擊浪潮一樣困難。

一個美好的聖孟德爾日，他告訴她：「親愛的，他現在在痛彈場，也許永遠都不會被釋放，也許就在那裡回歸到大自然。」

桃碧的心砰砰亂跳。「他做了什麼？」

「殺了一個女人，」亞當一說，「殺錯對象了，那女人是公司裡的人，不過到平民區找樂子。但願公司安全衛隊不會那樣做，只是他們這回不得不採取行動。」

桃碧聽過痛彈場，那是關死刑囚犯的地方，包括政治犯和非政治犯。死刑犯有兩個選擇，一是被噴槍打死，二是在痛彈競技場服刑。那裡根本不是競技場，不如說是一處封閉的森林。你拿到兩週的食糧，還有一把痛彈槍，槍像一般的漆彈槍會發射顏料，不過只要有一滴射進眼睛，你就瞎了，要是皮膚沾上顏料，你的皮膚就會開始腐蝕，然後你就輕易成了另一組割喉隊伍的目標。每個進去的人都被指定參加其中一隊：紅隊或金隊。

女性罪犯很少選擇進入痛彈場，大多選擇被噴槍殺死，多數的政治犯也是，他們明白自己在那裡沒有存活機會，寧可乾脆一勞永逸地解決這件事情。桃碧可以理解他們的選擇。

有很長一段時間，他們把痛彈競技場當作祕密，就像鬥雞和讀心術，不過據說現在可以從螢幕上觀看實況。痛彈場森林內有攝影機，藏在樹林中，或者嵌入岩石內，不過往往沒什麼精采可看，只會看見一條腿、一截胳膊、或模糊的影子，因為痛彈場裡的罪犯行蹤自然隱密。不過他們偶爾會不偏不倚地攻擊螢幕。如果活著超過一個月，那表示很行；活得更久，非常行。有人迷上這種刺激活動，刑期服滿了還不願意出來。就連公司安全衛隊內的高手也畏懼在痛彈場長期服刑後出來的人。

有些團隊把屠殺的對象吊在樹上，有些會把屍體大卸八塊，砍下頭，挖出心臟腎臟，這麼做是要嚇阻敵隊，要是糧食快沒了或只想展示自己的惡劣程度，也有人會吃人肉。桃碧心想，過了一段日子你就不會越界了，因為你已經忘了所有曾經有過的界線，該怎麼做你就會怎麼做。

她很快想像出布朗可無頭倒吊的樣子。她看了有什麼感覺？快樂？同情？她不知道。

她要求進行晚禱。她跪地禱告，嘗試與一株青豆心靈交融。藤蔓，花朵，葉片，豆莢，青蔥鮮嫩，撫慰人心。差一點就成功了。

琵拉爾是夏娃六，有張胡桃般的臉蛋。有一天她問桃碧，想不想認識蜜蜂。蜜蜂和菇類是琵拉爾的專長。桃碧喜歡琵拉爾，琵拉爾親切，而且擁有她羨慕的沉著態度，所以她說好。

「太好了，」琵拉爾說，「妳永遠可以把煩惱告訴蜜蜂。」所以亞當一並不是唯一注意到桃碧有煩惱的人。

琵拉爾帶她參觀蜂房，把她的名字告訴蜜蜂。「牠們必須知道妳是朋友。」她說。蜜蜂停在桃碧露出的手臂上，好像一層金色皮毛，她警告桃碧：「牠們可以聞到妳，腳步放慢就好。下回牠們就知道妳是誰了。對了，如果牠們螫妳，別用手打，把螫針拂開就好了。不過除非牠們受驚，否則不會螫人，因為螫人會讓牠們沒命。」

琵拉爾對蜜蜂的知識淵博。房子裡出現蜜蜂表示有陌生人來訪，如果你捏死這隻蜜蜂，那麼這次的拜訪不是好的。如果養蜂人死了，務必要告知蜜蜂，否則牠們會成群飛走。蜜蜂有助於開放性傷口癒合。五月蜂成群，一日涼爽，六月蜂成群，天懸月牙。七月蜂成群，比不上一隻壓扁的蒼蠅。蜂房裡的所有蜜蜂是一隻蜜蜂，所以牠們會為了蜂房獻出生命。「就像園丁會。」琵拉爾說。桃碧聽不出來她是不是在開玩笑。

一開始，蜜蜂因為她的出現而嗡嗡興奮，過了一會便接受了她，讓她親手提取蜂蜜，她只被螫了兩次。「蜜蜂搞錯了，」琵拉爾告訴她，「妳一定要向女王蜂要求許可，跟牠們解釋妳不會傷害牠們。」她還說必須要大聲說出來，因為蜜蜂跟人一樣，不能準確察覺人的心意。於是桃碧把話說出口，可是覺得自己像傻瓜。要是下面人行道有人見到她跟一群蜜蜂說話，會做何感想？

根據琵拉爾的說法，幾十年來全球的蜜蜂處境困難，因為殺蟲劑、炎熱的氣候或疾病，或者可能每一個都是原因，沒有人知道確實的原因。不過在屋頂花園的蜜蜂是無恙的，事實上牠們繁衍旺盛。「牠們知道有人愛護牠們。」琵拉爾說。

桃碧懷疑這句話。她懷疑很多事情，不過把這些懷疑放在心底，因為「懷疑」不是園丁常常使用的字眼。

過了一段日子，琵拉爾帶桃碧到怡景公寓底下的潮溼地窖，讓她看看養菇的菇寮。琵拉爾說蜜蜂和菇類密不可分，蜜蜂與看不見的世界關係友好，能為亡者傳送信息。那樣瘋狂假想的小故事，她輕描淡述，彷彿那是人人都知道的事，桃碧假裝沒聽見。菇是看不見的世界花園中的玫瑰，因為真正的菇類植物是長在地底下，多數人稱看得到的部分為「菇」，但其實只是短暫的幻影，是一朵曇花。

這裡的菇分成食用、醫療用與誘發幻覺之用。最後一類只有在靜修與閉關那幾週才能服用，不過偶爾對某些特定病狀有所幫助。甚至如果在休耕狀態，靈魂會為自己補充養分，服用這些菇也能緩和情緒。琵拉爾說每個人都有某段休耕期，不過休耕過久會有危險。「就好像下樓，」她說，「然後始終不回到樓上，不過菇對休耕有益。」

琵拉爾說菇分成三類：完全無毒、諮詢後謹慎使用、當心提防，全都必須牢記在心。馬勃菌，任何種類都完全無毒。幻覺魔菇，諮詢後謹慎使用。所有的鵝膏毒，尤其是又名死亡天使的毒瓢蕈，請當心提防。

「那些不是非常危險嗎？」桃碧說。

琵拉爾點點頭。「沒錯，非常危險。」

「那妳為什麼養那些蕈菇？」

「上帝不會創造毒蕈，除非祂希望我們偶爾使用它們。」琵拉爾說。

琵拉爾的個性是那樣慈悲溫和，桃碧不敢相信剛剛聽到的那句話。「妳不會毒害任何人的！」她說。

琵拉爾不露感情地看她一眼。「這種事說不準，親愛的，」她說，「也有不得不的時候。」

於是桃碧所有空閒時間都跟琵拉爾在一起，照料伊甸崖的蜂房，到隔壁的屋頂收割餵蜜蜂種植的蕎麥與薰衣草，採取蜂蜜後放在罈子保存。琵拉爾不使用文字，她們反而在標籤上蓋小小的蜜蜂圖案，然後保留幾罈。在怡景公寓地下室牆上，有一塊煤渣磚可以拿下，琵拉爾在牆後建了亞拉臘，她們把保留的蜂蜜加入保存的糧食中。有時候她們照顧罌粟，收集豆莢內的濃汁，或者在怡景公寓地下室的菇寮消磨時間，或者用小火熬煮香酒藥湯與蜂蜜玫瑰液態乳霜，然後拿去生命之樹自然物料交換市集賣。

於是歲月過去，桃碧不再數日子了，反正琵拉爾說過，時間不會流逝，它是海，人漂浮其中。

在夜裡，桃碧吸聞自己的氣息，嶄新的自我，她的肌膚透出蜂蜜與鹽的味道，還有大地的氣味。

20

陸續有新人加入園丁會。有人是真心誠意改變信仰；有人則待不了多久，他們留下來一陣子，跟大夥一起穿上遮掩線條的鬆垮衣物，從事卑賤無比的工作，如果是女性，偶爾還會流淚悲嘆。然後他們離開了。他們是影子人，亞當一在暗處推動他們，如同他推動了桃碧。

這是猜出來的答案。桃碧不久就明白，園丁會不歡迎個人問題，他們的態度暗示你，你從哪裡來，以前做過什麼，全都無關緊要，唯有當下才算數。你希望別人怎麼說你，你就怎麼說別人，換言之，就是什麼都別說。

還有很多讓桃碧好奇的地方。比方說，魯雅娜跟人上床嗎？如果沒有，為什麼她常常跟人調情？馬魯須卡助產士在哪裡學到技巧的？亞當一加入園丁會之前究竟是做什麼的？倒底有沒有夏娃一？甚至是亞當一夫人呢？或者小小亞當一呢？假如桃碧的話鋒直逼這塊範圍，人家就給她一個微笑，然後轉移話題，暗示她最好避免犯下過度打探消息或可能追求過多勢力的原罪，因為這兩件事情是相連的——親愛的桃碧不這麼認為嗎？

還有澤伯，亞當七。桃碧不相信澤伯是虔誠的園丁，他的忠誠度不會比她高。在祕密漢堡工作期間，她見識過許多那種一般外形毛髮多的男人，她肯定他在搞什麼計謀，他有那種人的機警，既然如此，那樣一個男人在伊甸崖屋頂做什麼？

澤伯來來去去，有時候消失數日，再次現身時可能穿著平民區的衣服：太陽能單車族的羽毛裝備、花匠的工作服、保鏢的黑套裝。一開始，她擔心他是布朗可的手下，來刺探她的情報，不過不是的。小孩子暱稱他瘋狂亞當，可是他的頭腦很清楚，跟一幫親切卻充滿幻想的怪人在一起混，他還顯得有點太理智了。那他與琉森之間有什麼羈絆呢？琉森從頭到腳就是一副嬌滴滴的園區太太樣，每回斷了指甲就立刻噘嘴生氣，不像是澤伯這樣男人會選擇的伴侶；在桃碧小時候，彈藥還很常見，他這種人會被稱為「小鋼砲」。

不過也許是性愛的牽制吧，桃碧心想，肉體的綺光遐想，荷爾蒙加溫的迷戀。這種事情很多人都會發生。她還能想起自己一度也是這樣故事裡的角色，曾經遇到對的男人，不過她在園丁會的時間愈長，那一段時光也就愈加模糊。

她近來的生活沒有性，她也並不想念，在沉溺於汙水礁湖時，她做愛的次數太多了，只是任誰都不想要那樣的性愛。脫離布朗可的魔掌是無價的，她慶幸自己沒有被操成碎塊、搗成肉泥、最後被倒到空地上。

在園丁會她遇過一次與性有關的意外：在大道公寓頂樓的舊舞廳裡有發電生光跑步機，那時她踩了一個小時，結果肌肉穆基居然撲上來。他把她從跑步機上拖下來，將她扭打到地板上，然後重重壓在她身上，伸到她的粗棉布底下撫摸，還像出狀況的幫浦發出噓噓氣喘。不過她搬了那麼多的土、爬了這麼久的樓梯，身強體壯；穆基過去一定很壯，現在反而不如那時強健了。她用手肘撞他，推開他，最後他張開四肢躺在地板上喘氣。

她告訴琵拉爾這件事，現在她有什麼困擾都會告訴她。「我該怎麼做？」她問。

「我們從來不會煩惱這種事，」琵拉爾說，「穆基其實不會傷害人，他不只對我們一個人做過那種事情，好幾年前連我也遇過。」她輕輕乾笑了一聲。「我們每個人身體裡古老的南猿都會跑出來，妳在心底一定要原諒他，他不會再犯了，妳等著看吧。」

所以性這方面就是那樣了。桃碧心想，可能只是一時的。可能就像在手臂圍繞下，快速睡著般。我通往性的神經連接堵住了，不過為什麼我不在乎呢？

昆蟲變態聖馬利安日（Maria Sibylla Merian）那天，據說是與蜜蜂合作的大吉日，就在那天下午，桃碧和琵拉爾動手採集蜂蜜。她們戴上罩了面紗的寬邊帽，利用風箱吹送腐朽木塊燃燒的燻煙以驅蜂。

「妳父母……還活著嗎？」琵拉爾從白紗後方問。

這樣的問題讓桃碧嚇了一跳，這不像是會直接出自園丁口中的問題。不過琵拉爾絕對有充分理由，才會問起這樣的事情。桃碧提不起勇氣談論父親的事，於是把母親的怪病告訴了琵拉爾。她又補充說，好奇怪，母親一向熱衷照顧身體健康，以體重而言，她只需要服用一半的維他命補充品。

「告訴我，」琵拉爾說，「她吃什麼營養補充品？」

「她是康智經銷商，所以吃那家的產品。」

「康智，」琵拉爾說，「我們以前聽過這間公司的事情。」

「聽到了什麼？」桃碧問。

「跟補充品有關的這種病，難怪康智的人想自己治療妳的母親。」

「妳這話是什麼意思？」桃碧說。她覺得心寒，雖然早晨的太陽炎熱。

「親愛的，妳到底有沒有想過，」琵拉爾說，「妳母親可能是實驗品？」

桃碧沒有想過這件事，不過現在想到了。「我只覺得有點奇怪，」她說，「不是藥的事，而是……

我以為這是開發建商搞的鬼，他們想要我爸爸那塊土地，我以為他們可能在水井放了什麼東西。」

「如果是那樣的話，你們都會生病，」琵拉爾說，「那麼，答應我，妳絕對不會吃任何一家公司製造的藥丸，絕對不買那樣的藥品，不管他們說什麼，有人給妳，妳也絕對不接受。他們會拿出數據和科學家來背書，他們會找醫生，沒用的，他們都被收買了。」

「一定還有人沒有被收買！」桃碧說。琵拉爾的憤慨讓她震驚，她平常總是那麼沉著冷靜。

「對，」琵拉爾說，「不是所有人都被買通了，不過還在任何公司做事的人都被收買了，其他人——有人暴斃。不過那些還活著的人，那些還有一絲過去醫療道德良心的人……」她頓了頓。「還是有那樣的醫生，不過他們不在公司中。」

「他們在哪裡？」桃碧問。

「有些人在這裡，跟我們在一起。」琵拉爾說，她露出笑容。「扳手克郎本來是內科醫生，現在在修理我們的水管。舒雅是眼科醫生，馬魯須卡是婦科醫生。」

「那其他醫生呢？如果不在這裡，在哪裡？」

「姑且就說他們在他處平安無事吧，」琵拉爾說，「暫且無事。不過妳現在必須答應我，那些公司生產的藥物是死人吃的食物，親愛的，不是我們說的這種死人，而是可怕的那一種，活著的死人。我們必須教導孩子避免服用那些藥物，那是邪惡的東西。這不只是我們的信條，而是確有其事。」

「可是妳怎麼能有十足的把握呢？」桃碧問，「那些公司——沒有人知道他們從事什麼活動，他們關在自己的園區中，沒有消息能傳出……」

「知道了妳會嚇一跳，」琵拉爾說，「再怎麼打造，所有的船到頭來都會漏水。好了，答應我。」

桃碧答應她。

「有一天，」琵拉爾說，「當妳當上夏娃，妳會進一步了解這些事情。」

「唉，我想我絕對不會成為夏娃。」桃碧漠不關心地說。琵拉爾露出一抹微笑。

那天下午，琵拉爾與桃碧後來採集好蜂蜜，就在琵拉爾感謝蜂群和女王蜂的配合之際，澤伯身穿黑色羽毛皮外套從防火梯上來。是太陽能單車族酷愛的那種衣服，外套上開了叉，讓熱空氣在騎單車時循環，不過這件上面還有其他開叉口。

「出了什麼事？」桃碧問，「我要怎麼做？」澤伯如大樹殘樁的手緊緊捧著肚子，血從手指間流出。她覺得有些噁心，同時又忍不住衝動說：「不要滴到蜜蜂。」

「跌倒，割到自己，」澤伯說，「有玻璃碎片。」他的呼吸沉重。

「我不相信。」桃碧說。

「諒妳也不信。」澤伯望著她苦笑。他對琵拉爾說，「喏，給妳帶了禮物來，祕密漢堡的特餐。」他伸手從羽毛皮夾克口袋掏出一把絞肉。桃碧有幾秒的時間覺得可怕，感覺那是澤伯自己的血肉。不過琵拉爾笑了。

「謝謝你，親愛的澤伯，」她說，「我總是可以信賴你！跟我來，來，我們來療傷。桃碧，妳能不能去找蕾貝佳過來，請她拿些乾淨的廚房擦巾來？還有也把克郎找來。」看見血，她好像一點也不驚慌。

我要到什麼年紀才會那般沉穩？桃碧心想。她覺得自己被剖開來了。

21

琵拉爾和桃碧攙扶澤伯到屋頂西北角的休耕復元小屋，這裡是園丁夜禱的空間，有時園丁剛離開休耕狀態或身體微恙時也會來這裡。她們扶他躺下，這時蕾貝佳從屋頂後方圈起的庫房走出來，手裡拿著一疊廚房擦巾。「嗨，誰幹的？」她說，「拿玻璃割的！拿瓶子打架啊？」

克郎來了。他掀開澤伯肚子上的外套，以專業的眼光看了看。「肋骨擋到了，」他說，「砍傷，不是刺傷，砍得不是很深——走運。」

琵拉爾把絞肉交給桃碧。「這是要給蛆吃的，」她說，「這次能讓妳來處理嗎，親愛的？」肉已經開始變質，聞味道就知道。

桃碧拿健康診所的紗布將肉包好，她見過琵拉爾這樣做，然後用細繩把這包肉從屋頂邊緣外面垂下。過沒幾天，蒼蠅產卵，卵孵化之後，他們再將這包肉提上來收集蛆，因為有腐爛的肉，蛆一定會跟著過來。琵拉爾的手邊永遠有備用的蛆，以防治病時需要，不過桃碧從來沒見過牠們派上用場。

據琵拉爾的說法，蛆療法的歷史悠久，和水蛭放血一樣，民眾視為過時，不再採用。不過在第一次世界大戰期間，醫生發現蛆能加速士兵的傷口癒合，這種有益的生物不僅會吃掉腐爛的肉，還會殺死骨疽的細菌，因此對於預防壞疽有很大的助益。

琵拉爾說，蛆讓人有種舒暢感，牠們一點一滴輕咬，好像小魚一樣。不過必須小心注意牠們，如果牠們離開腐肉，開始啃食尚未腐爛的肉體，那會讓病人痛苦流血。如果蛆只留在腐肉上，傷口會乾淨淨地癒合。

琵拉爾與克郎用海綿沾醋替澤伯清潔傷口，然後敷上蜂蜜。澤伯停止流血，不過臉色蒼白。桃碧替他拿了一杯漆樹汁。

克郎說平民區街鬥用的玻璃可是赫赫有名，總會引起敗血症，所以應該立刻把蛆放上去，避免血液中毒。琵拉爾以鑷子將她儲存的蛆放進紗布褶縫，然後用膠帶將紗布緊黏在澤伯身上。等到蛆咬破紗布時，澤伯傷口的嚴重潰爛一定會吸引牠們。

「必須有人留下來注意蛆，」琵拉爾說，「一天二十四小時，免得蛆開始吃我們親愛的澤伯。」

「或者免得我開始吃牠們，」澤伯說，「牠們與地蝦的身體結構一樣，油炸好吃，是很棒的脂質來源。」他故作沒事，不過聲音很虛弱。

頭五個小時由桃碧負責。亞當一聽說澤伯出了意外，便過來探望。「不用逞匹夫之勇啊。」他溫和地說。

「是啊，他們人多勢眾，」澤伯說，「反正我送他們三個人進了醫院。」

「這沒什麼好驕傲的。」亞當一說。澤伯皺起眉頭。

「我只是低層的人，」他說，「只能用低層的方法辦事。」

「這件事我們再討論，等你身體好一些。」亞當一說。

「我身體很好。」澤伯咆哮。

魯雅娜匆匆忙忙趕來接替桃碧。「妳給他喝了柳木茶了嗎？」她說，「噢，天啊，這些蛆好討厭！來，讓我扶你起來！簾子不能拉開嗎？我們需要風吹！澤伯，這是不是你所謂的『都市屠殺弱點』？你好壞！」她唧唧喳喳，桃碧聽了很想踢她。

下一個到的是琉森，她正在吸乾眼淚。「好可怕！怎麼了？誰……」

魯雅娜共犯似地說：「哎呀，他好慘！」接著喜孜孜地耳語問：「對不對嘛，澤伯？跟那些平民區的人打架。」

琉森不理會魯雅娜，反問：「桃碧，有多嚴重？他會……他現在……」她聽起來像是老牌電視女演員在演臨終的戲碼。

「我沒事，」澤伯說，「好啦，走開，讓我安靜安靜！」

他說不要亂移動他，除了琵拉爾以外，若真的需要移動，克郎也可以。還有桃碧，因為起碼她話少。琉森氣呼呼地含淚走了，可是這件事桃碧也幫不上忙。

謠言是園丁們之間的每日新聞。幾個大男生立刻聽說了澤伯的戰鬥——現在真的是「戰鬥」了。隔天下午，薛克頓和柯洛齊過去看他。他正在睡覺，桃碧在柳木茶中偷偷放了少量罌粟。他們躡手躡腳繞到他身邊，壓低嗓子說話，想偷看他的傷口。

「他有次吃掉一頭熊，」薛克頓說，「那時他替移熊大隊開飛機，那時候他們想要拯救北極熊，他的飛機墜地，他走出來——花了好幾個月的時間！」大男孩有許多澤伯的英勇故事。「他說熊被扒皮後看起來就像人耶。」

「他吃了同機的飛行員，不過是那個人死了以後。」柯洛齊說。

「我們可以看看蛆嗎?」

「他生了壞疽嗎?」

「壞!疽!」小奧茲大喊,他就像跟屁蟲,也跟著哥哥們來。

「閉嘴,奧茲!」

「哎喲!嘴巴有肉臭!」

「你們走開,」桃碧說,「澤伯——亞當七需要休息。」

亞當一堅信薛克頓、柯洛齊與小奧茲長大就會學好,不過桃碧懷疑。青蛙斐洛本該替代他們父親的角色,可是他的神智不是時時都清醒。

夜裡由琵拉爾負責照顧,她說反正她晚上睡得不多。魯雅娜自願輪早班,桃碧在下午接替她,她每一小時檢查一次蛆,澤伯沒有發燒,沒有再流出新的血。

他傷口一開始癒合,人就變得焦躁不安,於是桃碧與他玩起骨牌,接著玩克里比奇牌,最後下棋。棋組是琵拉爾的,黑色是螞蟻,白色是蜜蜂,這是她親手刻的。「他們以前認為女王蜂是國王,」琵拉爾說,「因為你殺了那隻蜜蜂,其餘的就失去目標,那就是為什麼下棋時國王很少在棋盤上移動,因為女王蜂永遠都留在蜂巢內。」桃碧不確定這是否為真:女王蜂永遠都留在蜂巢中?當然除了成群移動以外,還有交配飛行時……她盯著棋盤,想看清局勢。休耕復元小屋外傳來魯雅娜的聲音,其中還夾雜幼童的嘰喳聲。「透過五感,我們了解世界……視覺,聽覺,觸覺,嗅覺,味覺……我們用什麼嘗味道?沒錯……奧茲,你不必去舔梅莉莎。好了,把舌頭收回舌頭罐子,把蓋子蓋上。」桃碧心中浮現一幅想像——不,是嘴裡嘗到一種滋味。她嘗到澤伯手臂肌膚的味道,上面有鹽分……

「將軍，」澤伯說，「螞蟻又贏了。」澤伯總是玩螞蟻，好讓桃碧能走第一著。

「哎呀，」桃碧說，「我沒看見那一步。」這時她冒出可恥的想法——她懷疑魯雅娜和澤伯之間是不是有什麼。魯雅娜雖然行為過分誇張，可是性感迷人，怪的是還有種孩子氣，有的男人覺得那種特質很誘人。

澤伯一揮手，把棋盤上的棋子掃下來，又動手把它們一個個排好。「幫我個忙好嗎？」他說。他不會等人家說好。

他說琉森常常頭痛。他的口氣自然，不過有點尖銳，桃碧聽了便明白，頭痛可能不是真的，或者確實是真的，不過總之讓澤伯覺得煩人。

他說，下次琉森偏頭痛時，桃碧能不能拿她的瓶瓶罐罐過去一下，看看她能不能幫忙呢？因為他自己對琉森的偏頭痛實在束手無策，如果那真的是偏頭痛的話。「她給我苦頭吃，」他說，「因為我常常不在，她怕失去我。」他像鯊魚一樣齜牙咧嘴地笑了笑。「也許妳說的道理她聽得進去。」

桃碧心想，原來如此，對玫瑰的熱情已滅，玫瑰卻不想接受。

22

清淨空氣麻雀聖愛倫日，這個節日到目前還不曾名副其實過。桃碧小心翼翼地走過擁擠的平民區街道，在寬鬆的工作服底下偷偷提著一袋乾燥藥草和罐裝藥品。午後雷陣雨稍微沖淡了濃煙和灰塵，不過她還是套上黑色鼻塞，遵照慣例紀念聖麻雀。

自從布朗可被送進痛彈場後，她在馬路安全多了，只是還絕對不可蹓躂或遊蕩，不過她記得澤伯的指示，也不要奔跑，最好裝出有目的的樣子，好像你有任務在身。她不理會一閃而過的目光，不在乎反對園丁會的民眾的毀謗，反而留意突如其來的動靜或是任何過於靠近的人。有群結黨的鼠民曾經奪走她的蕈菇，算他們走運，她那次沒有帶任何致命的種類。

她朝起司工廠那棟樓前進，去完成澤伯的請求。這是她第三次去。假如琉森的頭疼是真的，不是只想引人關注，那麼康智公司的免處方箋雙倍強效止痛安眠藥便能解決問題，要麼醫好她，要麼要了她的命。不過公司集團生產的藥品在園丁會中是忌諱，所以桃碧都使用柳木精華，然後再使用混了罌粟的纈草。不過罌粟不能放太多，怕會讓琉森成癮。

每次桃碧治療琉森後，琉森便問：「這裡面有什麼？比琵拉爾調的好喝。」

桃碧忍著不透露這其實是琵拉爾調的。她催促琉森把藥服下去，然後在她額頭上放了冰涼的溼敷布，又坐在她的床邊，想讓琉森停止抱怨哀嚎。

園丁應當避免廣為傳播個人問題，把一己內心垃圾強行往他人身上傾倒，那會讓人感到不悅。魯雅娜教導幼童，飲用人生有兩個杯子，兩杯的內容物可能完全相同，可是，噢，天啊，味道多麼不同！

「不不杯」是苦，「好好杯」是甜——
嗨，你的肚子想喝哪一杯？

這是園丁會的基本信條。琉森假裝義正嚴詞述說這些口號，可是並沒有吸收教誨，進而實現。桃碧一眼便看穿了虛假，因為她自己就很虛假。桃碧不得已挑起照料的責任，琉森內心裡化膿的每一樣事情就滔滔不絕地流出來。桃碧總是點點頭，不發一語，想表現出同情的樣子，事實上心裡卻在盤算，要讓琉森不省人事需要多少滴的罌粟，否則自己可會一時衝動，按捺不住而勒死她。

桃碧快步走過街道時已經料到琉森會有什麼抱怨。如果一如往常，那些抱怨會與澤伯有關：為什麼琉森需要他的時候，他永遠不在呢？她怎麼落得這樣下場，跟這票做白日夢的人，留在不乾不淨的腐敗牢房中？他們根本不懂世界其實是怎麼運作的——我不是指妳啊，桃碧，妳腦筋算清楚的。——她和一個自大狂被活埋在這裡，那男人只關心自己的需求，跟他說話就跟馬鈴薯說話沒有兩樣——不，是跟石頭說話。他聽不見你說的話，從不跟你說他在想什麼，跟打火石一樣硬。

琉森不是沒有努力過，她想承擔責任，也確實相信亞當一所說的許多事情是對的，而且沒有人比她更愛護動物的，可是一個人的能力實在是有限，她根本不相信蛞蝓有中央神經系統，說牠們有靈魂，這是嘲笑有靈魂存在的整個概念，她恨死了他們那樣說，因為沒有人比她更尊敬靈魂，她向來是人品高尚的。說到拯救世人，沒有人比她更想拯救世人，可是園丁會再怎麼捨棄正常的食物衣著，甚至正常的洗澡方式，天啊，還有自認比別人都更清高強壯正直，根本也不會改變任何事。他們就像中世紀那些自我鞭笞的人，那些鞭打派教徒。

「是鞭撻派教徒（flagellant，譯註：中古歐洲的天主教分支教派，常透過鞭笞來砥礪自己、鞭策自己，認為只有如此才能夠徹底贖清罪孽）才對。」桃碧第一次聽到這段話時說。

於是琉森又說，關於園丁會的那些話，她不是認真的，只是因為頭痛而心情沮喪。還有，她以前隸屬公司集團，還拋下丈夫與澤伯私奔，所以他們就看不起她。他們不信任她，認為她是蕩婦，在背後用下流的字眼開她玩笑。不然就是小孩子開的玩笑——小孩是不是拿她開玩笑？

「小孩子對誰都會開低級的玩笑，」桃碧當時說，「包括我在內。」

「妳？」琉森說著，張開那雙有著濃黑睫毛的大眼。「他們為什麼會對妳開低級的玩笑？」她的意思是，妳一點也不性感啊，前後都跟洗衣板一樣平，妳就是工蜂。

這樣有個好處，起碼琉森不會嫉妒她，就這方面而言，桃碧是唯一不讓她嫉妒的女園丁。

「他們並沒有輕視妳，」桃碧說，「他們不會把妳當作蕩婦。只管放輕鬆閉起眼睛，想像柳樹在妳身體裡移動，來到了妳的頭部，妳的痛處。」

園丁們確實沒有看輕琉森，就算有看輕吧，也不是因為她以為他們看輕的那些理由。他們也許怨恨她，因為她怠慢雜務，永遠學不會怎麼切蘿蔔；他們也許嘲笑她，因為她的起居空間雜亂無章，因為她可憐兮兮地想在窗臺種番茄，因為她在床上的時間很長。他們並不在乎她的不貞，或通姦，或任何這類事情曾有的名稱。

因為園丁們才懶得弄什麼結婚證書。只要具有公認的結合關係，他們贊同忠貞行為，可是沒有紀錄顯示第一任亞當與夏娃舉行過婚禮，因此在他們眼中其他宗教的教士或任何世俗官員都沒有權力為人民證婚。至於公司安全衛隊，他們支持正式登記的婚姻，是因為這是留存你虹膜影像、指紋掃瞄和DNA的方法，這樣要追蹤一個人更容易。起碼園丁是這樣斷言的，這是他們主張中，桃碧毫無保留地相信的一個。

在園丁會中，婚禮很簡單。雙方必須在證人面前聲明相愛，之後交換象徵成長和生殖力的綠葉，跳過代表宇宙活力的火堆，自稱有了配偶後上床。要離婚的話，他們把整個流程反過來做：公開聲明不再相愛，將要分離，交換枯死的細枝，迅速越過一堆冷卻的灰燼。

琉森有一項長久不變的抱怨（假如桃碧沒有趕緊添加足夠的罌粟，她絕對會講到這一點）：澤伯始終不邀請她與他進行綠葉跳火的儀式。「我可不是認為那有什麼意義，」她總是這樣說，「可是他一定認為這儀式代表著什麼，因為他跟他們是一夥的，對吧？不做表示他拒絕承諾。妳也同意吧？」

「我從來不知道別人的想法。」桃碧會這麼回答。

「如果換作是妳，妳不會覺得他在逃避責任嗎？」

「妳為什麼不問問他？」桃碧說，「問他為什麼還沒……」用「求婚」是對的字眼嗎？

「他就只會發脾氣，」琉森嘆氣道，「我剛認識他的時候，他完全是不一樣的人！」

接著桃碧就會被迫聽琉森和澤伯的故事——一個琉森百說不厭的故事。

23

故事如下：琉森在公園內的泉馨芳療館認識澤伯——桃碧知道泉馨芳療館嗎？啊，那可是一個神奇的地方，可以舒展身心、讓人煥然一新。當時那地方才剛蓋好，還在建造景觀，噴水池、草坪、花園、灌木叢。還有晶玫瑰。難道桃碧不喜歡晶玫瑰嗎？從沒見過啊？噢，可惜，也許有機會……

琉森喜歡一大早就起床，當時她是個早起的人。她喜歡觀賞日出，因為她對顏色與光線總是非常敏感，為了住家美學，她可是費了很多工夫——她布置過好幾個家。她很喜歡在至少一個房間裡採用日出的顏色，她把那間房間想像成「日出房」。

此外，在那段日子她得不到滿足，她非常非常不滿，因為丈夫像地窖一樣冰冷，他們再也不做愛了，原因是他忙於事業。她是個喜歡感官享受的人，一直都是，而這個感官天性就快餓死了，這樣對健康不好，尤其對免疫系統有害，她讀過了相關的研究！

於是她到了芳療館，破曉時穿著粉紅色和服四處徘徊，落下幾滴眼淚，仔細考慮要與在康智公司工作的丈夫離婚，至少先分居。不過她明白這對芮恩並不是最好的打算，她當時年紀那麼小，非常喜歡她的爸爸，他對芮恩也不是沒有付出充分的關心。然而，剎那間，澤伯出現了，在冉冉而升的光輝中出現，好像——啊，就像一個幻影，獨自種植晶玫瑰。黑暗中，一朵玫瑰閃耀光芒，香氣芳馥迷人——桃碧可曾聞過？——應該沒聞過，因為園丁會非常厭惡任何新奇的事物，可是那些玫瑰實在好美。

於是晨曦下有名男子跪地，手中彷彿捧著一束燃燒的煤炭。一個男人一手持鏟，一手抓著發光的玫瑰花叢，眼底閃耀著溫和醉心的光彩，那種眼波可能被人誤解是愛意，這麼樣的一個人，哪個欲求不滿的女人抗拒得了？桃碧在心底暗暗想著。對澤伯而言，一個身穿粉紅和服的動人女子，一件鬆垮繫上的粉紅和服，在光瑩的黎明時分站在草坪上，尤其還梨花帶淚，這樣的女子一定有什麼特別的，因為琉森很有魅力。光從視覺的角度而言，她極有魅力，就算在發牢騷時也是——桃碧多半看見的就是在發牢騷的她。

琉森輕緩走過草坪，發現赤腳踩在溼冷的草地上，感覺布帛拂過大腿，察覺腰部的緊、鎖骨下的鬆。如波浪滾滾而去。她停在澤伯面前。他看著她一路朝自己走來，自己彷彿是被誤扔到海洋的水手，她不是美人魚就是鯊魚（這兩個意象是桃碧提供的，琉森說是命運女神）。她告訴桃碧，他們兩人就是這麼清楚明白。她向來能察覺到他人的覺悟，她像貓，或……這是她的天賦，或是一種詛咒——她就是這樣明白的，因此她可以從內心感受到澤伯看著她時的感覺：難以招架的情感！

不可能用文字來解釋這一切，她說，彷彿這類事情絕對不可能發生在桃碧身上。

總之，他們站在那裡，卻已經預料到即將發生的事情——必須發生的事情。恐懼與情慾把他們推在一起，同樣也讓他們分開。

琉森不說那是情慾，她稱那是渴望。

聽到這裡，桃碧想到一個畫面：鹽巴胡椒罐組。很久很久以前，她童年時的住家有兩樣東西，一個是小母雞瓷器，一個是小公雞瓷器，母雞裝鹽，公雞裝胡椒。鹹鹹的琉森站在辣辣的澤伯面前，微笑仰頭，然後問了他一個簡單的問題。例如那裡會種多少玫瑰叢，她記不得了，她深深著迷，因為澤伯的……（聽到這裡，桃碧便會轉移注意力，她不想聽見二頭肌、三頭肌、澤伯其他健壯的吸引之處。她自己對這些免疫嗎？沒有。故事的這一段會讓她吃醋嗎？是。亞當一說過，我們必須時時留心自己的動物本性傾向與偏見。）

琉森為了引誘桃碧回到故事，便說此時有件奇怪的事情發生了：她認出澤伯是誰。

「我以前見過你，」她說，「你以前不是在康智嗎？當時不是做庭院工作的！你那時是——」

「認錯人了。」澤伯說，接著便親了她。那一吻，直吻入她的內心，像是一把刀。而她腿一軟，倒進他的臂彎，就像——像死魚——不——像襯裙——不——像潮溼的面紙！接著他抱起她，讓她躺在草坪上，就在誰都看得到的地方，不可思議，這居然挑起了性慾，他於是解開她的和服，摘下手中玫瑰的花瓣往她全身灑去，接著他們兩人……琉森說，就像高速碰撞。她心想，我怎麼可能全身而退，我在此時此刻就要死了！她還發現他也有同樣的感受。

後來，很久很久以後，他們同居以後，他告訴她，她當時是對的，他在康智公司工作過，不過為了他不想多談的理由而倉促離職，他相信她不會把他早年生活的日子與地方告訴任何人。她沒提過，起碼很少談。除了現在告訴桃碧。

不過話說回在她在芳療館的期間——謝天謝地，她還沒接受會讓她長出疙瘩的皮膚手術，她只是去那裡稍微美容一下——當時他們又好幾次淺嘗了對方，關在芳療館泳池更衣室的淋浴間內，然後她就像溼葉子般貼在澤伯的身上，她補充一句說，他也像葉子黏著她。他們都覺得相處的時間不夠長。

後來她在芳療館的療程結束，回去所謂的家。她會編織藉口溜出園區（多半是購物，在園區可以買的東西實在是千篇一律），然後他們在平民區碰面，一開始多麼刺激啊！稀奇古怪的地方，破爛的小賓館、出租房間，租借的時間還用小時來計算，與康智園區那保守無新意的格調猶如天壤之別。後來他必須立刻離開。他遇到一些麻煩，她始終不明白原因，可是他不得不趕緊離開。唉，她無法忍受與他分離。

於是她離開號稱是丈夫的那個人，活該他這麼遲鈍。他們從一座城市搬到另一座，從一個拖車停車場開到另一個，澤伯在黑市動了幾樣手術，手指、DNA等等特徵都改了。後來安全了，他們回到這裡，回到園丁會。因為澤伯曾告訴她，他一直以來就是園丁，至少他是這麼說的。總之，他看起來對亞當一很了解，他們是同學一類的。

桃碧心想，這麼說來，澤伯是不得已才入會的。他本來是公司的人，現在在逃亡；也許他在黑市賣什麼有專利的產品，例如奈米科技或基因接合變種，如果幹那種事情被逮到，可是死路一條。結果琉森把臉孔與以前的名字連結起來，他只好用性來轉移她的注意力，然後帶著她一起走，確保她不會背叛他。不這麼做，就只能殺了她。他不可能拋下她，要是不管她，她會覺得他鄙視她，派公司安全衛隊那些傢伙來追蹤他。不管怎麼說，他冒了極大的風險，這個女人就像外行人放的汽車炸彈，你絕對不知道她什麼時候會爆炸，或者爆炸時還會拖誰一起下水。桃碧懷疑澤伯是否想過把軟木塞進她的喉頭軟骨，把她放進炭質垃圾油大垃圾箱的開槽內。

不過也許他是愛她的，以他的方法愛她。但桃碧很難想像。然而也許愛已經退燒了，因為他此刻並沒有對她提供充分的照顧。

「妳的丈夫沒有找過妳嗎？」桃碧第一次聽見這個故事時問，「在康智的那一個？」

「我已經不認為那人是我的丈夫了。」琉森說，口氣顯示她受到冒犯。

「抱歉，妳的前夫，公司安全衛隊沒有……妳留下訊息給他嗎？」假如要追查琉森的蹤跡，會一路追蹤到園丁會，不光是找出澤伯的下落，桃碧的行蹤和以前的身分也會曝光，這一點讓她忐忑不安。公司安全衛隊從不會勾銷漏收的欠債，要是有人把她父親挖出來了，那該怎麼辦？

「他們為什麼要花這種錢？」琉森說，「我對他們又不重要，至於我的前夫——」她做了兩秒鐘的鬼臉。「他應該已經娶了方程式，也許根本沒有發現我走掉了。」

「那芮恩呢？」桃碧說，「這麼可愛的小女孩，他一定會想她的。」

「啊，」琉森說，「他大概發現了吧。」

桃碧想問問看，琉森為什麼不乾脆把芮恩留給她的父親，而是偷偷帶走她，不留下消息，這好像是心胸狹窄的作法，惡意要傷害他。不過問了這樣的問題只會讓琉森生氣——聽起來很像是對她的批評。

再過兩個路口就到起司工廠，桃碧卻碰上鼠民在街鬥。亞洲共融國對上香煎雄鮭魚幫，還有兩三個麻布頭在邊上叫囂。這些小鬼只有七、八歲，可是人多勢眾，一發現她便停止互罵，反而開始對她大吼喊大叫。撿破爛，破爛撿，死白人！搶她鞋子！

她轉身背靠著牆，準備好要抵擋他們。他們年紀這麼小，很難當真用力踢他們。如同澤伯在都市屠殺弱點課上提到的，人類禁止傷害小孩。不過她知道她必需那樣做，因為他們可能會打死她。他們對準她的肚子，又硬又小的頭顱朝她猛撞，想撞得她撐不下去。比較小的有個淫猥的習慣，會掀起女園丁寬鬆的裙子鑽進去，不管在裙下發現什麼，只要發現就一口咬下去。她早有準備，他們只要太靠近，就扭他們的耳朵，或是用手刀砍他們的脖子，或讓兩顆小頭顱互撞。

不過，他們剎那間像魚群般轉向，匆匆離開她身旁，消失在巷子裡。

她轉頭查看原因。是布朗可，他根本不在痛彈場，他一定是被釋放了，或者不知怎麼逃出來了。

恐懼揪住她的心頭。她看到那又紅又青的脫皮雙手，覺得自己的骨頭啪啦啪啦粉碎了。這是她最恐懼的恐懼。

鎮定，她對自己說。他在馬路對面，她穿著寬鬆的連身衫，套著鼻塞，他也許沒有認出她來，也尚未顯露出注意到她的徵兆。不過她形單影隻，而他又還沒高尚到不屑隨機蹂躪強暴女子。他會把她拖到那條巷子，就是鼠民跑掉的巷子，然後拿開鼻塞看看她是誰。那她的大限就到了，而且不會很快結束。他會盡量慢慢來，他會把她變成人肉廣告版，用奄奄一息的軀體證明他的地位手腕。

趁著他還沒有機會對她打起壞主意，她趕緊掉頭，以最快的速度大步邁進。她氣喘吁吁轉過街角，過了半個街區才趕回頭看了一眼。沒有他的蹤影。

難得一回她抵達琉森公寓門口時非常開心。她拿下鼻塞，牽動肌肉，擺出專業的笑容，然後敲敲門。

「澤伯？」琉森大喊，「是你嗎？」

野生食物
聖烏爾

THE YEAR 洪荒年代 OF THE FLOOD

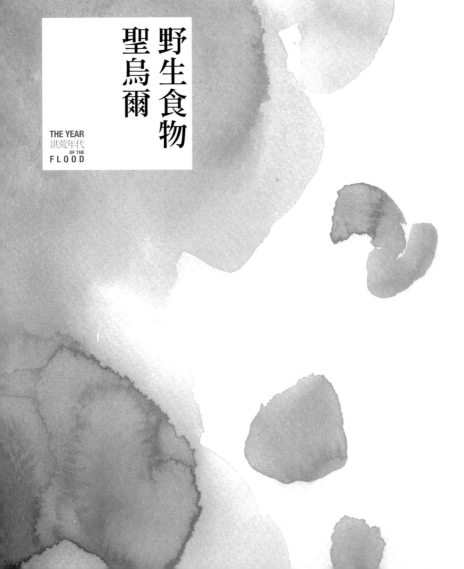

野生食物聖烏爾

創園十二年

主　題：聖烏爾的禮物

演講人：亞當一

我的朋友，我上帝創造物同胞，我親愛的孩子：

今天是聖烏爾週的第一天。在這一星期，我們將搜尋上帝透過大自然交由我們處置的「野穫」之禮。琵拉爾，我們的夏娃六，將帶領我們在古蹟公園漫步尋找蕈菇。波特，我們的亞當十三，將協助我們分辨「可食野草」。

記住，有任何懷疑，立刻吐出來！不過如果有老鼠吃了這種草，你們大概也可以吃。但這並不是絕對的。

澤伯，我們可敬的亞當七，會為高年級的孩童示範，如何在萬不得已的時刻利用陷阱捕捉小動物做求生食物。

記住，只要心存感激，懇求寬恕，只要輪到我們的時候，我們願意為宇宙食物鏈獻身，沒有東西對我們而言是不淨的。崇高的犧牲意義莫過於此。

波特受人尊敬的妻子薇娜還在休耕期間，不過我們希望她早日重返我們的行列。讓我們祈禱光輝圍繞在她身旁。

今天，我們要回想聖烏爾（Euell Gibbons）的所為。

一九一一年到七五年期間，聖烏爾在地球上活躍，雖然年代久遠，可是他與我們的心靈非常貼近。在聖烏爾小時候，他的父親離家尋求工作，聖烏爾利用他對自然的知識撫養家人。噢，天主，他沒有上高中，卻在祢的學校裡學習，他在祢的物種中尋覓到往往嚴格卻永遠真誠的師長，然後他與我們分享那些教誨。他教導我們使用祢種類繁多的馬勃菌，利用安全健康的蕈菇，告訴我們有毒種類的危險性。不過如果謹慎服用適切分量，有毒品種也可能有精神方面的價值。

他歌頌野生洋蔥、野生蘆筍、野生大蒜的好處，這些植物如果遠離農產企業作物，在快樂的環境下生長，不需辛勤耕種，不會吐絲，上頭也沒有噴灑農藥。

他認識路旁藥草：柳木皮可以止痛退燒，蒲公英根能利尿，排除多餘水分。他教我們不可浪費，即使是普通的蕁麻也常常被人亂拔丟棄，這種植物卻提供多種維他命。他教我們要見機行事，沒有酢漿草，可能有香蒲，沒有藍莓，可能有豐富的蔓越莓。

聖烏爾，你以普通油布鋪地充作餐桌，願我們與你的精神同坐在這張餐桌前，與你一同食用野生草莓、春天的渦形嫩葉，再以火略加烹煮新鮮的乳草豆莢，如能取得奶油替代品，則加上少許後食用。

在我們亟需之際，協助我們接受命運帶給我們的任何東西，對我們的內心與心靈耳朵低語植物的名稱、它們的季節、可能尋獲的地點。

無水之洪即將到來，居時一切買賣交易都將停頓，我們將不知不覺被迫倚賴上帝豐富花園中的自身資源，那也是你的花園。

讓我們歌唱。

啊，我們歌頌神聖野草

啊，我們歌頌神聖野草
在溝渠繁茂的野草
它們是謙卑者的糧草
不是富裕者的餐飧

購物中心沒有
超級商店不賣
它們遭人鄙視
因為它們免費為窮人生長

花朵綻放前
蒲公英為春抽芽
六月牛蒡最鮮美
多汁又肥沃

秋來了，橡實成熟
胡桃也變黑
清嫩乳草豆莢燙了甘甜
新生乳草吐出幼苗

雪杉與樺樹的內層果皮
維他命C多又多
不要剝取過多
以免扼殺樹的生命

馬齒莧，酢漿草，羊腿藜
就連蕁麻也能吃
山楂，接骨木，漆樹，玫瑰花
果實健康又營養

神聖野草遍地生
漂亮的風光
上帝無疑種下它
我們永遠不挨餓

——《上帝之園丁口述讚美詩集》

24

芮恩

創園二十五年

我記得那頓晚餐吃了什麼，在痲煩間的那一晚，吃的是人造雞肉球。自從在園丁會生活過，我便不太能消化肉品，不過馬迪斯說雞肉球其實是蔬菜，因為它們長在莖上，而且沒有臉。所以我吃了一半。

接著，為了保持練習，我練了一會兒的舞。我有自己的吸耳糖果機，我跟著音樂一起唱。亞當一說過，上帝讓人天生具有音樂，我們可以像小鳥一樣唱歌，也像天使一樣，因為唱歌是一種讚美形式，比光是說話還更發自內心深處，當我們唱歌時，上帝更能聽清楚我們的聲音。我努力記住那段話。

接著我又看看蛇穴的狀況。有三個痛彈場出來的傢伙在蛇穴，一個才剛出來。你一定看得出來，因為他們才刮過鬍子，頂著嶄新的髮型，衣服也是新的。還有，他們會露出驚嘆的表情，好像在黑漆漆的壁櫥裡關了很久很久。此外他們左手拇指底有個小小的刺青——一圈紅色或鮮黃色，界定他們是紅隊還是金隊。其他客人多少會閃避他們，把空間讓給他們，不過那態度是帶有敬意的，好像他們是網路明星或運動英雄，而不是痛彈場出來的罪犯。有錢人喜歡把自己想像成痛彈場的與賽者，也會對紅金兩隊的戰況下賭注，很多鈔票因為痛彈場而換到不同的荷包裡。

那裡永遠有兩三個公司安全衛隊的傢伙在留意從痛彈場出來的人，那些人可能突然發狂，大肆破壞。我們綠鱗女孩絕對不可以與他們單獨相處，他們不了解什麼是假裝的，永遠不知道什麼時候該住手，而且弄壞好多東西，不光是家具而已。最好的方法是耗盡他們的體力，不過動作得快，不然他們會大發雷霆。

「我自己就想把那些混球關起來，」馬迪斯說，「在他們的傷疤底下沒殘存多少人性，不過如果招待他們的話，幸市場會另外給我們一大筆津貼。」

我們餵他們喝酒吞藥丸，可以的話，把東西大把大把送進他們嘴裡。我進到麻煩間不久，他們開始用一種新的產品，叫做「喜福多」。上面寫著：零風險，絕對讓人滿意，享受飄飄欲仙，百之百安全保護。綠鱗女孩工作時不准用藥，馬迪斯說客人付我們錢，不是要讓我們享受的。可是這種藥不一樣，吃了以後就不需要生物膜身體手套，很多客人願意為此而多付錢。鱗尾替「還童公司」測試喜福多，所以不會像糖果一樣隨便發送，多半給高級客戶使用。不過我等不及要試試看囉。

有痛彈場傢伙光顧的晚上，我們總是會拿到很多小費，不過一般綠鱗女孩不用與剛從那裡出來的人辦事，因為我們是技術精湛的藝術家，任何傷害的代價都是很昂貴的。他們會找臨時員工——像是偷偷入境的歐洲賤貨或德墨佬，或者從街上擄來亞洲共融國與香煎雄鮭魚幫裡的未成年少女——來做基本的「體毛接觸」工作，因為痛彈場那些傢伙希望接觸身體薄膜，辦完事後，除非能提出證明，否則他們會認定妳受到汙染。鱗尾才不會為了檢驗或治療這些女生而花錢讓她們住麻煩間。我從來沒見過她們第二次，她們走進門，不過我想是沒有走出去。在更低級的夜總會裡，她們為男人表演吸血鬼幻想，那可是需要用嘴接觸血，我說過了，馬迪斯喜歡保持乾淨。

那晚，有個痛彈場出來的傢伙讓星芒坐在他腿上，施展她的獨門花招。她穿著孔雀鷺羽毛服，戴著頭飾，從正面看也許正到極點，可是從我的視野角度，看起來好像有一大把藍綠色雞毛撢子在那傢伙身上忙著——像是乾式洗車。

第二個傢伙張開嘴，抬頭盯著蘇凡娜，他的頭直往後仰，幾乎與脊椎成了直角。要是她沒抓牢，這人的脖子就會被她給壓斷了。我想，要是發生那種事，他也不是第一個一絲不掛、被人用推車從鱗尾後門送出去扔在空地的人。他年紀較大，頭頂禿了，後面留個馬尾，手臂一堆刺青。我覺得他很眼熟，也許他以前來過，不過我看得不是很清楚。

第三個人獨自喝到爛醉如泥，也許正要努力忘掉在痛彈場裡面所幹的事。我從來沒有在網路上看過痛彈場，恐怖死了。有關裡面的事情，我只聽男人說過。他們會告訴你的事可驚人的，尤其我們渾身貼著閃亮亮的綠色鱗片，他們看不見我們的真面目，感覺一定好像在對魚說話。

沒有其他事情發生，於是我打亞曼達的手機找她。她竟然沒接。也許她在睡覺，在威斯康辛州蜷在睡袋裡。也許她坐在營火旁，兩個德墨佬在彈吉他唱歌，亞曼達也在唱，因為她會講德墨佬的語言。也許月亮掛在天空，遠處有幾隻土狼嚎叫，就像老電影。希望是這樣。

25

亞曼達來跟我一起住之後，我的人生改變了。快滿十三歲時，我的人生又在聖烏爾週改變一次。亞曼達年紀比我大，因為她已經長胸部，那樣計算時間很奇怪。

那一年，亞曼達和我（包括伯妮斯）與大孩子要參加澤伯負責的「肉食性動物與獵物關係」示範，到時我們得吃真的獵物。我對吃肉只剩下模模糊糊的印象，那是在康智園區的時候。園丁會非常反對吃肉，只有在萬不得已時才可以吃，所以把血淋淋的肉和軟骨放進嘴裡，然後吞下喉嚨，我光用想的就覺得噁心想吐。不過我發誓不會吐出來，因為這樣我會不好意思，也讓澤伯很丟臉。

我不擔心亞曼達，她習慣吃肉，而且吃過好多次，她常常有機會就偷祕密漢堡，所以她可以嚼一嚼吞下去，好像沒事一樣。

在聖烏爾週的星期一，我們換上乾淨衣服，即使昨天穿的是乾淨的。我把亞曼達的頭髮綁成辮子，然後她綁我的。澤伯說這是「靈長動物互相梳毛」。

我們聽見澤伯在淋浴間唱歌：

沒人在意，

沒人在意，
所以我們從瀉槽流下來，
因為沒人在意！

我覺得他早上這段歌聲很溫馨，那表示情況就跟平常一樣，至少那天是這樣。

琉森通常會在床上待到我們都走了才起來，有部分是為了避開亞曼達，今天她卻在廚房區，她穿上深色園丁裝，而且居然在做菜！最近她做菜次數比較多，也讓我們起居空間整齊一些，甚至在窗臺的盆子裡種起雜亂的番茄。我想她是要對澤伯好，雖然他們比以前常吵架。他們吵架時就叫我們到外面，不過那不表示我們不能偷聽。

他們因澤伯不在琉森身旁時到哪去了而爭吵。澤伯一律回答「工作」，或是「別逼我，寶貝」，或是「妳不必知道，這是為妳好」。

「你有別的女人！」琉森總是說，「我在你全身上下都聞到那個婊子的味道！」

「哇塞，」亞曼達低聲說，「妳媽的嘴巴真賤！」我不知道該覺得驕傲還是丟臉。

「我沒有，我才沒有，」澤伯會用疲憊的聲音說，「除了妳，我怎麼會想要別人呢？寶貝。」

「你撒謊！」

「我的老天！媽的，別再煩我了！」

澤伯從淋浴隔間走出來，水滴到地板上。我看到他那次被人砍的傷疤，那年我十歲。那道傷疤讓我覺得很可怕。「我的小鼠民今天好不好？」他說，咧嘴笑得像北歐神話中的森林巨人。

亞曼達露出甜美的笑容。「是大鼠民。」她說。

早餐我們吃炒黑豆泥與溏心鴿蛋。「早餐真好吃，寶貝。」澤伯對琉森說。我不得不同意，的確相當好吃，雖然是琉森煮的。

琉森對他露出那甜死人不償命的招牌笑容。「我希望你們一定都要吃得很開心，」她說，「想想這星期結束前你們要吃的東西，我想大概是老根菜和老鼠吧！」

「烤兔子，」澤伯說，「那東西我可以吃十隻，以老鼠當配菜，再來點油炸蛞蝓當點心。」他斜眼看著亞曼達和我，想讓我們覺得噁心。

「聽起來好好吃喔。」亞曼達說。

「你真殘忍。」琉森對她拋媚眼說。

「可惜我沒有啤酒可配，」澤伯說，「寶貝，加入我們的行列，我們需要一些裝飾品。」

「哦，我想我這次不參加了。」琉森說。

「妳不跟我們一起去？」我說。通常在聖烏爾週，琉森會跟在後面，一起沿著林地小路前進，拔拔奇怪的野草，抱怨抱怨蟲子，同時看好她的澤伯。其實這次我不希望她來，可是也希望維持正常的情況，因為我感覺一切又要重新安排，就像那次我從康智園區硬被帶走。這只是感覺，可是我不喜歡。我習慣了園丁會，我現在屬於這裡。

「我看我是沒辦法去了，」她說，「我犯偏頭痛。」她昨天也偏頭痛。「我要回床上。」

「我請桃碧過來看看，」澤伯說，「或是琵拉爾，減輕妳那頭疼的老毛病。」

「真的？」痛苦的笑容。

「沒問題。」澤伯說。琉森還沒吃掉她的鴿子蛋，所以他替她吃了，反正只是梅子的大小。

豆子是花園種的，鴿子蛋則是從我們的屋頂拿來的。我們在上面沒有種任何植物，因為亞當一說那裡的地面不適合，不過我們有鴿子。澤伯用麵包屑誘惑牠們，用清柔的動作移動，所以牠們覺得安全。後來牠們下了蛋，澤伯就從鳥巢裡把蛋搶來。他說鴿子不是即將滅絕的生物，所以沒關係。

亞當一說蛋是可能的創造物，不過還不是，比方說，核果就不是樹。蛋有靈魂嗎？沒有，不過可能會有靈魂。所以吃蛋的園丁不多，不過他們也不會譴責吃蛋的人。把蛋的蛋白質與自己的蛋白質結合之前，你不用對蛋說抱歉，不過必須對母鴿說對不起，還要謝謝牠的禮物。我懷疑澤伯根本懶得說半句道歉，他大概私底下連母鴿也吃。

亞曼達有一顆鴿蛋，我也是，澤伯吃了三顆，包括琉森的。他的需求量比我們高，因為他比較高大，這是琉森說的，如果我們吃得跟他一樣，我們會變胖。

我們出門時，澤伯說：「晚點見，女戰士，別殺人。」他聽說過亞曼達用膝蓋撞鼠蹊和挖眼睛的招數，還有她貼了強力膠帶的玻璃片，他會拿那些事情開玩笑。

26

上學前我們得去怡景公寓接伯妮斯。亞曼達和我不想接她，不過如果我們不去接她，亞當一不會放過我們，因為我們的行為「不像園丁」。伯妮斯還是不喜歡亞曼達，但也不完全討厭她，她提防亞曼達有如你可能會小心某些動物，比方嘴非常尖的鳥。伯妮斯的脾氣暴躁，可是亞曼達不一樣，她是頑固難搞。

事情演變成這樣，不可能改變。伯妮斯和我曾經是最要好的朋友，現在不是了，所以我在她左右時會覺得坐立難安，感到莫名的內疚。伯妮斯發現了，於是便設法扭轉我的內疚，藉此來攻擊亞曼達。

不管怎樣，表面上我們感情很好，三個人一起走路上學放學，一起做雜務，一起參加小小環保工程師的收集活動一類的事情。不過伯妮斯從來不去起司工廠，放學後我們也不跟她一起玩。

那天早上，往伯妮斯家的途中，亞曼達說：「我發現了一件事情。」

「什麼？」我說。

「波特一週有兩個晚上從五點到六點不在，我知道他去哪裡。」

「圓頭波特？誰管他去哪！」我說。我們兩人都看不起他，因為他很討厭，愛抓人家的胳肢窩。

「不是，聽我說，他跟魯雅娜去同一個地方。」亞曼達說。

「妳在開玩笑吧！哪裡？」魯雅娜喜歡打情賣俏，可是她跟每個男人都打情罵俏，這只是她的作風，就像桃碧習慣冷眼看人。

「他們走進釀醋間，在沒有人應該在裡面的時候。」

「不會吧！」我說，「真的？」我知道這跟性有關──我們大半好笑的對話都是跟性有關。園丁會把性叫做「生殖活動」，他們認為這不是適合嘲笑的話題，不過亞曼達照樣嘲笑。「性」這件事，可以偷偷嘲笑，可以拿來交易，或者兩者一起，可是你沒辦法尊重它。

「難怪她的屁股晃得這麼厲害，」亞曼達說，「快要用爛了，就像薇娜的舊沙發──整個鬆垮下來。」

「我才不相信妳！」我說，「她不可能做這種事！才不會跟波特做呢！」

「我吐痰發誓。」亞曼達說，然後吐了口水，她吐口水的樣子真帥。「不然她跟他去那裡還有什麼原因？」

我們小小園丁常常捏造亞當夏娃們性生活的粗俗故事，想像他們赤裸裸地跟彼此做愛，或是跟流浪狗，甚至跟貼在鱗尾門外的圖片上的綠皮膚女孩在一起，這種想像能讓我們覺得他們本領沒有那麼強。可是魯雅娜跟著圓頭波特一起呻吟手腳亂擺，很難想像那個畫面。「好吧，」我說，「總之，這件事不能告訴伯妮斯！」接著我們哈哈笑。

到了怡景公寓，我們對大廳桌子後方那邋遢的園丁阿姨點點頭，她在繩結，沒有抬起頭。然後我們開始爬樓梯，避開用過的針筒和保險套。亞曼達叫這棟樓「保險套公寓」，我現在也開始這樣叫它。今天怡景公寓那裡蘑菇似的嗆鼻味道比較濃。

「有人偷偷在屋子裡種迷幻藥，」亞曼達說，「這味道很明顯是臭草。」她說了算，她可是在凶域生活過，也吸過某些毒品。她說吸得不多，因為人吸毒後會變得恍恍惚惚，而且要買毒品的話，應該只跟你信賴的人買，所有的藥裡可能什麼成分都有，造成她對人都不怎麼信賴。我央求她讓我吸幾口，不過她不肯。「妳還小。」她都這樣說。不然就是說自從跟園丁在一起之後，她就沒有什麼好的門路可以找了。

「這裡不可能種迷幻藥，」我說，「這棟建築是園丁會的，只有平民區的犯罪集團才會在屋子裡偷種，這只是——半夜有小孩在這裡抽菸，平民區的小孩。」

「對，我知道，」亞曼達說，「不過這不是菸味，比較像在屋內種迷幻藥的味道。」

我們走到四樓時聽到聲響，男人的聲音。有兩個人，就在樓梯平臺門的後面。他們的語氣聽起來不友善。

「我就只有那些，」一個聲音說，「剩下的要等到明天。」

「王八蛋！」另一個人說，「少耍我！」砰的一聲，好像有什麼撞到牆上，然後又砰的一聲，夾雜著一聲無言的叫嚷，可能是痛或是生氣。

亞曼達戳我。「往上走，」她說，「快！」

我們用最安靜的腳步匆匆爬完剩下的樓梯。到了六樓時，亞曼達說：「鬧得很嚴重。」

「妳在說什麼？」

「交易出了亂子，」亞曼達說，「我們什麼都沒聽見，來，裝出沒事的樣子。」她看起來很害怕，害我也跟著怕起來，因為亞曼達很少害怕。

我們敲敲伯妮斯家的門。「叩叩叩。」亞曼達說。

「是誰？」伯妮斯的聲音傳來。她一定就在門的後方等我們，好像擔心我們可能不來了。我覺得這樣好可悲。

「壞。」亞曼達說。

「壞什麼？」

「壞疽。」亞曼達說。她採用了小薛的通關密語，我們三個人現在使用它。

伯妮斯打開門，我瞥見植物薇娜。她照常坐在棕色厚絨沙發上，不過眼睛看著我們，好像的確看到了我們。「別遲到了。」她對伯妮斯說。

伯妮斯走到外面走廊，然後把門關上，我立刻對她說：「她跟妳說話耶！」我試圖表現友善，可是伯妮斯的冷漠潑了我一頭冷水。「是啊，怎樣？」她說，「她又不是智障。」

「又沒說她是。」我冷冷地說。

伯妮斯狠狠地看了我一眼就撇開視線。自從亞曼達來了以後，她連瞪人的功力都沒有以前強了。

27

我們走到鱗尾後面的空地，準備上戶外教學課：「肉食性動物與獵物」實物示範。澤伯坐在帆布野營摺疊凳上，腳邊有個布袋，裡面有東西。我盡量不去看那個袋子。「都到齊了？很好。」澤伯說，「來，肉食性動物與獵物關係，狩獵與挨近獵物，規則是什麼？」

「發現對方，不讓自己被發現，」我們背誦，「傾聽對方，不讓自己被傾聽；嗅聞對方，不讓自己被嗅聞；吃掉對方，不讓自己被吃掉！」

「你們忘了一條。」澤伯說。

「傷害對方，不讓自己被傷害。」某個年紀最大的男孩說。

「正確！肉食性動物如果嚴重受傷就慘了，如果牠不能獵食，就會挨餓，牠必須出其不意的攻擊，迅速將對方殺死。牠必須挑選處於不利地位的獵物，選擇因幼小、老邁、殘廢而無法逃跑或反擊的獵物。我們要怎樣避免成為獵物？」

「不要看起來像獵物。」我們背誦。

「不要看起來像是肉食性動物的獵物，」澤伯說，「鯊魚從水底下往上看，會覺得玩衝浪板的人像海豹，試著想想，從肉食性動物的角度來看，你們看起來像什麼。」

「不要露出恐懼。」亞曼達說。

「沒錯，不要露出恐懼，不要表現出生病的樣子，讓自己看起來愈巨大愈好，那樣會讓體積較大的狩獵動物斷了念頭。不過我們自己就屬於體積較大的狩獵動物，對不對？我們為什麼要打獵呢？」澤伯問。

「為了吃，」亞曼達說，「沒有其他的好理由了。」

澤伯對著她嘻嘻笑，好像這是他們兩人才懂的祕密。「一點也沒錯。」他說。

澤伯提起布袋，鬆開後把手伸進去。感覺他把手放在裡面好久好久。接著他拎出一隻死掉的綠兔。

「在古蹟公園抓到的，捕兔陷阱，」他說，「用套索抓的，你也可以用套索抓浣鼬，現在我們要把獵物剝皮、去除內臟。」

想到那一部分，我還是覺得想吐。大男孩幫忙他，他們不怕，只是連小薛和小柯都顯得有點緊張。他們向來按照澤伯說的每一句話去做，他們敬佩他，不只是因為他人高馬大，還因為他很有學問，他們尊敬的是他的學問。

「假如兔子不是——嗯，不是死的呢？」小柯問，「牠還是活的，那該怎麼辦？」

「那你就要弄死牠，」澤伯說，「用石頭砸牠的頭，或者從後腿把牠抓起來往地上打。」他又說不要那樣殺羊，因為羊的頭骨硬，你得在牠的脖子上劃一刀。每樣東西都有最有效的宰殺法。

澤伯繼續剝皮。亞曼達幫忙把毛絨絨的綠皮往外翻，像翻手套一樣。我盡量不去看那些血管，顏色好藍，還有閃閃發亮的肌腱。

澤伯把肉切得非常小塊，一來是讓每個人都能吃吃看，二來是他不想太逼迫我們吃大塊肉。接著我們用幾塊舊木板生了火，把肉塊放在上面烤。「要是到了萬不得已的情況，這就是你們不得不做的事情。」澤伯說。

他給我一塊肉，我把它放進嘴裡，然後發現我可以嚼一嚼後吞下去，只要在腦中反覆說：「這其實是豆沙，這其實是豆沙……」我數到一百，那塊肉已經吞下去了。

不過我嘴巴裡有兔子的味道，感覺好像吞下了鼻血。

那天下午我們舉辦生命之樹自然物料交換市集，地點在古蹟公園北邊的小公園，就在太陽能空間精品店對面。那裡有幼童玩的沙坑、鞦韆和溜滑梯，還有一棟用泥土、沙粒和稻草蓋出來的泥草屋，裡面有六個房間、拱形門和窗戶，可是沒有門和玻璃。亞當一說這是古代新移民蓋的，起碼是三十年前的事。鼠民在牆上噴了那些陳腔濫調的留言：我愛小穴（香烤口味）；吸我屌，有機的！你爹上葛妮！

生命之樹不只有園丁們會參加，自然市場互助網的每個人都在那裡賣東西，例如蕨邊區的集合農場、大箱區的後院社、高爾夫公園區的綠盟。我們看不起這些人，因為他們的衣服比我們的好。亞當一說他們交易的產品在道德上受到汙染，不過不像商店街那些由奴工製作、亮晶晶的物品散發出的邪惡光芒。蕨邊區的人販賣上釉陶器與迴紋針做成的首飾；大箱後院社賣針織動物；高爾夫球區的人利用舊雜誌捲紙做出附庸風雅的手提包，還有高爾夫球場邊上種植的捲心菜。伯妮斯說，沒什麼了不起，他們照樣噴灑草地，所以幾顆捲心菜拯救不了他們的靈魂。伯妮斯的信仰愈來愈虔誠，也許是因為半個真心的朋友也沒有，所以信仰成了替代的朋友。

許多趕時髦的上層消費者會來生命之樹。從出入都有太陽能控管的社區的有錢人，蕨邊區的愛炫傢伙，連園區的人也會出門來一趟「安全的」平民區冒險。他們聲稱，比起超級小市場的貨品，更喜歡園丁們種的蔬菜，甚至那些號稱是農夫直營市場的東西也沒有我們的好，亞曼達說，農夫市場有人會打扮農夫，從批發商那裡批貨，扔進民俗手工簍筐，然後標上價錢，所以就算人家說是有機食品也不可以相信。不過園丁會的產品貨真價實，惡臭證明了它的純正；園丁們的行為也許狂熱，詭異得讓人覺得有趣，不過起碼是有道德的。當我用回收塑膠包起客人買的東西，他們就是這樣說。

在生命之樹幫忙，最討厭的事情是必須繫上小小環保工程師的脖巾。這太丟臉了，因為那些時髦的人常常帶孩子一起來，這些孩子戴著繡字的棒球帽，盯著我們、我們的脖巾和我們單調的服裝瞧，似乎我們是怪胎，還彼此竊竊私語，哈哈大笑。我努力當作沒看見他們。伯妮斯則跺腳走到他們面前說：「看什麼看？」亞曼達的作法比較圓滑，她會衝著他們微笑，然後拿出那片貼了強力膠帶的玻璃往手臂上畫一橫，接著舔舔血。她用血淋淋的舌頭舔一圈嘴唇，又伸出手臂來，那些孩子拔腿就跑。亞曼達說如果要別人別惹你，最好的辦法就是裝瘋。

我們三人被交代在菇攤幫忙，通常在那裡的是琵拉爾與桃碧，不過琵拉爾身體不舒服，所以只有桃碧在。她很嚴格，你必須站得挺挺的，而且還要加倍有禮。

我打量走過去的有錢人。有人穿淡色牛仔褲與涼鞋，有人披了過量的昂貴皮毛——鱷魚皮露跟女鞋，美洲豹迷你裙，巨羚手提包。他們會對你擺出防衛的眼神：又不是我殺的，我幹麼浪費這張皮呢？我對於使用那種東西的感覺很好奇——另一種生物的皮毛就在自己皮膚旁是什麼滋味？

有人做了新的魔髮，銀色，粉紅，藍色。亞曼達說在汙水礁湖有賣魔髮的店會誘惑女生進去，一走進頭皮移植室，他們就會把你打昏，等你醒來後，你不光只是頭髮不一樣了，連指紋都變了，然後被關在「身體薄膜屋」，被迫做「體毛接觸」工作，就算逃出來了，也永遠無法證明你是誰，因為他們偷走你的身分。這故事聽起來實在誇張，亞曼達什麼謊話都敢講。不過我們說好了不對彼此撒謊，所以我想可能是真的。

跟桃碧一起賣蕈菇一個小時後，我們被命令去魯雅娜的攤子幫忙賣醋。我們這時已覺得無聊而且很蠢。每次魯雅娜彎腰，從長桌底下的箱子拿更多醋出來時，亞曼達和我就會扭屁股，壓低嗓子竊笑。伯妮斯的臉愈來愈紅，因為我們不讓她加入。我知道這樣做很惡劣，可是不知道為什麼我就是忍不住。

然後亞曼達必須上紫羅蘭環保流動廁所，魯雅娜也說她必須跟就在隔壁攤子賣葉子包的香皂的波特說句話。魯雅娜一轉身，伯妮斯就抓住我的手臂往左右扭轉。「告訴我！」她用噓聲說。

「放開啦！」我說，「是要跟妳說什麼啦？」

「明知故問！妳跟亞曼達說什麼這麼好笑？」

「沒有！」我說。

她扭得更大力。「好啦好啦，」我說，「可是妳聽了不會高興的。」於是我把魯雅娜和波特他們在釀醋室的事情說給她聽。不管怎麼說，我一定很想告訴她，因為我一股腦就全說出來了。

「胡說八道！」她說。

「什麼胡說八道？」亞曼達從環保流動廁所回來時問。

「我爸才不會跟那個淫巫婆搞在一塊！」伯妮斯噓聲說。

「我沒辦法，」我說，「她扭我的手。」伯妮斯的眼睛紅紅的，淚汪汪的。要不是有亞曼達在，她早就揍我了。

「芮恩神智不清，」亞曼達說，「其實我們也不知道是不是真的，只是懷疑妳爸爸跟淫巫婆搞在一起，也許他沒有啊。如果他這麼做的話，妳可以理解，妳媽媽休耕這麼久了，他一定很想要——所以才會每次都偷摸小女生的胳肢窩。」她用一種夏娃般的正直語氣說出這段話，好殘忍。

「他沒有，」伯妮斯說，「他才不會！」她快要哭出來了。

「如果他有，」亞曼達用一貫冷靜的聲音說，「妳應該要注意這件事，我的意思是，假如我有爸爸，我不希望他跟誰的生殖器官碰在一起，除非那個人是我媽媽。這是很髒的習慣，很不衛生。妳得擔心他帶有細菌的手碰到妳，不過我相信他沒有——」

「我好恨好恨妳們！」伯妮斯說，「我希望妳們被燒死！」

「伯妮斯，妳這樣講話不慈悲喔。」亞曼達用責備的口吻說。

「哦，小女孩。」魯雅娜快步朝我們走來。「有人來買東西嗎？伯妮斯，妳的眼睛怎麼這麼紅？」

「有東西讓我過敏。」伯妮斯說。

「對，她過敏了，」亞曼達嚴肅地說，「她覺得不舒服，也許應該回家去。或者可能是空氣不好的關係吧，也許她應該套上鼻塞，伯妮斯，妳覺得呢？」

「亞曼達，妳真是非常體貼的孩子，」魯雅娜說，「伯妮斯小乖乖，我也認為妳應該趕快離開，我們明天會替妳準備鼻塞防止過敏，來，我陪妳走一段路，小乖乖。」她搭著伯妮斯的肩膀送她走了。

我不敢相信我們剛才做了什麼，我的肚子有種往下墜的感覺，好像把重重的東西扔下去，然後知道它將砸到你的腳。我們做得太過分了，我不知道該怎麼說，說了亞曼達一定會認為我在說教。反正話已經收不回來。

28

就在那個時候，有個我從來沒見過的男生走到我們的攤位。他大約十來歲，年紀比我們大，高高瘦瘦，深色頭髮，穿的不是有錢人穿的那種衣服，只是樸素的黑衣。

「先生，有什麼我能幫你的嗎？」亞曼達問。我們在攤位工作時，有時候會模仿祕密漢堡的奴隸。

「我得見琵拉爾。」他說。沒有笑容，什麼都沒有。「這東西有點問題。」他從背包拿出一罈園丁牌蜂蜜。

這可怪了，蜂蜜會有什麼問題呢？琵拉爾說它絕對不會壞掉，除非裡面摻了水。

「琵拉爾身體不舒服，」我說，「你可以告訴桃碧，她就在那邊，顧蕈菇攤的那個。」

他看看四周，好像很緊張。他似乎不是跟別人一道來的，因為沒有朋友，也沒有家長。「不行，」他說，「我就是要跟琵拉爾說。」

澤伯從蔬菜攤過來，他在那裡賣牛蒡根和羊腿藜。「有什麼不對嗎？」他說。

「他想找琵拉爾，」亞曼達說，「跟蜂蜜有關的事。」澤伯和那男孩互看，我覺得我看見那男生微微搖了搖頭。

「可以跟我說嗎？」澤伯問他。

「我覺得應該找她。」那男生說。

「亞曼達和芮恩會帶你過去。」澤伯說。

「那誰來賣醋？」我說，「魯雅娜不得已已經走了。」

「我來顧攤子，」澤伯說，「這位是格倫，好好照顧他。」又對格倫說：「別讓她們把你吃了。」

我們走過平民區街道，朝伊甸崖屋頂花園前進。「你怎麼會認識澤伯？」亞曼達問。

「喔，我以前就認識他。」那男生說。他話很少，甚至不想走在我們旁邊，過了一個街後就落後我們幾步路。

我們走到園丁大樓，爬上防火梯。青蛙斐洛和扳手克郎在樓上；我們絕對不會讓這裡沒有人，以免鼠民想偷偷進來。克郎在修補漏水的水管，斐洛只是一直笑。

「他是誰？」克郎看見那男生時問。

「澤伯叫我們帶他來這裡，」亞曼達說，「他要找琵拉爾。」

克郎轉頭點了點。「休耕小屋。」

琵拉爾靠在躺椅上，她的棋盤在她身旁，棋子都擺好了；她並沒有在下棋。她氣色很糟，身體有點衰弱，眼睛本來閉著，聽見我們進去便張開。「歡迎，親愛的格倫。」她說，好像在期待著他的到來。

「希望你沒有遇到任何麻煩。」

「沒有麻煩。」那男孩說。他拿出罈子。「不好。」他說。

「都很好，」琵拉爾說，「就整體來說都很好。亞曼達、芮恩，能給我一杯水嗎？」

「我去拿。」我說。

「請妳們兩人一起去。」琵拉爾說。

她希望我們走開。我們以最慢的步伐離開休耕小屋，我希望可以聽到他們的談話——不會是跟蜂蜜有關。琵拉爾的模樣嚇到了我。

「他不是平民區的人，」亞曼達低聲說，「是從園區來的。」

我也想到那點，卻還是說：「妳怎麼看出來的？」園區是公司的人住的地方，亞當一說，那裡的科學家和生意人正在毀滅古老的物種，創造新生物，這麼做會毀了世界。不過我不怎麼相信我的親生爸爸會在康智做那樣的事。無論如何，為什麼琵拉爾居然會跟一個從那裡來的人打招呼呢？

「我只是有種感覺。」亞曼達說。

我們拿水回來時，琵拉爾已經又閉起眼睛了。那男孩坐在她身旁，走了幾步棋子。白子皇后被困住了，再走一著就要被吃掉了。

「謝謝妳們。」說著，琵拉爾從亞曼達手中接過那杯水。「親愛的格倫，也謝謝你過來一趟。」她對那男孩說。

他站起來。「嗯，再見。」他尷尬地說。琵拉爾看著他微笑，笑容燦爛而虛弱。我想要抱抱她，她看起來好小好軟弱。

往生命之樹走回去時，格倫走在我們身邊。「她病得很嚴重，」亞曼達說，「對吧？」

「疾病是因為設計出錯，」那男孩說，「是可以糾正的。」沒錯，他絕對是園區的人，只有那裡孜孜不倦的天才才會那樣說話：不直接回答你的問題，反而講了很籠統的話，好像他們確實知道。我的親生爸爸說話就是那樣嗎？有可能。

「這麼說，假如你在創造世界，你會讓它變得更好？」我說。我的意思是：比上帝做得還好。突然，我覺得自己好虔誠，就像伯妮斯，像個園丁。

「對！」他說，「我的確會的。」

29

我們隔天照樣去怡景公寓接伯妮斯，我想我們都因為前一天的所做所為而覺得自己很可恥，起碼我是這樣想的。當我們敲著門說「叩叩叩」時，伯妮斯居然沒有說「是誰」，她一句話都沒說。

「壞，」亞曼達大喊，「壞疽！」還是沒有回應。我幾乎能感覺到她的沉默。

「快點，伯妮斯，」我說，「開門，是我們。」

門開了，卻不是伯妮斯，是薇娜。她直盯著我們看，樣子完全不像在休耕。「走開。」她說，然後關上門。

我們面面相覷。我覺得很難過。要是所說的關於波特和魯雅娜的故事對伯妮斯造成永久傷害，那該怎麼辦？要是那件事根本也不是真的呢？一開始不過是個玩笑，可是看來現在已經不再是了。

以前在聖烏爾週，我們都會與琵拉爾和桃碧去古蹟公園找蕈菇。那裡很令人興奮，因為你永遠不知道會看見什麼。有平民區的家庭在野炊，有家族間的鬥毆，我們摀住鼻子，免得聞到煎得吱吱響的肉發出的臭味。灌木叢中會有情侶在扭動身體，也有遊民對著瓶子喝酒或在樹下打鼾，也有頭髮打結的瘋子自言自語或大吼大叫或注射毒品。假如我們一路走到比較遠的海灘，可能有穿著比基尼的女孩子躺在陽光下，小薛和小柯可能對她們大喊「皮膚癌」，為的是要吸引她們的注意力。

可能有幾個國家安全衛隊的人在執行公共服務巡邏，告訴民眾把垃圾放在提供的容器裡，實際上（亞曼達說的）他們在尋找沒有讓他們犯罪集團朋友分一杯羹的小生意人。於是你可能會聽見噴槍熱呼呼的咻咻聲，還有幾聲尖叫，他們一面把那傢伙拖走，一面對旁觀者說：「這人想搞亂。」

不過我們那天的古蹟公園之行取消了，因為琵拉爾生病，改由圓頭波特替我們上「野生植物」，地點是鱗尾夜總會後面的空地。

我們帶了石板和粉筆，因為我們一定要畫野生植物，這樣才能幫助我們記住。然後我們再把圖畫擦掉，植物就在我們的腦子裡。波特總是說，要真正了解一樣東西，最好的方法就是畫出來。

波特在空地四處搜尋，拔起某樣東西，舉高讓我們看看。「Portulaca oleracea，」他說，「俗名是馬齒莧，有人工種植，也有野生的，喜歡生長在亂土裡。注意紅色的莖，互生的葉子，它是omega 3的好來源。」他停下來，皺眉看著我們。「你們有一半的人沒看我，另一半的人則沒畫畫，」他說，「這可是會救你們一命的東西！我們現在談的是營養。營養，什麼是營養？」

大家茫茫然看著，一片安靜。「營養，」波特說，「是維持人體所需的東西，是食物，食物！食物哪裡來？同學們？」

我們齊聲背誦：「所有食物都來自大地。」

「沒錯！」波特說，「大地！而多數的人到超級小市場買食物，要是突然沒有超級小市場，那會怎麼樣？薛克頓？」

「在屋頂上種植食物。」小薛說。

波特的臉開始變紅，他說：「假如根本沒有屋頂，那你們要去哪裡找食物？」大夥又是一臉茫然地看著。「你們會去覓食，」波特說，「柯洛齊，覓食是什麼意思？」

「找東西，」小柯說，「找不用付錢的東西，和偷東西一樣。」我們聽了哈哈笑。

波特當作沒聽見。「那你會去哪裡找這些東西？奎爾？」

「去商店街嗎？」奎爾說，「去商店街後面，嗯，他們會把東西丟掉，嗯，舊瓶子還有……」奎爾這傢伙有點呆頭呆腦，不過他是故意裝出來的，男生這樣做是想讓波特抓狂。

「不對，不對！」波特大喊，「不會有人把吃的東西丟掉！你們從沒離開這個平民區吧？你們沒看過沙漠，從來沒有經歷過饑荒！當無水之洪暴發，就算你沒因為洪水死掉，也會餓死。為什麼？因為你們根本沒有專心！我為什麼要浪費時間在你們身上？」每次波特上課，總是突然不知道為了什麼就變個人似的，開始大吼大叫。

「好，」他冷靜下來說，「這是什麼植物？馬齒莧，你能利用它做什麼？可以吃它。好，繼續畫畫。馬齒莧！注意橢圓的葉子！注意它們的光澤！注意看看它的莖！好好記住不要忘！」

我當時心裡在想，這是不可能的，我無法想像有誰可以跟圓頭波特上床，連淫巫婆魯雅娜我也不能想像，他頭這麼禿，渾身都是汗。「這些小笨蛋，」他喃喃自語，「我幹麼這麼累？」

接著他整個人安靜下來，看著我們後方的某樣東西。我們轉過頭去，薇娜站在那裡，就在柵欄的缺口旁。她一定是硬擠過來的，腳上還穿著拖鞋，黃色嬰兒毯像披肩從頭上垂下來。在她身旁的是伯妮斯。

她們就這麼站在那裡，動也不動。接著，兩個公司安全衛隊的人也穿過柵欄，他們穿著戰鬥服，閃爍微光的灰色套裝讓人看起來像是幻影。他們拿出了噴槍。我感覺所有的血液都要從臉上流出來，我想我要吐了。

「有什麼不對嗎？」波特大喊。

「不許動！」一個安全衛隊的人說。他的聲音非常響亮，因為頭盔上有擴音器。他們往前移動。

「退下。」他交代我們。他看起來好像被電擊槍打到。

安全衛隊的人走到我們這裡，第一個人說：「先生，請跟我們走。」

「什麼？」波特說，「我什麼都沒做啊！」

「非法種植大麻獲取黑市利潤，」第二個人說，「不要拒捕比較安全。」

他們陪著波特朝柵欄的缺口走去，我們全都靜靜地跟在後面——我們不明白發生了什麼事。

他們走到薇娜和伯妮斯面前時，波特伸出雙手。「薇娜！怎麼會發生這種事情？」

「你這個死變態！」她對他說，「虛偽！通姦！你以為我有多笨？」

「妳在說什麼？」波特苦苦哀求說。

「我想你以為我吃了你那些有毒的菸草，人就麻痺到看不清楚事情。」薇娜說，「可是我發現了，你跟魯雅娜那個婆娘幹了什麼好事！最惡劣倒也不是她，而是你這個變態的王八蛋！」

「沒有，」波特說，「我發誓！我真的絕對……我只是……」

我望著伯妮斯，我無法分辨她的感覺，她的臉居然不是紅的，而是一片空白的，像是白板，慘淡的白。

亞當一穿過柵欄缺口走過來，如果有什麼異常情況發生，他好像永遠都會知道。亞曼達說他簡直就像隨時帶著電話般。他把手放在薇娜黃色的嬰兒毯上。「薇娜，親愛的，妳結束休耕期了，」他說，「太好了，我們一直為妳祈禱。現在發生什麼事？」

「請別擋路，先生。」第一個安全衛隊的人說。

「妳為什麼對我做出這種事？」波特對著薇娜怒吼，同時被安全衛隊的兩個人往前推走。

亞當一深呼吸。「這件事非常遺憾，」他說，「也許這是明智的，可以讓我們反省人類共有的缺點……」

「你這白癡，」薇娜對他說，「波特在怡景公寓裡種了一大堆迷幻藥，就在你這個莊嚴的園丁的面前，他也在你們的面前跟人交易，在你那個可笑的市集上交易。一條條包在葉子裡的可愛香皂，沒有一條是香皂！他荷包賺得滿滿的！」

亞當一露出悲傷的表情。「金錢是可怕的誘惑，」他說，「是疾病。」

「你這傻子，」薇娜對他說，「什麼有機植物，天大的笑話！」

「就跟妳說有人在怡景種迷幻藥吧，」亞曼達對我耳語，「圓頭波特這下麻煩可大了。」

亞當一說我們應該都回家去，我們便回家了。波特的事情讓我感到非常難過。我猜想是這樣的：那天我們在生命之樹對伯妮斯很壞，她回去後告訴薇娜，波特和魯雅娜上床，還有偷摸胳肢窩的事；薇娜聽了打翻了醋罈子或者大發脾氣，於是聯絡了公司安全衛隊，指控他。公司安全衛隊鼓勵民眾告發鄰居或家人，亞曼達說還能因此拿到獎金。

我不是故意要傷害誰，至少不想造成那樣的傷害。不過，看看現在發生了什麼好事。

我想我們應該去找亞當一，造訴他我們做的事情，可是亞曼達說那樣做也不會有什麼好處，彌補不了什麼，只會給我們帶來更多的麻煩。她是對的。不過我完全沒有因此覺得好過一些。

「不要這麼難過嘛，」亞曼達說，「我偷東西送妳，妳要什麼？」

「電話，」我說，「紫色的，跟妳的那一支一樣。」

「沒問題，」亞曼達說，「交給我。」

「妳真好。」我說。我努力裝出很有精神的聲音，這樣她才會知道我很感謝她，不過她聽得出來我是裝的。

30

隔天亞曼達說她準備了一個驚喜，一定會讓我的心情好起來。她說驚喜在陰溝口的商店街。果然是個驚喜，因為我們到達那裡的時候，小薛小柯在附近那個破舊的旋轉亭徘徊。我知道他們兩人都暗戀亞曼達，所有男生都是。不過除了團體活動外，亞曼達從不跟他們在一起。

「弄到手了嗎？」她對他們說。他們靦腆地對著她笑。小薛這陣子長大不少，變得又高又瘦，眉毛黝黑。小柯也長高了，不過是往兩側發展了，同時冒出稻草色的鬍鬚。在這之前，我沒有多想過他們的模樣，沒有仔細想過，現在卻發現自己用不同的角度觀察他們。

「到手了。」他們說。他們的樣子不完全是害怕，而是警惕。等他們確定無人注意後，我們便都擠進亭子，民眾以前可以在裡面把自己的影像投射到商店街。本來的設計是讓兩個人進去，所以我們緊貼著站在裡面。

裡頭好熱，我感覺到從身體散發出來的熱氣，好像我們染了病在發高燒。我聞到小薛和小柯乾掉的汗味、破舊的棉布、塵垢和油膩膩的頭皮味——我們大家聞起來都差不多——那些氣味中還夾著大男孩的氣味，一種蕈菇和酒糟混合的味道。而亞曼達則帶有花香，隱隱約約夾雜著麝香和一丁點的血味。

我不知道他們覺得我聞起來是什麼氣味，他們說人永遠不可能聞到自己真正的氣味，因為你已經習以為常。真希望我事前就知道這個驚喜，那麼我會先用存下來的那些殘餘玫瑰肥皂洗一洗。我希望我聞起來不會像是髒內衣或是臭腳丫。

為什麼我們希望別人喜歡我們，即使我們其實並不那麼在乎他們呢？我不知道原因，不過事情就是這樣。我發現我站在那裡，聞著那些氣味，而且非常希望小薛小柯認為我很漂亮。

「東西在這裡。」小薛說。他取出一塊布，裡面包著某樣東西。

「這是什麼？」我說。我聽見自己的聲音，像小女生那樣尖銳的聲音。

「驚喜啊，」亞曼達說，「他們替我們弄來一點那種超級菸草，圓頭波特種的那東西。」

「怎麼可能！」我說，「你們買來的？跟公司安全衛隊買的？」

「偷來的啦，」小薛說，「我們從怡景公寓後門偷溜進去，那種事我們常常幹。安全衛隊在前門進進出出，根本沒有注意到我們。」

「地下室有一面窗戶的柵欄鬆開了，我們常常進去在樓梯間聚會玩樂。」小柯說。

「他們在地下室放了一袋袋的菸草，」小薛說，「他們一定把每一間種植場的菸草都割下來了，光是聞那味道人就要爽死了。」

「拿出來看看。」亞曼達說。小薛打開布塊，裡面有切絲的乾葉片。

我知道亞曼達對吸毒的看法：吸了就無法控制自己的念頭，那樣很危險，因為那就讓人有機可趁。還有你可能像青蛙斐洛一樣，吸太多而失去理智，於是也會有人在乎你是不是失控。還有，你只跟信賴的人一起抽。她信任小薛小柯嗎？

「妳試過這東西嗎？」我低聲問亞曼達。

「還沒。」亞曼達也壓低聲音回答。我們為什麼要壓低聲音？我們四人靠得這麼近，小薛小柯每一個字都聽得到。

「那我不想抽。」我說。

「那可是我跟人家交易換來了！」亞曼達說，聲音聽起來很生氣。「我犧牲很大耶！」

「我抽過這玩意兒。」小薛說。他用最粗魯的嗓音說「玩意兒」三個字。「爽死了！」

「我也是，妳會覺得自己飛上了天，」小柯說，「就像小鳥！」小薛已經開始動手捲起一條條的葉子，點著火，然後吸了起來。

有人把手放在我的屁股上，我不知道是誰的。那隻手慢慢往上爬，想找出一條路鑽進我的園丁連身衣底下。我想說「住手」，可是沒說出口。

「妳就試試看嘛。」小薛說。他托住我的下巴，嘴往下靠過來緊貼在我的嘴巴上，噴了我滿口的煙。我咳嗽，他重複同樣的動作，我頭好暈。然後我清清楚楚看到一個亮得刺眼的螢光畫面：那星期我們吃的那隻兔子，牠沒有生氣的眼睛狠狠地瞪著我，只是眼睛是橘色的。

「太多了，」亞曼達說，「她不習慣！」

我覺得肚子不舒服，於是吐了。我想我一定打了他們每個人。我心裡罵著，哎呀，我真是個白癡。我不知道那樣的狀況持續了多久，因為時間好像橡膠，一直延長一直延長，像是長長的橡皮筋，或者很大一片口香糖。然後，突然之間，好像被關進黑色的小方塊內，我暈過去了。

當我清醒時，人靠在商店街壞掉的噴泉坐著。我還是頭暈暈的，不過沒有那麼想吐了，感覺比較像是在飄浮。每一樣事物都好像很遙遠，都是半透明的。我想也許我可以把手穿過水泥，一切或許都是網狀的，就像亞當一說的，是用微粒做成的，上帝夾在中間。也許我是一陣煙。

商店街的對街櫥窗好像一箱螢火蟲，好像有生命的小金屬片。裡面有聚會活動，我聽到音樂，叮叮噹噹的，好奇妙，是蝴蝶的聚會，牠們一定用細長的蝴蝶腳在跳舞呢！我想，要是我真能站起來，我也可以跳舞。

亞曼達搭著我的肩膀。「沒事，」她說，「妳沒事。」小薛小柯還在那裡，說話聲聽起來很生氣。或者應該說是小柯在生氣，小薛沒有，因為他幾乎跟我一樣都虛脫了。

「那該給的什麼時候要給？」小柯說。

「又沒有效，」亞曼達說，「所以我永遠不給。」

「說好的交易不是那樣的，」小柯說，「我們本來說好我們把東西拿來就可以了，我們拿來了，所以妳欠我們。」

「我們說好的是，要讓芮恩開心，」亞曼達說，「她沒有，所以不用再說了。」

「門都沒有，」小柯說，「妳欠我們，還來。」

「你逼我試試看！」亞曼達說。她的聲音帶有那種危險的尖銳，當鼠民太靠近時，她就用那種語氣跟他們說話。

「都好啦，」小薛說，「什麼時間都行啦。」他似乎不怎麼擔心。

「妳要讓我們上兩次，」小柯說，「一人一次，我們可是冒了很大的風險，搞不好命都會沒了！」

小薛說：「別鬧她了。」接著對亞曼達說：「我只想摸摸妳的頭髮，妳聞起來好像太妃糖。」他還在飛。

「滾啦。」亞曼達說。我想他們滾開了，因為我再注意他們在哪裡時，他們已經不在了。

這時我覺得正常一些了。「亞曼達，」我說，「我不敢相信妳跟他們交易。」我想說「為了我」，可是怕說了自己會哭出來。

「可惜沒用，」她說，「我只是希望妳覺得好過一些。」

「我的確覺得好一點，」我說，「比較輕鬆了。」這句話是真的，一部分是因為我吐掉很多水的重量，一部分是因為亞曼達。我知道她以前為了食物，常常做那種交易。德州遭颶風之後她非常餓，可是她告訴我，她一直都不喜歡那件事情，純粹只是交易，所以她絕對不會再做那件事，因為沒有必要了。她這一回沒有必要這樣做，卻還是做了。我不知道她這麼喜歡我。

「他們現在對妳很不滿，」我說，「他們會討回來的。」不過這其實不重要，因為我還是跟蜜蜂一樣輕飄飄的。

「我不怕，」亞曼達說，「我有辦法應付他們。」

鼴鼠日

THE YEAR
洪荒年代
OF THE
FLOOD

鼴鼠日

創園十二年

主　題：地底生活

演講人：亞當一

親愛的朋友，親愛的哺乳動物同胞，親愛的上帝創造物同胞：

我不會指責誰，因為我不知道要指責什麼，不過正如我們才發現的，惡意謠言能散播亂苗，輕率言詞能如隨意扔進大型垃圾箱的菸蒂一樣悶燒，最後火苗突然竄出，吞沒了街坊。日後請各位謹言。

某些友情難免可能引來不當的議論，不過我們不是黑猩猩，我們的女性不會咬傷女性競爭對手，我們的男性不會在女性身上跳上跳下，並以樹幹打擊她們。就算有，情況也不多見。一切的結合關係都承受壓力與誘惑，且讓我們別增加壓力，也別曲解誘惑。

我們懷念昔日亞當十三、他的妻子薇娜與小伯妮斯的容顏，讓我們寬恕必須寬恕的，在心中以光明圍繞他們四周。

接下來的行動。我們已經找到一間廢棄汽車修理廠，只要老鼠遷居計畫執行完畢，該地便能改裝成溫馨住家。我相信，「擦撞汽車美體中心」的老鼠了解了怡景公寓提供的食物機會，應該會十分快樂。

我們雖然失去了怡景公寓的菇寮，但你們應該會非常開心知道，琵拉爾手邊保存了我們珍視的每一個品種的菌種，在發現更潮溼的地點前，我們會在健康診所地下室房間建立菇寮。

今日我們慶祝鼴鼠日，我們地底生活的慶典。鼴鼠日是孩童的節慶，我們的孩子這陣子忙著裝飾伊甸崖屋頂花園。有小爪的鼴鼠是用髮梳做成的，線蟲是用透明塑膠袋改造的，蚯蚓則是塞了東西的絲襪與細繩，還有蜣螂——這些清清楚楚地證明了上帝賦予我們的創造力，透過這些創造力，連廢物棄品也可能成為有意義的東西。

我們容易忽略存在於我們之間的小小生物，然而少了牠們，我們不可能存在，因為我們每個人是一座無法從視覺上看見生命形式的花園，少了在腸道生存的植物群，或是少了抵抗不利侵入物的細菌，我們不知道會在哪裡。朋友們，我們與成千上萬的生物合作，與在腳底下爬的，還有藏在指甲底下的無數生命合作。

的確，有時候我們遭受寧可不存在的奈米生物侵襲，例如眉毛蝨、鉤蟲、恥骨虱，蟯蟲，壁蝨，更不用說有害的細菌與病毒。不過，把牠們想做上帝最微小的天使，以牠們的方式從事上帝深不可測的工作，因為這些上帝創造物也歸屬於不朽精神，牠們在永恆之光中閃耀，為上帝創造的宇宙對位交響曲撥奏音符。

也將牠們想成上帝在大地的工作者！沒有蚯蚓、線蟲、螞蟻，沒有牠們無止盡地耕田翻土，土壤將是硬如水泥的團塊，生物因而死亡滅絕。想想蛆與眾多黴菌的抗菌特性，想想我們的蜜蜂生產的蜂蜜，還有蜘蛛網，它對於傷口止血多麼有用。對於每一種災難，上帝在大自然醫藥櫃中提供了解藥！

由於腐屍甲蟲和腐化細菌的工作，我們肉體得以分解，恢復成滋養其他上帝創造物生命的元素。我們祖先保存屍體，塗上防腐香料油脂，加以飾品，然後裝箱藏於陵寢，這樣的行為帶領我們走上歧途，將靈魂無用的皮囊變成盲目崇拜的邪惡之物，多麼可怕！最後也是多麼自私！當大限到來，我們難道不該以自身作為禮物贈與生命，以報答生命之禮？

下次你們握起一把潮溼的堆肥，請默默祈禱，感謝所有曾活在大地的上帝創造物，想像你們的手指親切地緊抱牠們，因為牠們必然與我們同在，永遠存在於那滋養的生長母質中。

且讓我們與放春唱詩班齊唱我們傳統的鼴鼠日兒童讚美詩歌。

歌頌完美小鼴鼠

歌頌完美小鼴鼠
只要找到小生物
螞蟻蠕蟲和線蟲
都是地底的花園

一生住在黑暗中
人類眼睛看不到
土是牠們的空氣
白天猶如夜的黑

牠們翻地又耕土
植物因此快快長
如果沒有牠們在
世界一片沙漠地

你看腐屍小甲蟲
搜尋怪怪的地方
皮囊分解成元素
環境乾淨又整齊

上帝迷你創造物
躲在田底木頭下
今日歡喜謝上帝
牠們有用又有益

——《上帝之園丁口述讚美詩集》

31

桃碧

鼴鼠日
創園二十五年

亞當一說過，洪水肆虐之際，你必須數日子，你必須觀察日升日落、月亮圓缺，因為萬物都有時節。冥想時，你進入內心世界，別走得太遠，免得進入時間出現之前的無時間空間。休耕時，不要往下走到無法復甦的層級，否則當黑夜降臨，時間對你來說全都一樣，那麼就沒有了希望。

桃碧用泉馨芳療館的便條紙記錄日子，每張粉紅色便條印有一對睫毛長長的眼睛，其中一隻眨眼樣，另外還有個紅唇印。她喜歡這些眼睛與含笑嘴巴，勉強也算是她的同伴。在每一張空白便條紙上方，她用印刷體寫上園丁節日或聖徒紀念日。她還能從頭到尾背出來：聖蘇馬克（E.F. Schumacher），聖雅各（Jane Jacobs），黃金瀑布聖辛顧多提爾（Sigurdsdotir），禿鷹聖葛拉帝（Wayne Grady），聖洛弗拉克（James Lovelock），聖徒釋迦牟尼佛陀，樹蔭栽種咖啡（譯註：無須大量日照的咖啡，種植此品種咖啡不用大量砍伐森林）聖史塔奇柏利（Bridget Stutchbury），植物命名聖林奈氏（Linnaeus），鱷魚節，侏儸紀岩頁聖顧爾德（Stephen Jay Gould），蝙蝠聖（Gilberto Silva）。還有其他的。

在每一個聖徒日的名字下，她記下自己的園藝筆記：種植了什麼，收割了什麼，月相，來訪的昆蟲。

現在她寫下「鼴鼠日，創園二十五年。洗衣，盈月（譯註：農曆十日左右的月相）」。鼴鼠日是聖烏爾週的一天，不是很好的紀念日。

從樂觀角度來看，應該有些聚合莓熟了。聚合莓基因接合變種的長處就是在四季都能結果實，也許傍晚時，她就可以下去摘莓子。

兩天前——蜥蜴聖加瑞杜日（Orlando Garrido）——她寫了一條與園藝無關的紀錄：「幻覺？」現在她在思考這條紀錄，當時確實像是幻覺。

那時每日雷陣雨已經下過，她正在屋頂檢查雨水收集桶的連接處，因為樓下她唯一還沒封鎖的水龍頭水流阻塞。她發現了問題所在：溺斃的老鼠堵住入水口。她正要轉身下樓時，聽到一個怪聲音，彷彿是歌聲，可是以前不曾聽過這樣的歌聲。

她拿雙筒望遠鏡仔細瞧瞧。起先沒有任何發現，接著在視野盡頭出現了一行奇怪的行進隊伍，全是裸體的人，可是為首的男子穿著衣服，還戴了紅帽子，而且有——可能嗎？——而且還戴了太陽眼鏡。他身後有男有女，有大有小，什麼膚色都有。她凝神端詳，發現有好幾個人的腹部是藍色的。

由於那個藍顏色，還有，那水晶般澄澈脫俗的歌聲，讓她認定這是幻覺。她只看見那些人影片刻，他們在那裡，然後消逝如煙。他們一定走進了樹林，沿著林間小路走遠了。

她的心因欣喜而怦怦跳，她實在忍不住，她好想衝下樓梯跑到外面，跑去追趕他們。然而，這是不可能實現的期盼，還有其他人，還有其他這麼多人，這麼多看似健康的人也還活著。他們不可能是真的。假如她讓自己被如此誘人的幻象吸引到外面，被誘惑走入充滿豬隻的森林，她會因過度樂觀的心理投射而喪命——不過不會是歷史上頭一個這樣死掉的人。

亞當一說過，面對過多的空白，大腦會憑空想像，寂寞創造伴侶，口渴製造飲水，多少水手為了尋找不過是一抹閃光的島嶼而喪命呢？

她拿起鉛筆把問號劃去，現在上面剩下「幻覺」。絕對，純然，沒有一絲的懷疑。

她放下鉛筆，收集起掃帚柄、雙筒望遠鏡與步槍，然後緩緩爬樓梯到屋頂眺望她的領土。這日上午，萬物祥靜，外面的原野沒有動靜，沒有大型動物，沒有藍顏色的裸身歌手。

32

那年的鼴鼠日，也就是琵拉爾還活著的最後一次鼴鼠日，是多久以前的事？應該是創園十二年。

就在那天前，波特被捕的不幸消息傳來。他被公司安全衛隊帶走，薇娜與伯妮斯也離開空地。後來亞當一把所有園丁找來，在伊甸崖屋頂召開緊急會議。他把消息告訴大家，園丁們聽懂之後大受震驚。被揭發的真相令人痛苦萬分，實在太丟臉了！波特怎麼有辦法在怡景公寓種迷幻藥而沒人起疑呢？

桃碧心想，當然是因為信賴。「園丁會」不信任凶域的每個人，可是相信自己人。這下子他們像許多虔誠又有信心的人，卻在一天早上醒來，發現牧師偷走了興建教堂的資金，留下一堆遭到猥褻的唱詩班男童一樣。不過至少波特不曾猥褻過唱詩班的男童，就他們所知沒有。孩童之間有流言：謠傳著小孩子會說的那種粗俗評語，不過沒有提到男童。只有女孩子，只有觸摸。

「園丁會」中唯一沒有因為室內迷幻藥種植場而吃驚恐慌的，是青蛙斐洛，不過他從來不會為了什麼事情吃驚或恐慌。「我倒想試試看那種迷幻藥，看看是有什麼好的。」他只有這句話想說。

亞當一要求自願者收留突然被迫遷移的家庭，他說他們不能回去怡景公寓，因為公司安全衛隊占據了那裡。他們最好把物質財產都當作已經丟了。「如果大樓失火，你不會跑回去搶救少數幾樣廉價品、小玩意，」他說，「這是上帝測試你們對無用幻影的依賴。」身為園丁，不該為那些東西煩惱，根據理論的解釋，他們在廢物堆積場與大型垃圾桶中拾荒，撿取到物質財產，所以隨時可以再撿其他東西回來。不過有人為失去的水晶玻璃哭了，有人為一組有了感情的壞損鬆餅烤盤而莫名地不安。

亞當一接著要求在場所有人不要談論波特與怡景公寓，萬萬不可談論公司安全衛隊。「我們的敵人可能正在偷聽。」他說。現在他說這種話的頻率愈來愈高，有時桃碧懷疑他是否得了疑心病。

其他人離去時，他喊：「魯雅娜，桃碧，等等。」又對澤伯說：「你可以過去看看情況嗎？雖然我想我們沒有什麼可以做的。」

澤伯爽朗地說：「沒什麼好看的，不過我去看一下。」

「穿你平民區的衣服。」亞當一說。

澤伯點點頭。「太陽能單車族全套裝備。」他緩步朝防火梯走去。

「親愛的魯雅娜，」亞當一說，「妳能稍微解釋解釋嗎？關於薇娜說的，妳和波特的事？」

魯雅娜開始擤鼻子。「我不知道，」她說，「根本是謊言！好失禮！好傷人！她怎麼會捏造出這種事情，說我和……和亞當十三？」

桃碧暗想，想想妳與穿褲子的人接觸的樣子，要捏造出這種事情來不是很難。只要是男性，魯雅娜都會跟他打情罵俏。不過這些調情發生的時候，薇娜處於休耕狀態，是什麼激起了她的疑心呢？

「親愛的，我們沒有人相信那是真的，」亞當一說，「薇娜肯定聽了什麼人在散布謠言，也許是敵人派來的特務，在我們之間挑唆、製造衝突。我會問問怡景公寓的門房，看看薇娜最近是不是有什麼稀罕的訪客。好啦，親愛的魯雅娜，妳該擦擦眼淚到縫紉間去了。遷離住所的會員需要許多布製品，例如被子等等，我知道妳很高興能幫助他人。」

「謝謝。」魯雅娜感激地說。她對他露出「只有你懂我」的眼神，然後匆忙朝著防火梯走去。

魯雅娜一走，亞當一便問：「親愛的桃碧，妳能想像自己接下波特的職務嗎？負責花園植物與可食野草，當然我們會讓妳當夏娃，我已經這麼打算有一段時間了，不過琵拉爾非常感謝有妳當助理幫忙她，我相信妳很樂於擔任那個角色，我不想把妳從她身邊偷走。」

桃碧想了想，最後說：「我覺得很榮幸，不過我不能接受，我如果正式成為夏娃……那會是虛偽的行為。」第一天與園丁們見面的瞬間，她覺得受到感召，後來再試了好幾回，卻始終無法再次感受到同樣的啟發。她靜修，她閉關一週，她做晚禱，她服下必要的蕈蘑與香酒，可是沒有看見特別的啟示。幻影是有的，卻都沒有意義，或者都沒有她能解讀的意義。

「虛偽？」亞當一皺起額頭問，「怎麼說？」

桃碧小心選擇用字，不希望傷到他的心。「我沒有把握我相信這一切。」她低調地表示自己的信仰很薄弱。

「有些宗教裡，先有信仰才有行動，」亞當一說，「而我們是先有行動才有信仰，親愛的桃碧，妳一直表現出妳彷彿是相信的樣子，『彷彿』這兩個字對我們非常重要，繼續照著這樣方式生活，信仰最後會隨之而來。」

「光靠那樣是無法繼續下去，」桃碧說，「身為夏娃必然應該……」

亞當一嘆口氣。「我們不宜對信念有過多期待，」他說，「人類的判斷力並不可靠，我們在黑暗中透過玻璃看過去，任何宗教都是上帝的影子，而上帝的影子不是上帝。」

「我不想成為壞榜樣，」桃碧說，「孩子們能看出偽裝，他們會發現我只是做做樣子，那樣可能會傷害你努力想達成的目標。」

「妳的疑慮反而讓我放心了，」亞當一說，「這證明妳非常值得信賴，每個『否』之中都有個『是』！妳能為我做一件事嗎？」

「什麼事?」桃碧謹慎地問。她不想挑起身為夏娃的責任，她不想限制自己的選擇，她希望在必要的時候可以隨意請辭。她心想，我只不過是隨波逐流利用他們的友善，根本是個大騙子啊。

「只要尋求指引就好，」亞當一說，「徹夜祈禱，祈求面對疑惑與恐懼的力量，我有把握妳會得到正面的回應，妳有天賦，不該被浪費。我們都歡迎妳做我們的夏娃，這一點我可以向妳保證。」

「好吧，」桃碧說，「那點我做得到。」她心想，每個「是」裡也有個「否」。

琵拉爾負責保管晚禱和園丁魂魄出竅之旅的物品。由於她病了——據說是感染了腸炎——桃碧好幾天沒跟她說過話。不過他們談話時，亞當一完全沒有提到她的病，也許琵拉爾身體已經康復了。那種病菌不可能拖過一個星期。

桃碧在琵拉爾位在建築後方的小隔間找到她。琵拉爾撐著靠在日式床墊上，身旁地板上有截蜜蠟燭在錫罐中搖曳燭光。空氣沉悶，聞起來有嘔吐物的味道，可是琵拉爾身旁的缽是空的，是乾淨的。

「親愛的桃碧，」琵拉爾說，「過來坐在我旁邊。」她小巧的臉比以前更像胡桃，只是臉色蒼白，褐色肌膚最慘白的顏色，透出些灰色，模模糊糊的。

「妳覺得好些了嗎?」說著，桃碧用雙手握起琵拉爾堅韌的手。

「嗯，好多了。」琵拉爾甜甜地笑著說。她的聲音有氣無力。

「是怎麼了?」

「我吃了不適合我的東西，」琵拉爾說，「嗨，妳來找我有什麼事情嗎?」

「我想確定妳沒事。」桃碧說，說了才發現那是真心話。琵拉爾看起來病懨懨的，弱不禁風。她坦承內心的恐懼:琵拉爾好像是永恆的，一定都在身邊，就算不是永永遠遠，至少會陪她很長一段日子，她就像大圓石或老樹樁，如果她突然消失了，那該如何是好？「妳真的很貼心。」琵拉爾說，緊握桃碧的手。

「亞當一要我當夏娃。」

「我想妳拒絕了？」琵拉爾笑著說。

「沒錯。」桃碧說。琵拉爾通常猜得到她的想法。

「不過他希望我徹夜祈禱，祈求指引。」

「那樣是最好不過了，」琵拉爾說，「妳知道我把夜禱的東西收在哪裡，是棕色的那只瓶子。」她一面說，桃碧一面掀開儲藏架前面以橡皮筋與細繩做成的簾子。「棕色那只，在右邊。只要五滴，還有從紫色瓶子滴兩滴出來。」

「以前我用這個配方祈禱過嗎？」桃碧問。

「不完全一樣，這會讓妳得到某種回應，絕不會失敗，大自然永遠不會背叛我們，妳應該知道吧？」

桃碧不知道有這種事。她拿了一個琵拉爾那些有缺口的茶杯，按量把內容物滴進去，然後把瓶子放回去。「妳確定妳身體比較好了？」她問。

「沒事，」琵拉爾說，「我現在沒事，只有這種時刻人才是健康。好了，去吧，親愛的桃碧，祝妳晚禱愉快，今晚是盈月，好好享受！」琵拉爾有時分派靈修工作時，口吻會像是遊園會遊樂設施的管理員。

桃碧選擇了伊甸崖花園番茄田作為晚禱地點。她按照要求在晚禱簽到石板上登記地點；進行晚禱的人有時候會走散了，為了找出他們的行蹤，最好能知道他們本來應當的所在地點。

近來亞當一開始在每一層樓樓梯間旁安排守門人。桃碧心想，所以我從花園樓梯走下去，一定會被誰看到，除非我從屋頂掉下去。

她等到黃昏才喝下聖水，並且配著接骨木與覆盆子的混液入口，以便蓋過原本的味道，琵拉爾的晚禱配方嘗起來始終像是保護土壤的草屑。然後她在一株高大的番茄附近以冥想姿勢坐下。月光下，那株番茄形似包在葉子裡的扭動舞者，或是怪異的昆蟲。

那株植物隨即開始發光，快速旋轉藤蔓，上面的番茄像心臟一樣撲通撲通跳。近處有蟋蟀處於狂喜出神狀態，曖昧不明說著：嘓咦嘓咦，咦嗶咦嗶，啊哧啊哧……

桃碧心想這是一種精神體操，於是閉起了眼睛。

為什麼我無法相信？她在黑暗中問。

在眼瞼後方她看見了一隻動物。金色，溫和的碧眼，如犬般的牙齒，沒有獸皮，是捲曲的羊毛。牠張開口，卻不說話，反而打了呵欠。

雙方我看你你看我。「你是喝下小心調配植物毒素混液所產生的幻影。」她對牠說，然後睡著了。

33

隔天上午，亞當一來看看桃碧夜禱的情況。「妳得到回應了嗎？」他問

「我看到一隻動物。」桃碧說。

亞當一非常高興。「這結果太棒了！什麼動物？牠跟妳說什麼？」不過在桃碧開口回答前，他便往她身後望去。「我們有使者來了。」他說。

桃碧剛做過晚禱，還恍恍惚惚的，以為亞當一指的是什麼蘑菇天使或是植物精靈，但只是澤伯。他爬防火梯爬得氣喘吁吁，還喬裝成平民區的人：黑色羽皮背心，骯髒牛仔褲，踩爛的太陽能單車靴。他看起來在宿醉。

「你整夜沒睡？」桃碧問。

「看妳的樣子也是，」澤伯說，「回我家就慘死了，琉森討厭我在晚上工作。」他看起來也不怎麼擔心那一點。「你想召開大會？」他對亞當一說，「還是要先聽壞消息？」

「先聽壞消息，」亞當一說，「在更多人知道前得稍微改改內容。」他朝著桃碧點點頭。「她聽了不會慌張的。」

「好，」澤伯說，「故事是這樣的。」

他說他聽到的是小道消息：為了追蹤事實真相，他被迫自我犧牲，整晚在鱗尾夜總會看女孩子周

旋，因為公司安全衛隊的人下班後會在那裡打發時間。他不喜歡過度靠近公司安全衛隊，他說他的名聲不好，雖然自動改了外表，但還是怕被認出來。不過他認識幾個女孩，所以讓她們當眼線，收集傳聞。

「你給她們錢？」亞當一說。

「沒有白吃的午餐，」澤伯說，「給得不多就是了。」

他說波特的確在怡景公寓種迷幻藥，用的是慣常的手法：找沒人住的公寓，把窗子塗黑，偷接電。全光譜生長光線，自動灑水系統，設備都是最先進的。不過那可不是一般的臭草，也不是西岸的超級菸草，是同溫層基因結合混種，有迷幻仙人掌和幻覺蘑菇的基因，更棒的是有少量致幻巴西藤，不過他們還沒辦法完全消除會讓吸食者猛吐的缺點。許多人試過之後戒不掉，加上種植的量又不多，所以市場價格居高不下。

這自然是公司安全衛隊經營的。康智公司實驗室研發出基因接合變種，公司安全衛隊是批發商，用經營所有非法商品的方式經營，也就是透過平民犯罪集團。找一個亞當來當頭，在園丁會管理的建築內種迷幻藥，他們把這當作笑話來看。他們給波特很高的酬佣，可是波特想使詐，想自己賣藥。澤伯說，波特本來不會遭殃，最後是因為公司安全衛隊收到匿名的線報。線報來源被查出來了，是出自一支丟在大型垃圾箱裡的手機。上面沒有DNA，不過是女人的聲音，火冒三丈的女人。

那大概是薇娜，桃碧心想，我好奇她從哪弄來的電話？據說她帶伯妮斯去了西岸，帶走了公司安全衛隊給她的錢。

「他現在在哪裡？」亞當一問，「亞當十三？前任亞當十三。還活著嗎？」

「我不知道，」澤伯說，「沒有這方面的消息。」

「讓我們祈禱吧，」亞當一說，「他可能說出我們的事情。」

「假如他跟他們牽扯這麼深，要說的都已經說了。」澤伯說。

「他知道琵拉爾組織樣本的事嗎？」亞當一說，「還有我們在康智的門路？幫我們拿蜂蜜鐔的年輕信差？」

「不知道，」澤伯說，「那件事只有你、我和琵拉爾知道，我們在組織會議上從來沒有討論過。」

「那我們很幸運。」亞當一說。

「期待他會遇上一把除內臟的刀子，出了意外。」澤伯說，又對桃碧說：「這些話妳都沒聽見。」

「別怕！」亞當一說，「桃碧現在是自己人了，她要成為夏娃。」

「我沒有得到回應！」桃碧抗議道。以幻影而言，一個動物的呵欠並不怎麼明確。

亞當一露出慈藹的笑容。「妳會做出正確選擇的。」他說。

桃碧利用下午剩餘的時間調配香劑，老鼠無法抵抗這種混合香味。他們要在擦撞汽車美體中心（Fenoler-Bender）與怡景公寓之間用香劑拉出一條路線，引導老鼠離開從前一棟建築，到後一棟建築築窩，這樣才不會犧牲到生命：園丁會不希望強迫生物同胞離開，卻又不提供牠們同等水準的居住空間。她從琵拉爾藏放蛆的藏匿處拿了碎肉，蜂蜜若干、花生醬若干（這是她派亞曼達去超級小市場買的）、腥臭的起司若干，再以啤酒酒糟當基液。準備好時，她找來薛克頓與柯洛齊，告訴他們操作方法。

「真的很臭！」薛克頓說，以欣賞的樣子用力嗅了幾下。

「你想你受得了嗎？」桃碧說，「因為如果不能的話……」

「我們可以的。」柯洛齊挺起胸膛說。

「我也可以去嗎？」小奧茲說。他跟著他們來了。

「吸拇指的小鬼不行。」柯洛齊說。

「小心，」桃碧說，「我們不想發現你們被噴槍打昏在哪片空地上，而且腎臟還不見了。」

「我知道我在做什麼，」薛克頓驕傲地說，「澤伯會幫我們，我們穿了平民區衣服，妳看？」他拉開園丁襯衫，底下有件黑色T恤，上頭寫著「死亡：減重妙招！」，標語底下是銀色的骷髏頭和兩根交叉的骨頭。

「那些公司的人笨死了。」柯洛齊咧嘴笑著說。他也穿了T恤：脫衣舞孃愛我的樣子。「我們會大刺刺走過他們身邊！」

「才不是什麼吸拇指的小鬼。」奧茲邊說邊踢柯洛齊的小腿，柯洛齊一拳打在他的側腦上。

「他們不會發現我們，」薛克頓說，「根本不會注意我們。」

「吃豬肉的王八蛋！」奧茲說。

「奧茲，你話太多了，」桃碧說，「你可以來幫我餵蟲子。」然後對另外兩人說：「去吧，瓶子拿去，不要灑在擦撞汽車美體中心裡面，尤其不要潑到木頭上，免得什麼倒楣的人得與這個味道相處很久。」她又對薛克頓繼續說：「我們都靠你們了。」這是很高明的手法，讓那年紀的男孩相信他們做男人的工作，只要他們不要忘我就好。

「再見，尿床鬼。」柯洛齊說。

「討厭死了你。」奧茲說。

34

隔天上午，桃碧在健康診所上課，教導十二到十五歲的學生「情意藥草」，小孩稱這堂課「狂癲植物學」，這還算是好的，他們給其他科目取的名字更難聽，紫羅蘭環保廁所操作是「噗噗拉屎」，堆肥實務是「噁爛糞泥」。

「柳木，」她說，「鎮痛劑，A-N-A-L-G-E-S-I-C，在你們的石板上拼出來。」一陣粉筆嘎吱嘎吱響，聲音非常尖銳。桃碧不用看就先說：「柯洛齊，不要再弄了。」柯洛齊是慣犯，嘎吱噪音是他弄的。她是不是聽見有人低聲說「乾巫婆」？「我聽到了，薛克頓。」她說。這班同學比平日更焦躁，那是薇娜引發騷動的餘震。「鎮痛劑，這是什麼意思？」

「止痛藥。」亞曼達說。

「正確答案，亞曼達。」桃碧說。亞曼達向來在班上規規矩矩的，規矩到讓人起疑心，今天甚至更乖巧。她很狡猾，亞曼達，太擅長凶域的那一套。不過亞當一相信她會從園丁們身上學到很多，況且誰能說亞曼達的人生沒有改變呢？

只是可惜了，芮恩被吸進亞曼達多采多姿的軌道，她太容易受人影響，總是人家說什麼就相信什麼，很危險。

「我們用柳木的哪一部分來製作鎮痛劑？」她繼續說。「葉子嗎？」芮恩問。太急於討好，怎麼回答都是錯，甚至比平日還焦慮。芮恩一定覺得失去了伯妮斯，但這也許是罪惡感作祟，因為當亞曼達一出現，她便無情地將伯妮斯推到一邊。桃碧心想，她們以為我們沒有看見她們，以為我們不知道她們在忙什麼，她們勢利，她們殘忍，她們設計陰謀。

魯雅娜把頭探進門內。「親愛的桃碧，」她說，「我能跟妳說一下話嗎？」她故作哀傷口吻。桃碧走到外面走廊。

「怎麼了？」她說。

「妳得去看看琵拉爾，」魯雅娜說，「馬上去，她選好她的時辰了。」桃碧覺得心揪了一下。所以琵拉爾騙了她，不，不是欺騙，只是沒有把全盤實情說出來。問題在於她吃的某樣東西，只是不是意外吃下去的。魯雅娜擰著桃碧的手臂，表達深深的同情。移開妳溼溼的手掌，桃碧心想，我又不是男人。

「妳能幫我代課嗎？」她說，「拜託，我正在教柳木。」

「當然好，桃碧，」魯雅娜說，「我來上課，我來教他們唱〈垂柳〉。」這首甜膩的歌曲是魯雅娜的最愛，她為幼童編寫譜曲。桃碧可以想見那些大孩子在翻白眼。不過既然魯雅娜對於藥性植物了解實在不多，讓他們唱唱歌起碼能填補時間的空白。

桃碧在魯雅娜的說話聲中匆匆離開。「桃碧被叫去做一件仁慈的事，那麼我們來唱〈垂柳〉歌幫她！」在孩子無精打采的聲音中，她略為單調的熱切低音流洩而出：

垂柳垂柳，如海擺枝
我躺在枕上，快來帶走我的痛……

酸。

桃碧認為魯雅娜的歌詞永遠亂寫一通。那絕對不是垂柳，是有楊柳酸的白柳才對，能止痛的是楊柳酸。

琵拉爾躺在隔間內的床上，蜜蠟蠟燭在錫罐內兀自燃燒。她伸出瘦削的褐色手指。「我最親愛的桃碧，」她說，「謝謝妳來一趟，我想見妳一面。」

「妳竟然自己做這件事！」桃碧說，「妳怎麼沒有告訴我！」她難過得生起氣來。

「我不希望妳浪費時間擔心。」琵拉爾說。她的音量減弱，只剩低低的耳語聲。「我希望妳能夠安心徹夜祈禱，來，過來坐在我旁邊，告訴我妳昨晚看見什麼。」

「一隻動物，」桃碧說，「有點像是獅子，不過不是。」

「很好，」琵拉爾低聲說，「那是吉兆，當妳需要時會有力量幫助妳，我很高興妳不是看見蛞蝓。」她輕輕笑了一聲，臉部因痛苦而扭曲。

「為什麼？」桃碧說，「妳為什麼要這麼做？」

「我拿過診斷書，」琵拉爾說，「是癌症，已經到末期，所以最好現在就走，現在我還知道我在做什麼，何必苟延殘喘呢？」

「什麼診斷書？」桃碧說。

「我送了些切片樣本過去，」琵拉爾說，「克郎替我切下組織樣本，我們把切片藏在密封罐，偷偷送進康智園區西區的診斷實驗室，當然是用了化名。」

「誰偷帶進去的？」桃碧說，「是澤伯嗎？」

琵拉爾露出微笑，彷彿為了祕密的笑話而開心。「一個朋友，」她說，「我們有很多朋友。」

「我們可以送妳去醫院，」桃碧說，「我相信亞當一會批准——」

「不要背棄我們的信仰，桃碧，」琵拉爾說，「妳了解我們對於醫院的觀感，我說不定會被扔進糞坑。總而言之，我的病無藥可醫。嘿，請把那個玻璃杯給我——藍色的那一個。」

「還不要！」桃碧說。要怎麼拖延耽擱？她要讓琵拉爾留在身邊。

「那只是水，一點點柳木和罌粟，」琵拉爾低語，「能麻木痛苦，又不會讓人昏迷，我希望盡量保持清醒，我暫時撐得住。」

桃碧看著琵拉爾喝水。「再給我一顆枕頭。」琵拉爾說。

桃碧從床尾拿了一個塞了米糠的麻袋給她。「妳是我在這裡的家人，」她說，「比誰都親。」她覺得說不出話來，可是不肯掉下眼淚。

「妳也是我的家人，」琵拉爾簡單地說，「記得留意怡景公寓的亞拉臘，時時更新裡面的食糧。」

桃碧不想告訴她，他們因為波特而失去了怡景公寓的亞拉臘，何必讓她心煩呢？桃碧用枕頭把琵拉爾撐起來：奇怪，她好沉重。「妳用了什麼？」桃碧問，她的喉嚨緊緊的。

「我全都教妳了。」琵拉爾說。她的眼睛邊緣縮了起來，好像這整件事是場惡作劇。「來看看妳猜不猜得出來。症狀：抽筋，嘔吐，接著症狀會暫緩一段期間，病情表面看來好轉，不過肝同時會慢慢被破壞。沒有解毒劑。」

「是一種鵝膏毒。」桃碧說。

「聰明女孩，」琵拉爾低聲說，「是死亡天使，患難中的朋友。」

「可是那會帶來很大的痛苦。」桃碧說。

「不用擔心那個，」琵拉爾說，「總是可以用罌粟濃縮液，在紅瓶子裡——那一個。要用的時候我會讓妳知道。好，妳仔細聽我說，這是我的遺囑。如我們常說的，壽衣沒有口袋，所有世俗的物品，包括我們的知識，都得從垂死者手中傳遞給生者。我希望妳收下我在這裡收集的一切，我所有的材料。我的收藏豐富，會給予妳力量。好好保管，善加利用，我相信妳可以做得到，其中幾瓶妳已經很熟悉了，我用紙把其他的列出來，妳一定要背熟內容，然後把紙毀掉。清單就在綠鐔裡——就是那一個。妳能答應我嗎？」

「好，」桃碧說，「我答應妳。」

「我們視臨終承諾為神聖，」琵拉爾說，「這妳知道，不要哭，看著我，我並不傷心。」

桃碧知道他們的理論：琵拉爾相信她將透過一己意志將自己贈給生命生長的母體，她也相信這應是值得慶賀的事情。

可是，那我呢？桃碧在心裡說，我被遺棄了，正如她母親過世的時候，然後是父親走了。她必須走過成為孤兒的歷程多少次呢？不要哀鳴，她嚴格交代自己。

「我希望妳做夏娃六，」琵拉爾說，「頂替我的位置，其他人都沒有天資，沒有學問。妳能為我那麼做嗎？答應我？」

桃碧答應了，她還能說什麼呢？

「太好了。」琵拉爾低聲說。她吐了一口氣。「好啦，我想服用罌粟的時候到了，紅色瓶子，就是那一個。祝我一路順風。」

「謝謝妳教我的一切。」桃碧說。我不能面對這個，她想，我要殺死她了，不對，我是在幫她赴死，我在實現她的心願。

她看著琵拉爾喝下去。

「謝謝妳願意學習，」琵拉爾說，「我現在要睡了，別忘記跟蜜蜂說一聲。」

桃碧在琵拉爾床邊坐到她停止呼吸為止，接著拉起床罩覆蓋她安詳的面容，掐熄了蠟燭。是她的想像嗎？還是蠟燭在琵拉爾嚥氣的那一刻突然炙熱，彷彿有一小股氣流通過呢？靈魂，亞當一會說那是靈魂，無法捕捉或丈量的能量。琵拉爾無法計量的靈魂，走了。

然而，倘若靈魂根本不是物質，它不可能影響蠟燭火焰，可以嗎？

我變得愈來愈像其他人一樣，多愁善感，桃碧心想，如蛋一樣變質腐壞，接下來我會跟花說話，或者像魯雅娜和蝸牛聊天。

不過她還是跑去跟蜜蜂說話。她覺得自己像白癡，可是承諾已經許下了。她沒忘記光是看著牠們在心裡說是不夠的，必須把話大聲說出來。琵拉爾曾經說過，蜜蜂是此生與來世之間的信差，生者與亡者之間的使者，牠們傳達以空氣做成的信息。

桃碧包住頭（琵拉爾強調這是習俗）站在屋頂的蜂房前。蜜蜂照常飛來飛去，進進出出，以腳搬運花粉，搖搖擺擺跳著八字型的信號舞。蜂房傳出嗡嗡振翅聲，牠們搧風冷卻空氣，讓巢室與通道通風。琵拉爾常說一隻蜂代表全體蜜蜂，因此對蜂房好就對蜜蜂好。

好幾隻蜜蜂在她頭上打轉，軟毛是金色的，有三隻停落在她的臉上判辨她的味道。

「蜜蜂，」她說，「我帶來了消息，你們一定要轉達給女王蜂。」

牠們在聽嗎？也許，牠們小口輕咬她乾掉的淚痕邊緣。科學家會說這是為了鹽分。

「琵拉爾死了，」她說，「她把祝福送給你們，謝謝你們這麼多年來的友情，當你們追隨她到她去的地方的時間到了，她會在那裡與你們相會。」這些是琵拉爾教她講的，她一面說出口一面覺得自己像笨蛋。「到那之前，我是你們新的夏娃六。」

沒有人在聽，就算有，他們也不會感覺到任何奇怪之處，在屋頂上是不可能有人覺得奇怪。而在下方的地平面上，民眾會把她稱為在街上閒盪對空氣講話的瘋女人。

琵拉爾以前每天早上把新聞告訴蜜蜂，她也期待桃碧做同樣的事嗎？對，她應該那樣做，這是夏娃六的職責之一，琵拉爾說，如果不把發生的每樣事情告訴蜜蜂，牠們會覺得受傷，然後成群飛往他處。否則牠們會死。

在她臉上的蜜蜂猶豫不決，也許察覺到她的顫抖。不過牠們懂得分辨悲傷與恐懼，並沒有螫人。過了一會，牠們升空飛走了，與蜂房上方打轉的蜂群交混在一起。

35

桃碧一恢復鎮定便把事情向亞當一報告。「琵拉爾死了，」她說，「她自己處理了這件事。」

「好，親愛的，我知道，」亞當一說，「我們討論過這件事，她用了死亡天使，然後罌粟？」桃碧點點頭。「不過——這件事情很棘手，我希望妳慎重行事，因為她認為不該讓所有園丁們知道全部的事實。自我最後旅程是需要節操的選擇，只有經歷豐富以及——我必須說，唯有如琵拉爾罹患絕症者才能選擇這條路。我們不該讓每個人都有機會這麼做，尤其是我們的年輕人，他們容易受到影響，容易耽溺於病態執拗、崇尚謬誤的豪壯行為，我相信妳能妥善管理琵拉爾的藥罐子吧？我們不希望有任何意外發生。」

「好。」桃碧說。她在心裡盤算，我需要做一個盒子，金屬的，要有鎖。

「現在妳成了夏娃六，」亞當一面露喜色說，「我非常高興，親愛的！」

「我想你也和琵拉爾討論過那件事。」桃碧說。整個晚禱事件只是藉口，她心想，讓我在琵拉爾確定達成協議之前不會跑掉。

「這是她最渴望的要求，」亞當一說，「她非常喜愛妳，也十分尊敬妳。」

「我希望不會辜負她。」她說。

這麼說來，這兩人讓她落入圈套，她能說什麼？她不知不覺根據儀式行動，彷彿套上了一雙石鞋。

亞當一召開全體園丁大會，在會中對大家說謊。「很不幸，」他說，「我們親愛的琵拉爾，夏娃六，在鑑定物種時犯了錯誤，今天稍早時已經去世，我們覺得很痛心。她多年來完美的熟練手法贏得了讚賞，不過也許這是上帝的旨意，為了更偉大的目的帶走我們摯愛的夏娃六。讓我提醒你們認真仔細認識蕈菇的重要，採集蕈菇千萬只能限於眾所熟悉的種類，例如羊肚蕈、雞腿菇、馬勃菌，這一類絕對不會混淆的蕈種。

「琵拉爾生前大規模擴充我們蕈菇真菌的收集種類，增加了許多野生品種，有的能協助你們在靜修時冥想，可是除非事先向有知識的人請教，請千萬不要嘗試，請注意蕈帽與蕈圈分辨種類，我們不希望再有這種性質的不幸意外發生。」

桃碧非常憤慨，亞當一怎麼能侮辱琵拉爾的真菌學專才呢？琵拉爾絕對不可能犯下這種錯誤，年紀較大的園丁一定知道這一點。不過也許這只是一種說話方法，就像自殺過去曾被稱為「厄運之死」。

「我很高興宣布，」亞當一繼續說，「我們可敬的桃碧已經同意填補夏娃六的職缺，這是琵拉爾的心願，我相信你們都同意沒有人比她更適合這個位置，我本人完全信任她……在很多事情上。她天賦優異，除了知識淵博，而且直覺判斷精準，在逆境中堅忍不拔，更有一顆善良的心。這就是為什麼琵拉爾選擇了她。」有人朝著桃碧的方向略微點頭微笑。

「我們摯愛的琵拉爾希望能在古蹟公園化為堆肥，」亞當一又說，「她自己經過深思熟慮，選擇希望種植在自己上方的矮樹是一株優良的接骨木品種，我們期待這株樹最後將造福我們日後的搜糧活動。如大家所知，私人製造堆肥是危險活動，可能遭到高額罰鍰，因為凶域相信死亡也應該受到嚴格管控，尤其必須付費！不過我們會小心籌畫此事，謹慎執行。同時，如果有人希望見琵拉爾最後一面，可到她的隔間探望。如果你們想送上鮮花，容我建議這個時節豐產的金蓮花。請勿摘取任何蒜頭花，因為我們要保存它們，以做繁殖之用。」

有人落下眼淚，有的孩子直率地嗚嗚哭了起來，琵拉爾深受眾人喜愛。接著園丁們魚貫走了。有些人對桃碧再度露出微笑，很高興她的職位提升了。桃碧留在原處不動，因為亞當一抓住她的手臂。

「親愛的桃碧，請原諒我，」其餘人走後他說，「抱歉我離題說了謊言，偶爾我必須說出顯然不符事實的話，可是這是為了大局著想。」

他們選出桃碧和澤伯負責決定琵拉爾化為堆肥的地點，並且要預先掘好洞。亞當一說時間非常重要，因為園丁會不贊同冷藏，而天氣溫暖，若不馬上埋葬琵拉爾，恐怕屍體便會太快自動分解了。

澤伯有兩套古蹟公園管理員的制服：綠色工作褲與襯衫，上面有白色的公園標誌。兩人更衣後上路，卡車後面嘎喇嘎喇響，放了鏟子和草耙各兩把、鶴嘴鋤與草叉各一把。桃碧第一次知道園丁會有卡車，而他們真的有一輛。那是一輛存放在汙水礁湖某寵物店的空壓機小卡車。澤伯說其實是一間荒廢閒置的寵物店。在汙水礁湖不怎麼需要細心呵護寵物，因為如果你在那裡養了貓，牠最後很可能進了別人的油炸鍋。

澤伯說，園丁會根據需要，在卡車上油漆不同圖案，目前上面有古蹟公園的標誌，偽造得如真的一樣。「園丁會內有很多『前』平面設計藝術家，」澤伯說，「當然我們有很多『前某某』，什麼都有。」

他們一路開過陰溝口，按喇叭要鼠民讓路，以噓聲趕走想替他們擦車窗的人。「這件事你以前做過嗎？」桃碧問。

「『這件事』，妳是指非法在公共綠地埋喪老婦人嗎？沒有，」澤伯說，「在這之前，沒有夏娃在我擔任這個職位的時候過世，不過凡事都有第一次。」

「有多危險？」桃碧說。

「等等就知道了，」澤伯說，「我們當然可以直接把她留在空地，讓食腐屍的動物來處理，不過這樣怕她最後成了祕密漢堡，動物蛋白質可是愈來愈貴了。也可能被賣給垃圾油那些人，他們什麼都收。我們的老琵拉爾死後變成油，那違背她的宗教信仰，我們不要她落得那樣下場。」

「不是你的宗教信仰？」桃碧說。

澤伯呵呵笑了起來。「教義裡微妙的論點我留給亞當一，我只是利用必要的手段達到我需要到達的目的，來，去喝杯快樂杯。」

他突然轉進商店街的停車場。

「我們喝快樂杯咖啡？」桃碧說，「基因改造，在太陽底下種植，還灑到毒藥？這種咖啡害死小鳥，讓小耕農破產——我們不是都知道。」

「我們現在在喬裝，」澤伯說，「妳得演什麼像什麼！」他對她眨眨眼，然後手從她前方橫過來將卡車門打開。「不要對自己這麼嚴格，我敢說園丁會影響妳之前，妳本來也是個有魅力的女人。」

桃碧心想，「本來也是」這幾個字幾乎總結了一切。不過她覺得很受用，已經有段時間沒有收到強調性別的讚美之言。

在祕密漢堡工作的時期，她曾經必須把握午休時間，而快樂杯就是那段午休的吸引力。最後一次喝這個東西好像是上輩子的事，她點了一杯快樂奇諾咖啡，它美味的程度她已經忘了，她慢慢地啜飲，要是真能再喝上一杯，恐怕是幾年後的事情了。

她快喝完時，澤伯說：「我們最好走吧，還有個洞要挖呢！把帽子戴上，頭髮塞到裡面，女性公園管理員都這麼戴帽子。」

「嘿，管公園的騷貨，」她身後有個聲音說，「讓我們看看妳的灌木叢啊！」

桃碧不敢轉頭看，不過亞當一告訴她布朗可又回去痛彈場了，街上的傳言是這樣說的。

澤伯注意到她的恐懼。「有哪個傢伙來惹妳，我用鶴嘴鋤扁他。」他說。

回到卡車上，他們邊開車邊趕人，通過平民區街道，最後到達古蹟公園的北口。澤伯對著守門警衛揮揮偽造的通行證，他們便把車開了進去。公園只准行人進出，因此裡面只有他們這輛車。

澤伯慢慢開，經過坐在野餐桌前的平民區家庭，他們的烤肉嗶嗶剝剝響。喧鬧的鼠民群聚喝酒閒混，一顆石子從卡車上彈開。澤伯告訴她，鼠民都知道古蹟公園沒有武備，這裡常有聚眾滋事，甚至死亡事故發生，看見一片樹林，民眾大概就以為可以任意為非做歹。「哪裡有天然景觀，哪裡就有王八蛋。」他爽朗地說。

他們找到一個好位置：一小片空地，接骨木可以得到充分的日照，他們挖洞時也不會砍到太多樹根。澤伯拿起鶴嘴鋤開始將泥土翻鬆，桃碧則拿鏟工作。他們先插好獨立的標牌：「花圃，承蒙康智園區西區贊助」。「有人問的話，我準備了許可單，」澤伯說，「就在我的口袋，其實沒有那麼貴。」

洞的深度夠了，他們便收拾東西，把標牌留在原處。

琵拉爾的堆肥葬禮在當日下午進行。琵拉爾躺在標著「土壤護蓋層」的粗麻袋內，再以卡車被送到選好的地點，旁邊有接骨木和一個五加侖容量的水箱。魯雅娜與亞當一率領放春唱詩班行軍走過公園，不偏不倚地經過埋葬地點旁，如此一來鄰近的人會看著他們，而不會注意澤伯與桃碧在種植灌木。他們聲嘶力竭高歌「鼴鼠日讚美詩」，唱到最後一節詩行，以鼠民T恤喬裝的薛克頓和柯洛齊在小路旁嘲笑他們。柯洛齊拋了只瓶子過去，放春唱詩班尖呼做鳥獸散，沿著小路跑開。平民區的居民都興味盎然看著這場追逐，希望有暴力事件發生。澤伯俐落地將還在粗麻袋中的琵拉爾放入長型洞穴中，接著將接骨木置於她的上方。桃碧提起鏟子用泥土填塞洞口。然後他們澆水。

「不要露出悲傷的樣子，」澤伯告訴她，「表現得就像這是工作而已。」還有一個旁觀者，一名個頭高、髮色深的男孩子，他沒有被放春唱詩班的雜耍節目吸引，反而漠不關心地靠著一株樹站著。他穿著黑色T恤，上面的標語寫「活者邪惡，必受懲罰」。

「你認識那男孩？」桃碧說。那件T恤看起來與他格格不入，如果他真是鼠民，才比較適合他。

澤伯朝那邊看了一眼。「他？怎麼這樣問？」

「他很關注我們。」她心想是公司安全衛隊嗎？不是，年紀實在太小了。

「不要盯著看，」澤伯說，「他認識琵拉爾，我讓他知道我們會到這裡來。」

36

據亞當一的說法，人類的墮落是多層面。靈長類祖先從樹上墮落下來，又從素食主義墮落到食肉。接著從本能墮落到理性，從而墮落到科技；從簡單信號墮落到複雜文法，從而墮落到人性；從無火墮落到用火，因此墮落到研製武器。從週期交配墮落到持續做愛抽動。接著他們從把握當下愉快的生活，墮落到焦慮思索消失的過去、遙遠的未來。

人類繼續墮落，軌道始終往下降。被知識之井吸引了，你只能筆直落下，學習再學習，卻無法變得更快樂。桃碧一成了夏娃，便陷入這樣的處境。她感覺到夏娃六的稱號一點一滴滲入她的體內，侵蝕她，將她曾有的稜角磨去。那不只是苦行者穿的鋼毛襯衫，根本是蕁麻編織的上衣。她怎麼讓自己就這樣被縫了進去呢？

不過她現在懂得更多事情，所有的學問你一旦認識了，便無法想像你不認識之前的情景，宛如舞台上的魔術，在你發現之前，知識就在你的眼前發生，可是你當時留意的卻是別處。

舉個例子：亞當夏娃有一台手提電腦。桃碧發現後非常震驚——這種設備不是直接違背了園丁原則嗎？不過亞當一向她保證，他們絕對不會用它上網，除非有嚴密的預防措施，他們主要利用它儲存與凶域有關的重要資料，而且小心翼翼不讓一般園丁們發現這樣危險的物品，尤其是小孩子。總之他們有一台電腦。「這跟羅馬教廷收集春宮小說一樣，」澤伯告訴她，「我們會妥善保管，不會亂來。」

他們把手提電腦收在醋罈後面小房間裡的祕密隔間，小房間也是他們每兩週召開亞當夏娃會議的地點。有一扇門通往這個房間，不過在桃碧成為夏娃前，他們告訴她那只是個收納瓶子的壁櫥。裡面確實有幾個架子擺放空瓶，不過把整組架子旋轉開來，就會看見房間真正的門。兩扇門都上鎖，只有亞當夏娃們有鑰匙。現在桃碧也有一把。

她早該領悟亞當夏娃有某種集合開會的方式，他們表現出齊一的行動與思想，又不使用電話或電腦，除了面對面以外，還能怎麼達成團體決定呢？她還以為他們像樹木透過化學作用交換資訊。事實不然，他們與植物並不相同。與任何祕密會議一樣，他們圍桌而坐，透過討論推敲出他們的立場——神學與實務方面皆有——與中世紀僧侶同樣堅決無情。還有，與僧侶一樣，他們承受的風險愈來愈高，這令桃碧發愁不安，因為公司不容許任何反對意見，而從更廣義的角度而言，園丁會採取反對商業活動的姿態，搞不好會被解讀成敵對立場。因此桃碧並不是藏匿在某種超脫塵世、如羊圈大小的繭裡（她曾經這樣以為），反而是遊走於可能具爆炸威力的現實勢力邊緣。

園丁會看來不再是人數稀少的地方宗教教派，他們的影響力日益擴展，不只限於陰溝口的伊甸崖屋頂花園、鄰近的屋頂、其他管理的建築物。他們在不同的平民區有分會，事實上在別的城市也有。他們在凶域每個階層安插祕密後援人手，連公司內部本身也有。根據亞當一的說法，這些支持者提供的資訊必不可少，藉由這些資料，他們得以掌控敵方的意圖與行動，至少部分的意圖與行動。

這些後援會被稱為「松露」，因為他們不公開，好像埋在地底下，而且具有價值，你永遠不知道他們會從哪裡冒出來，而敵人則找來豬狗試圖將他們找出來。亞當一連忙解釋，園丁會對於實際的豬隻小狗沒有冒犯之意，只是反對牠們被黑暗勢力所奴役。

亞當夏娃們不讓園丁會成員發現他們的苦惱，可是波特被捕一事讓他們驚恐萬分。有人聲稱公司安全衛隊將提出由來已久的惡魔交易——用情報換取性命。澤伯冷冷地說，公司安全衛隊根本無須做這種交易，他們只要採取「讀心術」，對方什麼都招了。除了鮮血大便嘔吐物，誰知道有多少牽連他人的謊言也會從可憐的波特身上被榨取出來呢？

所以亞當夏娃們預料公司安全衛隊將隨時襲擊花園。他們擬妥迅速撤空計畫，並且提醒松露小組，指望松露能自行藏匿。後來波特在鱗尾夜總會後面空地上被人發現，皮膚出現冷凍過的凍傷，重要器官不見了。

在釀醋室後面召開會議時，澤伯說：「他們希望他看起來像是遭受暴民攻擊，不過騙不了人，反正不用錢，暴民怎麼會只切這點肉下來。這麼好玩的事。」

魯雅娜說澤伯很失禮，在這樣的故事中用了「好玩」兩個字。澤伯說他是在反諷。助產士馬魯須卡難得開口說話，居然表示他高估「反諷」二字，澤伯說他還沒注意到園丁會中有什麼高估的事情。蕾貝佳（現在也有地位了，剛成了夏娃，夏娃十一，負責營養整合）說大家應該冷靜冷靜，少說兩句。亞當一說鬩牆必敗。

接著，他們就如何處置波特屍首一事而熱烈爭辯。蕾貝佳說，波特本來是亞當，應當享有與其他亞當夏娃同樣的待遇，偷偷葬在古蹟公園變成堆肥，這樣才公平。青蛙斐洛在會議室內沒有外面那樣迷糊，直說這樣太危險了，萬一公司安全衛隊把波特屍體當作圈套，等著看看是誰來收屍，那怎麼辦？螺釘史都華說，公司安全衛隊已經知道波特是園丁，如果我們去收屍，他們能得到什麼情報？澤伯說，也許波特的屍體是公司安全衛隊給平民幫派的口信，要他們嚴加管理生意，徹底根除不服從的寄生蟲。

魯雅娜說，好吧，如果不能把可憐的波特埋了當堆肥，也許可以晚上過去一趟，在他身上灑些泥土當作象徵，如果她可以那樣做的話，她個人內心會覺得好過許多。穆基開罵，說波特嘴巴有肉臭、常常吃豬肉，背叛了他們，他不明白為什麼他們居然在討論這件事。亞當一說，他們應該靜默片刻，在心中用光明包圍波特。澤伯說，他們已經用太多光明包圍他了，那傢伙大概像炸雞聯營店的自殺炸彈在焚燒了。魯雅娜表示澤伯這樣說太無聊。亞當一認為他們應該徹夜冥想，也許答案會經由幻覺得到靈感啟發。斐洛說，如果是那樣的話，他要抽大麻。

隔天，波特的屍體卻不在空地了。澤伯告知他們，行動火速的垃圾油收集者已經搶先偷走了，屍體無疑地替幾輛公司員工的都會廂型車加了油。桃碧問他為什麼有把握這麼說，澤伯嘻皮笑臉說他在鼠民幫派中有熟人，只要給他錢，不論是誰的祕密都說。

亞當一對全體園丁會發表演說，把波特的死亡大致說了一遍，稱他是物質主義貪婪精神誘惑下的受害者，他們應該憐憫他，不要責怪他，同時請求全體會員格外謹慎戒備，通報任何過度好奇的遊客，尤其是不尋常的活動。

可是無人通報任何不尋常的活動。幾個月過去，接著又過了幾個月。日常工作與上課照常進行，聖徒日與節慶也按照指定時間輪流到來。桃碧開始做結繩飾品，希望能改正她做白日夢的習慣，澆熄不會有結果的渴望，並且讓她能更專心活在當下。蜜蜂繁殖增多，桃碧每天上午告訴牠們新聞消息。月亮從黑暗中浮現，然後豐盈，然後萎縮。幾個嬰娃出生，有一回閃亮的綠甲蟲侵擾，好幾個新來的園丁受洗。亞當一說過，時間的沙是流沙，許多東西陷入其中不留痕跡，如果陷沒的是無謂的煩惱，那是莫大的福氣。

四月魚

THE YEAR
洪荒年代
OF THE
FLOOD

四月魚

創園十四年

主　題：所有宗教中的愚昧

演講人：亞當一

親愛的朋友，親愛的上帝創造物同胞與哺乳動物同胞：

在我們伊甸崖屋頂花園，我們過了趣味橫生的四月魚節！今年燈籠魚的造型是讓海洋深淵增色的磷光魚，是至今最讓人難忘的燈籠，魚餅也令人垂涎欲滴！這些可口的點心，我們要感謝蕾貝佳和她的特別助手，亞曼達與芮恩。

孩子總是喜歡這一天，因為今日他們可以取笑長輩，只要那些玩笑不要太過分。我們大人非常歡迎，因為這些玩笑讓我們想起自己的童年。想起我們當時覺得自己多麼渺小，我們多麼仰賴長輩的力量知識智慧來保護我們，我們並不害怕想起這些事情。讓我們教導孩子寬容、慈愛與正確的界線，也教導他們歡笑。上帝讓萬物具備善心，也一定讓我們擁有風趣，除了我們以外，祂也讓創造物擁有這樣天賦，看看烏鴉的把戲，看看麻雀的活潑、貓咪的嬉戲，這都是證據。

四月魚節源自法國，在這一天我們彼此捉弄，把魚形的紙片黏在別人後背上，我們黏的是回收布料做成的魚。黏上去後大喊：「四月魚！」或者用法文原文說「Poisson d'Avril!」在英語系國家，這一天稱為四月愚人節。然而四月魚節一開始肯定是基督教節慶，因為早年基督徒以魚的形象代表受壓迫年代時的信仰暗號。

魚是貼切的象徵，因為耶穌最早稱兩位漁夫是他的使徒，想必選出他們協助保育魚類族群。祂又吩咐他們不做魚類的漁夫，要做人類的漁夫，因此魚類少了兩位傷害者！耶穌顧念飛禽、走獸與植物，這一點從祂對麻雀、母雞、羔羊與百合的評論可茲證明，不過祂明白上帝最繁盛的花園在水底，那裡需要照料。聖方濟（Saint Francis of Assisi）對魚群講道，他不明白原來魚兒能直接與上帝溝通。不過聖徒肯定了魚類應得的尊重，這預言多麼精準，你瞧，世界的海洋正遭受破壞！

有人或許對某些物種懷有成見，認為人類比魚類聰明，因此「四月魚」被視為無聲且愚蠢。不過缺乏精神者似乎永遠認為精神生活是愚蠢的，因此我們必須歡歡喜喜地接受佩戴四月魚的標籤，因為與上帝相較而言，我們全是愚人，無論我們自認多麼聰明。成為四月魚，代表謙卑接受我們自身的愚蠢，並且由衷承認自謂的理智真理，從唯物的角度來看是荒誕的。

現在請和我一起為我們的魚同志冥想。

親愛的上帝，祢創造浩瀚的海洋，創造無數海洋生物，生命從祢水底花園發源，我們祈禱祢凝視生活在這水底花園中的生物，我們祈禱沒有生物會因人類行動而從地球消失。且給予目前處於危險的海洋生物關愛與援助，危險來自海洋暖化，來自海床鉤網捕魚的手法，來自大肆屠殺海洋生物，屠殺的種類從淺水生物到深海生物，連大章魚也包括在內。還有，別忘了祢的大鯨魚，牠是祢在創世第五日創造後，放到海洋中嬉戲的創造物。尤其幫助遭到誤解常遭迫害的鯊魚。

我們心中掛念墨西哥灣寬闊的死亡海域、伊利湖寬闊的死亡海域、黑海寬闊的死亡海域、紐芬蘭島曾經盛產鱈魚而今荒廢的寬闊沙洲、逐漸死亡泛白分裂的大堡礁。

讓它們再次復活，讓愛在它們身上發光，讓它們恢復原貌。寬恕我們謀殺海洋、我們錯誤的愚蠢、我們的傲慢與破壞行為。

幫助我們以全心的謙卑承認與魚類的親密關連，在我們眼睛，牠們沉默而愚蠢，因為在祢的眼中，我們都是沉默而愚蠢的。

讓我們歌唱。

啊，主，祢知我們的愚昧

啊，主，祢知我們的愚昧
我們一切的愚行
見我們四處奔忙
追求無用的貪婪

我們偶爾懷疑祢是愛
忘了要感恩
我們見天空空茫
發現宇宙空白

我們意氣消沉
詛咒出生的時刻
我們聲稱祢不存在
或者祢忽略了我們

且饒恕我們的蒙昧
我們乖戾不快的言語
今日我們承認為祢的愚人
以嬉鬧玩耍慶賀

我們俯首承認我們的自負
心胸狹隘的爭執
無關痛癢的哀傷
自行強加的痛苦

在四月魚我們戲弄歌唱
以童真的歡心大笑
戳破虛榮吹捧的驕傲
為眼前一切報以微笑

祢的世界閃亮如星無法想像
祢的世界奇妙驚奇不可丈量
在祢珍愛的光輝中我們祈禱
祢也同樣珍愛祢的愚人

——《上帝之園丁口述讚美詩集》

37

芮恩

創園二十五年

我一定打瞌睡了（人在麻煩間會覺得疲倦），因為我夢到亞曼達。她穿著卡其服朝我走來，通過一片寬闊的乾草地，上面有很多白骨。有禿鷹在她頭上飛翔，不過她發現我夢到她，露出笑臉對我揮揮手，我便醒過來。

真要睡覺時間還太早，於是我來修修腳指甲吧。星芒喜歡用蜘蛛絲強化劑做出來的爪子效果，不過我從不用那個，馬迪斯說會造成形象衝突，好像小兔子穿釘鞋，所以我只用柔和的粉彩。閃亮的新腳指讓人覺得煥然一新，充滿活力，如果有人想吸吮你的腳，這樣的腳倒可以給他們吸一吸。等待指甲油乾的期間，我打開影像對講機，看看和星芒共用的房間。跟自己的東西連線——我的梳妝檯，我的機器狗，我掛在衣架上的戲服——我心情會好起來。我等不及要回到正常的生活，我不是說這樣的生活完全正常，不過我習慣過這樣的日子。

然後我上網找星座網站，看看下週運勢如何，如果檢驗結果證實沒事，我馬上就要離開麻煩間囉。

「野星」是我最喜歡的網站，我喜歡它，因為它的內容都非常振奮人心。

天蠍座，月亮落入你的星座，代表你本週荷爾蒙激增！火辣撩人！享受吧，不過別將這次突然轉烈的性感看得太認真——它會過去的。

你努力讓住家成為享樂的宮殿，時候到了，該下手買那些新款的緞面床單，然後鑽進被窩去！本週放縱自己體會金牛座的感官享受！

我希望一離開麻煩間就有戀愛與冒險的機會靠近我，可能是旅行，或是靈性探索，有時候網站上會提到這些。不過我自己的星座運勢不是很好：

雙魚座，水星使者在你的星座，代表未來幾週過去的人事物會偷襲你。準備面對快速的轉變！愛情可能以奇妙形式出現——此刻幻覺與現實緊貼共舞，所以請步步小心！

我不喜歡聽到愛情會以奇妙形式出現，在工作上我已經受夠這個了。

我又查看蛇穴的狀況，人滿為患。蘇凡娜還在高空鞦韆上，緋瓣也在上面，她穿生物膜緊身衣，外陰部還有特別的褶紋，整個人看起來像是一朵大蘭花。星芒還在下面繼續應付那位痛彈場出來的客人，那個妞有起死回生的本領，只是客人差不多快不省人事了，我看她也別想從他口袋挖出很多小費。公司安全衛隊派來看顧場子的人在一旁徘徊，不過突然每個人都朝入口的方向看去，於是我切到另一架攝影機，跟著瞧一瞧。馬迪斯在那裡跟另外兩個公司安全衛隊的人說話，他們伴著另一個痛彈場的人，那人的樣子居然比前面三個還可怕，脾氣更暴躁。馬迪斯很不高興。四個從痛彈場出來的人！要應付的事已經很多了！要是他們不是同一隊的，昨天才拚命要把對方的腸子挖出來，那要如何才好？

馬迪斯把新來的痛彈場傢伙帶去非常裡面的角落。他對著手機大吼，三個後補舞者薇爾亞、葵諾拉、夕陽匆匆忙忙趕過去。他一定這樣跟她們交代：擋住他的視線，利用妳的胸部，不然上帝幹麼製做一對出來？亮晶晶、毛茸茸的羽毛，有六隻手臂在他四周纏繞，我簡直聽到薇爾亞對著那傢伙的耳朵說：要兩個吧，寶貝，很便宜的。

馬迪斯打了手勢，音樂變得大聲，響亮的音樂能讓客人分心，耳朵充滿聲音時，他們發怒的機會比較小。這時，那幾個舞孃像大蟒蛇般地在這傢伙身上爬來爬去，兩名鱗尾保鑣在一旁待命。

馬迪斯嘻嘻笑，因為場面擺平了。他要這個傢伙進入有皮革天花板的房間，扔幾瓶酒進去，再把幾個女孩往他身上推去，他就成了馬迪斯所謂的爛醉如泥、腦筋混沌、被榨得乾扁扁的快樂殭屍。既然我們有喜福多，他會「高潮」迭起，飄飄欲仙，也不會出現微生物致死的壞處。因為他們使用喜福多，鱗尾家具破損量快速減少，他們把那東西加進蘸了巧克力的聚合莓與豆選橄欖。不過星芒說千萬別放太多，否則那傢伙的老二可能會爆開。

38

在創園十四年，我們照樣舉行四月魚節。那一天你應該做做蠢事，呵呵大笑。我把魚別在小薛身上，小柯別一條在我身上，然後小薛也別一條在亞曼達身上，好多小孩把魚別在魯雅娜身上，可是沒人別在桃碧身上，因為她一定會發現你繞到她身後。亞當一別了一條在自己身上，表示尊重上帝。奧茲那個小搗蛋到處邊跑邊喊「魚手指」，然後從別人後面用手指戳人，蕾貝佳要他住手，他才停下來。所以他難過起來，我便把他帶到角落，告訴他排行老么的禿鷹的故事。他不搞鬼時，實在很惹人喜歡。

澤伯又照樣外出，最近他不在的次數多了。琉森留在家裡，她說她沒有什麼事情要慶祝的，反正這是無聊的節日。

這是我第一個沒有伯妮斯的四月魚。亞曼達還沒來時，我和伯妮斯總是一起裝飾魚蛋糕，永遠為了放什麼上去而吵架。有一次我們把蛋糕弄成綠色的，利用菠菜做出綠色，眼睛是紅蘿蔔圓塊，蛋糕看起來好像很毒的樣子。想起那塊蛋糕我就想哭，伯妮斯現在在哪呢？我覺得自己很可恥，對她這麼無情，要是她像波特一樣死了呢？如果她死了，我要負起一部分的責任，大部分的責任。是我不好。

亞曼達和我走回起司工廠，小薛小柯與我們一道走，說是要保護我們。亞曼達聽了哈哈大笑，卻又說他們要是喜歡的話，可以跟我們一起來。我們四個差不多又像朋友一樣了，不過小柯每過一段時間就會對亞曼達說：「妳還是欠我們。」亞曼達就會告訴他：「去見鬼吧！」

我們走回起司工廠，天色已經黑了。我們以為這麼晚才回去會被罵，琉森總是警告我們路上很危險，沒想到澤伯已經回來了，而且他們還開始吵架了。所以我們在走廊上等風波過去，因為他們吵起來會占用到家裡的每間房。

這次吵得比平常大聲，有某件家具被推翻或是扔出去，一定是琉森幹的，因為澤伯不會扔東西。

「吵什麼？」我問亞曼達。她把耳朵貼在門上，她根本不覺得偷聽是可恥的。

「不知，」她說，「她喊得太大聲了，噢，等等——她說他跟魯雅娜上床。」

「不會跟魯雅娜的，」我說，「他才不會。」現在我明白我們說伯妮斯爸爸的事情時她的感受。

「有機會，男人跟什麼都可以做愛，」亞曼達說，「現在她說他根本是個拉皮條的，他看不起她，對她壞死了。我想她在哭。」

「也許我們不該再聽下去了。」我說。

「好吧。」亞曼達說。我們把背貼在牆上，等著琉森開始嚎啕大哭，她一向都是如此，接著澤伯就會咚咚咚走出來，用甩的把門關上，然後我們就好幾天見不到他人影。

澤伯走出來。「再見囉，黑夜女王，」他說，「注意危險。」他在跟我們開玩笑，他就喜歡這樣，不過這句話沒什麼好笑的。他表情很可怕。

通常他們吵架後，琉森會到床上哭，但這天晚上她卻動手收拾了一包東西。那袋子是粉紅色的背包，是亞曼達和我拾荒撿來的。琉森沒有多少東西可以放進去，所以一轉眼就打包好，走進我們的隔間。

亞曼達和我假裝睡在塞了米糠的床墊上，蓋著藍色牛仔褲做成的被子。「起來，芮恩，」琉森對我說，「我們要走了。」

「去哪？」我說。

「回去，」她說，「回康智園區。」

「現在？」

「對，妳幹麼用那種表情看我？妳不是一直都想回去？」沒錯，我曾經好想好想康智園區，我好想念那裡。不過自從亞曼達搬進來後，我就很少想起那裡了。

「亞曼達也去嗎？」我說。

「亞曼達留下來。」

我覺得好冷。「我希望亞曼達去。」我說。

「不可能的事。」琉森說。好像有另一樣事情發生了：琉森從麻痺的咒語中解脫，從澤伯的咒語中解脫了。她離開性愛，好像脫下寬鬆的衣服，現在她生氣勃勃而且態度堅決，不再胡言亂語了。很久很久以前，她是那樣子的嗎？我幾乎想不起來。

「為什麼？」我說，「為什麼亞曼達不能去？」

「因為康智的人不會讓她進去，我們到了那裡可以拿回身分，可是她根本沒有身分，我當然也沒錢幫她買一個，這裡的人會照顧她的。」她又繼續說，好像亞曼達是我被迫拋棄的小貓咪。

「打死我我也不去，」我說，「如果她不去，我就不去！」

「那妳留下來要住在哪裡？」琉森不屑地問。

「我們跟澤伯住。」我說。

「他老是不在家，」琉森說，「妳別以為他們會讓兩個小姑娘獨自在外面紮營！」

「那麼我們跟亞當一住在一起，」我說，「或是魯雅娜，或者克郎也許也可以。」

「或者螺釘史都華。」亞曼達抱著希望說。這已經是不得已的選擇了，史都華個性陰沉，又不愛與人來往，不過我趕緊把握這個主意。

「我們可以幫他做家具。」我說。我把整個劇本都想好了：亞曼達與我替史都華收集廢棄物、鋸木頭、釘釘子，一面唱歌一面工作，煮花草茶……

「他不會歡迎妳們的，」琉森說，「史都華不喜歡跟人來往，他只是因為澤伯才容忍妳們這些小孩，其他人也一樣。」

「我們跟桃碧一起住。」我說。

「桃碧有其他事情要忙。好了，夠了，如果亞曼達找不到人收留她，大可隨時回去鼠民那裡，不管怎麼說她是他們的一份子，妳可不是鼠民。喂，動作快。」

「我得穿衣服。」我說。

「好，」琉森說，「十分鐘。」她離開隔間。

「我們怎麼辦？」我低聲問亞曼達，同時開始穿衣服。

「我不知道，」亞曼達壓著嗓子回答，「妳一去裡面，她永遠不會讓妳出來，那些園區像城堡，像監獄。她絕對不會讓妳來找我，她討厭我。」

「我才不管她怎麼想，」我低聲說，「我會設法出來的。」

「我的電話，」亞曼達低聲說，「拿去，妳可以打電話給我。」

「我會想辦法讓妳進去。」我說。這時我已經無聲地哭了起來。

我把她的紫色電話塞進口袋。

「動作快，芮恩。」琉森說。

「我會打電話給妳！」我低聲說，「我爸會替妳買身分！」

「他一定會的，」亞曼達輕輕地說，「不要忍氣吞聲喔，好嗎？」

琉森在主廳快步走來走去，把種在窗檯上的那些病懨懨的番茄丟出來，泥土底下有一包都是錢的塑膠袋，那一定是她在生命之樹賣肥皂、繩結飾品、拼布被時偷來的。紙鈔已經退流行了，不過民眾還是用它來買小東西，園丁不使用虛擬錢幣，因為他們不准使用電腦。這麼說，她一直在存逃走的錢，不像我想的那樣容易被人利用。

接著她拿起廚房用的大剪刀把長髮剪了，從脖子的高度直接卡嚓一刀。剪刀發出像魔鬼氈的聲音，沙沙的乾燥聲。她把那一把頭髮留在餐桌正中央。

然後她抓起我的手臂，把我從房間拖出來往樓梯下走。她晚上從來不出門，因為街角會有醉漢和吸毒的人，還有鼠民幫派份子和搶匪。不過這時候她氣得激動得不得了，渾身充滿嗶嗶剝剝響的活力，行人連忙讓路給我們過，彷彿我們身上帶有病毒，連亞洲共榮國與香煎雄鮭魚幫的人都不來惹我們。

我們走過陰溝口和汙水礁湖，走了好幾個小時，然後通過比較有錢的平民區。一路走下去，房子、建築與旅館的外表愈來愈新，街道的人群愈來愈少。到了大箱區，我們叫了輛太陽能計程車，開過高爾夫公園，然後駛過一片寬廣的空地，最後直接開到康智園區的大門。我最後一次看見這個地方是好久好久以前的事，像是一個夢，什麼都認不出來，不過也什麼都認得。我覺得有點難過，但也可能是興奮的感覺。

我們上計程車前，琉森弄亂我的頭髮，往自己臉上抹泥土，還把衣服某些地方撕破。「妳幹麼那樣做？」我說。她卻沒有回答。

康智園區的出入口有兩個守衛在小窗後方。

「身分證？」他們說。

「我們沒有，」琉森說，「被偷走了，我們被人脅持綁架。」她往後看，好像害怕有人跟蹤我們。

「行行好——你得讓我們進去，快點！我先生——他在奈米生物部門工作，他會告訴你我是誰。」她哭了起來。

其中一人拿起電話按下鍵。「法蘭克，」他說，「這裡是正門，有位女士說是你的太太。」

「我們需要取口腔皮膜，太太，檢查有沒有傳染細菌，」第二個人說，「然後妳可以在候保室等到生化物種清除確認無誤。馬上有人來帶妳。」

在候保室，我們坐在黑色乙烯基塑膠沙發上，當時是清晨五點。琉森拿起一本雜誌，封面寫著「欣膚：何必與瑕疵共存？」她啪啪啪很快翻了起來。

「我們是被人脅持綁架的嗎？」我問她。

「噢，小乖乖，」她說，「妳不記得了！妳當時還很小！我不想告訴妳——我不希望妳受驚！他們可能會對妳做很可怕的事情！」然後她又開始哭了，哭得更加激動。這時候穿生化衣的公司安全衛隊走進來，她滿臉一條條的淚痕。

39

老琵拉爾常說，小心你心所願。我回到康智園區與爸爸團聚了，正如我很久以前常常渴望的。不過這一切似乎都不對勁，人造大理石，古董家具複製品，屋裡的地毯，沒有一樣看起來是真實的，聞起來也很奇怪，像是消毒劑。我想念葉子的氣味，園丁的氣味，想念煮菜的氣味，甚至懷念起醋的強烈刺鼻味，甚至是紫羅蘭環保馬桶。

我爸爸法蘭克沒有動過我的房間，可是四柱床和粉紅簾看起來變小了，對我來說也太幼稚了。還有我以前愛死絨毛玩具，但它們的玻璃眼珠看起來一點生氣也沒有。我把它們塞到櫃子後面，這樣它們才無法用我猶如是影子的眼神看穿我。

第一天晚上，琉森替我注了一缸洗澡水，裡面加了假花精油。白色大浴缸與蓬鬆的白毛巾讓我覺得自己好髒也好臭，跟泥土一樣臭，像是還沒完全變成堆肥的堆肥土，有那種酸酸的氣味。

還有，我的皮膚藍藍的，因為園丁服染料的關係。我從不曾注意到這一點，因為在園丁會時洗澡時間非常短，而且一片鏡子也沒有。我也沒注意到我長了好多毛，這比藍皮膚還讓我震驚。我一而再再而三搓揉那些藍藍的地方，顏色就是擦不掉。我看看突出洗澡水面的腳指，指甲看起來像爪子。

兩天後，琉森看到我穿人字塑膠拖鞋的腳，便說：「在指甲上擦些指甲油吧！」她裝得一副什麼都不曾發生的樣子，沒有園丁會，沒有亞曼達，尤其沒有澤伯這個人存在過。當時她穿乾淨俐落的亞麻套裝，頭髮做過了，染了一道一道的顏色。她腳指甲早塗好了，半秒鐘也不浪費。「看看我給妳買的這些顏色！綠色，紫色，粉紅，霜橘，我替妳買了一些會亮晶晶的顏色……」不過我很氣她，轉身不理她。她實在是個大騙子。

這些年來我在腦中保存了爸爸的輪廓，就像用粉筆畫出一個中空的父親形狀。小時候，我常常替這個形狀上色，不過那些顏色太亮了，輪廓太大了。真正的法蘭克個子更矮，臉色更灰，頭髮更禿，表情也比我心中畫面更迷惘。

他到康智警衛室來指認我們之前，我還以為他看見我們平安無事，根本還沒死，會欣喜若狂。不過當他看見我的時候，臉唰地垮下來，現在我懂了，他上次認識我的時候，我只是個小女孩，現在我比他預期的還要高大，大概比他希望的還要高大。我看起來也更寒酸，除了單調的園丁裝，我看起來一定很像他見過那些跑來跑去的鼠民——如果他曾去過陰溝口或汙水礁湖。也許他怕我會去扒他的口袋或搶他的鞋子。他靠近我，那樣子好像我可能會咬人，然後才笨手笨腳抱住我。他身上有複雜化學藥劑的氣味，那種用來去除膠水類黏性物質的化學藥劑，那味道嗆得好像聞進去肺會燒起來。

頭一晚我睡了十二個小時，醒來時發現琉森已經把我的園丁裝拿去燒了。還好，我把亞曼達的紫色手機藏在壁櫃的絨毛獅裡——我把它的肚子割開。所以手機沒有燒掉。

我懷念自己肌膚的氣味，原本鹹鹹的味道已經沒了，現在是跟肥皂一樣香。我想起澤伯以前常常提到老鼠的故事，如果你把牠們從鼠窩抓出來一陣子，然後再把牠們放回去，別的老鼠會把牠們撕裂。如果我帶著假花味道回去園丁會，他們會不會把我撕裂呢？

琉森帶我去康智園區附設診所，讓人檢查我的頭蝨和寄生蟲，讓人隨便碰我，也就是有幾根手指前前後後對你摸來摸去。「天啊，」醫生看見我的藍皮膚時說，「小乖乖，這些是瘀青嗎？」

「不是，」我說，「是染料。」

「噢，」他說，「他們讓妳把自己的皮膚染色？」

「是衣服上的染料。」我說。

「我懂了。」他說。接著他替我安排附設診所心理醫師的看診時間，這個心理醫生對被狂熱教徒抓走的人很有經驗。我媽也得去見見心理醫生。

所以我才知道琉森是怎麼告訴他們的。我們在太陽能空間買精品時，當街被人抓走，不過她無法說明我們到底被帶去哪裡，因為她始終不知道。她說那不是狂熱宗派本身的錯，而是有個男教徒癡戀她，希望把她當作個人的性奴隸，然後拿走她的鞋子讓她不能離開。這應該是指澤伯吧，不過她說她不知道那人的名字。她說我年紀太小，不明白發生了什麼事，不過我是人質，她必須完成那瘋子的吩咐，服務他每次的一時奇想，他要她做噁心的事，否則我的性命就不保了。不過她最後把困境告訴另外一個教徒，類似修女一類的人。她一定是指桃碧。就是這個女人幫她逃走的，把她的鞋子拿來，給她錢，引誘瘋子走開，所以琉森才可以逃往自由。

她說問我什麼都沒用，那些狂熱教徒對我很好，而且反正他們也被騙了。她是唯一知道真相的人，這是她必須獨自扛起的負擔。有哪個像她愛我那樣愛自己孩子的人，不會做出同樣的事情呢？

我們去精神治療前，她緊抓著我的肩膀說：「亞曼達還在那裡，不要忘記。」這是指如果我敢說她謊話連篇，她就會突然想起自己被關在哪裡，公司安全衛隊便會提著噴槍過去，誰知道會發生什麼事？噴槍攻擊時會殺死許多旁觀者，公司安全衛隊會表示這是不得已的，全是為了公眾秩序利益。

有好幾個星期，琉森在我身邊，以確定我不會想逃走或密告她，不過起碼我逮到機會就拿出亞曼達的紫色手機打電話。亞曼達用簡訊傳給我她新偷來手機的號碼，所以我知道怎麼聯絡她——她事先想好了一切。我坐在壁櫃裡打電話。這裡跟房子裡所有的壁櫃一樣，裡面有盞燈，而它本身就跟我以前睡覺的隔間同樣大。

亞曼達立刻接起電話，人出現在螢幕上，看起來跟以前一樣。我好想回去園丁會。

「我好想好想妳，」我說，「一有機會我就要逃走。」不過我說不知道什麼時候才能走，因為琉森把我的身分證鎖在抽屜，沒有它，我過不了大門守衛室。

「妳不能跟守衛交易嗎？」亞曼達說。

「不行，」我說，「我想不行，這裡是不一樣的。」

「噢，妳的頭髮怎麼了？」

「琉森要我剪掉。」

「看起來還好。」亞曼達說，接著又說：「他們發現波特被扔在空地，在鱗尾後面那裡，身上有凍傷。」

「他被放進冷凍庫裡？」

「只有剩下的屍體，有些器官不見了，肝臟、腎臟、心臟，澤伯說那些流氓會賣器官，然後把剩下的屍體放在冰箱，等到他們需要傳送消息時才拿出來。」

「芮恩！妳在哪裡？」是琉森，她在我房裡。

「我得掛了。」我輕聲說。我把電話塞回老虎裡。「在這裡。」我說。我的牙齒在格格打顫，冷凍庫好冷吶。

「妳在壁櫃裡面做什麼，小乖乖？」琉森說，「來，吃午餐！馬上就覺得比較舒服了！」她聲音聽起來很快活，我表現得愈古怪不安，對她就愈有利，因為如果我告發她，相信我的人就會愈少。

根據她的故事，宗教狂熱怪胎挾持了我，並將我洗腦，所以我的精神受創。我沒有辦法證明她是錯的。也許我的精神真的受創，我沒有東西可以拿來跟自己比較。

40

當我充分調整好了——「調整」是他們的用詞，好像我是內衣肩帶——琉森就說我得去上學，因為在家裡無精打采、閒混對我不好，我需要出門為自己開創全新的人生，就像她現在在做的事。她可是冒了風險讓我上學，因為我是活生生的榴霰彈，嘴裡隨時可能迸出與她有關的事實。不過她知道我用沉默批評她，這讓她覺得很討厭，所以非常希望我不要在她身邊。

法蘭克看來相信她的故事，但不知為何，他也不怎麼關心這件事。我現在明白琉森為何跟澤伯私奔，起碼澤伯還注意到她，而且也會注意我，但法蘭克把我當窗戶般對待，從不看我，只會看穿我。

我有時會夢見澤伯，他穿著大熊裝，毛皮如睡袋，只要把拉鍊往下拉到一半，他就會站出來。在夢中他的氣味讓我覺得心安，像下過雨的草地，像肉桂，像園丁會裡葉子燒過後那種鹹鹹酸酸的氣味。

學校叫康智中學，琉森為我挑了新衣服，第一天我穿了一套，顏色是粉紅與檸檬黃——園丁會裡絕對不准穿這些顏色，因為它們沾了泥土容易顯髒，而且浪費肥皂。

新衣服好像喬裝用的服裝。跟以前寬鬆的衣服相比，它們好緊，光裸的手臂從袖子伸出來，光溜溜的兩條腿也從及膝百褶裙下露出來，這些我都無法習慣。不過琉森說康智中學的女生都這樣穿的。

我往門口走去時，她說：「別忘了擦防曬乳，布蘭達。」她現在叫我布蘭達，說那才是我真正的名字。

康智派了一名學生當我的嚮導，陪我走路上學，帶我四處看看。她叫做沃卡拉・普拉斯，瘦瘦的，光滑的皮膚好像太妃糖。她穿著跟我一樣的淺黃色上衣，不過下半身穿褲子。她目不轉睛看著我的百褶裙，眼睛睜得好大。

「我喜歡妳的裙子。」她說。

「我媽買的。」我說。

「喔，」她用抱歉的口氣說，「兩年前我媽也替我買了很像的裙子。」所以我喜歡她。

上學途中，沃卡拉問起「妳爸是做什麼工作」、「妳什麼時候到這裡來的」等問題，不過沒有提到什麼狂熱宗派。我則問「妳喜歡學校嗎」、「老師是誰」，就這樣我們安全到校。我們經過的房子風格都不同，都有電能外牆，園區有最新的科技，琉森常常強調這點。其實啊，布蘭達，比起那些極其講究的園丁，這裡的人更加關心環保，所以妳不用擔心用了多少熱水，妳現在是不是該再洗一次澡了？

這間中學的教室乾淨到發亮的地步，沒有噴漆塗鴉，沒有脫落碎片，沒有破碎窗戶。有深綠色的草坪、修剪成圓形的矮樹，還有一尊雕像，銘牌上寫著「南丁格爾，提燈的白衣天使」（The Lady of Lamp）。不過有人把 a 改成 u，所以上面寫著「笨重的白衣天使」（The Lady of Lump）。

「那是吉米弄的，」沃卡拉說，「他跟我在奈米生物生化科技實驗室同一組，老做那種無聊的蠢事。」她露出微笑，牙齒真白。琉森常常說我的牙齒黃得要命，我需要做牙齒美容。她計畫重新布置整個家，不過也打算對我做些改造。

起碼我沒有蛀牙。園丁會反對精製的糖果製品，嚴格規定要刷牙，只是必須用邊緣起毛的小樹枝來刷，因為他們不喜歡把塑膠或是動物硬毛放進嘴裡。

在學校的第一個上午很奇怪，我覺得上課時講的是外國話，上的都是不同的科目，用字都是不一樣的，而且還有電腦和紙做的筆記本。對於那些東西我有天生的恐懼，好像它們非常危險，敵人可以找到那些永恆的文字，不像石板，你不能隨便擦擦就不見。碰到鍵盤與筆記紙後，我想衝進洗手間洗手，我一定沾上危險了。

琉森說過，康智園區的官員將我們自述的過去——挾持綁架等等——視為機密，不過有人洩漏出去，因為學校同學都知道，起碼他們沒有聽到琉森成了沉迷性慾變態的性奴隸的故事。不過我知道為了保護亞曼達，還有保護澤伯、亞當一，甚至是一般的園丁，必要時我要說謊。亞當一以前常說，我們掌握彼此的生死，我開始了解其中的意義。

午餐時我被一群人包圍，他們沒有惡意，只是好奇。那麼，妳跟狂熱的教徒一起生活？真不可思議！教徒們有多瘋狂？他們有好多問題。同時他們還吃著午餐，到處都是肉味。培根，百分之二十是真正魚肉的魚肉棒，還有漢堡——他們稱是智堡，是用彈性架養出來的肉做成的，所以沒有動物被殺害，可是聞起來還是像肉。亞曼達才不會故意吃培根來證明她沒有被吃葉子的人洗腦，不過我沒有辦法做到那種地步，我把智堡的麵包剝下來，想吃吃麵包就好，不過它還是散發出死動物的惡臭。

「有多可怕？」沃卡拉說。

「只是個提倡環保的團體。」我說。

「像以賽亞豺狼會。」有人說，「他們是恐怖份子嗎？」大家全往前靠過來，想聽恐怖故事。

「不是，他們反對戰爭，」我說，「我們必須在屋頂花園上面工作。」我告訴他們把蛞蝓和蝸牛換位置的事，我講的時候覺得這個故事聽起來很奇怪。

「至少妳不吃牠們，」有個女孩說，「有些教派會吃馬路上被撞死的動物。」

「以賽亞豺狼會的人就會吃，是真的，網路上說的。」

「不過妳住過平民區，好炫喔。」於是我了解到我比別人強，因為我住過平民區，而他們可能除了學校遠足，或者被家長拖去貧民窟探險、參加過生命之樹外，沒有人去過平民區。所以我愛怎麼編故事就怎麼編故事。

「你是童工，」有個男生說，「小小環保奴工，好性感喔！」同學哄堂大笑。

沃卡拉說：「吉米，你很無聊。」又對我說：「他總是說那種話。」

吉米笑嘻嘻。「妳膜拜捲心菜嗎？」他繼續說，「喔，偉大的捲心菜，我親吻你捲心般的捲心！」他單腳下跪，握住我百褶裙的一角。「好漂亮的葉子，會落下來嗎？」

「你嘴巴的肉臭味很重！」我說。

「什麼？」他笑著說，「嘴巴有肉臭？」

於是我得解釋，為什麼在積極揭倡環保的團體中那是罵人的話，就像吃豬肉、蛞蝓臉等等也是。吉米聽了笑得更開心。

我發現了其中的吸引力，我看得很清楚。我要說更多狂熱崇拜生活中詭異的細節，而且假裝跟康智的小孩一樣，認為這些事情反常、變態，這麼一來我就受到大家歡迎。不過我對我自己的看法，與亞當夏娃們對我的看法一樣，覺得傷心，覺得失望。亞當一、桃碧、還有蕾貝佳。還有琵拉爾，雖然她已經死了。甚至澤伯也會失望。

背叛，多麼簡單啊，隨隨便便就能辦到。不過那一點我早知道了，因為伯妮斯。

沃卡拉陪我走路回家，吉米也來了。他一直做無聊事、開玩笑，想逗我們笑，沃卡拉笑了，不過是出於禮貌。我看得出來吉米暗戀她，可是沃卡拉後來告訴我，她只把吉米當作朋友。

沃卡拉在半路上轉彎，往她家方向走了，吉米說他繼續陪我走，他跟我同路。當他身邊不只一個人時，他很討人厭，也許他覺得與其讓別人愚弄，不如自己先出醜。他不裝腔作勢的時候可是可愛多了。我看得出來他內心很悲哀，因為我自己也是那樣，所以我們兩人有點像雙胞胎，至少我當時是那樣覺得。他是我這輩子第一個真正看作是朋友的男生。

有一天他說：「嘿，妳一定覺得怪怪的吧，在平民區住過後才住進園區來。」

「對啊。」我說。

「妳媽真的被精神錯亂的瘋子綁在床上嗎？」吉米會直接說出別人藏在心裡絕對不敢說出口的話。

「你從哪裡聽來的？」我說。

「更衣間。」吉米說。這麼說來，琉森虛構的故事已經傳出了。

我深深吸了一口氣。「不要跟人家說，好嗎？」

「我發誓。」吉米說。

我說：「她才沒有被人綁在床上。」

「我想也是。」吉米說。

「不要跟任何人說，我真的相信你不會說出去。」

「我不會說的。」吉米說。他不會說的，幹麼要說？他知道如果大家知道琉森一直在胡扯，大家就會知道她沒被綁架，她只是一流的騙子，她的所做所為是為了愛，或只是為了性。她回到康智園區這個失敗的丈夫身邊，是因為另一個男人拋棄她。她寧可死也不會承認這件事，要她承認，她寧可殺人。

這段期間我常常走進壁櫃，從老虎玩偶中拿出紫色手機打給亞曼達。我們用簡訊告訴對方打電話的最佳時機，如果收訊狀況良好，我們可以在螢幕上看到對方。我問了許多關於「園丁會」的事情，亞曼達告訴我，她已經不跟澤伯住在一起了；亞當一說她差不多算是大人了，必須住在單人的隔間，住那裡非常無聊。「妳什麼時候可以回來這裡？」她說。可是我不知道要怎麼才能設法逃離康智園區。

「我還在想辦法。」我說。

下次我們講電話時，她說：「看誰來了。」是小薛，他害羞地對我笑笑，我懷疑他們是不是一起上床了。我感覺好像亞曼達搶走了我試圖留下亮晶晶的垃圾。不過那樣想真是蠢，我對小薛根本什麼狗屁感覺也沒有。我確實懷疑過那次是他把手放在我屁股上，就是我在旋轉亭昏過去那一晚。不過那個人大概是小柯。

「小柯好嗎？」我問小薛，「還有奧茲呢？」

「他們很好，」小薛咕噥說，「妳什麼時候要回來？小柯非常想妳！壞，嗯？」

「疽，」我說，「壞疽。」我很驚訝他還用以前小孩玩意的通關密語，不過也許是亞曼達要他這麼說，好讓我覺得跟他們是一國的。

小薛從螢幕上消失後，亞曼達說他們現在是拍檔，兩人去商場偷東西。不過這是公平交易，她要人幫她把風、搬東西、賣東西，他則要有人跟他上床。

「妳不愛他嗎？」我說。

亞曼達說我不切實際，她說愛是沒有用的，因為它會讓人做出愚蠢的交易，你付出很多很多，然後只有得到心酸和痛苦。

41

吉米和我開始一起做功課，他人非常好，幫我做我不懂的部分。因為我們在園丁會必須背一大堆東西，我可以盯著一課課文，然後在腦袋裡回想每一個字，就像看圖片一樣。所以雖然學校功課對我來說很難，我也覺得自己落後很多，可是很快就開始跟上了。

吉米比我高兩個年級，我們不同班，只有「生活技能課」一起上，這堂課教你如何規劃生活。在生活技能課上，他們把不同年紀的學生混在一起，所以我們可以分享不同的生活經驗而從中受惠，吉米跟別人交換座位，所以他就坐在我後面。「我是妳的保鏢。」他低聲說。我聽了覺得很安心。

如果琉森不在，我們就回我家寫功課，如果她在，我們就去吉米家。我比較喜歡吉米家，因為他養了一隻浣鼬當寵物。這是新培育出來的基因接合變種，有一半是臭鼬，不過牠不會臭；有一半是浣熊，不過不會攻擊人。牠叫做「殺手」，是他們培育的第一代浣鼬。我把牠抱起來，牠立刻就喜歡上我。

吉米的媽媽好像也很喜歡我，不過第一次看到我時，用冷酷的藍眼睛很凶地看著我，問我幾歲了。我還算喜歡她，雖然她抽菸抽得很兇，害我咳嗽。園丁會裡沒有人抽菸，至少沒有人抽香菸。她常常在電腦前工作，不過我搞不清楚她用電腦在做什麼，因為她沒有工作。他的爸爸幾乎都不在家，他在實驗室想辦法把人類幹細胞與DNA移植到豬身上，生產新的人類器官。我問吉米是什麼器官，他說是腎臟，不過也許是肺臟，未來你可以請人做一隻你自己的豬，每樣東西都有第二個複製品。我知道園丁會對那會有什麼看法，他們會認為那樣做很惡劣，因為你必須殺死豬。

吉米見過這些豬，牠們的綽號是豬球，意指豬氣球，因為牠們長得很胖。他說複製器官學問是專賣祕密，非常有價值。「你不怕國外的公司綁架你爸爸，強迫他把祕密說出來？」我說。

那種事情愈來愈常發生，他們不讓它上新聞，不過康智園區裡有傳聞，有時候他們會把被綁架的科學家贖回來，有時候不會。安全措施愈來愈嚴密。

做完功課後，吉米和我到康智園區購物中心閒逛，玩玩無聊的電動遊戲、喝喝快樂杯奇諾咖啡。第一次喝的時候，我告訴他快樂杯是邪惡的咖啡，所以我不喝，結果他笑我。第二次我提起勇氣喝喝看，原來這麼好喝，我立刻就不太去想它邪惡的地方了。

過了一段日子，吉米跟我談起沃卡拉．普拉斯，他說她是他第一個愛上的女孩子，可是他要求她和他認真交往時，她說他們只能當朋友。我已經知道那段故事了，不過我說非常遺憾，吉米說他好幾個星期人就像一灘小狗的嘔吐物，到現在還是沒辦法釋懷。

然後他問我以前在平民區有沒有男朋友，我說有——這是騙人的——不過既然我不可能回去了，便決定要忘記他，因為如果你想要擁有某個無法擁有的人，那是最好的作法。吉米很同情我失去男朋友，就緊握我的手。我為說出這樣的謊話而覺得內疚，可是緊握雙手的事情我不難過。

當時我寫日記，學校的女生都寫，是一時的復古風潮：別人可以非法入侵妳的電腦，不過不能非法入侵實體書。我把這些事情都寫在日記裡，就像跟某個人說話，事實上也不再覺得寫字有那麼危險了；我想那表示我已經離園丁會很遙遠了。我把日記藏在壁櫃，放在一隻填充小熊玩具裡，因為我不希望琉森窺探我的隱私。關於這點，園丁會說得很對：閱讀別人的祕密文字，你就擁有了控制他們的力量。

後來學校來了一個男生，他叫做格倫，我一見到他，就認出他是聖烏爾週時去生命之樹的那個格倫，當時亞曼達和我還陪他帶著那鐔蜂蜜去找琵拉爾。我覺得他對我輕輕點了頭——他認出我了嗎？我希望沒有，因為我不想他談起他上次在哪裡見過我。要是公司安全衛隊還在努力追蹤琉森假想的性奴隸主人怎麼辦？要是他們透過我找到澤伯，於是他最後少了器官被送進冷凍室怎麼辦？想了就覺得可怕。

不過如果格倫真的記得我，也絕對半句話也不說，因為他不希望他們發現琵拉爾與園丁會，還有他跟他們一起做的任何事。我敢保證那一定是非法的事情，不然琵拉爾為什麼會打發亞曼達和我離開？一定是要保護我們。

格倫裝得一副誰都不在乎的樣子，他，還有他那些黑色T恤。可是沒多久，吉米開始跟他玩在一起，於是我見到吉米的時間就沒有那麼多了。

一天下午，我們用學校圖書館電腦做功課時，我說：「你跟那個格倫在一起做什麼？他讓人覺得毛毛的。」吉米說他們只是一起下下三D棋或是打打網路電動遊戲，不是在他家，就是去格倫家。我想他們大概在看色情片，大部分的男生都會看，很多女生也看，所以我就問他們玩什麼遊戲。他說有「踩野人」，那是一種戰爭遊戲，還有「血與玫瑰」，和「地產大亨」很像，只是必須壟斷種族屠殺與暴力市場。「滅絕馬拉松」是以絕種動物為主題的小遊戲。「也許改天我也過去玩玩。」我說。不過他不喜歡。所以我想他們果然在看色情片。

接著發生一件非常慘的事情：吉米的母親不見了。他們說不是被綁架的，是她自己離開的。我聽見琉森對法蘭克談起這件事，好像吉米的媽媽偷走了很多重要的數據，所以吉米的家突然出現一大堆公司安全衛隊的人。琉森說，既然吉米是我這麼要好的朋友，可能馬上也會有一大票人來我們這裡。我們也沒什麼需要特別藏起來的東西，只是如果他們來的話，會讓人覺得很討厭。

我立刻傳簡訊給吉米，表示我對他媽媽的事感到很難過，問問有沒有我可以幫忙的。他沒來上學，後來他那個星期還是傳了簡訊給我，然後到我家來。他情緒很低落，他說他媽媽不見已經很糟糕了，公司安全衛隊居然還要求他爸爸幫忙調查，也就是說，他爸爸被黑色太陽能廂型車強行帶走了，現在有兩名女性安全衛隊隊員在他家探聽消息，問了他一籮筐的蠢問題。最難過的是，吉米的媽媽把殺手偷走了，把牠帶去野地放生，她留了字條告訴他這件事。不過野外完全不適合殺手生存，因為牠會被小山貓吃掉。

「啊，吉米，」我說，「好可怕。」我伸出手臂抱他，他像是在哭的樣子，我也哭了起來，我們小心翼翼撫摸對方，好像兩人都斷了手臂或是染上疾病。然後我們輕輕躺到我的床上，還是緊緊抱住對方，彷彿我們快要淹死了。我們開始互吻。我覺得我在幫忙吉米，他也同時在幫忙我。這就像以前在園丁會的節日，我們用特殊的方式做每一樣事，因為這天紀念某件事。現在就是這種感覺，我們在紀念。

「我不想傷害妳。」吉米說。

喔，吉米，我心想，我要讓光明圍繞在你身旁。

42

第一次之後我覺得好快樂，好像自己在唱歌，不是悲傷的歌，反而更像是小鳥在唱歌。我喜歡與吉米在床上，他抱著我時，我覺得好安全好安全。好神奇啊，我們皮膚互相碰觸時，感覺居然像絲一樣滑溜。亞當一常常說，身體自有其智慧，他這句話指的是免疫系統，不過換個角度來說也是對的。身體的智慧不只像唱歌，也像跳舞，只是感覺更美好。我愛上了吉米，我必須相信吉米也愛上我。

我在日記本上寫了「吉米」，然後在底下畫紅線還有一顆紅心。寫字還是讓我覺得不夠放心，所以我不會把發生的每一件事情記下來，可是每次做愛我便會再畫一顆心，然後塗滿整顆心。

我想打電話告訴亞曼達，雖然她有一次說過，人家跟你聊他們的性事，就像談他們的夢境一樣無聊。可是當我走進壁櫃拿出絨毛獅子，紫色電話不見了。

我渾身發冷。我的日記還藏在我的小熊裡，可是電話不見了。

然後琉森走進我的房間，她說難道我不知道園區裡的電話都必須登記嗎？這樣居民才不能用電話洩漏企業機密？持有未登記的電話是犯罪行為，公司安全衛隊會追蹤那些電話。難道我不知道嗎？

我搖搖頭。「他們可以知道接電話的人是誰嗎？」我說。她說他們可以追蹤號碼，這可能會給通話雙方都帶來很可怕的消息。她不是說「很可怕的消息」，她是說「遺憾的下場」。

接著她又說，我顯然認為她是個很壞的母親，但她內心都是為了我的利益著想。比方說，如果她碰巧發現一支紫色電話，裡面有個常撥號碼，她可能會傳簡訊給那個撥打的號碼，告訴對方「扔掉！」一類的。這樣如果他們確實找到那第二支電話，它可能已經在大型垃圾箱裡面了。而她自己也會把紫色電話處理掉。現在她要去打高爾夫球了，她希望我仔細想想她剛才說的話。

我的確仔細想過了。我想琉森特別想了辦法要救亞曼達，她一定知道我就是打給她，可是她討厭亞曼達啊，那麼琉森其實是想特地拯救澤伯，雖然發生了這一切，她還是愛他的。

既然我愛上了吉米，我對琉森與她以前在澤伯身邊的行為多了同情，我明白人為了所愛的人可以做出極端的事情。亞當一說，當你愛上一個人，那份愛不見得一定會以你所希望的方式回報你，不過愛總是好的，因為它會像能量波一樣充滿全身上下，幫助一個你根本不認識的動物。他舉出一個例子，某人因為病毒死了，然後被禿鷹吃了。我不喜歡那個比喻，可是大體的概念是對的，琉森就是因為愛澤伯，才傳了那封簡訊，結果卻間接救了亞曼達，這不是她一開始的打算。所以亞當一是對的。

可是我同時失去了與亞曼達的聯繫，我覺得非常非常傷心。

吉米與我還是一起做功課，有時候確實是在做功課——當旁邊有人在的時候。其餘時間不是，我們用一分鐘左右的時間脫衣服，然後衝到彼此懷抱裡。吉米用手撫摸我全身每一吋肌膚，還說我好苗條，像個風精靈。他喜歡用那樣的字眼，我不見得每次都懂那些話的意思。他說有時候覺得自己像是戀童癖。

後來我把他說的某些話寫下來，好像他講的話是預言。「吉米好棒，說我是風晶玲。」我不怎麼在意字的正確性，只在乎那種感覺而已。

我好愛好愛他，可是後來居然做錯一件事。我問他是否還愛著沃卡拉，還是已經愛上我了？我不該問那個問題。他過了好久好久才回答，他說這重要嗎？我想說重要，可是嘴裡卻說不重要。後來沃卡拉‧普拉斯搬去西岸，吉米變得悶悶不樂，又像以前一樣，跟格倫在一起的時間多過於陪我。所以那就是答案，我知道了非常不快樂。

我們還是會上床，不過次數沒有那麼頻繁，日記中紅心與紅心的距離愈來愈遙遠。然後我撞見吉米在購物中心跟那個滿口髒話的琳達李在一起，她年紀比較大，傳說她跟學校每個男生都搞過，一個接一個，而且換的速度很快，好像在吃黃豆堅果。吉米的手就黏在她的屁股上，然後她按下他的頭吻他，鹹溼的長吻。想到吉米和在她一起，我覺得胃裡一陣噁心，然後我想起亞曼達曾經說過什麼跟疾病有關的事情，於是心想，琳達李有的病我也都有。我回家，然後吐了，然後哭了。接著我走進白色大浴缸泡了暖暖的澡，卻沒有覺得好多少。

吉米不曉得我知道了他和琳達李的事情，兩三天後問我能不能跟平常一樣來我家，我說好。我在日記上寫：吉米你這個愛管閒事的小鬼，我知道你看我的日記，討厭死了！我跟你上床，不等於我喜歡你，所以給我滾遠一點！「討厭」底下有兩道紅槓，「滾遠一點」下面是三道。然後我把日記放在梳妝檯上。我心想，敵人可以用你的文字攻擊你，你也可以用它來攻擊他們。

做愛後，我去沖澡，出來時，吉米正在讀日記，還問為什麼我突然討厭他？於是我告訴了他。我用了以前從沒有大聲說過的字眼，吉米說他對不起我，因為沃卡拉‧普拉斯的緣故，他不能給人承諾，沃卡拉把他變成感情脆弱的爛人，不過也許他天生就會給人帶來傷害，因為他糟蹋了每個碰過的女孩。

於是我問到底有多少個？我不能容忍他就這樣把我算進一卡車的女孩子裡，好像我們是蜜桃或蕪菁。然後他說真的喜歡我，所以才會對我誠實以對，我叫他去吃屎吧。於是我們不歡而散。

後來的那段日子悶懨懨的，我不知道我在這個世間要做什麼，沒有人在乎我。也許我應該拋棄亞當一所謂的皮囊，然後變成禿鷹或是小蟲子。不過我想起園丁常常說的：芮恩，生命是寶貴的禮物，有禮物，就有贈禮者，當妳收到了禮物，妳永遠都要說聲謝謝。所以我覺得好過一點。

還有，我聽到亞曼達的聲音：妳幹麼這麼軟弱？愛情本來就不是公平的交易，好啦，吉米玩膩妳了，那又怎樣，男人跟細菌一樣，滿地都是；妳就像摘花一樣挑男人嘛，等他們枯萎了就拋棄掉，不過妳一定要表現得開心得不得了的樣子，那每天就像在開派對一樣。

接下來我做了很爛的事，到現在還是覺得自己很可恥。我去學生餐廳，走到格倫面前。我可是鼓起了很大的勇氣，因為格倫這個人冷淡得簡直像塊冰。我問他願不願意跟我在一起。我心裡的盤算是，我要跟格倫上床，吉米知道後，他會難過得要命。我可不是想和格倫上床，跟他做愛，像跟沙拉叉匙做愛一樣，有點無趣，有點僵硬。

格倫迷惑地說：「在一起？妳不是跟吉米在交往？」

我說我們分手了，反正我們從頭到尾也不是認真的，因為吉米太逗趣。接著我不經意就把想到的事情說出來了。

「我見過你跟園丁會的人在一起，在生命之樹的活動上，」我說，「記得嗎？我就是陪你走去找琵拉爾的那個，帶著蜂蜜？」他露出驚慌的表情，說我們應該喝杯快樂杯聊聊。

我們果真去聊了，還聊了很多。我們常常一起去購物中心，同學開始說我們在談戀愛，可是我們沒有，根本不是什麼浪漫的事情。那是什麼？我猜想格倫是康智裡我唯一可以談論園丁會的人，對他也是一樣；於是我們就這樣連在一起，好像參加了祕密俱樂部。也許吉米根本不像我的雙胞胎兄弟，格倫才像。感覺好奇怪，因為他是個奇怪的人，很像生化機器人，沃卡拉・普拉斯常常這樣稱呼他。我們是朋友嗎？我根本不那麼認為，有時候他看我的樣子好像我是阿米巴變形蟲，或者像他在奈米生物課要解決的問題。

格倫本來對園丁會就知道不少，可是他想知道更多的事情：每天跟他們生活在一起是怎樣的情形，他們做什麼，他們說什麼，他們究竟相信什麼。他要我唱歌，希望我重複亞當一在聖徒節日上的演講。如果我把這些事情告訴吉米，他聽了會哈哈大笑，格倫從來沒有笑過，反而會問像這樣的問題：「所以他們認為我們只使用回收的東西，不過如果公司不再製造新的東西，那要怎麼辦？我們的東西總會用光。」有時候他問我比較私人的事情，例如「妳挨餓的話會吃動物嗎？」、「妳想無水之洪確實會發生嗎？」不過我不見得都知道答案。

他也會談其他事情。有一天，他說在遭遇敵人攻擊的情況下，只要把國王殺死就可以了，就像下棋一樣。我說我們現在已經沒有國王了，他說他指的是權力中心，只是現在的權力不是握在一個人手中，而是集中在擁有科技的人手中。我問是指細胞解碼接合變種這類的事情嗎？他說：「類似的科技。」

有次他問我會不會把上帝當成一組神經元，如果會的話，那麼人類是由天擇而傳承那組神經元，而有了人類競爭優勢？還是那組神經元也許只是一面拱肩牆，就像頭髮是紅色的，與存活機率完全沒有關係？這段話我大半都聽不懂，所以我就說：「那你怎麼想？」他永遠都有問題的答案。

吉米果然看到我們兩人一起在購物中心，他真的嚇了一跳，不過馬上就恢復正常，因為我撞見他對格倫豎起大拇指，好像在說「上吧，老兄，請自便！」彷彿我是他與人共享的所有物。

吉米與格倫比我提早兩年畢業，然後去了別的地方上大學。格倫與所有好學上進的同學進了沃特森・克里克學院，吉米則去了數理不好的學生就讀的瑪莎・葛蘭姆學院。這下子起碼我在學校不用再看到吉米一下勾搭這個女生，一下勾搭那個。不過沒有吉米在這裡，簡直比有他在還痛苦。

我也不知道如何撐過的，反正就撐過了後面兩年。我的成績很差，我想哪間大學也進不去，最後會變成拿最低薪資的人肉奴隸，在祕密漢堡一類的地方工作。不過琉森動用了私人關係，我聽見她跟高爾夫球俱樂部的某個朋友說這件事：「她頭腦不差，不過那個狂熱宗派的經驗讓她喪失了鬥志，所以我們頂多只能想辦法讓她進瑪莎・葛蘭姆學院。」於是我將與吉米在同一空間，這點讓我緊張到害怕。

我搭密閉式子彈列車離開的前一晚，把以前的日記拿出來重讀，然後明白了園丁會說「小心你所寫下的文字」的意思。日記中有我很快樂時自己寫的文字，可是現在讀到這些內容我好痛苦。我帶著日記走到街上，繞過街角，將它塞進垃圾油大垃圾箱，它會變成油，我畫的每一個紅心會變成煙霧升空，不過好歹它們在這段過程中還有點用處。

有時候我想我會在瑪莎・葛蘭姆與吉米重逢，而且他會說他愛的人始終是我，我們可以重修舊好嗎？於是我就原諒他，一切將會很幸福，就像一開始那樣。不過有時候我很清楚那樣的機會是零。亞當一常說人可以同時相信兩件相反的事情，我現在知道這句話是真的。

大蛇智慧節

THE YEAR 洪荒年代 OF THE FLOOD

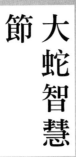

大蛇智慧節

創園十八年

主　題：本能認知的重要性

演講人：亞當一

親愛的朋友，哺乳動物同胞，上帝創造物同胞：

今天是我們的大蛇智慧節，我們的孩子再度表現出出色的裝飾才能。我們要謝謝亞曼達與薛克頓，他們的狐蛇吞食青蛙壁畫栩栩如生，巧妙地提醒我們生命之舞的糾纏本質。根據傳統，這個節日以形似大蛇的綠節瓜為主題，感謝蕾貝佳，我們的夏娃十一，做出創新的節瓜小蘿蔔甜點薄片。我們非常期待嘗嘗看。

不過首先我必須提醒大家一件事，某些人士近來在私底下打聽澤伯，我們多才多藝的亞當七。上帝的花園中有許多生物種類，建構生態體系需要的所有物種，而澤伯已經選擇了非暴力的道路，所以若有人問起你，請記住「我不知道」永遠是最好的答案。

關於大蛇智慧的經文出自〈馬太福音〉第十章第十六節：「所以你們要英明像蛇，馴良像鴿子。」（譯註：《中文聖經和合本》原譯為「靈巧像蛇」，此處配合上下文，譯為「英明像蛇」）對於我們之中曾是生物學家、研究過蛇或鴿子的人而言，這句話是個謎。蛇，是狩獵專家，以麻痺或絞死的方式征服獵物，這樣的天賦讓牠們獵食很多不同種類的老鼠。雖然牠們與生俱有這樣的能力，我們一般不認為蛇是「英明」的。而鴿子，雖然對我們無害，對其他鴿子卻有極端的攻擊行為，如果情況允許，公鴿會侵擾比較弱勢的公鴿，置牠於死地。聖靈有時以鴿子為形象，這清楚告訴我們，聖靈不是永遠愛好和平，祂也有殘暴的一面。

蛇，在《上帝人語》中雖然有多變的偽裝，牠的象徵始終引起高度的緊張。有時候牠是人類邪惡的敵人，這可能是因為當我們靈長類祖先睡在樹上時，大蟒蛇是少數夜間掠食動物之一。而對於不穿鞋的祖先，踩到毒蛇必死無疑。不過大蛇也與利維坦（Leviathan，譯註：在《聖經中文和合本》中譯為「鱷魚」）相當，那隻龐然海獸是上帝造來使人類喪膽，並向約伯展示祂令人敬畏的創造力。

在古希臘，醫療之神尊敬蛇，其他宗教中，銜尾之蛇與生命循環、時代起始有關。蛇會蛻皮，因此也象徵了復興：靈魂拋棄過去的自我，從而燦爛重生。的確，牠是複雜的象徵，因此我們如何「英明像蛇」呢？我們吞食自己的尾巴？還是誘惑他人作惡犯罪？還是盤繞敵人將他們勒死呢？當然不是，因為在同一句經文中，上帝要我們「馴良像鴿子」。

我認為大蛇的智慧是直觀的智慧，如大蛇感受大地的共鳴。大蛇擁有智慧，因為牠活在當下，無須人類無盡地為自己打造的繁複理智框架，我們具有信仰與信念，而其他上帝創造物則擁有天生的知識。沒有人能如實了解上帝的全部意向，人類的理智是在天使腦中搖晃的大頭針，比起包圍我們的浩瀚神意，渺茫微小。

《上帝人語》說得好：「信就是所望之事的實底，是未見之事的確據。」這就是重點——「未見」。我們無法以理智與測量了解上帝，事實上多餘的理智與測量引發懷疑。透過理智與測量，我們知道彗星與核子大爆炸可能在明日發生，更不用說我們擔心愈來愈逼近的無水之洪。這份恐懼削弱了我們的肯定，因而讓我們喪失信念，接著靈魂起了作惡的誘惑，因為如果我們將會被殲滅，何必努力行善呢？

我們人類必須努力才能保持信念，此外的創造物則不需，牠們知道黎明將會到來，牠們能夠感覺到——那晦光的波動，那自行振作的地平線。不光是每一隻麻雀，不光是每一隻浣鼬，還有每一線蟲、軟體動物、章魚、魔髮羊、綿羊獅，全都掌握在祂的手中，牠們無需信念。

至於大蛇，誰能分辨牠的頭到哪裡為止？身體又從何處開始呢？牠從頭到尾都能感受到上帝，感受到在大地活動的神聖共鳴，牠無須思考便能做出反應。

而這就是我們渴求的大蛇智慧——這種完全實在的存在。透過神恩，藉由靜修和夜禱的協助，加以上帝草藥的援助，在少數時刻我們得以領略如此的感受，讓我們以歡欣的心情迎接這樣的時刻。

讓我們歌唱。

上帝授予了動物

上帝授予了動物
人類不懂的智慧
萬物天生懂生存
我們只得勤學習

動物無須教科書
上帝指導心與靈
陽光對著蜜蜂嗡嗡叫
溼土對著鼴鼠悄悄話

眾生食物得之上帝
眾生享受大地甘甜食糧
無賣無買無交易
循規蹈矩不作惡

大蛇彷彿燦爛箭
感知大地輕盪漾
裝甲肉身亮晶晶
蜿蜒脊椎顫悠悠

願我如蛇擁智慧
感受完整的宇宙
除卻理性的大腦
更有那靈巧熱切的靈魂

——《上帝之園丁口述讚美詩集》

43

桃碧

大蛇智慧節
創園二十五年

大蛇智慧節，下弦月。在印有眨眼與唇印的粉紅色筆記紙上，桃碧記錄節日和月相。園丁說，下弦月是剪枝週，新月時播種，下弦月時劈砍，這也是使用利器，大刀闊斧砍除自身多餘之物的好時機，比方你的頭。

「開玩笑的。」她大聲說出。她應當避免這樣病態的念頭。今天她要修剪指甲，還有腳指甲，不該留得太長。她可以替自己做指甲美容，這地方有林林總總的美容用品，架子上擺得滿滿都是。泉馨性感指甲油，泉馨肌膚柔滑霜，泉馨回春泉：褪去如鱗的表皮！可是何必大費周章擦指甲油、塗柔膚霜、噴回春泉呢？可是又何必不做呢？兩種選擇都同樣沒有意義。

泉馨芳療館裡常常迴盪柔柔的輕聲：疼愛自己。桃碧心想，泉馨全新，我可以有個全新的自己，再一個全新的自己，跟蛇一樣蛻皮如新，那麼到現在我脫胎換骨幾次了？

她邁著沉重腳步爬樓梯上屋頂，然後舉起雙筒望遠鏡眺望可見的領土。森林邊緣的野草中有動靜，是豬群嗎？是的話，牠們保持低調。禿鷹還在死豬上方群集盤旋，上頭有很多奈米生物在活動，現在想必已經開始化膿了。

有不一樣的東西。在更靠近芳療館這裡有群綿羊在吃草，五隻，三隻是魔髮羊，綠色、粉紅、淺紫各一，另外兩隻看起來是普通的羊。魔髮羊的長羊毛狀況不佳，上面有凝塊般的纏結、小樹枝與枯葉。在螢光幕的廣告中，牠們的羊毛閃閃亮亮，你先看見羊兒甩動毛髮，接著一位美女甩動這些羊毛做出的濃密長髮。魔髮讓你秀髮再生！不過少了沙龍級的打理，它們的效果並沒有那麼理想。

羊群一起抬起頭來。桃碧發現了原因：兩隻綿羊獅低伏在野草內搜尋獵物。也許羊群聞到牠們的氣味，不過那味道一定讓牠們覺得困惑，有點像獅子，有點像羔羊。

紫色的魔髮羊最緊張，桃碧在心裡對牠說：別看起來像獵物啊！果然，綿羊獅追趕的就是紫色那一隻。牠們將牠從羊群中趕出來，追了一小段距離。可憐的小動物被頭髮——看似長了腿的紫色恐怖假髮——攔下，綿羊獅立刻將那頂假髮扯下來。牠們花了些時間才在那層厚實的羊毛底下找到咽喉，被殺死之前，那隻魔髮羊還勉強站起來好幾次。接著牠們靜下來吃肉。其餘的羊隻原本在一陣亂咩聲中胡亂竄逃，現在又吃起草來了。

今天她原本打算做些園藝工作，摘幾把蔬菜，因為醃漬食品及乾糧像月亮一樣愈來愈少，不過由於綿羊獅，她決定取消計畫。任何貓科動物都會伺機埋伏，一隻在空地嬉戲分散你的注意力，另一隻則悄悄從後面撲上來。

午後她睡了午覺。琵拉爾說過，下弦月會召喚過去，無論有什麼從暗處抵達，你都得當祝福般地歡迎它。往日情景果然重現。童年時的白框房子，普通的大樹，後院林地有抹淡淡的藍，彷彿籠罩在薄霧中。薄霧襯托出一隻鹿的輪廓，牠像草坪裝飾一樣僵直站立，豎起了耳朵。父親正拿鏟子挖土，旁邊有一堆圍欄尖樁；母親的身影短暫出現在廚房窗口前，也許她正在做肥皂。一切安詳寧靜，彷彿永遠不會結束。但桃碧在這幅畫中的何處？這是一幅畫，扁扁平平，像牆上的一幅畫。她不在其中。

她張開眼，臉頰上有淚。她心想，我不在畫中，因為我是畫框。那其實不是過去，那只是我，我把一切拼湊在一起，那只是幾條逐漸消失的路徑，只是妄想。

那時候的我當然樂觀，她心想，在那裡時，我起床還會吹口哨，我知道世界出了問題，有人談過這些問題，我在螢幕新聞上看過這些問題。可是問題出在別的地方。

她進了大學，問題靠近了。她記得那種壓迫的感受，彷彿長久等候一聲沉重如石的腳步聲，接著有人敲門。每個人都心知肚明，可是無人承認知情，如果有人誰開始討論，你不會理會，因為要說的事情淺而易見，而且根本是不可能的。

我們即將耗盡地球，它差不多要毀了。你無法與這樣的恐懼共處又同時繼續吹口哨，等待如潮水在心中上漲，你開始希望處理這件事，你不知不覺對著天空說：只管去做就對了，用最壞的手段讓這件事情過去。無論睡著或清醒，她感覺到即將到來的顫動快速通過脊椎，即使在園丁會這種感覺也始終揮之不去，當時間緩緩流逝，她才發現原來在園丁會時感覺最為強烈。

44

大蛇智慧節後的星期天是聖庫斯托日（Jacques Cousteau，譯註：庫斯托，知名海洋攝影家，畢生投入海洋研究工作）。那是創園十八年，失和的那年，只是桃碧當時還不知道。她記得自己順利走過危險的陰溝口街道，前往健診診所大樓參加週日晚間亞當夏娃的定期會議。她對會議沒有期待，近來這些會議都會不知不覺發生口角。

上週他們把時間都用來討論神學問題，第一個主題是亞當的牙齒。

「亞當的牙齒？」桃碧脫口而出。她需要學習忍住不露出這樣的詫異，可能有人認為她在批評。

亞當一解釋說，有些孩子覺得很苦惱，因為澤伯指出肉食性動物與草食性動物的牙齒不一樣，前者尖銳的牙齒能夠撕裂獵物，後者的牙齒則適合磨碎咀嚼。亞當當然吃素，如果上帝把亞當創造成吃素者，那麼孩子們想知道為什麼人類的牙齒有上述混合的特徵。

「怎麼哪壺不開提哪壺。」史都華喃喃道。

「人類墮落時就改變了，」魯雅娜爽朗地說，「我們進化了，人類一開始吃肉，嗯，自然就……」

亞當一說，那樣的解釋本末倒置，他們的目標是讓科學發現符合他們神聖的生命觀，推翻早先的規則並無法達成這個目的。他要求他們思考這個難題，日後找個時間再提出解答。

接著他們改討論獸皮問題，在〈創世紀〉第三章最末，上帝給亞當與夏娃皮草當作衣物，這「獸皮」引起了痛苦。

「孩子們很不安。」魯雅娜說。桃碧了解他們為什麼這麼驚駭，上帝殺了某些鍾愛的創造物，然後剝皮做了這些獸皮嗎？是的話，祂給人類做了非常惡劣的範例，如果不是的話，那這些獸皮從哪來？

「也許那些動物是自然死亡，上帝不想看牠們浪費了。」說這句話的是蕾貝佳，她總是堅持把剩餘的物品用到一滴不剩。

「也許是很小的動物，」克郎說，「壽命很短。」

「那是一個可能，」亞當一說，「更合理的解釋自然浮現前，我們就暫且這麼說吧。」

桃碧剛擔任夏娃時，曾問是否真有必要斤斤計較這些神學方面的小細節，亞當一表示有其必要。「事實上，」他說，「除非情非得已，多數人不關心其他生物，他們只在乎下一頓飯，這是非常自然的事情，我們得進食，否則就會死。可是如果上帝關心？我們演化，我們變得相信神明，因此我們的信仰偏見一定有演化方面的優點。從嚴格的物質觀來看，我們是動物性蛋白質靠自己進行的試驗，這種說法對多數人來說太過嚴酷、太過孤單，而且結果是虛無主義。然則，上帝將管理之職託付給人類，而破壞這份信賴會令上帝不悅，我們必須指出這個危險，才能將大眾感傷往有利生物圈的方向推去。」

「你的意思是，故事中有上帝是種懲罰。」桃碧說。

「對，」亞當一說，「不用說，故事中沒有上帝也是懲罰，不過民眾比較不相信，如果有處罰，他們希望有處罰者，他們不喜歡沒有意義的大災難。」

桃碧好奇今天的主題會是什麼，夏娃吃了從智慧樹落下的哪種果實？想想當時園藝學的條件，不可能是蘋果。棗子？佛手柑？議會討論這問題已經很久了，桃碧想提出草莓的建議，不過草莓不是長在樹上。

桃碧一邊走，一邊如往常留意路上旁人。雖然戴著遮陽帽，她可以注意前方與兩側的狀況，她還會在出入口的地方停頓一下，或是利用窗戶上的倒影確認後方情形。可是她始終無法擺脫有人悄悄從身後跟上來的感覺——有隻手會落到她脖子上，一隻爆出紅青兩色靜脈、戴著嬰兒骨頭手鐲的手。已經有段時間沒人見到布朗可在汙水礁湖出沒，有人說他還在痛彈場，有人說才不呢，他到外國當傭兵打仗去了。不過他就像煙霧，空氣中永遠有他的微粒存在。

有人在她後面，她能感覺到，兩肩中間好像有種刺痛感。她跨進一道門內，轉身面向人行道，接著放下心頭的大石頭，身體肌肉也跟著放鬆了。原來是澤伯。

「嘿，寶貝，」他說，「很熱嗎？」

他陪她一起慢慢走去，同時兀自唱起歌來：

沒人在意，
沒人在意，
所以我們從瀉槽流下來，
因為沒人在意！

「也許你別唱歌比較好。」桃碧不帶褒貶地說。走在平民區的人行道上，引人注目可不是什麼好事，對園丁尤其不利。

澤伯興高采烈地說：「我忍不住。」又模仿亞當一虔誠的聲音繼續說：「上帝的錯，把音樂放進人類的結構中，唱歌時，祂更能聽清楚你的心聲，所以祂現在正在注意聽，我希望祂聽得很愉快。」他常常裝出這種口氣，不過是在亞當一不在的時候。

桃碧心想，這是在偷偷抗命，他不想再當排行老二的黑猩猩了。

成為夏娃後，她對澤伯在園丁會的地位了解更多更深入。每一處園丁屋頂會址和松露組織各自管理各自的事務，不過每半年會派代表參加核心大會，為了安全理由，這些大會絕對不在同一廢棄倉庫舉辦兩次。澤伯永遠是代表，他有能力通過困難重重的平民區街坊，繞過公司安全衛隊的檢查哨，而不會遭人襲擊搶劫或團團包圍，也不會被噴槍射中或遭到逮捕。也許那就是為什麼他可以如此扭曲園丁會的規則。

亞當一幾乎不出席這些大會，除了路途險惡，這也暗示澤伯可以被犧牲，亞當一卻是不能的。照理說，園丁會沒有集體領袖，實際領導人則是亞當一，他是受人尊敬的創始者與宗教大師。在園丁大會中，他的話如軟槌，具有很重的分量，既然他難得舉起那把槌子，澤伯便代他使用。這一定是種誘惑：萬一澤伯拋開亞當一的命令，改行自己的主意呢？政權移轉、君王倒臺，往往是透過類似的手段。

「你有壞消息？」桃碧立刻問澤伯。唱歌是跡象：只要有壞消息，澤伯便活潑得讓人厭煩。

「事實上，」澤伯說，「我們跟園區裡的一個內線失去聯繫，我們的小男孩信差變黑了。」

桃碧成了夏娃就得知小信差的事。他把琵拉爾的切片樣本送去，然後把悲慘的診斷結果帶給她，兩樣東西都藏在蜂蜜罈中。不過她也只知道這些，亞當夏娃之間會互通消息，不過只限於必要知道的部分。琵拉爾死了好多年，那個小信差不該還叫做小男孩了。

「變黑了？」她說，「怎麼會？」難道他染色換膚？一定不可能的。

「他本來在康智園區，現在中學畢業了，搬去沃特森•克里克學院就讀，他從我們的螢幕上消失了，比喻而已，不是說我們真有那樣一個螢幕。」他補充說。

桃碧等著沒說話。面對澤伯，催促或打聽是沒有用的。「不要告訴別人，行嗎？」過了一會他說。

「當然。」桃碧說。她心想，我只是一隻耳朵，一個小狗般忠實的同伴，無言的水井，如此而已。自從四年前琉森從會裡逃跑，她曾經短暫懷疑自己與澤伯的關係有沒有可能在某天更進一步，不過嚮往只是嚮往。我的身材不好，她心想，肌肉太結實了，想必他喜歡顫晃晃的感覺。

「不要讓會議上的人知道這件事情，好嗎？」澤伯說，「他變黑只會讓他們緊張。」

「我會忘記聽過的話。」桃碧說。

「他爸爸是琵拉爾的朋友，她以前在康智做植物基因改造，那時候我就認識他們兩人。他爸爸發現了某件事後變得很不開心，原來康智透過強效營養補給品讓民眾生病，利用他們當免費的實驗動物，然後治療那些疾病，再收取費用。很高段的騙局，藉著他們造成的事故收取巨款。他爸爸良心難安，於是提供我們一些有趣的數據，然後就出意外了。」

「意外？」桃碧說。

「在交通尖峰時刻從高架橋上跌下來，像血煮的秋葵湯。」

「對吃素的人來說，那樣的比喻有點太寫實。」桃碧說。

「抱歉抱歉，」澤伯說，「傳聞是自殺。」

「想來不是自殺吧！」桃碧說。

「我們稱作『公殺』，如果你替公司工作，做了他們不喜歡的事，你死了，這和自己槍殺自己一樣。」

「我懂了。」桃碧說。

「總而言之，回到我們的小男孩。他母親是康智公司的診斷技師，他盜用了她實驗室的登入密碼，替我們跑整個系統程式，天才駭客。他母親嫁給康智中央部門的高級主管，小孩子跟她。」

「琉森也在那裡。」桃碧說。

澤伯沒有理會這句話。「通過防火牆，編幾個假的螢幕身分，又跟我們聯絡上。我們有段時間還收到他的消息，接著就再也沒有音訊了。」

「也許他失去興趣，」桃碧說，「或者他們逮到了他。」

「有可能，」澤伯說，「不過他下3D棋，喜歡挑戰，聰明，反應又快，而且膽子也很大。」

「我們在園區有多少那樣的人？」桃碧問。

「沒有人對侵入電腦這麼拿手，」澤伯說，「這傢伙是獨一無二的。」

45

他們抵達健康診所，走進釀醋室。桃碧繞到三個大缸後面打開瓶架的鎖，然後將架子旋轉開來以便打開內門。她聽見澤伯為了擠過大缸，吸口氣把肚子收起來；他沒有軟綿綿的肥肉，可是他體型壯碩。

室內幾乎被一張老舊地板拼起的桌子占滿，裡頭還有形形色色不同的椅子。一面牆掛了新的水彩畫，畫的是膜翅目（hymenoptera，譯註：指的是如蜜峰、螞蟻這類有兩對翅、膜質、後翅較前翅短的昆蟲）聖徒威爾森（E.O. Wilson），這是魯雅娜在屢屢迸發藝術靈感時所畫的作品。聖徒後方有太陽，所以頭上出現了光圈效果，臉上露出狂喜笑容，手中拿著收集瓶，裡面有好幾個黑點。桃碧猜想是蜜蜂，也可能是螞蟻。魯雅娜的聖徒畫中，往往有一隻手臂比較長，這幅也是。

有人輕輕叩門，亞當一悄悄走進門來，其餘的人逐一跟進來。私底下，亞當一換了一個樣，不是截然不同，他還是十分誠懇，卻比較講求實際，而且更善於戰術。「讓我們先默默禱告會議順利。」他開口說。會議向來以祈禱開始。桃碧覺得在密室的狹窄空間內祈禱並不容易，她太敏感，常聽見肚子轆轆聲，聞到陣陣私密氣味，還注意有人挪動身體，誰發出咯吱聲響。不過反正她原本就覺得祈禱不是容易的事。

無聲的祈禱似乎加裝了計時器，當每個人的頭抬起來，眼睛張開，亞當一便環視房間。「那是新的畫嗎？」他說，「牆上那幅？」

魯雅娜眉開眼笑。「那是聖徒威爾森，」她說，「膜翅目威爾森。」

「親愛的，妳畫得很像，」亞當一說，「尤其是……妳實在很有天分。」他輕輕咳了幾下。「好了，來討論一件緊迫的現實問題。我們剛剛收容了一位非常特別的客人，她本來是康智中央區的人，不過她——這麼說好了，她這陣子在旅行。經歷重重困難，她給我們帶了一組基因密碼做為禮物，因此我們欠她一份情。我們不僅要提供臨時的庇護，還要安排她在凶域有個安全的落腳處。」

「他們正在找她，」澤伯說，「她不該回國來，我們必須把她送走，愈快愈好，照樣先到擦撞汽車美體中心，然後送去夢想大街？」

「若有把握就那樣做，」亞當一說，「我們不能冒多餘的風險，必要的話，可以把她藏在這間會議室。」

從公司逃離的男女比例大約是三比一，魯雅娜說這是因為女性道德感比較重，澤伯說是因為她們個性比較拘謹，斐洛認為他倆指的根本是同一件事。這些逃亡者往往帶著禁止洩漏的情報，例如方程式、長串的密碼、檢驗機密、業主的謊言。桃碧好奇園丁會怎麼處理這些情報，雖然可以當作產業間諜資料高價賣給國外競爭對手，他們絕不出售。就她所能判斷，他們只是妥善保管資料，但亞當一可能有個夢想，一旦更強調道德的高科技未來取代了蕭條的現代，藉由所保存的DNA密碼，所有滅絕的物種可以重生。他們已經複製出長毛象，所以為何不能複製出所有物種呢？那是他對最後方舟的憧憬嗎？

「我們新來的客人希望能送個消息給她的兒子，」亞當一說，「她擔心她的離開對他的人生造成嚴重的影響。那男孩叫做吉米，我相信他現在在瑪莎．葛蘭姆學院。」

「寄明信片，」澤伯說，「我們可以說是莫妮卡阿姨寄的，把地址給我，我會從英國轉寄過去——我們有個松露的成員下週要去那裡一趟。公司安全衛隊絕對會檢查內容，他們每一張明信片都看。」

「她要我們說，他的寵物浣鼬已經被放生到古蹟公園的荒地上，牠在那裡過著自由快樂的生活，寵物的名字是——呃，殺手。」

「我的媽媽咪啊，好一個名字！」澤伯說。

「怎麼說這種話。」魯雅娜說。

「抱歉抱歉，只是他們把事情搞得很複雜，」澤伯說，「那是這個月第三封寵物浣鼬的信息了，下次會是沙鼠和老鼠。」

「我覺得很感人啊。」魯雅娜說。

「我想有的人不管怎樣都言行一致。」蕾貝佳說。

他們指派桃碧照顧新來的流亡者，她的代號是槌頭，據說在離開康智時，她拿了家裡雜工的工具組，把丈夫的電腦拆了，掩藏她偷竊的資料內容。她身材苗條，藍色眼睛，非常焦躁不安。她與所有背叛公司的人一樣，認為自己是唯一竟然敢公然挑戰公司的人，採取如此事關重大的異端舉動，也與每個人一樣，渴望別人告訴她她是個好人。

桃碧幫她這個忙。她說槌頭非常勇敢，這的確是實話，還說她採取迂迴間接的途徑非常聰明，他們非常感謝她提供的資訊。其實槌頭告訴他們的事他們早知道了（有關「人對豬新腦皮層移植」的舊資料），不過如果這樣說不太仁慈。亞當一說過，我們必須撒下大網，雖然有些魚可能很小，我們也必須當希望燈塔，如果你告訴民眾他們幫不上忙，他們會做出比不做還糟糕的事情。

桃碧拿了深藍園丁裝讓槌頭穿上，又以鼻塞遮掩她的臉龐。不過這女人緊張不安，頻頻詢問能否抽菸。桃碧說園丁不抽菸，不抽菸草，如果被人發現她抽菸，就會洩露出身分了。不管如何，屋頂上沒有香菸。

槌頭一面踱步，一面咬著指甲，最後桃碧煩得很想打她。她很想說：我們又沒叫妳到這裡來，為了一丁點過期的垃圾，害我們每個人都有生命危險。最後她給她摻了罌粟的柑橘茶讓她入睡。

46

隔天是聖薩瓦茨基（Aleksander Zawadzki）日，次要的聖徒，不過是桃碧的最愛之一。他經歷動盪時代（波蘭歷史上哪有不動盪的年代？），卻依然追尋自己略顯瘋狂的和平理想，將加利西亞地區的花卉分類，為當地的甲蟲命名。蕾貝佳也喜歡他，在圍裙加了蝴蝶鑲飾，點心時間替孩童做了甲蟲餅乾，每一個上面都以字母A和Z裝飾。孩子編了一首關於他的小曲子：薩瓦茨基，薩瓦茨基，動動你的鼻啊！手帕拿來擤一擤，黏在玫瑰上！

已經十點左右了，槌頭因為昨天喝下的罌粟還在睡。桃碧加重劑量，不過她並不感到很內疚，現在她可有空做一般的例行工作。她戴上擋蜂面紗和手套，把風箱內的煙燻火堆點燃。她跟蜜蜂解釋好了，上午準備摘下整座蜂巢，不料，澤伯出現了。

「壞消息，」他說，「妳那個痛彈場的老兄又出來了。」澤伯跟園丁會的每個人一樣，知道桃碧被亞當一與放春唱詩班從布朗可手中救出的故事——這是口述歷史中的一段。不過他也感受到她的恐懼，只是兩人從來沒有討論過。

桃碧覺得有根冰涼的針刺到身上，她掀起面紗。

「真的？」

「老了，脾氣變得更糟，」澤伯說，「變態的爛人，早就該做成小丸子給禿鷹吃了。不過他在上面一定有朋友，因為他又回去管理祕密漢堡，在汙水礁湖那邊。」

「只要他留在那裡就沒事。」桃碧說。她盡量以堅強的口吻說話。

「蜜蜂的事情不急。」澤伯說。他抓起她的手臂。「妳得坐下來，我去調查調查，搞不好他完全忘了妳的事了。」

他把桃碧帶進廚房。「親愛的，妳看起來很累，」蕾貝佳說，「怎麼了？」桃碧把事情告訴她。

「呸呸，」蕾貝佳說，「我來替妳煮救援茶，看樣子妳需要喝一點，妳別擔心，那男人的業障有一天會要了他的命。」桃碧心想，可是那一天實在太遙遠了。

到了下午，許多普通園丁被召集到屋頂。有人忙著把被暴風雨吹翻的番茄與攀爬的節瓜重新綁回去，這次的風雨比平常還要強烈。其他人坐在陰涼處，有的編織，有的結繩，有的在修修補補。亞當夏娃們坐立不安，當他們收容逃亡者時向來如此，要是有人跟蹤槌頭呢？亞當一安排了哨兵，自己則以金雞獨立的冥想姿勢站在屋頂邊緣，仔細查看下方的街道。

槌頭已經醒來，桃碧要她把萵苣上的蝸牛摘下來。她告訴普通園丁，這是新加入的成員，而且她很膽怯。他們見過太多新加入的會員來了又走。

「如果有人來找我們，」桃碧告訴槌頭，「只要有人像是來檢查，就拉低遮陽帽，繼續處理蝸牛，別引人注意。」她自己正在燻蜜蜂，根據理論，最好是繼續做平常的工作。

接著薛克頓、柯洛齊與小奧茲從防火梯跑上來，後面跟著亞曼達，再後面是澤伯；他們直接走到亞當一面前。亞當一動動下巴對桃碧示意：來我們這裡。

他們在亞當一身邊集合後，澤伯說：「在汙水礁湖發生一場混戰。」

「混戰？」亞當一。

「我們只是看看而已，」薛克頓說，「可是他發現我們。」

「他用髒話罵我們，說我們偷肉，」柯洛齊說，「他喝醉了。」

「不是喝醉，是喝到神智不清，」亞曼達帶著權威說，「他想打我，不過我給他來一招『satsuma』（譯註：為日文，音為「薩摩」，意指小蜜橘，在此可能指亞曼達以拳頭攻擊）。」桃碧淺淺一笑，低估亞曼達是錯的，她現在可是陽剛氣很重，長得又高又壯，而且一直跟著澤伯上「都市屠殺弱點」的課，她還有兩位忠心耿耿的心腹，如果把奧茲算進去的話是三位，不過他手無縛雞之力。

「『他』是誰？」亞當一問，「在哪裡發生的？」

「祕密漢堡，」澤伯說，「我們去看看狀況，聽說布朗可回來了。」

「澤伯給他一拳『鰻魚』，」薛克頓說，「帥斃了！」

「你非得真的到那裡去才行嗎？」亞當一說，口氣帶有一絲抱怨，「我們有其他方法可以……」

「然後亞洲共融國的人把他團團圍住，」奧茲興奮地說，「他們手上有瓶子！」

「他就抽出一把殺手刀，」小柯說，「他在兩三個人身上刻了幾刀。」

「希望沒有造成永久的傷害，」亞當一說，「我們非常痛恨有祕密漢堡的存在，但這樣的破壞行為……這位倒楣的人，我們並不應該採取暴力行為。」

「攤子翻了，肉灑得到處都是，他只有皮肉傷和瘀青。」澤伯說。

「很遺憾，」亞當一說，「我們偶爾保護自己，這是對的，而且我們以前跟這——以前跟他就有過節，不過這一次，我覺得好像是我們先動手攻擊的？」他不悅地看著澤伯，「還是故意煽動攻擊？我這樣說對嗎？」

「是那王八蛋自找的，」澤伯說，「我們應該得到勳章。」

「我們採取和平作風。」亞當一說，臉上的不悅更加明顯。

「和平的作法能做的就這麼多，」澤伯說，「從上個月的今天到現在，起碼又有一百種新的絕種生物，牠們都被吃掉啦！我們不能坐以待斃，眼睜睜看著燈火一閃一閃熄滅了，總是得從哪裡開始進行，今天祕密漢堡，明天那個可惡的美食餐廳連鎖店珍饈，那些店必須消失。」

「對於上帝創造物而言，我們的任務是做為見證人，」亞當一說，「並且守護亡者的回憶與基因組，你不能以暴制暴，我以為我們達成共識了。」

一片沉默。薛克頓、柯洛齊、奧茲和亞曼達目不轉睛看著澤伯。澤伯則與亞當一對望。

「反正，現在已經來不及了，」澤伯說，「布朗可非常火大。」

「他會跨過平民幫派的界線嗎？」桃碧說，「到陰溝口這裡來襲擊我們？」

「他肯定有這打算，」澤伯說，「一般的幫派份子已經嚇不倒他，他可是進出痛彈場好幾回了！」

澤伯警告集合起來的園丁，安排一行人在屋頂四周看守，然後派出最強壯的人在防火梯底下把關。亞當一提出抗議，表示與敵人採取同樣的舉動會降低自我水準。澤伯說，如果亞當一希望以其他方法來指揮防禦，請他儘管放手去做，如果不是的話，就不要插手過問。

「有動靜，」正在看守的蕾貝佳說，「好像有三個人過來了。」

「妳做什麼都好，」桃碧告訴槌頭，「不要急急忙忙跑開，不要做出引人注意的事。」她走到屋頂邊緣查看。

三個彪形大漢強行通過人行道。他們頭戴棒球帽，沒有持噴槍，那麼不是公司安全衛隊，只是平民區的暴徒，要來報復他們砸了祕密漢堡攤。三人中，有一個是布朗可，化成灰她都認得出他。他會做什麼呢？當場把她打死？還是將她拖到其他地方慢慢凌遲？

「親愛的，怎樣？」亞當一說。

「是他，」桃碧說，「他見到我會殺了我的。」

「樂觀一點，」他說，「不會有人傷害妳的。」亞當一認為，最可怕的事情終究也有極具價值卻深不可測的理由，所以這句話無法讓桃碧心安。

澤伯告訴她，為了以防萬一，她最好把他們特別的朋友帶到看不見的地方，所以她把槌頭帶去自己的小隔間，讓她喝了杯鎮定心思的飲料，裡面加了大量的柑橘與少許的罌粟。槌頭逐漸睡著，桃碧坐下來望著她，希望她們兩人最後不會走投無路。她不知不覺地找起武器，心想應該可以用罌粟瓶砸他們，可是瓶子不是很大。

然後她走回屋頂。她還穿著養蜂的裝扮，她調整厚實的手套，繼續鼓動風箱，接著將面紗放下。「幫助我，」她對蜜蜂說，「當我的使者。」牠們彷彿聽得懂。

這場打鬥沒有上演很久。桃碧後來聽薛克頓、柯洛齊與奧茲為更小的孩子上演整齣戰役經過，因為當時魯雅娜趕緊把小朋友帶開了。根據他們的說詞，這是一場英勇無畏的戰鬥。

「澤伯好厲害，」薛克頓說，「他一切都安排好了！他們一定以為我們這麼愛好和平，他們可以就……反正就像埋伏突擊，我們從樓梯退上來，他們就跟了上來。」

「再來呢，再來呢。」奧茲說。

「再來，到了上面，澤伯讓第一個傢伙朝他撲過去，然後抓住那傢伙棒球帽的後面，有點像是用力拋出去，那傢伙差點撞上蕾貝佳。蕾貝佳拿了雙叉耙一擋，那人就從屋頂邊緣一面尖叫一面摔下去了。」

「就像這樣！」說著，奧茲兩隻手臂胡亂擺動。

「接著史都華用花草澆水器噴下一個人，」柯洛齊說，「他說這招應付貓咪有效。」

「亞曼達也對他使了什麼招數，是不是？」薛克頓深情地對她說。

「好像是都市屠殺弱點課上學的動作，是『油甘魚』？還是類似的一招……我不知道她做了什麼，反正那個人也翻過欄杆跌下去了，妳踢他的蛋蛋還是哪裡？」

「我給他換個位置，」亞曼達認真地說，「就像替蝸牛換位置一樣。」

「然後第三個跑掉了，」奧茲說，「個頭最大的那一個，他全身上下都是蜜蜂，那是桃碧弄的，好酷。亞當一不讓我們去追他。」

「澤伯說事情還沒結束。」亞曼達說。

桃碧有自己的故事版本。在她的版本中，一切移動得非常迅速，同時又極其緩慢。她站到蜂房後面，然後那三個人就出現了，才從樓梯口冒出來。一個臉色蒼白，下巴黝黑，戴著棒球帽；一個傷疤累累，雄鮭幫一類的樣子；還有布朗可。布朗可立刻認出她來。「我看到妳了，屁股硬梆梆的賤貨！」他破口大罵，「騷貨！」她無法靠擋蜂面紗偽裝。他已經掏出刀子，嘻皮笑臉。

第一個男人跟蕾貝佳纏在一起，然後不知道怎麼翻過欄杆，一路尖叫跌了下去。第二個男人還是靠上來，亞曼達一直站住不動，看似無邪的仙子，這時卻舉起手臂。桃碧看見一道閃光：是那塊玻璃嗎？不過布朗可已經快靠近她了，他們之間沒有別的，只有蜂房。

她把蜂房推過去，三個都推去。她罩著面紗，布朗可沒有。蜜蜂傾巢而出，憤怒地嗡嗡叫，像箭一般朝他飛去。他一面哀嚎，一面飛奔從防火梯逃走了。一團蜜蜂跟在後頭，他又是揮手，又是拍打。

桃碧花了些工夫才把蜂房擺正放回原處。蜜蜂狂怒不已，螫傷好幾位園丁。桃碧向犧牲者道歉，與克郎一同以爐甘石和甘菊治療他們的傷口。不過她以煙燻讓蜜蜂變得慵懶無力後，更是立刻對蜜蜂滿口賠不是，牠們在此役中死傷不少。

47

亞當夏娃們在醋罈後的密室召開緊急會議。「那混蛋沒有上面批准是不會發動攻擊的，」澤伯說，「背後有公司安全衛隊在撐腰，他們發現我們協助了幾個人，所以設法要給我們套上恐怖狂熱份子的封號，就像以賽亞豺狼會。」

「不對，這是私人恩怨，」蕾貝佳說，「那傢伙跟蛇一樣卑鄙，我這句話沒有冒犯蛇的意思。只要他那命根子進了哪個穴，就以為那裡是他的了。」當蕾貝佳激動起來，常常用以前的字彙說話，然後又為此感到抱歉。「桃碧，我沒有要冒犯妳的意思。」她說。

「當然最近的引爆點是由我們開啟的，」亞當一說，「我們的年輕人激怒了他，還有澤伯。我們不該沾惹是非，別打擾在睡覺的狗。」

「對，那傢伙比狗還不如，」蕾貝佳說，「這句話沒有冒犯狗的意思。」

「人行道上有兩具屍體，對我們愛好和平的名聲不可能是好的。」魯雅娜說。

「說是意外，他們從屋頂摔下去。」澤伯說。

「他們摔下去時一個喉嚨被割，另一個一顆眼珠子被挖出來，」亞當一說，「法院一查就會知道真相了。」

「就說磚牆很危險就好，」克郎說，「突出來的東西啦，指甲啦，玻璃碎片啦，尖銳的東西。」

「也許死幾個園丁你會比較高興?」澤伯說。

「假如你的假設正確,」亞當一說,「這是公司安全衛隊的陰謀,你有沒有想過,被派來的三個人就是想引發這樣一場意外?害我們違反法律,因此有了報復的理由?」

「我們有什麼選擇?」澤伯說,接著又繼續說:「讓他們像壓扁小蟲一樣欺負我們?我們可是不會壓扁蟲子的。」

「他會再來的,」桃碧說,「不管理由是什麼,公司安全衛隊有沒有參與,只要我留在這裡,我就是目標。」

「我想,」亞當一說,「親愛的桃碧,為了妳的安全,也為了花園的安全,我們最好將妳安頓在凶域某個松露處,妳到那裡可以提供我們很多的協助。我們請平民區的熟人把消息傳出去,說妳已經不在我們這裡,也許妳的敵人少了動機,我們便不會受到那區居民的侵略,至少暫時不會。我們能多快送她走?」他問澤伯。

「放心,包在我身上。」澤伯說。

桃碧到睡覺的小隔間把最重要的必需品打包好:瓶裝的精華液、乾燥的藥草、蕈菇。琵拉爾的蜂蜜,還有最後三罈。不管誰填補她空出的夏娃六位置,她把每樣東西都留了些許給她。

她記得最早想離開花園的渴望,那是因為無聊,因為覺得得了幽閉恐懼症,因為自認對過去是屬於自己人生的渴望,不過現在當真要走了,感覺像是遭人驅逐。不對,更像是硬生生地拉開,斷絕關係,剝下了一塊皮膚。她忍住喝幾口罌粟麻痺心痛的衝動,她得保持警覺。

還有一個痛:她辜負了琵拉爾。她有時間對蜜蜂道別嗎?如果沒有,蜂房的蜜蜂會死嗎?誰會接下養蜂的工作？誰具備這些技能？她拿出圍巾蒙臉，倉促走到外面的蜂房。

「蜜蜂，」她大聲說，「我有消息要宣布。」蜜蜂是停在半空中？是不是在仔細聆聽？好幾隻飛來研究她，落在她臉龐，經由皮膚的化學物質探查她的情緒。她希望牠們原諒她推翻蜂房的舉動。「你們一定要轉告女王蜂，我必須離開這裡，」她說，「與你們無關，你們克盡己職。我的敵人逼我走，對不起，我希望當我們再次相見，情況會比現在幸福美滿。」她總是不知不覺以正式的態度面對蜜蜂。

蜜蜂發出嗡嗡嘶嘶的聲響，好像在與她討論。她希望能帶牠們走，就像帶走一隻毛茸茸的金黃色大型寵物。「我會想念你們，蜜蜂。」她說。一隻彷彿回應她的話，開始往她鼻孔緩緩鑽進。她用力將牠呼出來。她想，和蜜蜂見面時我們戴帽子，也許是這樣牠們才不會跑進耳朵裡。

她回去小隔間，一個小時後亞當一與澤伯同她會合。「親愛的桃碧，妳最好穿上這個。」亞當一說。他拎了一件動物裝：一隻蓬鬆的粉紅鴨，紅色橡膠腳會一上一下拍打，還有微笑的黃色塑膠鳥嘴。「裡面已經有鼻塞，這是最新布料，魔髮新生化毛，能夠替妳把空氣排放出去。至少標籤上這麼說。」

亞當一與澤伯在隔間簾的另一側等候，桃碧脫下灰暗的園丁裝，套上動物裝，不管是不是新生化毛，裡面又熱又暗。她知道她透過一對有黑色大瞳孔的白色圓眼往外看，可是感覺很像從鑰匙孔窺探。

「拍拍妳的翅膀。」澤伯說。

桃碧在毛皮動物的衣袖中揮動手臂，上上下下，鴨子裝發出呱呱叫聲，聽起來好像老人在擤鼻子。

「如果想搖尾巴，用力踩左腳。」

「我怎麼說話？」桃碧說。她必須更大聲再說一次。

「透過右邊的耳朵洞。」亞當一說。

噢，太好了，桃碧心想，用腳呱呱叫，透過耳朵洞說話，我才不要問其他身體功能怎麼使用。

她換回自己的衣服，澤伯把動物裝放進圓筒旅行袋。「我用卡車載你，」他說，「車子就停在前面。」

「親愛的，我們很快就會聯絡上，」亞當一說，「我很遺憾……可惜……讓光明繼續圍繞妳……」

「我會努力的。」桃碧說。

園丁會的空壓機小卡車現在上頭商標寫著「派對時間」。桃碧與澤伯坐在前座，槌頭在後座，她偽裝成一箱氣球：澤伯說他這樣做是一石二鳥。

「很遺憾。」他還加了一句。

「遺憾什麼？」桃碧問。難過她要走了嗎？她感覺脈搏微微跳動。

「一石二鳥，殺了兩隻鳥，不應該說殺死小鳥。」

「噢，對對，」桃碧說，「沒關係。」

「我們要把槌頭送走，不再讓她留在這裡，」澤伯說，「我們有熟人是密封式子彈列車的搬運工，她可以當貨物送走，上面標『易碎物品』。我們在奧瑞岡有松露成員，他們會把她藏起來。」

「那我呢？」桃碧問。

「亞當一希望妳留在離花園比較近的地方，」澤伯說，「萬一布朗可又進痛彈場，妳就可以回來了，我們在凶域替妳找到工作，不過要兩三天才能安排好。這段期間妳就穿動物裝出門。『夢想大街』有人兜售客製化基因，那地方都是穿動物裝的人，沒有人會注意到妳。喂，最好蹲下去，我們要開過汙水礁湖了。」

澤伯將桃碧送到擦撞汽車美體中心，到了那裡，住在裡面的園丁火速護送她下卡車，然後將她藏在以前水壓升降機的凹處，再用活門地板蓋好。她在裡面聞到陳年的機油煙味，吃少量的潮溼黃豆片、蕪菁泥，配漆樹汁吞下。她睡在老舊床墊上，利用動物裝當枕頭。這裡沒有環保廁所，只有生鏽的快樂杯咖啡罐，利用手邊資源是園丁會信守的座右銘。

她發現「擦撞殖民地」的成員並沒有全部順利移居到怡景公寓，不過留下來的老鼠並沒有明顯表現惡意。隔天上午，她開始執行假任務，躲在一大團人工皮毛中，搖搖擺擺走過夢想大街，不時呱呱叫，搖搖尾巴。她穿上三明治廣告板散發傳單，廣告板上寫了「到公園內的泉馨芳療館，醜小鴨變美麗天鵝！提升自信！」背面是「泉馨芳療館！都是為妳！」傳單上寫著「美化表象！更優惠的價格！避免基因錯誤！可完全恢復原貌！」基因治療採取極端手法，會造成恆久的改變，泉馨芳療館不做，反而推銷更表面的治療方法。草本萬靈丹，身體淨化水，肌膚青春露。還有，植物奈米細胞修補術，生菌配方微網換膚術，強效面霜，鎖水香膏，綠鬣蜥魔幻光術，細菌除斑術，水蛭除平疣法。

她發出很多傳單，也被一些基因商店的老闆找麻煩：在夢想大街，夢想吃夢想。街上還有很多穿動物裝的人在工作，一隻獅子，一隻魔髮羊，兩隻熊，另外三隻鴨子。桃碧懷疑有多少人確實是他們聲稱的身分：如果她顯然在掩藏身分，其他需要隱形的人一定也發現同樣的解決之道。

她以前穿過動物裝打廣告，如果現在真的在做這樣的工作，那麼工作時間一結束，她就會打卡下班，脫下動物裝，把電子薪水的收據放進口袋，然而事實上澤伯開卡車來接她。現在卡車上面的商標是「動物廣告——有話大聲說！」她穿著動物裝，自個搖搖晃晃上了後座。澤伯又送她去另一個孤立的園丁領土，是位於汙水礁湖的廢棄銀行。許多金融公司一度出錢請當地的平民幫派保護，不過很快地那些身分偷竊專家德墨佬就像老鼠一樣自由溜進溜出，最後銀行放棄了，突如其然撤走，因為沒有職員認為充實的工作日應該是這樣的：躺在地板，嘴上貼著強力膠帶，此時身分盜賊入侵帳號、用他被砍下來的拇指進入系統。

比起在水壓升降機的凹槽內過夜，舊式的銀行金庫舒服太多了。涼爽，沒有老鼠，沒有瓦斯濃煙，往昔紙鈔微微氧化的氣味徘徊不去。不過桃碧開始起了疑心，要是有人不慎把金庫門關了鎖上，然後忘了她的存在，那如何是好？於是她睡得不安穩。

隔天上午又是夢想大街。在高溫下實在無法忍受鴨子裝，她一邊的橡膠腳鬆了，鼻塞空氣清淨器也失效。如果園丁會拋棄她，把她留在夢想國度上打轉，她成了不存在的鳥類生物，最後因脫水而死，某天被人發現在困在潮溼的粉紅色人工毛團內，還把排水管給堵住了，那該怎麼辦？

不過最後澤伯來接她，開車載她到魔髮經銷專賣店後面的一間診所。「我們要做頭髮和皮膚，」他說，「妳皮膚會變黑，指紋、聲音紋也會改變，加上一點輪廓改造。」以生化科技改變虹膜色素風險太大，澤伯說曾經有人出現討厭的腫脹副作用，所以她必須利用隱形眼鏡，戴綠色的，他已經自行挑了顏色。

「聲音尖一點？低一點？」他問她。

「低一點。」桃碧說，希望自己不會變成男中音。

「這選擇好。」澤伯說。

醫生是中國人，性情非常平和。她將打麻醉藥，然後到樓上恢復室休息。澤伯說那裡環境很棒，等到桃碧到了裡面，發現那地方的確看來很乾淨。動刀縫補的地方不多，她的指尖失去知覺（澤伯說會恢復正常），喉嚨因為聲音改造而疼痛，魔髮頭皮黏合時，她的頭很癢。皮膚染色一開始不均勻，澤伯告訴她六週內就會好了，在那之前她完全不能照到太陽。

她在太陽能空間某個松露家裡隱居了六週。她的聯絡人叫做瑪斐，她駕駛相當昂貴的全電能轎車到診所接桃碧。「有人問起，」瑪斐說，「就告訴他們妳是新來的女傭。」然後繼續說：「我得跟妳說聲抱歉，我們那裡必須吃肉，那是我們偽裝的一部分。我們覺得很討厭，可是在太陽能空間人人都吃肉，他們非常熱愛烤肉，有機的，天然的，妳也知道，有些是在彈性架上養殖的肉，他們只養肌肉組織，沒有大腦，沒有痛苦。如果我們不吃會讓人起疑心，不過我會盡量不讓妳聞到煮菜的味道。」

這樣的警告來得太遲了，桃碧已經聞到某種近似她母親常做的大骨熬湯香味，儘管她覺得自己很可恥，這味道讓她餓了。餓了，而且覺得悲傷。也許悲傷是一種飢餓，也許兩者分不開。

在狹小的女傭房裡，桃碧閱讀電子雜誌，練習把隱形眼鏡黏到眼球上，還用吸耳糖果機聽音樂。一段超脫現實的停歇期。「把自己想成蝶蛹。」改造過程開始前澤伯這麼告訴她。說得實在很好，她進去時是桃碧，出來時是桃碧雅沙，少了英國味，多了拉丁風情，更像女低音。

她觀察自己，新的皮膚，新的濃密頭髮，顴骨更加突出。新的綠色杏眼。她每天早上得記得戴上鏡片。

這些改變沒有讓她變成動人的美女，反正那也不是目的，目的是要讓她更不顯眼。她心想，美貌不過是膚淺的，可是為什麼大家總是要加上「不過是」這幾個字呢？

不過她的新樣貌並不難看，她非常滿意頭髮的改變，雖然家貓們對它很有興趣，大概是因為頭髮有股淡淡的綿羊味。早上醒來，她很可能發現一隻貓坐在枕頭上，一面舔她的頭髮，一面滿足地嗚嗚叫。

48

等到頭皮牢牢固定在頭上，膚色變均勻，桃碧便準備改以新身分生活。瑪斐對她說計畫。

「我們想送妳去公園內的泉馨芳療館，」她說，「他們非常需要懂草本植物的人，而妳剛好適合，澤伯告訴我妳懂得蕈菇、藥水等，所以妳很快就可以弄清楚他們的產品。他們有供應咖啡館的有機菜園，他們很引以為傲，還有堆肥，什麼都有。他們正在進行植物基因改造試驗，妳可能會覺得有趣。至於別的方面，就像規劃其他事情，產品進來，妳增加附加價值，然後送產品出去。妳要負責帳冊和庫存，管理員工，澤伯說妳對人很有一套。程序標準已經建立了，妳只需要照著做就好。」

「產品是指客人？」桃碧問。

「沒錯。」瑪斐說。

「那附加價值呢？」

「是無形的價值，」瑪斐說，「他們覺得自己來了以後外表更美麗，願意為這付出大把鈔票。」

「妳介不介意告訴我，妳怎麼替我弄到這個職位的？」桃碧問。

「我丈夫在泉馨芳療館的董事會，」瑪斐說，「別擔心，我沒有對他說謊，他也是我們的人。」

到泉馨芳療館正式就職後，桃碧開始適應桃碧雅沙的角色：德墨背景的經理，行事謹慎而能力出色。白天安寧，夜裡平靜。沒錯，全館外圍有電籬笆，四個警衛室都有守衛，不過身分檢查程序很馬虎，桃碧從來不曾因為守衛而覺得不安。這不是高度防備的職位，因為芳療館沒有重大祕密要保護，所以守衛只會監控進館的太太小姐們。她們剛發現皮膚鬆垮、見到第一道皺紋，嚇得花容失色，等到出館的時候，容光煥發，皺紋消失，皮膚換了一層，臉上的斑也都不見了。

不過她們心裡還是七上八下，因為全身上下全部的問題何時又會開始出現呢？那些生命有限的徵兆，全身上下的問題，沒有人喜歡的，桃碧心想，沒有人喜歡自己是一具身體，是一樣東西，沒有人希望在這方面受到限制，我們情願有雙翅膀啊，連「肉體」二字聽起來都有種傷感的意味。

泉馨芳療館在員工手冊上說：我們不只推銷美，我們販售希望。

有些客人非常苛求，無法了解為何連最先進的泉馨芳療館療程也無法讓她們回到二十一歲。「我們的實驗室正在開發青春之鑰，」桃碧會用撫慰的口吻說，「不過還沒到完成階段，再一兩年……」這時她心裡在想：如果妳當真想要永遠留在現在的年紀，從屋頂跳下去試試看，要停止時間，死亡是絕對不會出錯的方法。

桃碧盡心盡力工作，讓人相信她是真的經理。她能有效管理芳療館，仔細傾聽員工與客人兩方的意見，需要時居中調解糾紛。她逐步提升工作效率，磨練出圓滑的態度。曾任夏娃六是有益處的，那個經驗讓她挖掘出自己的天賦，她可以嚴肅地凝視對方，彷彿興味很濃，可是又半句話不說。「記住，」她對員工說，「每個客人都希望感覺像公主，公主是又自私又傲慢。」她很想勸告她們：不要在客人湯裡吐口水就好，只是那樣說就非常不符合桃碧雅沙的角色。

在不勝其煩的日子，她自己找樂子，以閱讀八卦雜誌的角度想像芳療館：社會名流被發現陳屍草地，疑似美容中毒，皮膚剝落而死，可能是毒蠅傘造成，悲劇在池畔蔓延。然而何必把氣出在這些小姐太太身上呢？她們不過想感覺舒服開心，跟地球上其他人都一樣。她何必嫉妒她們看不開肥滿的血管和大肚子呢？根據泉馨公司教育標準規則，她要底下的女孩子「帶著粉紅色思想」，然後也告訴自己同樣一句話。為何不？粉紅比膽汁似的黃色怡人。

謹慎地過了一段日子後，她開始儲藏幾樣糧食，打造自己私人的亞拉臘。她沒有把握自己是否相信無水之洪，隨時間過去，園丁會和他們的理論愈來愈遙遠了，愈來愈古怪，愈來愈具想像，簡言之，愈來愈顯得狂癲。不過她相信應該採取基本的預防措施。她負責芳療館的存貨，因此儲備物資並不費力，只要從回收桶拿回空的產品容器，一次取幾個。泉馨腸道刷的容器特別好用，容量大，上面有蓋可以扣緊。她把容器裝滿黃豆片，或乾燥海菜，或奶粉替代品，或黃豆罐頭。然後把蓋子扣上，將容器藏在儲藏間架子後面。有兩三個職員知道儲藏間的門鎖密碼，不過大家都知道桃碧會詳細盤查存貨，而且對小偷毫不留情，不可能有人會把她重新裝滿東西的容器偷偷帶走。

她有自己的辦公室，裡面有臺電腦。她知道連線到外部很危險，泉馨公司的某些上級可能監視她的搜尋與訊息，檢查職員有沒有在上班時間看色情電影。因此她大多時候只瀏覽一般新聞，希望藉此獲得園丁會的任何消息。

消息不多，偶爾有狂熱環保人士破壞行為的報導，可是現在這種團體比比皆是。在波士頓咖啡抗議活動中，民眾把快樂杯咖啡豆倒入海港，她瞥見幾個園丁的臉孔。不過或許是她看錯了，好多人穿著寫著「G IS G」的T恤，這句話代表「God Is Green（上帝關心環保）」，這證明不了什麼，園丁不會穿這樣的T恤，以前不會。

公司安全衛隊可能封鎖快樂杯暴動事件，可能舉起噴槍攻擊那群人，同時連帶波及剛好在附近的電視臺攝影師，可是無法完全封鎖新聞報導，因為民眾會使用自己的影像電話。可是既然公司安全衛隊是唯一持有武器者，為什麼不公然攻擊，明目張膽地突襲對手，強行採取明顯的極權統治？他們甚至握有軍權，因為現在軍隊已經私人化了。

她對澤伯提過這個問題，他說按照公開說法他們是「公司集團」這個品牌雇用的私人公司安全衛隊，那些公司還是希望民眾認為他們誠實可靠，像雛菊般友善，像兔子般坦然，如果一般消費者將他們看成撒謊、殘忍又專橫的劊子手，這樣的損失他們承擔不起。

「公司必須賣東西，可是無法強迫民眾購買，」他說，「現在還不行，所以還是少不了清白的形象。」

那是簡單的答案，其實是民眾不希望在快樂杯咖啡中嘗到血的滋味。

在松露組織中照顧她的瑪斐會到泉馨芳療館保養，以便與桃碧保持聯絡。偶爾她帶來消息：亞當一很好，魯雅娜表示關切，園丁會依舊擴張勢力範圍，不過局勢並不穩固。有時她帶需要暫時藏匿的女性逃亡者過來，讓那名女子穿著跟她一樣的衣服（太陽能空間有錢貴婦的顏色：天藍與淡黃），替她預約保養療程。「只管拿一大堆泥漿敷上去，再用毛巾厚厚包住她，誰都不會注意到有什麼不對。」她說，結果證明果然如此。

有位緊急客人是槌頭，桃碧認出她來，那焦慮不安的雙手，如殉道者的熱切藍眼睛。不過她不認得桃碧。桃碧心想，槌頭終究沒有順利到奧瑞岡過平靜生活，還在這一帶冒險，隨時在逃亡。她很可能已經參與都市環保游擊隊的活動，如果是這樣的話，她的來日無多了，因為據說公司安全衛隊決心殲滅這類活動份子。他們從以前在康智的身分資料取得樣本，一旦你曾經進入他們的體系，便永遠無法脫離他們的掌心，除非有人找到一具符合他們牙齒與DNA資料的屍體。

桃碧替槌頭安排全身香療，另外加上毛孔深層放鬆療程，她那樣子看起來很需要。

在泉馨芳療館，有個嚴重的危險人物：琉森是常客。她每個月來一趟，搬一箱園區高層夫人行頭過來。她總要塗泉馨性感指甲油、抹泉馨肌膚柔滑霜、泡泉馨回春泉，樣子比在園丁會時漂亮時髦。桃碧心想，這不難，因為連套塑膠袋都比園丁時髦，不過琉森看起來也老了、更無生氣。桃碧知道她打了膠原蛋白、植物精華，不過原本豐潤的下嘴唇依然下垂凹陷，眼皮浮現罌粟花瓣般的蜷縮紋理。桃碧看到這些衰老的徵兆很高興，不過這種小家子氣的嫉妒心讓她覺得沮喪。放棄吧，她對自己說，即使琉森變成衰老的馬勃菌，妳也不會成為性感尤物。

如果琉森忽地從矮樹或浴簾後跳出來大喊桃碧的本名，這當然會引起天翻地覆的災禍。所以桃碧採取迴避姿態，翻閱預約表，確認琉森哪一天會出現，然後派出最強健的員工——美樂蒂有壯碩的肩膀，喜逢妮有結實的手掌——讓自己不要出現在琉森的視線內。不過琉森通常俯臥著，敷著棕色黏糊，貼著眼膜，不可能發現桃碧。就算她當真看見她，也一定會視而不見。對於像琉森這樣的女人，桃碧雅沙是沒有臉龐的。

假如她在泡泉馨回春泉時，我偷偷靠過去開雷射槍呢？桃碧好奇想著，或者讓加溫燈短路呢？她會像棉花糖一樣融化，成了線蟲的點心，大地會發出喝采。

亞當一的聲音說：親愛的夏娃六，妳不該有這樣的幻想。而琵拉爾會怎麼想呢？

一天下午，有人敲打桃碧辦公室的門。「進來。」她說。是一名穿綠色粗棉管理工作褲的高大男子，他吹著口哨，錯不了，是她熟悉的曲調。

「我來修剪晶玫瑰。」他說。桃碧抬起頭來，猛然吸了一口氣。她知道最好別說話，辦公室可能到處都是竊聽器。

澤伯轉頭，快速地看了看走廊，然後走進來，關上門。他坐在她的電腦前，拿出麥克筆，在她桌上的便條紙上寫字：「跟著我這樣做。」

桃碧寫：「園丁會？亞當一？」

澤伯寫：「分裂，我現在帶一群人。」他大聲說：「植物有任何問題嗎？」

桃碧寫：「薛克頓和柯洛齊？跟你？」

澤伯寫：「可以這麼說。奧茲、克郎、蕾貝佳。還有新人。」

「亞曼達？」

「走了，去念書，藝術，很聰明。」

他展示一個網站：「滅絕馬拉松」，管理員是瘋徍亞儅（譯註：原文為MaddAddam，與MadAdam同音諧形）。網頁寫著：「亞當曾為活著的動物命名，瘋徍亞儅則替死亡的動物取名，想玩嗎？」

桃碧在便條紙上寫：「瘋徍亞儅？你們好幾組人？」她好開心，澤伯在這裡，在她身邊，活生生地在這裡，雖然她長久以來以為再也見不到他了。

澤伯寫：「我代表多數，選一個代號，滅種的生物。」

「嘟嘟鳥。」桃碧寫。

「選最近五十年滅絕的。」澤伯寫，「時間不多，剪枝組在等待，問關於蚜蟲的事。」

「晶玫瑰上有蚜蟲。」桃碧說。她在腦海中快速翻閱以前園丁會的名單：動物，魚，鳥，花，蚌，蜥蜴，最近滅種的。她寫下：「荒島秧雞」。那種鳥在十年前滅亡了。「他們會侵入這個網站嗎？」

「我們會處理的，」澤伯說，「不過應該要加裝固定的殺蟲噴器……我會拿幾個樣品來，剝貓皮不只有一種方式。」然後寫：「不會，有自己虛擬祕密網路，四重加密，抱歉提剝貓皮。這是妳的號碼。」

他把新代號與密碼寫在便條紙上，然後把自己的號碼代號輸入登錄空白處。螢幕顯示：「歡迎，靈熊，你想玩普通遊戲或擔任大師？」

澤伯點了「大師」。「很好，找間遊戲室，瘋狂亞當會在那裡與你碰面。」

他在便條紙寫：「看著。」他進入一個宣傳魔髮植髮的廣告，從紫紅毛羊眼睛的映像點點下去，一個藍色過濾胃快速出現，這是康智解酸劑的廣告頁。接下來是祕密漢堡網頁，畫面上是客人貪心張口咀嚼的嘴巴，然後螢幕呈現一片寬闊綠地，樹在遠方，湖在前景，一隻犀牛與三隻獅子在喝水。這是過往的景象。

畫面出現展開一行字：「歡迎來到瘋狂亞當遊戲室，靈熊，你有訊息。」

澤伯點選「傳送訊息」。

「活者邪惡，必受懲罰。」

「收到，紅脖秧雞，」澤伯敲入訊息，「一切安好。」。

然後他關閉網站站起來。「蚜蟲再出現的話，打電話給我，」他說，「妳偶爾檢查檢查我們的工作，有事情就通知我，那就不會有問題了。」他在便條紙上寫：「頭髮漂亮，寶貝，鳳眼迷人。」然後就走了。

桃碧把所有的便條紙收集起來。幸好她有幾根火柴可以燒掉，她在亞拉臘藏了火柴，就存在標著「檸檬蛋白糖霜面膜」的罐內。

澤伯來過後，她不再覺得那麼孤立。她不定時登錄滅絕馬拉松，一步步點進瘋癲亞當大師聊天室。代號與訊息在螢幕上快顯。黑犀牛給靈熊：新手報到。象牙啄木鳥給閃狐；別怕象鼻蟲。白莎草給蓮灰蝶：老鼠基因改造有十。紅脖秧雞給瘋癲亞當：棉花糖高路好！多數訊息她完全看不懂，不過起碼覺得自己是其中的一份子。

有時候電子告示內容看似公司安全衛隊的機密情報，許多是關於新疫情離奇爆發，或是罕見的寄生蟲侵擾。基因接合變種的豬狸攻擊車輛風扇皮帶；豆象蟲大肆破壞快樂杯咖啡豆農場；吃柏油的微生物把公路融化了。

然後一連串致命的轟炸行動讓珍饈連鎖餐廳全部消失。她會看普通新聞，新聞將這些事件歸咎在不明確的環保恐怖份子身上，不過她也在瘋癲亞當網站上看到詳細的分析，他們說是炸彈案是以賽亞豺狼會的所為，因為珍饈餐廳菜單多了新的品項：以賽亞豺狼會視為聖物的綿羊獅。瘋癲亞當還加了一條附註：警告所有上帝之園丁，他們會將這件事情怪到你們頭上，躲藏起來。

沒過多久，瑪斐突然到芳療館。她依舊優雅，態度也看不出有什麼異常。「到草坪走走。」她說。她們走到外面空地，離開所有隱藏的竊聽器。她低聲說：「我不是來這裡美容的，我只是必須通知妳，我們要離開這裡，我不能說要去哪。別擔心，只是內部有緊急狀況。」

「妳不會有事吧？」桃碧問。

「留給時間來證明，」瑪斐說，「親愛的桃碧，祝妳好運。親愛的桃碧雅沙，請讓光明圍繞我。」

一週後，有架飛機失事，她與丈夫的名字出現在死亡名單上。澤伯告訴過她，公司安全衛隊擅長替高階可疑份子安排高級的不幸事故，如果有人消失得無影無蹤，公司會美化這些意外。

之後桃碧有好幾個月沒有進入瘋狂亞當聊天室。她等著有人敲門、玻璃破碎或噴槍滋滋響，卻沒有事情發生。當她總算提起勇氣再次進入瘋狂亞當聊天室，上面有一條給她的訊息。靈熊給荒島秧雞：花園毀，亞當夏娃消失。留心等待。

授粉節

授粉節

創園二十一年

主　題：大樹與當季的果實

演講人：亞當一

親愛的朋友，親愛的哺乳動物同胞：

今天是個節日，可惜我們沒有慶典。我們必須迅速逃亡，我們現在情況危急。我們的敵人按照天性破壞了我們的屋頂，不過有一天我們必將重返伊甸崖，將極樂之地恢復它往日的光榮。公司安全衛隊或許毀了我們的花園，卻無法扼殺我們的精神。我們終將再次播種。

為什麼公司進攻？唉，我們切合他們的心意，勢力益發壯大，許多屋頂如玫瑰盛開，無數情感與理智支持恢復平衡的大地環境，可是成功中埋了毀滅的種子，因為掌權者無法再認為我們無濟於事、一味跟隨趨勢，他們害怕我們，猶如時代的先知到來了，簡而言之，我們威脅到他們的利潤。

此外，有個自封瘋狂亞當團體，支持分裂，離經叛道，在基層製造生化攻擊，而外人認為我們與這些攻擊有關。上週在珍饈連鎖餐廳發生的炸彈攻擊事件，雖然是以賽亞豺狼會的獨立破壞行為，卻讓他們藉口開始大肆鎮壓支持上帝創造之大地的每個人。

他們的精神長久以來視而不見，願他們的肉眼也同樣盲目！雖然我們在平民區街道召喚肉食者悔改的日子結束了，我們並不忘記動物保護色的教訓。我們要喬裝融入背景，我們要在敵人的面前蓬勃發展，我們脫下樸素的裝扮，裹上商店街的商品。字母組合圖案的高爾夫球上衣，萊姆綠的無袖上衣，魯雅娜勇敢穿戴的條紋粉色編織套裝——這是保護我們的盔甲。

你們有人大無畏地吃下創造物同胞的血肉，以減少他人的懷疑，不過萬不可逞強而行，親愛的朋友。咬一口祕密漢堡吞下，會招致討厭的檢查。如果無法確認自己的極限，頂多吃吃「太好吃冰淇淋」，吞嚥這種假食物應該不會承受太多壓力。

且讓我們感謝蕨邊區的松露組織，他們提供這個在夢想大街的避難處，我們門上的招牌寫著「綠色基因」，號稱這裡是植物接合變種設計社。第二面招牌寫著「整修暫停營業」，那是我們的保護盾牌。如果有人問起，就說我們與承包商之間有些問題，這個解釋永遠像是真的。

今天是授粉節，我們緬懷對森林保育貢獻良多的眾多聖徒，其中有印度的聖巴嘉特（Suryamani Bhagat）、紐西蘭普雷奧拉森林的聖金（Stephen King）、奈及利亞的聖歐德加（Odigha）等。今天的慶典獻給植物的繁殖奧祕，尤其是神奇的大樹、被子植物，還有特別獻給核果與仁果類水果。

傳說這類水果是從古代祖先傳下來，海絲佩拉蒂（Hesperides，譯註：希臘神話中看守金蘋果園的仙女群）有金蘋果，「是非之果」（譯註：希臘神話中希拉、雅典娜與維納斯三女神爭奪的金蘋果，最後引發著名的特洛伊戰爭）同樣也是金色蘋果。有人說善惡智慧之樹的果子是無花果，有人認為是棗子，也有人說是石榴。照理這食物應該是完全邪惡的，是肉品，例如牛排，不過怎麼是水果呢？毫無疑問，這是因為我們的祖先吃水果，只有水果能誘惑他們。

水果對我們依然深具意義，象徵了豐收、豐饒、一元復始的觀念，因為每一個果子是一顆種子，一個可能的新生命。果子成熟，落地，重返大地，可是種子生根發芽，帶出更多的生命。如同《上帝人語》中所言：「憑著他們的果子就可以認出他們來，」（譯註：出自〈馬太福音〉第七章），讓我們祈禱我們的果子是善果，不是惡果。

不過我有一句警告：我們尊重授粉的昆蟲，尤其是蜜蜂，但我們現在得知，近來由於蜜蜂相繼死亡，公司不但引進抗病毒病種，還開發出混種蜜蜂。朋友們，這不是基因接合混種，而是更可憎的行為。他們捕捉還是幼蟲的蜜蜂，在牠們身上植入微機械系統，植入片四周長出組織，而成蟲成了公司安全衛隊操縱員控制的機械蜂，能夠傳送訊息，因此會洩漏我們的祕密。

浮現的道德問題讓我們苦惱：我們應該使用殺蟲劑來解決問題嗎？這樣機械化的工蜂是活的嗎？是的話，它確實是上帝創造物？還是完全是另一種東西？我的朋友們，我們必須思索更深層的含意，並且祈禱獲得指引。

讓我們歌唱。

蜜桃或梅子

桃樹或洋李，展開大樹幹
開花時節多美麗
小鳥蜜蜂蝙蝠多歡喜
時時啜飲花露蜜汁

授粉時機到了
無論是核仁種子或水果
金色小微粒
展翅飛行，生根固定

葉柄上的卵形增壯
一週一週慢慢成熟
裡面藏有養分
鳥獸人類皆找尋

種子果子或核仁
都包著銀色的小幼苗
妥善種植便能抽芽
開花放卉取悅眼睛

下回吃了金色蜜桃
輕輕吐出果核時
想想它怎麼閃耀生命光輝
上帝存在它的核心

——《上帝之園丁口述讚美詩集》

49

芮恩

創園二十五年

亞當一常說，阻擋不了浪潮，那就航行吧。還有，修不好的東西還是可以照顧。還有，沒有光明，沒有希望，沒有黑暗，沒有舞蹈。意思是，就算壞事也有好的一面，因為它們是挑戰，你永遠不知道它們可能帶來什麼正面的作用。不過園丁可從來沒跳過什麼舞。

所以我決定冥想，痲煩間裡面無事可做，這是對待這個事實的唯一方法。青蛙斐洛會說，沒煩惱就別傷腦，把心裡嘈雜的聲音關掉，張開內心的眼睛、打開內心的耳朵，看你能看到的，聽你能聽到的。以前在園丁會，我會看到前面女生的馬尾，聽到斐洛的鼾聲，他帶領冥想時總是會睡著。

現在也沒好到哪，我聽見蛇穴傳來貝斯樂器的響亮音樂，還有迷你冰箱的嗡嗡聲。我看見街上的燈透過窗戶的玻璃磚形成模糊的圖案，可是這些無法提升我的心靈，所以我停止冥想，轉開新聞。

他們說又出現了小型流行病，不過不必驚恐，病毒與病菌永遠在突變，但我知道公司永遠能發明治療的方法。不管怎麼說，無論是什麼病菌，我都不會被感染，因為我被隔離了，有雙層病毒防護層保護我，我還能去什麼比這更安全的地方呢？

我切回蛇穴。發生了一場打鬥，一定是痛彈場的人，先來的三個和另外一個打起來了。就在我注意看的時候，公司安全衛隊的人走上前，把一個痛彈場的傢伙按到地上，再用電擊槍攻擊他。保鏢也加入戰局，一個摀著眼睛搖搖擺擺往後退，另一個撞上了吧檯。通常局面不會這麼久還沒控制住。蘇凡娜和緋瓣還在高空鞦韆上想繼續表演，鋼管女郎則急急忙忙跑下舞臺，然後又跑回臺上，後面的出口一定被封住了。我心想這下糟了。接著有個瓶子飛到攝影機上，把它打碎了。

我想換另一架攝影機，可是我的手在顫抖，忘了要按什麼鍵，等我打開後轉到蛇穴那一臺，那裡人已經少了很多。燈還是亮著，音樂照樣在放，可是房間跟廢墟沒兩樣，客人肯定都跑光光了。蘇凡娜躺在吧檯上，金光閃閃的戲服雖然被扯掉一半了，我還是看得出來那是她。她的頭以奇怪的角度彎折，還有，她滿臉是血。緋瓣從高空鞦韆上吊下來，脖子繞了一條繩子，兩腿間有瓶子閃耀的光芒——一定有人把那個塞進她的身體，她的荷葉邊被撕成一條一條的，她看起來像一束軟綿綿的花。

馬迪斯在哪裡？

一捆深色的東西從螢幕倒下，好像什麼影子舞、什麼奇怪的芭蕾。然後砰一聲，有扇門突然被重重關上。我聽到一陣好像是輕蔑的叫囂聲，接著遠處警報響起。有人在奔跑的腳步聲。然後麻煩間外的走廊上有人在喊叫，房門外的影像螢幕亮起來，上面出現馬迪斯的臉，他貼得很靠近，用一隻眼睛凝視我，另一隻眼睛則是閉上的。他的臉看起來很疲倦。

「妳的名字。」他低聲說。

然後有隻手掐住他的喉嚨，將他的頭往後拉開。一個痛彈場的人，我看見他拿著瓶子碎片的手，上面有紅色和藍色的血管。「媽的，打開門，你這王八蛋，」他說，「火辣辣的騷娘！該讓讓大家嘗嘗！」

馬迪斯放聲狂叫。他們想從他口中問出門的密碼。「號碼，號碼。」他們一直說。

我又看見馬迪斯一兩秒，接著聽到流水聲，然後他就不見了。他的位置換成痛彈場的傢伙，那人滿臉的傷疤。

「開門，我們就饒妳的夥伴一命，」他說，「我們不會傷害妳。」可是他在撒謊，馬迪斯已經死了。

接著傳來更多的吼叫，然後公司安全衛隊一定用電擊槍攻擊他，因為換他開始哀嚎了。接著他從螢幕上消失，我聽見咚的一聲，好像有人踢麻布袋。

我走到蛇穴的攝影機前，公司安全衛隊的人變多了，帶著鎮暴裝備，來了一大票。他們把痛彈場的傢伙連拖帶拉送出門，一個死了，三個還活著。他們要回痛彈場，他們最好永遠都不會被放出來，永遠都不要。

那時我明白發生了什麼事：麻煩間成了堡壘，沒有房門密碼，誰都進不來，而只有馬迪斯知道那組密碼。他總愛說密碼只有他知道，他的確沒有把它說出來，他救了我。

不過現在我可被鎖在裡面了，沒有人能放我出去。我在心裡說：噢，行行好，我不想死。

50

我告訴自己不要慌，幸市場會派清潔員來，然後會發現我在裡面，然後會找人來開鎖。他們不會讓我在這裡餓死，像木乃伊一樣乾掉，因為鱗尾夜總會重新開張時，他們需要我。少了馬迪斯（我已經在想念他了），一切會不同，不過起碼我還有用，我可不是隨便可以拋棄的，我有天分，馬迪斯總是這樣說的。

所以只要等待出去就沒事了。

我洗了澡。我覺得身體很骯髒，好像痛彈場那些傢伙當真進來了，或者好像身上都是馬迪斯的血。然後我又做了一次冥想，真正做了一次。我祈禱光明圍繞馬迪斯，讓他走進宇宙，願他的靈魂安歇。我想像他從殘破的軀體飛出來，化成兩眼炯炯有光的褐色小鳥。

隔天發生了兩件壞事。首先，我聽到新聞，之前一直在報導的小流行病疫情反常，本來是可以控制的區域性爆發，現在成了緊急危機事件。他們放了一張全球地圖，疫情嚴重的地區亮著紅燈：巴西、臺灣、沙烏地阿拉伯、孟買、巴黎、柏林。我好像看著地球被噴槍射擊。他們說這是爆發性瘟疫，擴散非常迅速，不，根本不是擴散，同一時間相隔遙遠的城市也會同時爆發疫情，一般不會出現這樣的狀況。

通常公司會動用謊言和掩護，於是我們從傳聞聽到很像真實故事的事情，因此當新聞說外面情況正常，這一點就證明事情嚴重了，公司沒有辦法再繼續隱藏。

新聞播報員想保持冷靜，專家不知道這是什麼超級病菌，不過肯定是流行性疾病，而且很多人暴斃，死的樣子有點像融化了。當他們以詭異的冷靜口吻說「無須恐慌」，還露出皮笑肉不笑的笑容，我立刻明白事態其實很嚴重。

第二件壞事是，有幾個穿生化衣的人進到蛇穴，把幾個死人裝進運屍袋抬出去。縱然我拚命大吼大叫，他們竟然沒有查看二樓，我想他們聽不到我的聲音，因為麻煩間的牆壁很厚，而且蛇穴的音樂還繼續在放，一定把我的聲音蓋過去了。我真走運，因為我當時要是離開麻煩間，一定也會感染上疾病，所以其實這也不算是壞事，不過當時覺得很難過就是了。

第二天的新聞更可怕。瘟疫擴散，出現暴亂打劫殺人等事件，公司安全衛隊居然大多都消失了，他們一定也一個一個死了。

之後過了兩三天，再也沒有新聞報導了。

現在我真的害怕了，可是我告訴自己，雖然我出不去，別人也進不來，只要太陽能系統沒有壞掉，我就不會有事。太陽能可以讓水繼續流動，讓迷你冰箱、冰庫、空氣清淨機繼續運轉。空氣清淨機有個好處，因為外面的空氣很快就會出現很難聞的氣味。於是我過一天算一天，等著看看會有什麼結果。

我知道我得面對現實，否則就會心灰意冷，陷入「休耕」狀態，也許再也無法恢復。所以我打開迷你冰箱和冷凍庫，把裡面的東西算了一算：勁力棒、活力飲料、零嘴、冷凍雞肉球、人造魚肉。假如我每一餐不要吃一半，只吃三分之一，剩下的不要浪費，存起來，我的食物起碼足以撐六週。

我一直試著打電話給亞曼達，可是她沒接，我只能傳簡訊過去：來鱗尾。我希望她收到後，知道我出了事，然後來鱗尾設法找出打開門鎖的方法。怕錯失她的電話，我隨時把手機開著，可是現在想打電話、甚至傳簡訊，我都收到「沒有訊號」的訊息。有一次我收到很短的訊息：我沒事。不過大家都瘋了似地想聯絡家人，頻道一定大塞車，因為我再也沒有收到任何簡訊。

然後我猜是因為很多人死了，打電話的人少了，所以我就打通了。沒有畫面，只有她的聲音。我說：「妳在哪裡？」她說：「偷了一輛太陽能車，俄亥俄州。」

「不要去大城市去，」我說，「不要讓任何人碰妳。」我想告訴她我從新聞上看到的消息，可是她的聲音逐漸消失。後來我連訊號都收不到，基地臺大概倒塌了。

占星術總是說，要創造自己的事實，園丁會也那麼說。所以我試著創造亞曼達的事實。現在她穿著沙漠女子的卡其裝扮，現在她停下來喝水，現在她挖起地下莖吃，現在她又在走路。她朝著我走來，走了一個小時又一個小時。她不會生病，沒有人能要她的命，因為她反應很快又非常強壯。她露出笑容。現在她在唱歌。不過我知道這不過是我編的故事。

51

除了講電話外，我已經很久很久沒見過亞曼達，早在我開始在鱗尾夜總會工作之前就沒見過她了。在那之前，我甚至有段時間不知道她在哪裡。琉森丟掉我的紫色電話之後，我就沒有她的消息。那時我還在康智園區生活，以為永遠再也見不到亞曼達，她永遠從我生命消失了。

當我坐在前往瑪莎・葛蘭姆學院的子彈列車上，心裡還是這樣相信。我覺得自己好孤單，感覺自己很可憐，我不只有失去亞曼達，還失去生命中有一丁點意義的每一樣東西。亞當夏娃們，至少有幾個對我是有意義的，例如桃碧和澤伯。還有亞曼達。不過最重要的是吉米，他給我帶來苦不堪言的傷害，我都已經熬過去了，可是還有種悶悶的痛苦。他曾經對我這麼溫柔，接著竟然對我不理不睬，好像我根本不存在，我覺得心冷又難堪。我心灰意冷，根本放棄了在瑪莎・葛蘭姆學院與吉米復合的念頭，那彷彿是天方夜譚。

我坐在那列子彈列車上，我愛吉米已經是很久很久以前的事了。不，吉米愛我是很久很久以前的事——當我不生氣不難過，誠實面對自己的時候，我知道自己還深深愛著吉米。我跟別的男生上床，只是把動作做一遍。我去瑪莎・葛蘭姆學院有部分原因是想離開琉森，不過也覺得最好還是做點事情，讓自己能夠接受教育，人家都是這樣說的，好像教育像洋裝一樣是可以接受的東西。不管啦，反正我根本不在乎會發生什麼事情，我只覺得人生很灰暗。

這完全不是園丁的思考方式，園丁說真正的教育是精神教育，不過我已經忘了那是什麼意思。

瑪莎・葛蘭姆學院是間藝術學校，以古代的知名舞者命名，所以舞蹈課程是這裡的招牌。因為總得修課，我就修了「舞蹈體操與戲劇表情」，上那種課不用底子，數學也不用很好。我認為我可以在某間公司找個工作，比較好的公司有內部課程，我可以教午休活動課，「音樂舒緩班，中階管理人員的瑜伽」一類的。

瑪莎・葛蘭姆的校園與怡景公寓很像，以前非常漂亮，現在破破爛爛的，除了發霉，天花板也會漏水。自助餐廳的東西我不敢吃，誰知道裡面有什麼；我還是不怎麼敢吃動物性蛋白質，尤其如果那可能是器官或鼻子部位的話。不過我覺得在那裡比在康智園區還自在，起碼瑪莎・葛蘭姆沒有閃閃發光，沒有看起來很虛假，而且也沒有化學清潔產品的氣味，或者該說什麼清潔產品的味道也沒有。

每個剛進瑪莎・葛蘭姆的人都得跟人合住套房，我被分配到的室友叫做巴弟三世，我很少看到他。他是足球隊的，不過瑪莎・葛蘭姆的校隊永遠被打得落花流水，所以巴弟三世常常喝醉，或是吸毒吸到爽翻天。我們共用浴室，我把我這邊的門鎖上，因為大家都知道足球隊的傢伙常常搞約會強暴，而我想巴弟根本懶得進行「約會」這部分。不過我每天早上都能聽見他在裡面嘔吐。

校園裡有間快樂杯特許經銷店，我會去那裡吃早餐，因為他們有素的小圓鬆餅，我也不必聽巴弟嘔吐，可以用他們的洗手間，那裡沒有我房間的廁所臭。有一天我朝快樂杯走去，伯妮斯居然在那裡，我一眼就認出她。見到她，我實在好驚訝，好震驚，好像被電震了一下。我以前覺得對她很愧疚，不過多多少少忘記了，可是現在那些罪惡感如排山倒海般地全回來了。

她穿綠色T恤，上面有個很大的字母G，手裡握住標牌，上面寫著「快樂杯，彆腳杯」。另外兩個同學穿著同樣的T恤，不過拿著不同的標牌：「邪惡咖啡」、「別喝下死亡」。從服裝和臉部表情，我看出來他們是極端狂熱的超級環保人士，而且正在這裡示威。這一年來四處出現快樂杯暴亂，我在螢幕上看過。

伯妮斯並不比以前漂亮，真要說的話，她變得比較粗壯，生氣的模樣更嚇人。她沒有認出我，所以我可以選擇要怎麼做。我可以假裝沒有看見她，然後直接經過她身邊走進快樂杯。或者我可以掉頭溜走。可是我不知不覺回到園丁行為模式，想起做人要負責的那些訓誨，你殺了生就得吃下去，從某個角度而言，我是殺了波特，起碼我是覺得這樣。

所以我沒有閃避，反而直接走到她面前說：「伯妮斯！是我，芮恩！」

她嚇了一跳，好像我踢了她似的。接著她把我看個仔細，「我看到了。」她口氣酸溜溜的。

「我請妳喝咖啡。」我說。我一定是非常緊張才說了那句話，伯妮斯怎麼會想喝她示威抗議的商店所賣的咖啡呢？

她一定以為我在嘲笑她，因為她說：「滾開。」

「對不起，」我說，「我其實不是那個意思，那喝水好嗎？我們可以到雕像旁邊喝。」瑪莎・葛蘭姆的雕像算是吉祥物，她扮演茱蒂絲，手裡拿著敵人荷倫佛尼的頭（譯註：聖經故事，茱蒂絲為古希伯來的寡婦，色誘亞述將軍荷倫佛尼，趁其酒醉時割下其頭顱，以拯救鄉里同胞），學生把頭顱脖子殘餘的部分漆成紅色，在瑪莎的腋下塞了鋼絲絨。荷倫佛尼頭顱正下方有平臺可以坐。

她又瞪我一眼。「妳真是愈活愈墮落，」她說，「瓶裝水是有害的，妳難道都不知道？」

我大可罵她混蛋，一走了之，什麼都不管。不過這是我彌補的機會，起碼我自己會比較好過。

「伯妮斯，」我說，「我想跟妳道歉，所以直接告訴我，妳可以喝什麼，我去買，然後我們找個地方喝。」

她還是在發脾氣，沒有人能像她那樣愛記恨。不過我說我們需要用光明圍繞它這句話後，一定啟動了她園丁特質好的一面。她說有一種用再生紙盒裝的有機混合飲料，是用葛根葉榨出來的，在校園的超級小市場可以買到，她還得去抗議，不過我把東西買回來時，她可以休息一下。

我們坐在荷倫佛尼的頭底下，喝兩盒我買的液態土壤覆蓋物，那滋味讓我回想起一開始園丁會的日子，我起初很不快樂，當時伯妮斯什麼事都挺我。

「妳不是去了西岸？」我問她，「在那個什麼以後……」

「欸，」她說，「嗯，我現在回來這裡了。」她說薇娜墮落了，參加了一個截然不同的宗教，叫做「已知果實」，聲稱財富是上帝恩典的標記，因為「憑著他們的果子就可以認出他們來」，而「果子」指的是銀行帳戶。薇娜忙著從事康智維他命營養品的經銷生意，業務轉眼就擴展到五間專賣店，而且經營得有聲有色。伯妮斯說西岸最適合做那門生意，雖然他們會做瑜伽一類的活動，說什麼要提升精神，其實那裡的人非常古怪，愛吃魚，貪圖享樂，迷戀身體，什麼整形、隆乳手術、基因改造工程都有，價值觀完全扭曲。

薇娜本來希望伯妮斯在大學學商，可是伯妮斯還是信奉園丁會，她們還為此吵架。瑪莎・葛蘭姆是妥協方案，因為這裡有「全方位癒療術的生財之道」課程，伯妮斯現在就在修這門課程。

我無法想像伯妮斯治療任何事物，因為我無法想像她想要治療任何事物，往傷口灑鹽比較像她的風格。不過我還是說實在非常有趣。

我告訴她我修了什麼課，可是看得出來她並不關心，於是我把室友巴弟三世的事情告訴她。她說整間瑪莎・葛蘭姆都是那樣的人——凶域的人在地球上虛度光陰，腦筋不曾認真思考，只想喝酒做愛。她本來有個像那樣的室友，那人還會殺動物，因為他穿皮革拖鞋。其實那是羽皮，不過看起來像皮革，她便把拖鞋燒了。於是她不必再和他共用浴室了，真是謝天謝地，因為她幾乎每天晚上都能聽見他和女生做色色的事情，活似矮黑猩猩與兔子的退化基因接合混種。

「那個吉米！」她說，「嘴巴有肉臭！」

當我聽見吉米這個名字，心想不可能是同一個人，可是接著又想，啊，可能是。當這個念頭通過我的腦海，伯妮斯說我幹脆搬進她隔壁的房間，反正吉米搬出去了，房間是空的。

我是想跟她和好，可是還不到那種地步。所以我開始說起我必需說的話。「波特的事情，我覺得很遺憾，」我說，「妳爸爸那樣死掉，我覺得我要負起很大的責任。」

她看我的樣子好像我瘋了。「妳在說什麼啊？」她說。

「那次我告訴妳他跟魯雅娜上床，然後妳告訴薇娜，於是她氣炸了，打電話給公司安全衛隊？哎呀，我想他並沒有跟魯雅娜上床，我們編了一點故事，因為我們當時很過分。這件事讓我覺得很難過，我真的真的很抱歉。我想他做的最討厭的事情就是摸女生的胳肢窩而已。」

「無論如何，魯雅娜是大人，」伯妮斯說，「不過他不是只有摸摸胳肢窩而已，就像我媽說的，他是個性變態。他常常告訴我，我是他最喜歡的小女孩，結果連那句話也不是真的。所以我就告訴薇娜，這就是為什麼她去密告他，妳可以不用再覺得自己很了不起了。」跟以前一樣，我又被瞪了，不過這次那雙眼睛紅紅的，淚汪汪的。「妳真的很幸運，從來沒遇過這種事。」

「喔，」我說，「伯妮斯，我實在很對不起。」

「我不想再談這件事了，」伯妮斯說，「我寧可把時間用在更有用的地方。」她問我要不要陪她去用模板印製快樂杯抗議標牌，我說我那天已經翹一門課，也許改天吧。她用那種瞇瞇眼看我，意思是她看得出來我想設法躲開這個工作。接著我問她，她以前的室友吉米的模樣，她說那關我什麼屁事？

她完全恢復跋扈的態度，我知道再跟她閒扯下去，我又會變回九歲，她又會控制我，只是現在情況會更糟，因為不管我在生命中遇到多麼糟糕的事情，她的遭遇永遠比我還慘，而她會以受害者姿態箝制我。我說我真的得走了，她說：「是啊，是啊。」又說我完全沒變，還是跟以前一樣，是個頭腦簡單的無名小卒。

好幾年後，當我已經在鱗尾夜總會工作時，我從螢幕看到伯妮斯在遭襲擊的園丁藏身處被噴槍打中，那時候園丁會已經被稱為非法之徒了。不過成為罪犯無法阻擋伯妮斯，她是個具有信念勇氣的人，我不得不佩服她，佩服她的信念，以及她的勇氣，因為我根本不認為我曾經擁有過信念或勇氣。

有一幕她死去臉孔的特寫鏡頭，我在她活著時，沒見過她這樣溫和平靜的面容。我想也許那才是伯妮斯的真面目，善良而純真，也許她內心其實是那樣的。我們以前常常吵吵鬧鬧，她總是愛說那些討厭又刺耳的話——那是她想掙脫像甲殼長滿全身上下的硬皮。不過無論她如何批評發飆，她還是卡在硬皮裡，想到這裡，我為她難過得哭了起來。

52

在伯妮斯談到前任室友的那段對話之前，我隱隱約約期盼能見到吉米，在教室，在快樂杯咖啡館，或他剛好走過哪裡。現在我卻覺得他一定離我很近很近，他就在轉角，就在窗戶另一側，或者一天早上我醒來，他就在那裡，就在我身旁，握住我的手，看著我，就像以前我們剛開始交往時他的表現。我感覺好像隨時都有人跟著。

我想也許吉米在我心中留下抹不去的影子，就像小鴨從蛋孵出來，第一個見到的是黃鼠狼，所以一輩子就跟著黃鼠狼。為什麼我第一個愛上的人一定要是吉米呢？為什麼不是個性更好的人呢？起碼這個人的情緒不要那麼無常，行為更嚴肅，不是那麼喜歡瞎胡鬧。

這件事最壞的影響是：我再也無法對誰提起興趣。我心裡有個洞，只有吉米能夠填補，我知道這像是鄉村音樂的歌詞，當時我用吸耳糖果機聽了很多那類俗濫的音樂，不過這是我唯一能解釋的說法，我並不是不知道吉米的缺點，他的缺點我都知道。

當然，我終究見到了吉米，校園不大，所以這種事情注定遲早會發生。我遠遠看見他，他看見我。不過他沒有匆匆忙忙跑過來，他留在遠處，連揮手也沒有，他撇過頭去，就好像沒有看見我一樣。吉米還愛我嗎？我經常自問這個問題，假如我一直在等待答案，那麼我現在有了答案。

後來我在舞蹈體操課中認識一個女孩，叫做夏魯芭什麼的，她曾跟吉米交往一段時間。她說一開始很幸福，結果他開始說他對她實在很不好，因為他在中學的那個女朋友，他無法給人承諾。他們當時太年輕，分手分得很難看，從此他變成感情脆弱的爛人，不過也許他天生就會給人帶來傷害，因為他糟蹋了每個碰過的女孩子。

「她的名字是不是沃卡拉・普拉斯？」我問。

「不是，」夏魯芭說，「其實是妳，他說是妳。」

我心想，吉米，你這個滿口胡說八道的大騙子。不過後來我又想，萬一那是真的呢？萬一我毀了吉米的人生，正如他毀了我的？

我試著把他忘得一乾二淨，可是不知道為什麼做不到。為了吉米把自己搞得心力憔悴成了我的壞習慣，跟咬指甲一樣。偶爾我見到他遠遠飄過去，感覺就像要戒菸，結果又抽了一根，於是又開始繼續抽下去。不過我可從沒抽過菸。

我在瑪莎・葛蘭姆念了將近兩年的書後，收到晴天霹靂的消息。琉森打電話給我，說我的「生物父親」法蘭克被某敵對公司綁架到東歐，那邊的公司向來就想竊取我們公司資料，他們暗中從事祕密工作的暴徒甚至比我們派去的還殘酷，而且他們占了優勢，因為他們會別的語言，可以假裝是移民。我們不能對他們那樣做，我們為什麼會想移民去那裡呢？

琉森說，他們在園區把法蘭克裝進袋子，就在他實驗室大樓的男廁，然後用「嘶嘶水果飲料」的送貨卡車把他運出去。他們用醫療紗布把他包起來，讓他假扮成整容後在恢復的病人，然後用飛船將他強行送到大西洋另一岸。還有更糟的是，他們寄來一張DVD，片子裡的他看起來被下了藥，坦承康智把慢性作用卻無藥可醫的基因改造病菌放進自己製造的補給品中，靠著治療疾病來賺大錢。琉森說，這純粹是勒索，他們想用法蘭克交換幾個他們想要的化學公式，尤其是慢性作用疾病的公式，還有他們不會公開這張會牽連他人的DVD。不過如果拿不到想要的東西，法蘭克的頭得跟身體吻別了。

琉森說，康智做了成本利潤分析，決定病菌和化學公式對他們的價值高過於法蘭克對他們的意義。至於不利的宣傳，他們可以封鎖消息源頭，因為媒體公司決定什麼是新聞，什麼不是新聞。而網路上一大堆亂七八糟的小道消息，真真假假，假假真真，民眾不是再也不相信網路新聞，就是全相信，但兩者結果相同。所以康智公司不付錢，他們說對琉森的損失感到遺憾，不過對勒索要求讓步不是他們的策略，因為那樣會鼓勵更多的綁架案，這些事件目前已經夠多了。

於是琉森失去了康智高層夫人地位，連房子也沒了，在這樣不幸的情況下，她決定搬去凍才園區（譯註：原文CryoJeenyus與cryo-genius「冰凍天才」諧音），到一個在高爾夫球俱樂部認識的男人家負責家務，他叫陶德。她當然希望我不會因為法蘭克的事情傷心過頭，因為我總是投入太多的感情。

凍才園區，好一個騙人的地方！民眾付錢讓自己的腦袋在死時冷凍起來，以免未來有人發明讓身體重新長到脖子上的方法。不過康智園區的小孩總是開玩笑，說他們只會冷凍頭殼，因為他們已經把神經元挖出來移植到豬身上了。康智高中的學生說了很多像這樣可怕的笑話，不過你不可能知道它們到底是不是只是笑話。

琉森繼續說：結論是，她的手頭不便，陶德不是資深副總裁，只是帳戶管理員，而且有三個幼子要養，在考慮我之前，必須先考量他們，除了他要支付的其他一切，她很難開口要求陶德替我出錢，所以我不能在大學繼續遊手好閒，我得離開瑪莎・葛蘭姆，自己為自己負責。

這麼飛快的一腳，我就被踢出了安樂窩。我可不是說我住在安樂窩喔，我跟琉森一向處不來。我想這是諷示，我在「舞蹈戲劇效果課」中學到「諷示」。你看，琉森謊話連篇，毀謗別人，說什麼被人綁架，結果現在可憐的法蘭克，我的生物父親，果然被綁架了，大概也被殺了。琉森顯然沒有什麼感覺，而我呢，我不知道要感覺什麼。

下學期考試前，好幾家公司在學校主要穿堂擺了面試攤位。不是嚴肅的公司，不是做科學的那幾家，那些才懶得到瑪莎・葛蘭姆來徵才呢！他們要的是數學好的人。來的是比較無足輕重的公司。我沒有資格參加這些面試，因為我不是那年的畢業生，可是我決定冒個險，至少去走一走。我應徵不了他們擺出來的工作，可是也許他們能雇我去刷地板，我在園丁會刷過地板，不過我當然不會說出這件事，否則會被當作狂熱的環保怪胎。

舞蹈體操課的老師叫我不妨去找鱗尾夜總會的人談談，我舞跳得很不錯，鱗尾現在屬於幸市場管理，是合法的公司，有健康福利與牙齒醫療保險，所以不會像是當妓女。很多女孩進去工作，有的就在那裡遇到好男人，後來過著非常幸福的生活，所以我想也許可以試試看。沒有學位，我大概也找不到更好的工作，即使是瑪莎・葛蘭姆學院的學位，有也比沒有好。我不想最後在祕密漢堡那種地方賣肉。

那天我設法排隊等了五個面試。我緊張得不得了，不過還是面帶微笑忍住，雖然我不在畢業生名單上，憑著一張嘴還是爭取到機會。我本來可以排六個面試，凍才公司在找「安慰女郎」，負責撫慰拿到摯愛頭顱的親屬（他們有時是收到寵物結凍的死屍），不過因為琉森的關係，我不能在那裡工作，我根本不想再見到她，除了她對我做的事情外，還因為她做這種事的手段。跟開除女傭沒兩樣嘛。

我與快樂杯、雞肉球、嘶嘶水果、鱗尾夜總會的人資幹部見面，最後是泉馨芳療館。前三間不要我，鱗尾夜總會反而提供我工作機會。每一間公司都有一組人馬負責面試，馬迪斯是鱗尾夜總會的一員，他們那組也有幸市場的高階主管，不過他是實際負責店務的人，所以事實上由他說了算。我表演舞蹈體操課學來的固定舞步，馬迪斯說我正好就是他要找的人，他就是要這樣的資質，如果我去鱗尾，他保證我不會後悔。「妳想當誰就當誰，」他說，「演出來就對了！」所以我差點就簽約了。

不過泉馨的攤位就在鱗尾隔壁，那一組裡有個女人讓我覺得和園丁會的桃碧好像，只是她皮膚比較黑，頭髮也不一樣，眼睛是綠色的，聲音比較粗啞。她把我稍微帶開，問我是不是生活有困難。我不知不覺解釋起必須離開大學的家庭因素，我說我什麼工作都能做，我願意學習。她問我是什麼家庭因素，我不經思索地說出爸爸被綁架、媽媽沒錢的事，我聽出自己的聲音在顫抖，這完全不是演戲。

接著她問我我媽媽的名字，我告訴她，她點點頭。她願意雇我在泉馨芳療館當見習生，我可以住在館內，她們會培訓我。就算鱗尾有牙齒醫療保險，那裡的男人常常喝醉酒、行為暴力，在泉馨我會跟女性一起工作，而不用面對鱗尾裡那種男人，也不必穿生化薄膜緊身衣，不用讓陌生男人碰我。泉馨的氣氛能讓人變得更健康，而且我做的是協助他人的工作。

這女人的樣子實在很像桃碧，而且非常奇怪，她名牌上的名字是桃碧雅沙。我覺得那好像是個暗號——我在那裡會非常安全，她們歡迎我，而且需要我。於是我答應了。

總之馬迪斯也把名片給我，說如果我改變心意，他會雇我在鱗尾工作，任何時候都行，他絕不會問東問西。

53

泉馨芳療館位在古蹟公園中間。我聽過很多關於這裡的事，因為亞當一非常非常反對它，他說為了蓋一個無益的庭閣，毀了那麼多上帝的創造物和樹木。有時候在授粉節，他還講了整段關於這裡的佈道。不過我在這裡很開心，這裡的玫瑰在黑暗中會發光，白天有粉紅色大蝴蝶，夜裡有漂亮的葛蛾，還有泳池（雖然員工不能使用）、噴泉、有機菜圃。這裡的空氣比市中心好太多了，所以不用常常套上鼻塞。這裡好像帶給人安慰的夢。她們安排我到洗衣間工作，負責摺床單毛巾，我喜歡那個工作，因為非常安寧，所有東西都是粉紅色的。

我在那裡的第三天，桃碧雅沙碰見我抱著一疊乾淨毛巾要進某間房，她說想跟我談談。我以為自己可能哪裡做錯了。我們走到外面草坪，她要我不要大聲說話，然後說她看出來我大概認得出她是誰，還有她確實認出我是誰。她用我，因為我以前是園丁，現在園丁會成了非法的組織，花園也被毀了，我們有責任彼此照顧。她看出來我除了沒錢以外還有其他困難，我有什麼煩惱呢？我哭了起來，因為我本來不知道花園的事情，太震驚了。我心裡本來一定打算情況變得很糟的話，可以回去那裡的。她帶我在噴泉旁坐下，她說嘩啦嘩啦湧出來的水能模糊我們的聲音，以防萬一有定向麥克風。我告訴她康智的事情，還有丟掉手機之前怎麼透過亞曼達跟園丁會聯絡，之後我對花園的事情都不知道。至於愛上吉米、他傷了我的心等事，我完全沒提，反而說了在瑪莎・葛蘭姆的事情，還有爸爸被綁架之後琉森突然跟我斷絕來往。

然後我說我沒有生活方向，我的內心像孤兒麻木。她說那些事情當然讓人心神不寧，當她在我這個年紀時，她也經歷過艱難的日子，也遇過類似的事情，跟她的父親有關。

桃碧換了新模樣，幾乎不像以前當夏娃六時那樣不近人情，整個人變柔軟了，或許是因為我長大了。

她看看四下，然後壓低嗓音，告訴我她當時必須匆忙離開伊甸崖屋頂花園，因為身處危險，外表做了些改變，所以我必須非常小心，不要告訴任何人她是誰。她冒險跟我說，是希望她能夠信賴我，我說她可以的。然後她警告我，琉森偶爾會到芳療館，我應該當心，盡量不要出現在她的視線範圍內。

最後她說萬一有事發生，什麼危機一類的，而她又不在，我最好知道她按照園丁會的方式，把乾糧收集在亞拉臘，就在泉馨芳療館的庫存間，她告訴我門的密碼，以免我必須進去。不過她希望永遠沒有這個必要。

我非常謝謝她，然後問她知不知道亞曼達在哪裡，我說我好想好想再見到她，她簡直可說是我唯一真正的朋友。

桃碧說她或許能找到她。

那次以後我們不常說話，桃碧說雖然她不知道是否有人在監視，但怕我們談話會引人懷疑。不過我們會簡單講幾句話，點點頭打招呼。我覺得她在守護我，保護我不受到某種太空異形的力場傷害，當然，這只是我亂說的。

我在那裡工作快滿一年時，有天桃碧說她透過網路上共同熟識找到亞曼達。我聽到她的話大吃一驚，後來想想倒也沒那麼驚訝。原來亞曼達成了生物藝術家，在戶外把生物或部分生物排列成大規模的藝術品，她住在古蹟公園西口附近，如果我想見見她，桃碧可以幫我準備通行證，用粉紅色泉馨迷你麵包車載我過去。

我張開手臂擁抱桃碧，不過她說我最好當心自己的行為，哪有洗衣房的女生會擁抱經理的，又說我最好跟亞曼達不要牽扯太深，亞曼達容易走火入魔，不知道自己力量的極限在哪裡。我想問她這句話的意思，結果她卻已經走遠了。

到了去找亞曼達的那天，桃碧告訴我，亞曼達已經知道我要過去，我們兩人必須等到我進了門，才可以擁抱或尖叫或表露其他情感。她拿了一籃泉馨產品讓我送去，萬一有誰攔下車子問我目的，這就是我的藉口。司機會等我，我只有一小時的時間，因為泉馨的女員工在凶域閒蕩太久會顯得很古怪。

我說或許我應該喬裝出門，她則說不必了，反而會讓守衛問問題。於是我穿上粉紅色泉馨罩頭曳地連身裝，遮住工作服和棉褲，拎著粉紅籃子出發了，活似童話故事中的小「粉紅」帽。

按照計畫，泉馨迷你麵包車送我到亞曼達那棟搖搖欲墜的公寓大樓，我沒有忘記桃碧交代的話，在進門前絕不露痕跡。亞曼達在裡面等著，進去後我們都大喊：「我不敢相信！」然後抱著對方不放。不過只有一下子，亞曼達一直不是很喜歡跟人擁抱。

她比我上次見到她本人時還高，雖然會擦防曬油、戴帽子，她還是曬黑了，她說是因為常常在戶外創作藝術品。我們走到廚房，牆壁上用大頭釘固定她很多設計作品，到處都有幾根骨頭。我們各喝了一罐啤酒，我一直不是很喜歡喝酒，不過這回情況特殊。

我們談起園丁會：亞當一、魯雅娜、肌肉穆基、青蛙斐洛、克郎、蕾貝佳。還有澤伯。還有桃碧，不過我沒說她現在叫桃碧雅沙，負責泉馨芳療館的業務。亞曼達告訴我，桃碧必須離開園丁會，是因為汙水礁湖的布朗可在尋找她，布朗可在江湖上可是赫赫有名，誰招惹到他，他一定要了對方的命，尤其是女人。

「為什麼要找她？」我問。亞曼達說，她聽說跟性有關，好奇怪，性愛和桃碧絕對搭不起來的，這大概是我們小孩叫她乾巫婆的原因。我說也許桃碧比我們以為的更「淫」，亞曼達聽了笑起來，說我顯然還相信有奇蹟存在。不過我現在明白為什麼桃碧要換個身分躲起來了。

「記得我們以前常說『扣扣扣，是誰？』妳、我還有伯妮斯？」我說。啤酒逐漸讓我醉了。

「壞，」亞曼達說，「壞什麼？」

「壞疽。」我說。我們倆噴鼻大笑，幾滴啤酒從我鼻孔噴出來了。然後我告訴她我撞見伯妮斯的事情，還有她依舊跟以前一樣好愛生氣，這件事讓我們又笑了。不過我們沒提起死掉的波特。

我說：「還有還有，那次妳跟小薛小柯想辦法讓我享用超級菸草，我們都擠進旋轉亭，然後我吐了的那一次？」我們又哈哈笑。

她告訴我她有兩個室友，也是藝術家。還有，她生平第一次有了個同居的男友。我問她愛不愛他，她說：「任何事情我都會試一次看看。」

我問他是怎樣的人，她說他非常體貼，不過有時悶悶不樂，因為他忘不了某個十幾歲時跟他上床的女朋友。我說他叫什麼名字，她說：「吉米，搞不好妳在康智中學時認識他，他跟妳同一時間在那裡念書。」

我覺得渾身冰涼。她說：「冰箱上那個就是他，下面有兩張照片，右邊那個。」沒錯，是吉米，他一手環抱亞曼達，笑嘻嘻的，像通電死掉的青蛙。我感覺她好像直接拿釘子往我心上戳下去，不過把事情告訴亞曼達，破壞她的好事沒有意義，她又不是故意這麼做的。

我說：「他看起來很迷人，我現在得走了，司機的時間到了。」她問是不是有哪裡不對勁，我說沒有。她把手機號碼給我，說下次我去找她的時候，她一定讓吉米也在，我們可以一起吃義大利麵。

愛應該公平分配，每個人才能都得到一些——相信這種說法是好的，可是我並沒有分到愛。

我回到泉馨芳療館，覺得所有人都拋棄我，心裡空空蕩蕩的。然後就在回去後不久，我推著毛巾車在各個房間走來走去，差點與琉森正面碰上。她做臉部拉皮的時間又到了，每次她來，桃碧都會提醒我，好讓我行為更低調，以免碰見她。不過因為亞曼達和吉米的關係，我忘了這件事。

我對她露出我們訓練出來的中立笑容，我想她認出我來，她對我卻像一團線頭一樣吹開。雖然我從來也不想見她或跟她說話，但發現她也不想見我或跟我說話，我感覺好難過好難過，好像被人從世界的石板上擦掉——親生母親居然表現出你從來沒有出生過的樣子。

就在那一刻，我明白我不能留在泉馨芳療館。我必須獨立，我必須脫離亞曼達，脫離吉米，脫離琉森，甚至脫離桃碧。我想要完全成為另一個人，我不想再欠誰任何東西，也不要人家欠我什麼。我不要附帶條件，不要過去，不要問東問西。我厭倦了問問題。

我找出馬迪斯給我的名片，然後留了字條給桃碧，謝謝她做的一切，告訴她我因為個人理由而無法繼續在芳療館工作。我還保留著去找亞曼達時的那張通行證，於是就離開了。一切都毀了、沒了，我沒有安全的地方可去，假如我只能在不安全的地方，那不妨找個有人欣賞我卻不安全的地方。

到了鱗尾，我還得說服保鏢讓我通過，因為他們不相信我真的是去那裡找工作。最後他們還是找了馬迪斯，他說，噢，對對，他記得我，我是那個小舞者，布蘭達，是不是？我說對，不過他可以叫我芮恩。我已經覺得跟他相處很自在。他問我是不是真心認真要做這份工作，我說是，他說他們不想浪費時間訓練人，所以我得做出起碼的承諾，我願意簽合約嗎？

我說也許我太悲傷，不適合這份工作，他們難道不想要找個性更活潑樂觀的女孩子嗎？不過馬迪斯那螞蟻般閃爍的黑眼睛笑了起來，他彷彿輕輕拍拍我。他說：「芮恩，芮恩，每個人都很悲傷，什麼事情都不適合做。」

54

於是我終究在鱗尾工作了，從某些方面來說，我心情變得輕鬆。我喜歡老闆馬迪斯，起碼我知道怎麼討他歡心，他讓我覺得很安心，也許因為他是我這輩子最像父親的人：澤伯消失到稀薄空氣中，親生父親又覺得我沒什麼好玩的，而且也已經死了。

不過馬迪斯說我其實擁有特別的特質：我是每一個夢想的答案，包括鹹溼的夢想在內。做自己擅長的事情給了我很大的希望與鼓勵，某些工作我不是非常喜歡，可是我好喜歡高空舞蹈，因為沒有人能碰到你，你就像蝴蝶高高在空中。我常想像吉米在看我，心想他始終愛的人其實是我，不是沃卡拉・普拉斯、不是琳達李、不是別人，連亞曼達也不愛，而我只為他起舞。

我當然知道這只是空想。

進了鱗尾以後，我只用電話與亞曼達聯絡，她常常出遠門執行藝術計畫，而我一樣也不想見到她本人。因為吉米的關係，我很不自在，她會發現我的感覺然後問我，我不扯謊的話，就要把事情告訴她。如果我告訴她，她會生氣，也許只會嫉妒，或者她會覺得我這樣很傻。亞曼達有很無情的一面。

亞當一常說，嫉妒是破壞力強大的情緒，是我們從固執的南猿傳承的特質，無法擺脫。它啃食你，麻木你的精神生活，也讓你產生恨意，害你去傷害他人。不過我最不願意傷害的人就是亞曼達。

我把嫉妒想像成黃褐色的雲朵在心裡翻騰，然後它像煙一樣從鼻子出來，變成石頭落到地上。我的確覺得舒服一點。不過不管我想不想要，在我的想像中，有一株長滿毒莓的植物會從石頭長出來。

後來亞曼達跟吉米分手了，她兜了個圈子讓我知道這件事。她以前就告訴過我她戶外藝術景觀裝置的事，那系列作品叫「活字」，她用巨型字母拼出文字，利用生物體讓文字出現又消失，就像我們小時候她用螞蟻和糖漿寫的字。當時她說：「我忙著四個字母的字。」我說：「妳是指髒話嗎？例如shit？」她笑著說：「比那個字還糟的。」於是我說：「妳是說c開頭跟f開頭的字？」她說：「不是，像love這樣的字。」

於是我說：「噢！所以妳跟吉米分手了。」她說：「吉米沒辦法認真。」於是我知道他一定在外面偷吃一類的。

「很可惜，」我說，「妳非常討厭他吧？」我努力不讓聲音透露出快樂。我心想：我現在可以原諒她了，可是根本沒有要原諒她的地方，因為她並沒有故意做出傷害我的事。

「討厭？」她說，「沒有人能討厭吉米。」我不明白她這話什麼意思，因為我自己可是很討厭吉米，縱使我還是愛著他。

我想也許那就是愛：愛是被人討厭。

過了一段日子，格倫開始來鱗尾，雖然不是每晚都來，但來的頻率足以讓他的消費可以打折。從康智中學以後，我就沒有見過他了，他跟那些頭腦好又用功的人在沃特森・克里克學院學科學，不過他現在是還童公司的重要人物。他不怕自誇，不過自誇時，很像在講一件事實，就像你說「要下雨了」那樣。我偷聽他跟大人物與金主聊天，知道他負責一項非常重要的新計畫，那個計畫叫「天塘」。他們為計畫特別蓋了一棟圓頂建築，裡面有自己的空氣補給站、四重安全裝置。他將現有的一流天才組成團隊，夜以繼日地工作。

他們在忙什麼，格倫說得不清不楚，他用了「永生」兩個字，還童公司關心這一點已經幾十年了，大概就是改變細胞，然後人就永遠不會死吧！他說人類會付很多錢買永生。每兩三個月他就宣稱他們有了突破發展，他的突破愈多，為天塘計畫募到的錢就愈多。

有時候他說他在設法解決其中最大的問題，也就人類，人類的野蠻與痛苦，人類的戰爭與貧困，人類對死亡的恐懼。「為了設計出完美的人類，你願意付出多少代價？」他說。然後他暗示天塘計畫正在設計一個這樣的人，於是他們就往他身上砸下更多錢。

為了最後幾場重要會議，他租下頂級羽毛房，點了酒、迷幻藥和綠鱗女孩，可不是自己享用，而是為他帶來的男人叫的。有時他也招待公司安全衛隊。這些傢伙壞死了，我從來不用服務痛彈場的人，可是得跟公司安全衛隊做，他們是我最不喜歡的客人，他們眼睛後面好像有機械零件。

偶爾格倫會把兩三個綠鱗女孩包下一整夜，不是要做愛，而是要我們做非常奇怪的事情。有一次他要我們像貓咪一樣嗚嗚叫，讓他測量我們的聲帶。又一次他要我們學鳥唱歌，讓他把聲音錄下來。星芒跟馬迪斯抱怨，說我們拿錢又不是要做這種事，馬迪斯反而說：「嘿，他是瘋子，妳以前也見識過這種人，不過他是有錢的瘋子，而且不會傷害人，那就遷就遷就他嘛。」

有一晚他找了三個人去做類似智力測驗的活動，我是其中一個。他想知道什麼讓我們快樂？快樂比較像刺激？還是比較像滿足？快樂在內心還是在外面？有樹？沒有樹？附近有流水嗎？太多快樂會感到無聊嗎？星芒和緋瓣想搞清楚他希望聽見什麼，以便說出正確的謊言。「不用。」我說。我知道格倫是怎樣的人。「他是怪胎，他希望我們誠實說出我們的感覺。」她們非常困惑。

不過他永遠不會問我們關於悲傷，也許他自認對那了解夠深。

後來他開始帶一個女人來，一個亞洲共融國體型的女人，講話有外國口音。他說她想要熟悉鱗尾夜總會，因為還童公司選了我們作為他們主要的測試場所之一，這女人會向我們說明一樣新產品：喜福多藥片，它能解決每個與性有關的已知問題，而我們得到向客人引薦的殊榮。這個女人還有個還童公司的執行頭銜：滿意提升資深副總，不過她真正的工作是格倫主要的性伴侶。

我看得出來，她跟我們一樣，是出租女友一類的人。如果你懂得特徵，一眼就看得出來。她隨時都在演戲，一點也不透露自己的真實面貌。我從螢幕上觀察他們，我很好奇，因為格倫這麼冷淡的人，居然可以整晚做愛，就像人類一樣。這女孩子的動作比章魚還多，而且床上功夫令人嘖嘖讚嘆。格倫的舉動好像她是這地球上第一個、最後一個、也是唯一一個女孩。馬迪斯也常常觀察他們，說鱗尾夜總會願意用高薪聘請這個女生。不過我告訴他他請不起，人家可是遠遠超過他能開出的價碼。

他們兩個用暱稱呼喚彼此。她叫他「紅頸秧雞」，他喊她「劍羚」。其他女孩子覺得那兩人愛得如膠似漆好奇怪，因為這跟格倫的個性差很多。可是我覺得有點感人。

「那是俄羅斯文還是什麼？」緋瓣問我，「紅頸秧雞和劍羚（Oryx and Crake）？」

「是吧。」我說。那是絕種的動物名稱，每個園丁都得背一大串這種名稱，不過我這麼說的話，那些女孩子會好奇我為什麼知道。

格倫頭一回到鱗尾時，我立刻認出他來，不過他自然不認得我，我穿了生化薄膜緊身衣，滿臉都是綠色鱗片，而且我沒有不小心說出口。馬迪斯告訴我們不要與客人建立私人關係，因為他們想要交往，大可到外面去找。他說鱗尾的客人不在乎你的人生經歷，他們只想要你的那層表皮和幻想，他們想被帶到世外桃源，體會絕對不能在家享受的邪惡經驗。龍女纏繞他們，蛇女從身上滑過。所以我們最好把私人的感情垃圾留給真正關心我們的人，例如別的綠鱗女孩。

在一天夜裡，格倫額外安排了一場特殊的招待會，他說要招待一位特別特殊的客人。他訂了有綠床罩的羽毛房，還點了效力最強的鱗尾招牌馬丁尼，他們叫這種雞尾酒「來勁尾」，外加兩名綠鱗女孩——我和緋瓣。馬迪斯選了我們，因為格倫說這位特別特殊的客人偏好苗條身材。

「他想要打扮成穿水手裝的女學生嗎？」我問。有時候「苗條身材」是這個意思。「需要帶跳繩去嗎？」要的話，我得換衣服，當時我可是全身亮晶晶的。

「這傢伙已經醉到不會知道自己要什麼，」馬迪斯說，「全力伺候他就是了，小兔兔，我們要看到大筆的小費，讓他的耳朵後面噴出好幾個零吧！」

我們去了房間，那傢伙躺在綠緞床罩上，好像從飛機上被人扔下來，可是很享受，因為整個身體都像在笑。

是吉米，溫柔而讓人傷心的吉米。毀了我人生的吉米。

我的心在翻轉。我暗自想：喔，慘了，我沒辦法，我會失去一切，然後又開始哭泣。我知道他不會發現是我，我藏在刺眼的亮片中，他這麼飄飄欲仙，眼睛幾乎看不到。所以我只要悄悄做平常的動作，先打開他的扣子和魔鬼沾。我們綠鱗女孩稱這是「剝蝦殼」。「噢，好結實的腹部，」我低聲說，「寶貝，躺著就好。」

我是恨這個任務？還是愛這個任務？為什麼不是一就是二呢？就像薇爾亞常常說她的胸部：要兩個

吧，很便宜的。

這時他想把我臉上的鱗片拔下來，我只得把他的手抓到其他地方。「妳是魚嗎？」他說。他看來不知道。

啊，吉米，我心想，你還剩下什麼呢？

殉道者
聖戴安

THE YEAR
洪荒年代
OF THE
FLOOD

殉道者聖戴安

創園二十四年

主　題：迫　害

演講人：亞當一

親愛的朋友，親愛的忠實同伴：

我們伊甸崖花園的繁花盛景現在只存在記憶中，在這塵世的平面上，它現在是一片荒蕪；是沼澤，或是沙漠，由降雨量決定。從過去青菜沙拉的日子開始，我們的改變如此大！我們的人數縮減這麼多！我們被迫從一個避難處逃到下一個，我們被人緊追不捨。有些過去的友人聲明放棄我們的信條，有人擁有不利我們的虛假證據，更有人走上極端與暴力路線，遭受襲擊，在過程中遭噴槍殺害。我們在此紀念往日親愛的孩子伯妮斯，讓我們以光明包圍她。

有人殘缺不全的屍體被扔到空地，為的是引發我們的恐慌。然而有人消失了，從避難處被人強行帶走，消失在凶域勢力掌控的監牢中，他們求審的要求遭拒，控告者的名字甚至不得而知。在藥物與酷刑的作用下，他們的心智恐怕已經毀滅，身體融成垃圾油。由於不公不義的法律，我們無法得知園丁同胞的下落，只能期盼他們在堅定的信念中死去。

今天是聖戴安日，紀念物種之間的移情作用。在這一天，我們向獅聖傑洛米（Jerome）、鼠聖龐斯（Robert Burns）、貓聖司馬特（Christopher Smart）、狼聖莫維特（Farley Mowat）祈禱，並且召喚精誠兄弟會（Ikhwan al-Safa，譯註：阿拉伯祕密宗教團體，於中世紀創於現今的伊拉克）與他們《動物之信》（Letter of the Animals）一書。不過我們尤其祈求聖戴安（Dian Fossey）的保護，她保護大猩猩不受無情剝削，在過程中獻出一己生命。她致力打造和平國度，讓所有生命受到尊重，然而邪惡的勢力聯合摧毀她與她溫馴的靈長類同伴。她的遇難是可怕的，同樣可怕的是有人惡意散布關於她的謠言，無論是在她生前或是死後，因為凶域勢力既能毀滅事蹟，也可抹煞文字。

聖戴安具體表現我們珍視的理念：深情關心所有其他上帝創造物。她相信這些生物同樣值得獲得我們對親愛親友時的溫柔，在此方面她是我們可貴的模範。她埋葬於大猩猩友人之間，在她努力保護的山區上。

聖戴安與許多殉道者一樣，有生之年無以親眼得見努力化為果實，不過至少她不會因得知獻出生命保護的物種已經絕滅而傷心。與眾多生物一樣，大猩猩已經從上帝的星球表面上消失了。

那我們人類這麼禁不起暴力衝動誘惑的物種呢？為什麼我們執著於流血呢？無論何時我們亟欲驕傲自大，渴望自恃是萬物之首，我們便應該反省野蠻的歷史。

想要安慰，那就想想這段歷史不久將被無水之洪沖刷而去，凶域世界將蕩然無存，只剩下逐漸腐朽的森林、日益生鏽的金屬工具，在這些東西上，葛藤與其他蔓生植物將攀生，鳥獸將築巢，如《上帝人語》告訴我們的：「都要撇給山間的鷙鳥和地上的野獸。夏天，鷙鳥要宿在其上；冬天，野獸都臥在其中。」因為人類一切成果將如書寫於水中的文字。

我們一同蜷伏在這間昏暗的地窖，在阻斷光線的窗戶後方輕聲說話，唯恐有人滲入我們，近處有竊聽裝置或機械昆蟲，或者公司安全衛隊這惡意的走狗此刻正加速朝我們而來，因此我們現在尤其需要剛毅的決心。我們祈禱聖戴安的精神能鼓舞我們，協助我們在考驗的這刻堅定立場。即使她的精神說提到最糟的事情將出現，但別怕，因為更偉大的精神之羽翼會保護我們。

還有一個鐘頭就要天亮了，我們必須離開現在的藏身處，單獨離開，或三兩成群而去。朋友們，保持安靜，別讓人看見，與自己的影子化為一體。有了上帝的恩典，我們將贏得勝利。

擔憂讓人聽見，所以我們無法歌唱，且讓我們壓低嗓音讚頌。

今日我們讚美聖戴安

今日我們讚美聖戴安
為豐富的生命
她拋灑熱血提出信念
卻有更多物種遭到扼殺

在四處朦朧的丘陵
她跟蹤野地猩猩
直到牠們學會信任她的愛
牽起她的手

羞怯的大金剛壯碩強健
她勇敢展臂擁抱
帶著不安的關懷保護牠們
唯恐牠們受傷害

牠們待她如友如親
在她身旁飽餐嬉戲
凶手卻在夜裡到來
在她躺臥之地謀殺她

殘忍的雙手心腸如此之多！
戴安，可惜如妳者幾希
大地少了一種生物
我們也失去了少許自我

在綠野朦朧丘陵間
羞怯的猩猩曾經聚集
妳善良的靈魂依舊徘徊
提防警覺永不休止

——《上帝之園丁口述讚美詩集》

55

芮恩

創園二十五年

園丁常說，你靠著內在心態創造自己的世界。而我不想創造外面的世界，那是死亡垂死的世界。所以我唱以前園丁的讚美詩，尤其是快樂的那幾首。否則我就跳舞，或者用吸耳糖果機放音樂來聽，只是我忍不住想，再也不會有新的音樂了。

亞當一叫我們把名稱念出來，於是我們背誦創造物的名單：梁龍、翼龍、八爪魚與雷龍；三葉蟲、鸚鵡螺、魚龍與鴨嘴獸。乳齒象、嘟嘟鳥、大海雀與科摩多龍。所有的名稱歷歷在目，跟書頁同樣清楚。亞當一說，把名稱說出來是讓那些動物繼續活著的方法，所以我念出來。

我也念別的名字。亞當一、魯雅娜、澤伯、小薛、小柯和奧茲。還有格倫——我只是無法想像這麼聰明的人會死。

還有吉米，雖然他做出那些事情來。還有亞曼達。

我反覆念出這些人的名字，想讓他們繼續活著。

然後我想到馬迪斯最後低聲說的那句話，他說「妳的名字」，這句話一定很重要。

我計算剩餘的食物，四週份，三週份，兩週份。我用眉筆把時間劃掉，如果吃少一點，就能讓食物撐久一點。不過如果亞曼達不馬上來，我就會死。我實在無法想像我會死。

格倫常說，一個人無法確實想像自己死掉，因為當你一說「我會死」，你就說了「我」這個字，那麼你就還活在句子裡。人類也就是那樣得出靈魂不朽的概念——這是從文法得來的推論。上帝也是這樣，因為一出現過去式，那一定有比過去還早的過去，你一直在時間上往回走，最後走到「我不知道」，而那就是上帝了。上帝是你不知道的東西——黑暗，隱密，顯而易見之物的另一面。這全是因為我們有文法，沒有FoxP2基因（譯註：為與言語功能的發育有關的基因，此基因位於人類的第七染色體上，若異常將導致言語障礙）就不可能有文法，因此上帝是大腦的突變，而小鳥必須唱歌也是同一個基因控制的。格倫說，所以音樂是與生俱有的，它編到我們身上，要切除它很難，因為它是我們很重要的一部分，就像水。

我說，若是那樣的話，上帝是不是也編到我們身上了？他說可能吧，不過並沒有給我們帶來好處。他對上帝的解釋與園丁會的解釋差好多，他說「上帝為聖靈」的概念是沒有意義的，因為你無法衡量靈魂。還有，他想說「動動腦筋」時，會說「動動你的人肉電腦」。我覺得那樣的說法好噁，我討厭腦子裡面全是肉。

我一直認為我聽到有人在夜總會裡走動，不過我掃視每個房間，看不到有人在活動。起碼太陽能系統還在運作。我又數了數食物，還剩五天的份量，而且是盡量少吃才能撐到那麼多天。

56

一開始我在螢幕上看見亞曼達，她是個陰影。她小心翼翼走進蛇穴，緊貼著牆壁前進：燈光還亮著，所以她不是摸黑找路。音樂依舊刺耳響亮，她一轉頭確認那裡沒人，就走到舞臺後面把音樂關了。

「芮恩？」我聽見她喊。

然後她就從螢幕消失了。停了一會，走廊的影像攝影麥克風收到她輕柔的腳步聲，然後我看到她了，她也看得到我。我心中大石頭一放下，就哭得說不出話來。

「嗨，」她說，「門外剛好有個死掉的傢伙，他好噁心，我等下回來。」她指的是馬迪斯，始終沒有人把他搬走。後來她告訴我，她把他弄到浴簾上，然後拖到走廊，匆匆忙忙把他塞進電梯裡，應該說是把他的殘體塞進去。她說老鼠在聚會享樂，不只有在鱗尾，甚至靠近都市的每個地方都是。她先套上某人的生化薄膜緊身衣的手套才去摸他；亞曼達很大膽，不過她不會冒愚蠢的風險。

過了一會她回到我的螢幕上。「嘿，」她說，「我來了，別哭了，芮恩。」

「我以為妳永遠不會到這裡來了。」我勉強說出這句話。

「我也這樣以為，」她說，「喂，這門怎麼開？」

「我沒有密碼。」我說。我告訴她馬迪斯是誰，他是唯一知道麻煩間密碼的人。

「他從來沒有告訴過妳？」

「他說我們為什麼需要知道密碼？他每天都改密碼，因為不希望密碼洩漏出去，因為可能有什麼瘋子會進來。他只是想保護我們。」我很努力不要驚慌，亞曼達來了，她在門外，不過如果她束手無策怎麼辦？

「有沒有什麼線索？」她說。

「他說了什麼關於我名字的事，」我說，「就在他還沒——在他們還沒——也許他指的是那個。」

亞曼達試試看。「不是，」她說，「好吧，也許是妳的生日，出生日期？出生年？」

我聽見她用力按下號碼，同時輕聲對自己罵髒話。過了彷彿一段長時間之後，我聽到鎖頭發出咚的一聲，門轉開了，她在那裡，就在我的面前。

「哦，亞曼達。」我說。她皮膚曬傷了，衣服破破爛爛，身體髒得要命，可是千真萬確是她。我朝著她伸出手臂，她卻往後退開。

「很簡單的密碼，A代表一，」她說，「結果還是妳的名字，布蘭達，只是反過來拼。不要碰我，我可能有病菌，我需要洗澡。」

亞曼達到我麻煩間的浴室洗澡，我則用椅子把門撐開，因為我不希望門一轉動就關上了，把我們兩人都鎖在裡面。我一直呼吸濾淨的空氣，一比之下，房間外面的空氣聞起來很可怕：有腐爛的肉，還有濃煙和燒焦的化學藥劑，因為發生好幾場火災，都沒有人來滅火。幸好鱗尾沒有失火，不然連我也一起被燒了。

亞曼達洗好澡，我自己也洗了一次，所以我跟她一樣乾淨。接著我們穿上綠色鱗尾浴衣，那是馬迪斯保留給最紅的女孩子穿的，然後坐下來吃從迷你冰箱拿出的勁力棒，還用微波爐加熱雞肉球，喝喝我們在樓下找到的啤酒，告訴彼此為什麼我們還活著的故事。

57

桃碧

聖絲克伍日
創園二十五年

桃碧驚醒，血液在腦中奔騰：倥鼕，倥鼕，倥鼕。她立刻知道所處空間起了變化，有人在分享她的氧氣。

呼吸，她告訴自己，像游泳一樣移動，不要散發出害怕的氣味。

她以最慢的速度掀起蓋在潮溼身體上的粉紅床單，坐起身來仔細打量四周。那東西體積不大，不在這個小隔間內，這裡沒有空間了。接著她看到了，不過是一隻蜂罷了，一隻蜜蜂正沿著窗臺移動。

琵拉爾說屋裡的蜜蜂象徵訪客，如果這隻蜜蜂死了，那是來意不善的造訪。桃碧心想，我千萬不能殺死牠。她小心翼翼用粉色毛巾包住牠。「傳個訊息，」對牠說，「告訴那些在靈魂世界的人：『請立刻派幫手來。』」迷信，她知道，怪的是她居然覺得得到了鼓舞。不過也許這隻是病毒殲滅天然蜜蜂後的基因變種，或者其實是機械間諜，到處徘徊，因為沒有人繼續操控牠，那樣的話，牠會是個辦事效率奇差的使者。

她把毛巾塞到連身衣的口袋。她要把蜜蜂帶去屋頂釋放，看著牠出發前往死者那裡完成差使。不過她把步槍用皮帶掛在肩上時，一定壓到口袋，因為她展開毛巾，蜜蜂看起來奄奄一息。她在圍欄上方搖晃毛巾，希望蜜蜂會飛起來。牠在半空中移動，不像昆蟲，卻像一粒種子。這次的訪客不是好兆頭。

她走到屋頂花園那一側看出去，果不其然，來意不善的訪客已經到來：那幾隻豬回來了，從柵欄底下挖了洞後進去橫衝直撞。這絕對不是瘋狂進食，而是蓄意的報復行為。土壤不是被挖出溝來，就是遭到踐踏，只要是沒有吃掉的東西，牠們一概硬生生地踏平。

如果她有眼淚，她就會哭了。她舉起雙筒望遠鏡掃視草坪。一開始她沒有看見牠們，接著則發現兩顆粉灰的頭——噢，不，三顆——不對，有五顆，五顆頭抬到雜草叢生的花卉上。圓而明亮的小眼睛，一隻一個；牠們斜視她，牠們一直在監視她，彷彿想親眼見識她的沮喪。牠們在射程之外，如果她開槍打牠們，只會浪費子彈，這點無須讓子彈飛過牠們身邊就會知道。

「你們這些該死的豬！」她對牠們大吼，「去死吧！混蛋王八蛋！」但牠們根本不以為這是羞辱。

現在怎麼辦？她的乾糧存貨所剩無幾，枸杞和鼠尾草幾乎快沒了，植物性蛋白質沒了。她本來把希望全寄託在花園。更糟的是，她已經沒有油脂了，最後的牛油樹油與酪梨奶油已吃光了。勁力棒中有油脂，她還有幾條，可是無法撐多少日子。少了脂質，身體會消耗自己的脂肪，然後是肌肉。大腦只有油脂，心臟只剩肌肉，陷入惡性循環，然後人就會垮下。

她必須採用搜糧手段，到外面草地上，到森林裡，去尋找蛋白質與脂質。公豬現在已經腐爛了，她不能吃。也許她可以射一隻兔子；不行，那是哺乳類同胞，那種屠宰行為她做不到。一開始先吃昆蟲幼蟲和蛋吧，任何種類的蛆也可以。

豬群就是希望她那樣做吧？走到她防守的城牆外，走進空曠的地方，這樣牠們便可以撲上來推倒她，然後將她撕裂？來場豬式戶外野餐，一場「豬野」。她清楚知道那會是什麼場面。園丁會並不害怕形容上帝各種創造物的進食習慣，如果他們一聽就怕，這樣就顯得虛偽了。澤伯總是喜歡說，沒有人是拿著刀叉煎鍋來到人世的，也沒有帶餐巾來，假如我們吃豬，為什麼豬發現我們躺在地上卻不能吃呢？

試圖修復園子沒有意義，豬會這麼等下去，等到有值得破壞的東西時，便將之破壞殆盡。也許她應該蓋屋頂花園，學以前園丁的方法，那麼她永遠不用走到芳療館建築外面。可是她必須用力把泥土一桶一桶從樓梯抬上去，然後乾季時要灌溉，雨季時要排水，少了園丁會的繁複系統，這是不可能的。

豬在那邊，從雛菊上方探出來盯著她瞧，露出快活的神氣。牠們是不是噴著鼻息在揶揄呢？牠們必然呼嚕呼嚕叫，還有幾聲孩子氣的尖叫，就像以前汙水礁湖上空酒吧夜裡關門時常有的叫聲。

「混蛋！」她對牠們大吼。吼了，心情好一點，起碼她是在跟自己以外的對象說話。

58

芮恩

創園二十五年

亞曼達說，最可怕的是大雷雨，好幾次她以為自己死了，因為閃電幾乎快要打到身上。不過她從商店街的五金行偷了橡膠墊，然後蹲伏在上面，之後就覺得比較安全。

她盡量避開人群，在紐約州北部把太陽能車丟棄，因為高速公路堆滿了廢鐵。還有幾次嚇死人的車輛相撞，司機一定在車裡就開始融化了。「血做的護手霜。」她說。滿天都是禿鷹，數也數不清，有人被禿鷹嚇瘋了，亞曼達沒有，她跟牠們合作藝術品。「那條高速公路是龐大的禿鷹雕塑，妳能想像有多大，它就有多大。」她說。她恨不得手上有臺相機。

丟了太陽能汽車後，她走了一段時間，然後偷了另一輛太陽能車，這次是單車，在亂七八糟的金屬中，單車比較容易通行。不放心的時候，她只走市區外圍，或者從森林中通過。她有兩三次遇上驚險的意外，因為別人一定也想到同樣的作法，她幾次差點被屍體給絆倒。還好，她沒有當真摸到他們。

她見到某些還活著的人，有兩三個人也看到她，不過當時大家一定都知道這種病菌的傳染力特強，所以與她保持遠遠的距離。有人已經到了末期，像殭屍一樣隨便亂走，也有人已經倒下來，像衣服一樣自己疊在自己身上。

任何時候只要可以，她就睡在車庫上方或廢棄的建築裡，絕對不睡在一樓地板上。不然就睡在樹上，有堅固樹叉的樹上。不舒服，可是要習慣，最好睡在地面上方，因為會有奇怪的動物出現，巨型豬啦，綿羊獅啦，四處覓食的野狗群啦。有一群狗差點把她逼到死角。不管怎樣，高高在樹上離開殭屍人比較安全，黑暗中你可不希望有一堆亂糟糟的腳掉到你身上。

她講的故事好可怕，可是那晚我們一直笑一直笑。我想我們應該哀悼痛哭，不過這件事情我已經做過了，而且做了又有什麼好的呢？亞當一說，我們應該都往好的方面看，好的方面就是我們還活著。

我們完全沒有談起認識的人。

我不想在麻煩間睡覺，我在裡面已經待太久了，我們也不能睡我以前的房間，因為星芒的皮囊還在裡面。最後我們選了一間客房，裡面有一張大床、綠緞床罩、羽毛裝飾的天花板。如果不多想它的用途，那房間看起來可是很高雅呢。

我最後一次見到吉米就在那間房內，不過有亞曼達陪我，就像有了橡皮擦，可以把更早的記憶弄模糊。我覺得安心多了。

我們睡到隔天上午，然後起床披上綠色浴衣，走進以前鱗尾準備吧檯點心的廚房。我們從大冰箱拿出冷凍黃豆麵包，用微波爐加熱後當早餐吃了，還配上即溶快樂杯咖啡。

「妳難道不會以為我一定死了嗎？」我問亞曼達，「所以也許不用那麼麻煩來一趟？」

「我知道妳沒死，」亞曼達說，「人會感覺到別人死了，非常熟的人，妳不覺得嗎？」

我不是很肯定，便說：「不管怎麼說，謝謝妳。」無論什麼時候感謝亞曼達某事時，她都假裝沒有聽見，不然就說：「妳要報答我。」她那時就說了這句話，她希望每件事都是一次交易，因為無償付出太笨了。

「我們現在該做什麼？」我說。

「留在這裡，」亞曼達說，「等到食物沒了再說。或者如果太陽能系統斷電，冰箱裡的食物開始腐爛，那可能會很噁心。」

「然後呢？」我說。

「然後我們到別的地方去。」

「比方哪裡？」

「現在不用擔心那件事。」亞曼達說。

時間好像變得具有彈性，我們想睡多久就睡多久，然後起床淋浴——由於太陽能，我們還有水——接著從冰箱拿出一些東西吃。接著我們談論在園丁會做過的事，聊陳年往事。如果氣溫升得太高，我們又再睡。後來我們進去麻煩間的房間，把冷氣打開，看老電影的DVD。我們不想走出這棟建築。

到了晚上我們喝喝酒，吧檯後面還有一些沒被打破的瓶子。我們還侵吞馬迪斯的昂貴罐頭食品，這是他留給揮金如土的客人與最棒的女孩子吃的，他叫這是「忠誠點心」。你比別人多盡點力，他就會發點心給你，不過事前你絕對不知道多盡點力是要做什麼工作。我就是那樣才第一次吃到烏魚子，吃起來像鹹鹹的氣泡。只是鱗尾已經沒有剩餘的烏魚子給我和亞曼達吃了。

59

桃碧

聖阿加瓦日
創園二十五年

桃碧心裡暗想：饑荒來了，聖烏爾，為我祈禱吧！為豐裕中挨餓的所有人祈禱，協助我找到那豐裕，快送動物性蛋白質來吧！

草地上的死公豬已經進入來生，屍體傳出沼氣，液體一點一滴滲出來。禿鷹忙著應付牠，烏鴉在周圍徘徊，好像街鬥中的遜咖，能奪取什麼就奪取什麼。不管外面正在發生什麼事情，蛆也參了一腳。亞當一常說，走投無路的時候，從生物鏈最底層開始，沒有中央神經系統的生物必然痛苦最少。

桃碧收集必要的物品，粉紅罩頭曳地連身裝、遮陽帽、太陽眼鏡、水壺、手術手套。還有，雙筒望遠鏡、步槍、維持平衡用的掃帚柄枴杖。她找到一個扣蓋塑膠罐，在蓋上戳了幾個洞，又加上一支湯匙，然後把所有東西收在塑膠禮物袋，袋上有個泉馨芳療館的眨眼商標。背包更好用，可以讓手空下來。這裡本來有幾只背包，讓太太小姐們裝三明治帶去散步用的，可是她想不起來收到哪裡了。

庫存還有幾條「泉馨全天然成分抗陽乳液」，過期了，有臭油味，她不管三七二十一還是抹了一臉，然後用「超級D防蟲液」噴了腳踝與手腕，以免被蚊子咬。她灌了好大一口水，然後去一趟紫羅蘭環保廁所，萬一恐慌，起碼不用尿褲子，沒有比穿著溼答答的連身衣衝刺更討厭的。她把雙筒望遠鏡掛在脖子上，然後爬上屋頂最後一次仔細勘查。草地上沒有耳朵，沒有豬嘴，沒有長毛的金色尾巴。

「快走吧。」她對自己說。她得立刻出門，才能趕在午後暴風雨來臨前返回，被閃電困住就討厭了。亞當一常說，從死亡者的觀點來看，任何死亡都是討厭的，因為不管你警告了多少次，死神永遠不敲門就進來，因此你哭喊為什麼是現在？為什麼這麼快，這是小孩在黃昏時被喚回家的哭喊，是普世眾生對時間之神的抗議。親愛的朋友，只要記住：「我為什麼而活」與「我為什麼而死」是同一個問題。

桃碧堅定地對自己說：這是我現在不要問自己的問題。

她套上手術手套，將泉馨購物袋揹到肩上，放自己出去。她先走去遭到毀壞的園子，搶救了一顆洋蔥、兩條蘿蔔，舀了一層潮溼的泥土放到塑膠扣蓋。接著她穿過停車場，走過平靜無聲的噴泉。已經好一段時間，她不曾離開芳療館的建物這麼遠了。現在她到了草坪，好寬闊的空間，儘管戴了寬帽與太陽眼鏡，光線依舊令人頭昏眼花。別驚慌，她告訴自己，老鼠冒險跑到空曠樓層時就是這樣的感覺，可是你不是老鼠。野草勾住罩頭連身衣，纏住她的腳，好像要阻礙她，要她留下來跟它在一起。野草中不知哪裡有小小的刺，小小的爪和陷阱，她似乎得擠過一大片編了倒鉤金屬絲的針織物。

這是什麼？一隻鞋子。

不要去想鞋子，不要去想她剛才瞥見在附近分解的手提包。時髦，紅色羽皮，還沒被大地吸收的零碎往事。她不想踩到任何殘存的東西，可是要看清野草陷阱網眼底下的東西並不容易。

她往前移動。雙腿刺刺麻麻的，那是肉體知道即將有東西碰上來的反應，難道她真以為會有隻手從苜蓿與苦菜間伸上來抓住腳踝嗎？

「不會的。」她大聲說。她不再安撫情緒，反而開始偵查環境。寬闊的帽沿阻礙視線，她全身得像貓頭鷹的頭一樣轉動，向左，向右，向後，然後再度向前。四周繚繞一股香甜氣：盛開的高大苜蓿、雪珠花、薰衣草、香薄荷、檸檬香蜂草，自行播種而生的植物。田野傳來傳粉昆蟲的嗡嗡響：熊蜂，閃爍的黃蜂，發出虹彩的甲蟲。這聲音有催眠作用：留下來，躺下去，睡吧。

亞當一常說，充滿力量的大自然超過我們所能擷取，它是未受訓練靈魂的特效迷幻藥、催眠劑，我們在其中不會感到自在，我們需要稀釋它，我們不能直接飲用它。上帝也是一樣的。太多的上帝，你服用過量了。上帝需要被過濾。

前方不遠處有一排深色林木，那代表森林的外緣。她感覺森林在吸引她，誘惑她走進去，正如海洋的深度與山稜的高度，據說都會吸引人類，再高又再高，更深又更深，最後讓人消失在非屬人性的狂喜狀態中。

澤伯曾經教過，要以食肉動物看你的角度觀察自己。她想像自己站在樹木後方，透過樹葉枝幹的細緻洞孔看出去，在寬闊野生的無樹大草原中間，有個柔軟的粉紅色小影子，一雙深色的大眼，看似胚胎或外太空異形，孤單單，無人保護，容易受傷。影子後方是她的住所，用只具磚頭外表的稻草所蓋成的可笑箱子，一吹就倒。

她聞到恐懼的味道，是從自己身上發出來的。

她舉起雙筒望眼鏡，樹葉略微動了動，不過只是微風。她告訴自己，慢慢地往前走，記住妳來要做的事情。

彷彿過了漫長的一段時間後，她走到死豬前。一群閃耀光芒的青銅色蒼蠅在上方空氣中顫抖。她一靠近，禿鷹便抬起無毛的紅頭、煮熟似的脖子，她拿起掃帚柄對牠們揮舞，牠們一面亂扒鳥爪散去，一面憤慨地嘶嘶叫。有的往上空盤旋，同時繼續注意她；有的朝樹木振翅飛去，收攏抹布般的羽毛，等待。

公豬屍體上方與附近有蕨葉散落，是羊齒蕨，這種蕨類不會在草地上生長。有些葉子老了乾了，成了褐色，有些還挺為新鮮。還有花，是玫瑰花瓣嗎？車道旁的玫瑰花的花瓣嗎？她聽過類似事情；不！是小時候看過的故事，從關於大象的童書中看來的，大象會站在死去的大象身旁，露出彷彿在沉思的嚴肅樣子，然後牠們會撒上樹枝泥土。

而豬呢？通常牠們只會把死豬給吃了，完全就像吃其他東西。不過牠們還沒吃掉這一隻。那群豬可能舉辦喪禮嗎？牠們可能帶來紀念的花束嗎？她覺得這個念頭非常可怕。為何不會呢？亞當一慈愛的聲音說，我們相信動物擁有靈魂，那麼為什麼牠們不會舉行喪禮呢？

「你瘋了。」她大聲說。

腐爛中的肉體氣味難聞，她簡直難忍作嘔的衝動，拉起連身衣的衣褶緊緊摀住鼻子。另一隻手拿起手杖戳戳死豬：蠕動的蛆大批出現，好像巨大的灰色米粒。

澤伯的聲音說：只要把牠們想成沙蝦，同樣的身體結構。「妳辦得到的。」她告訴自己。她必須放下步槍和掃帚柄才能做下一步動作。她用湯匙把快速打轉的白蛆舀起來送進扣蓋塑膠瓶中，有幾條掉了，因為她的雙手顫抖。她的腦海好像有小型鑽機在唧唧響，或者那只是蒼蠅而已？她讓自己慢下來。

遠方在打雷。

她轉身背對森林，回頭穿過草地。她沒有奔跑。

想必樹林更靠近她了。

60

芮恩

創園二十五年

有一天我們喝香檳時，我說：「來擦指甲油吧，我們的指甲醜死了。」我想也許擦擦指甲能讓我們心情好起來。亞曼達哈哈大笑說：「最厲害的指甲變醜法就是會死人的瘟疫。」總之我們修了指甲。亞曼達擦了叫做「蜜橘水果凍」的橘粉色指甲油，我用了「光潤覆盆子」。我們像拿著手指彩繪顏料的小孩子在開派對。我喜歡指甲油的氣味，我知道有毒，可是聞起來好乾淨清新，就像上漿的床單。我們果然心情好了起來。

擦了之後，我們又喝喝香檳，然後我又有了派對的點子。我到樓上去，上面只有一間房間還有一個人在：星芒在我們以前的臥室。我替她覺得很難過，不過還是用床單把門的四個邊都塞起來，這樣才不會有味道再傳出來了。我希望微生物繼續處理分內的事，那麼她很快就會變形成為另一樣東西。我從蘇凡娜和緋瓣的空房拿出生化薄膜緊身衣與戲服，抱了好大一團下樓，接著我們開始試穿。

生物膜乾掉了，需要噴水和噴皮膚營養潤滑劑，弄好之後，它們跟平常一樣，能輕易地穿上。活生生的細胞層貼緊皮膚時，你會感覺到舒服的吸力，等它們開始呼吸，就有一種暖暖的、癢癢的感覺。標籤上說，它只吸收氧氣，只排放自然排泄物。臉部的薄膜甚至會替你清除鼻孔。要是能百分之百安全，許多鱗尾的客人比較喜歡薄膜與體毛的貼身接觸，不過使用生物膜起碼可以讓他們放鬆，因為知道自己不是和膿瘡在做愛。

「感覺好棒喔，」亞曼達說，「有點像在幫你按摩。」

「推薦你，它能讓膚色完美無瑕喔。」我說。我們又大笑幾聲。然後亞曼達穿上有粉紅羽毛的紅鶴裝，我穿孔雀鷺，接著我們打開音樂、彩色聚光燈，站到舞臺去跳舞。亞曼達舞還是跳得很棒，把那些羽毛搖得很好看。不過那時我比她還厲害，因為受過那麼多的訓練，還在高空鞦韆上工作，她也明白這點，因此我覺得很高興。

我們好蠢，居然搞出這麼一場跳舞，我們把音樂轉到很大聲，聲音剛好就從打開的門傳出去，要是有誰在附近一定會聽見。不過我沒想到那點。「芮恩，妳不是地球上唯一的人。」小時候，桃碧常常這樣說。這是叫我們要體貼別人，可是這時候我的確以為地球上只有我一個人，或者說只有我和亞曼達。所以我們穿著粉紅紅鶴裝與藍色孔雀鷺裝，手上有剛剛擦好的指甲油，在鱗尾舞臺上一同隨著轉大聲的音樂跳舞，嗚嗚嗯，嗚嗚嗯，吧吧達嘟，砰砰咖砰，我們跟著音樂一起唱，彷彿這世上一絲煩惱也沒有。

接著樂曲結束，我們聽見鼓掌，於是人像被冷凍般地站在原地。一陣寒顫迅速通過我的身體，我腦中掠過一個畫面：緋瓣掛在高空繩上，有一只瓶子往上塞進她身體裡。我無法呼吸。

有三個人進來了，他們肯定是躡手躡腳走進來了，人已經在那裡了。亞曼達輕聲對我說：「不要跑。」然後又說：「你們是活人還是死人？」她面露微笑。「如果是活人的話，或許想來杯酒吧？」

「跳得很棒，」最高的那個說，「妳們怎麼沒有染到病菌？」

「搞不好我們身上有喔，」亞曼達說，「也許我們會傳染，只是還不知道，現在我要把舞臺的燈光轉暗，這樣我們才能看到你們。」

「有別人在這裡嗎？」最高那個傢伙說，「有別的男人嗎？」

「就我所知是沒有。」亞曼達說。她把燈光轉暗。「把妳的臉脫下來。」她對我說。她指的是那些用生化膜貼上去的綠色金屬片。她走下臺階離開舞臺。「還有剩下一些蘇格蘭威士忌，或者我們可以給你們弄杯咖啡。」她動手把自己的生化膜頭飾剝下來，我知道她在想什麼：正眼直視，像澤伯教我們的。不要避開眼神，免得他們更可能從後面包圍你，與其像閃閃發光的小鳥，我們愈像人，被大卸八塊的可能性就愈低。

現在我更清楚看到那三個人，一個高高的，一個比較矮，還有一個也是高個子。他們都穿著迷彩裝，非常骯髒的迷彩裝，人看起來好像常常站在太陽底下，接受了陽光、雨水與風的洗禮。

突然之間我認出來了。「小薛？」我說，「小薛！亞曼達，是小薛和小柯啊！」

那高個子轉頭朝我看過來。「媽的妳是誰？」他說。他不是生氣，只是有點嚇到。

「我是芮恩，」我說，「那是小奧茲嗎？」我開始哭了起來。

我們五個人往彼此靠過去，好像電視上慢動作播放足球員抱在一起，我們互相擁抱，擁抱再擁抱，緊抱著彼此不放。

冷藏室有橘色果汁，亞曼達便用剩下的香檳調了含羞草調酒。我們開了幾包鹹味黃豆堅果，用微波爐加熱一包人造魚肉，五個人坐在吧檯上吃。三個男生——我還是把他們當成男孩子——簡直是狼吞虎嘛。亞曼達要他們喝些水，不過不要喝太快。他們沒有挨餓，因為常常闖進超級小市場，甚至闖進民宅，靠著拾荒來的東西為生，居然還用陷阱抓過兩三隻兔子，把大塊大塊的肉烤來吃，就像我們以前在園丁會的聖烏爾週一樣的做法。不過他們還是很瘦。

然後我們告訴彼此無水之洪來襲時我們在哪裡。我說了麻煩間的事情，亞曼達說了威斯康辛州的牛骨頭，我說我們兩人都碰巧走了狗屎運，事情發生時身邊都沒有其他人。不過亞當一常說，沒有什麼好運是碰巧的，因為好運只是奇蹟的另一個名字。

小薛、小柯與奧茲差點活不成，他們被關在痛彈競技場。奧茲說是他們是紅隊，還讓我看他拇指上的刺青，露出很得意的樣子。

「他們因為我們幹的事情把我們關進去，」小薛說，「跟瘋侄亞儅一起幹的事情。」

「瘋狂亞當？」我說，「像園丁會的澤伯？」

「不只澤伯，我們有一票人，他跟我們，還有其他人，」小薛說，「一流的科學家，基因改造科學家等等，他們脫離公司轉入地下活動，因為他們討厭公司做的事情。蕾貝佳和克郎也參加，他們幫忙散布產品。」

「我們有網站，」小柯說，「這樣才能分享我們的資訊，我們有祕密的聊天室。」

「產品？」亞曼達說，「你們在推銷超級菸草嗎？酷！」她呵呵笑。

「門都沒有，我們在做生化生物抵抗運動，」小柯自命不凡地說，「基因改造工程師組合生化生物，小薛、我、蕾貝佳與克郎有一流的身分證，像是從事保險業和房地產的人，那樣的身分讓人可以到處旅行，所以我們就把生化生物帶到指定的地區放生。」

「我們把牠們偷偷安置好，」奧茲說，「就像定時炸彈。」

「有些生物實在很炫，」小薛說，「吃柏油的微生物、攻擊車輛的老鼠……」

「澤伯認為如果可以摧毀基礎結構，」小柯說，「那麼地球就能自我修復。怕日後來不及，每樣生物都絕種了。」

「那這場瘟疫是瘋氓亞儅的計畫嗎？」亞曼達問。

「怎麼可能！」小薛說，「嚴格來說，澤伯相信不能殺人，他不過是希望他們停止浪費每樣東西，不要再胡搞瞎搞。」

「他希望讓他們思考，」奧茲說，「不過有些老鼠失控，搞不清楚狀況，會攻擊鞋子，有人的腳因此受傷了。」

「他現在在哪裡？」我問。如果澤伯在，會讓人覺得很安心，他知道我們下一步應該怎麼做。

小薛說：「我們只跟他在網路上對話，他單獨逃走了。」

「不過公司安全衛隊逮捕了瘋氓亞儅的基因改造工程師，」小柯說，「還追蹤到我們的下落，我猜聊天室裡有個卑鄙的傢伙是間諜。」

「他們槍殺了那些科學家嗎？」亞曼達問。

「不知道，」小薛說，「不過他們最後沒有跟我們一起去痛彈場。」

「我們只進去痛彈場兩三天而已。」奧茲說。

「我們有三個人，金隊也三個人，他們非常非常壞，記得布朗可嗎？汙水礁湖的那一個？會把你頭折斷吃掉的？他瘦了一點，不過真的是他。」小柯說。

「你在開玩笑吧。」亞曼達說。她那樣子不見得是害怕，倒是很關心。

「他破壞鱗尾，所以被關進去，他殺了幾個人，口氣聽起來還很得意，說什麼痛彈場就像他家，他常常來。」

「他知道你們是誰嗎？」亞曼達說。

「那還用說，」小薛說，「對我們大罵，說什麼償還伊甸崖屋頂那場打架的時間到了，他要像殺魚一樣把我們切開。」

「什麼伊甸崖屋頂的打架？」我說。

「妳那時已經走了，」亞曼達說，「你們怎麼出來的？」

「走路，」小薛說，「我們本來還在研究如何在敵隊殺死我們之前先幹掉他們，他們給你三天時間計畫，然後競技賽才開始。不過守衛突然都不見了，他們就這麼消失了。」

「我好累好累，」奧茲說，「我得睡覺。」他把頭垂下擱在吧檯上。

「結果原來守衛其實還在，」小薛說，「在警衛室，只是很像融化了。」

「所以我們就上網，」小柯說，「當時還有新聞播報，我們看到嚴重災難的新聞報導，認為不該出去跟別人混在一起，於是把自己鎖在警衛室，裡面有些食物。」

「糟糕的是，金隊的人在大門另一側的警衛室，我們一直認為睡覺的時候他們會狠狠攻擊我們。」

「我們輪流保持清醒，不過光是等待，心裡的壓力太大了，所以我們想逼他們出來。」小柯說。

「小薛半夜從窗戶進去，把他們的輸水管線切斷。」

「哇塞！」亞曼達崇拜地說，「真的？」

「所以他們只好走了，」奧茲說，「因為沒有水。」

「接著我們食物吃完了，我們也得離開，」小薛說，「我們以為他們搞不好正等著我們出去，結果沒有。」他聳聳肩膀。「故事結束。」

「你們為什麼到這裡來？」我說，「到鱗尾？」

小薛笑嘻嘻。「這地方這麼有名。」他說。

「傳說中的地方，」小柯說，「雖然我們認為不會有女孩子還留在這裡，起碼可以瞧一瞧。」

「死前必須做的事情。」奧茲說，然後打了個呵欠。

「來吧，奧茲，」亞曼達說，「帶你上床休息。」

我們帶他們上樓，讓每個人到麻煩間的淋浴間一趟，他們出來時比進去時乾淨許多。我們拿毛巾給他們，他們擦乾身體，然後我們讓他們舒舒服服地睡在棉被底下，一人一間房間。

照顧奧茲的人是我，我給他毛巾和肥皂，帶他去看看可以讓他睡的床。我好久沒見到他，我離開園丁會時，他只是個小孩、小搗蛋鬼，總是惹麻煩，那是我記憶中的他。不過那時候他也是很可愛的。

「你長大好多。」我說。他幾乎和小薛一樣高，金色頭髮溼答答的，像是在游泳的小狗。

「我一直認為妳是最好的，」他說，「我八歲的時候好喜歡好喜歡妳。」

「我不知道耶。」我說。

「我可以親妳嗎？」他說，「我不是要那種色色的吻啦。」

「好。」我說。他親了，他給我溫柔無比的吻，就親在我的鼻子旁。

「妳好漂亮，」他說，「請穿著妳的鳥裝不要脫。」他摸摸我的羽毛，屁股上的羽毛，然後略為咧嘴露出害羞的笑容。

我想起了吉米，剛認識時他的模樣，我感覺我的心突然開始搖搖晃晃。不過我躡手躡腳走出房間。

「我們可以把他們鎖在裡面。」我到外面走廊上對亞曼達低聲說。

「幹麼那樣做？」亞曼達說。

「他們去過痛彈場。」

「所以呢？」

「所以啦，痛彈場出來的人都精神失常，妳不知道他們會做出什麼事來，他們都瘋了。還有，他們可能有病菌，瘟疫的那種。」

「我們都抱過他們了，」亞曼達說，「他們有的病菌，我們也都有了，哎呀，不管怎麼說，他們以前是園丁。」

「什麼意思？」我說。

「意思是他們是我們的朋友。」

「以前他們也不見得算是我們的朋友，有時候我們感情也不好。」

「放輕鬆，」亞曼達說，「那些人跟我一起幹過很多事情，他們怎麼會傷害我們？」

「我不想成為別人公用的肉穴。」我說。

「講這麼粗俗的話，」亞曼達說，「妳應該怕的人不是他們，是跟他們一起在裡面的那三個痛彈場傢伙，布朗可很難應付，他們一定在外面，我要把我真的衣服穿回來。」她開始剝下火鶴裝，把卡其服套上。

「我們應該把前門鎖上。」我說。

「那個鎖壞了。」亞曼達說。

我們聽見馬路上有聲音傳來，有人邊唱歌邊吼叫，來鱗尾的男人如果喝得很醉，就是這副德性，爛醺醺會砸東西的時候就是這個樣子。我們聽見玻璃碎掉的聲音。

我們衝進臥室，把幾個男的叫醒。他們火速穿上衣服，我們帶他們去二樓窗口眺望馬路。小薛仔細聽了聽，然後小心翼翼往外看。「啊，該死。」

「這地方還有別的門嗎？」小柯低聲問。雖然他的皮膚被曬傷了，臉卻是慘白的。「我們得出去，立刻就走。」

我們爬後面的樓梯下去，從垃圾門溜出去，走進院子，那裡有垃圾油大垃圾箱和裝空瓶子的箱子。我們聽到金隊在鱗尾夜總會裡亂砸亂打，還沒破壞的東西都被破壞了。一聲撞擊的巨響傳來，他們一定拉倒吧檯後面的棚架了！

我們從圍欄的缺口擠出去，穿過空地，往最遠的角落跑去，然後從那裡的巷子跑走。他們不可能看見我們，可是我覺得他們看得見，就像他們的眼睛可以穿透磚塊，像電視裡的生物突變體。

跑了幾個路口遠之後，我們慢下來用走的。「也許他們不會發現我們剛剛在那裡。」我說。

「他們會發現的，」亞曼達說，「髒盤子、溼毛巾，還有床，床剛有人睡在上面，用看是看得出來的。」

「他們會來追我們，」小柯說，「一定會的。」

61

為了搞混我們的足跡，我們一直轉彎走小巷弄。足跡是個問題，因為地面有一層灰泥，不過小薛說雨水會沖走我們的痕跡，反正金隊不是狗，聞不到我們。

一定是他們，那三個砸了鱗尾的痛彈場傢伙，在那洪水爆發的第一晚，殺死馬迪斯的那幾個。他們從對講機看到我，所以才又來鱗尾，想像打開牡蠣一般打開麻煩間來抓我，他們一定能找到工具，雖然可能會費點時間，不過終究會把門打開。

那個念頭讓我感到一股寒顫，不過我沒有跟其他人說，反正他們已經有夠多事情要煩惱了。

街上有一大堆凌亂的垃圾，燒壞的，破掉的。除了汽車卡車外，還有玻璃，許許多多的玻璃。小薛說，不管要進入哪一棟建築，都得小心；有棟建築塌下來時，他們剛好就在附近。我們最好別靠近高樓，因為大火可能已經燒光裡面，如果玻璃窗砸到你，那只好跟頭說再見。目前待在森林比留在城市安全，這跟一般人平常的思考相反。

讓我最不舒服的是普通的小物品。某人的舊日記，紙張上的字已經融化不見。帽子。鞋子比帽子還可怕，最慘的是有兩隻一樣的鞋子。小孩玩具。少了嬰兒的推車。

整條街像是上下翻倒又被踩過的娃娃屋。有間店鋪外面，淺色的T恤長長拖了一地，像是布做出來的大腳印，沿著人行道一路踩下去。一定有人敲碎櫥窗闖進去，搶了店裡的東西，不過他們為什麼會以為一堆T恤會對他們有好處？有間家具行門口的人行道上都是椅子扶手、椅腳和皮墊。一家販賣高級鏡架的眼鏡行裡有許多金框銀框鏡架，大家都懶得去拿。整間藥局被搗毀了，民眾進去搶派對用的迷幻藥，裡面有很多喜福多的空罐子，我還以為這藥只在測試階段，不過那間店一定從事黑市交易。

街上還有一堆一堆的破布與骨頭。小柯說那是「作古的人」。他們乾了，能拿走的東西都被拿走了。我不喜歡看到眼窩，牙齒那裡的嘴巴少了嘴唇看起來好可怕。頭髮黏黏的，好像可以扯下來的樣子，頭髮要好幾年才會腐爛，在園丁會的堆肥課上我們學過。

我們來不及從鱗尾帶食物出來，所以走進一家超級小市場。地板上滿是垃圾，不過我們找到幾罐嘶嘶水果飲料、幾條勁力棒，另一家店有架還在運轉的太陽能冰箱，裡面有黃豆和果莓，我們立刻吃掉。裡面還有冷凍的祕密漢堡肉，一盒有六片。

「我們要怎麼煮？」奧茲說。

「打火機，」小薛說，「看到沒？」

櫃檯的分層架上有青蛙形狀的打火機，小薛拿一個點點看，火焰從蛙嘴噴出來，發出哩嗶哩嗶的聲音。

「拿一把走。」亞曼達說。

這時候我們快到陰溝口，便朝著以前的健康診所前進，因為那是我們熟悉的地方。我希望有園丁留在裡面，不過裡面空無一人。我們在舊教室內野餐，利用壞掉的桌子生火，不過火勢不大，我們不希望用煙傳送信號給痛彈場的金隊隊員。不過窗戶還是得開，因為我們咳嗽咳得太厲害了。我們把祕密漢堡烤來吃，還吃了一半的黃豆——這些就懶得烤了——喝掉嘶嘶水果飲料。奧茲不停點青蛙打火機，讓它哩嗶哩嗶地叫，亞曼達叫他住手，說他浪費燃料，他才停下來。

這時逃跑的激動興奮感已經消失了。回到童年的地方讓我們覺得很感傷，雖然我們一直不喜歡這裡，在這時候竟然很想念它。

我猜想我往後人生就是這樣了，逃跑，搜尋剩菜，蹲在地板上，愈來愈髒愈來愈髒。我好希望身上穿的是真正的衣服，因為我還穿著孔雀鷺裝。我想回去賣T恤的店，看看店內還有沒有什麼乾燥、沒發霉的衣服留下來，可是小薛說那樣太危險了。

我想也許我們應該做愛，這是表現友善和大方的行為，不過大家都累壞了，而且彼此也覺得不好意思。是環境的關係，雖然園丁們的肉體不在這裡，他們的精神在，我們十歲時，有些事要是做了被他們發現，他們會罵我們的，所以現在要做這樣的事情也很難。

我們疊在一起睡覺，像小狗狗一個趴在另一個上面。

隔天上午醒來，門口站著一隻好大的豬，牠往裡面瞪著我們，用溼溼黏黏糊糊的鼻子用力吸空氣。牠一定是從大門進來的，從走廊頭走到走廊底。牠發現我們在觀察牠，就轉身走了。小薛說也許牠聞到烤漢堡肉的氣味，他說那種豬是強化過的基因接合混種——那種事情瘋徑亞儅都知道——身體裡有人類的腦組織。

「真的啊，」亞曼達說，「牠還會做高深的物理題目呢，你在唬我們。」

「真的啦！」小薛說，他有點生氣了。

「好可惜，我們沒有噴槍，」小柯說，「我好久沒吃過培根肉。」

「不准說那種話。」我用桃碧的口吻說，大家聽了都哈哈笑。

離開健康診所前，我們走進釀醋室看最後一眼。大醋罈還在，不過有人拿斧頭把它們砍破了，房裡有醋的味道，還有廁所味，有人利用房間一角當廁所，而且是不久前的事情。他們以前用來收藏醋瓶的小儲間門沒關，裡面半只瓶子也沒有，倒是有幾組架子，架子的角度很奇怪，亞曼達走過去握住邊緣一拉，架子居然轉開了。

「看，」她說，「裡面原來還有完整的房間！」

我們走進去。一張桌子占去房間多數空間，還有幾把椅子。不過最有趣的東西是日式床墊，就像我們以前園丁會用的那一種，還有一大堆空的食物容器：黃豆罐頭、雞豆、枸杞。有個角落上有臺停止運轉的手提電腦。

「還有人活著。」小薛說。

「不是園丁，」我說，「是的話，不會有手提電腦。」

「澤伯有手提電腦，」小柯說，「不過他已經退出園丁會了。」

我們離開健康診所時，沒有什麼明確的計畫。說應該去泉馨芳療館的人是我，桃碧在倉庫收集的亞拉臘可能有食物，她告訴過我們的密碼。另外，花園可能長了什麼植物，我甚至懷疑也許桃碧躲在那裡，不過我不想點燃任何希望火苗，於是就沒有說出口。

我們以為自己當時已經非常小心了，哪裡都沒有看到半個人影。我們走進古蹟公園，朝芳療館的西口警衛室前進，沿著樹木底下的森林小路繼續走，我們覺得那樣比較不容易被人看見。

我們一個接一個走成一排，小薛在隊伍的最前面，然後是小柯、亞曼達、我，奧茲在最後面。接著我覺得冷冷的，轉頭一看身後，奧茲不在那裡。我喊：「小薛！」

接著亞曼達突然往一旁倒下去，完全從小路上消失了。

然後是漆黑的一片，好像穿過刺藤，每一樣東西都又痛又亂，地上有人的身體，其中一個是我的，那一定是我被揍的時候。

當我再度醒來，小薛、小柯與奧茲不在身邊，不過亞曼達在。

我不想去想後來發生的事情，亞曼達的遭遇比我的還可怕。

肉食性動物日

THE YEAR 洪荒年代 OF THE FLOOD

肉食性動物日

創園二十五年

主　題：上帝是最早的肉食性動物

演講人：亞當一

親愛的朋友，親愛的上帝創造物同胞，親愛的哺乳動物同胞：

很久以前，我們在我們美麗的伊甸崖屋頂花園慶祝肉食性動物日，孩子們戴上假毛做成的肉食性動物耳朵尾巴，我們把錫罐打孔，做成獅子老虎和大熊，在日落時將裡面的蠟燭點亮，在我們肉食性動物日，肉食性動物造型的眼睛閃爍熊熊光芒。

而今日我們的慶典必須在內心的花園舉行，我們僥倖居然還擁有這些花園，因為無水之洪已經席捲我們的城市，實際上更氾濫到整個地球。多數民眾錯愕不已，我們卻仰賴精神的指引。或者以唯物的角度來說吧，我們一看就知道這是全球流行疾病。

過去數月我們在這間亞拉臘避難，讓我們感謝它的存在。這或許不是我們願意選擇的亞拉臘，它位於怡景公寓大樓的地下室，當琵拉爾在此種植蕈菇時，這裡便潮溼多水，現在情況更為嚴重。不過我們是有福的，眾多的老鼠同胞將蛋白質捐贈給我們，讓我們得以存留在人世。也值得慶幸的是，琵拉爾在這間地下室造了一處亞拉臘，藏於標有小蜜蜂符號的水泥塊後方。上帝保佑，大量的食糧居然還保持新鮮！只是不是一切食物都是適用的。

不過這些資源已經耗盡，我們不離開，必定餓死。讓我們祈禱外面的世界已經不再凶險，祈禱無水之洪輕掃而過，摧毀了世界，但願大地現在成了新的伊甸園。假如還不是新的伊甸園，那麼它即將成為新的伊甸園。起碼我們如此相信。

在肉食性動物日，我們讚頌的不是慈愛如雙親的上帝，而是老虎上帝，或獅子上帝，或大熊上帝，或野豬上帝，或野狼上帝，甚至是鯊魚上帝。無論是哪一個象徵，肉食性動物日紀念兩種特質：怵目驚心的外表與排山倒海的力量，由於我們有時渴求擁有這樣的特質，它們必然也屬於上帝，因為一切的好都屬於祂。

上帝身為創造者，在每一樣創造物中加了些許的自己，難道不是嗎？因此老虎獅子野狼大熊豪豬鯊魚，或者如水鼩（water shrew）與螳螂小型生物，各自反映出神性。經歷世世代代，人類社會已經了解到了這一點，在旗幟與徽章上，人類不會放上如兔子老鼠等遭捕食的動物，反而是擁有致死能力的動物。當人類懇求上帝保護，不就是要召喚這些特質嗎？

所以在肉食性動物日，我們思考上帝做為最早肉食性動物的一面，我們可能發現祂的神性中包括了迅猛與殘暴，面對這樣的力量，我們渺小恐懼，容我這麼說，我們膽小如鼠，在那樣燦爛的光明光輝下，我們感覺到個人的毀滅。上帝行走於心靈花園的柔軟草地上，卻也在夜間森林中潛行。朋友們，祂不是溫良的，祂是粗野狂暴的，無法如小狗那樣受到控管。

人類也許殺害了最後的老虎、最後的獅子，不過我們會珍惜牠們的名字，當我們說出那些名稱，我們在名稱後聽見這些動物創生時上帝那駭人的聲音。上帝一定這麼對牠們說：我的肉食性動物，我命你執行挑選被捕食動物的指定任務，以免那些生物增生過度，消耗牠們的食物供應，因而生病，因而死亡。因此，去吧！跳躍！奔跑！呼嘯！埋伏！飛快行動吧！你們可怕的心，你們眼中黃綠色的珠寶，你們精工設計的肌腱，你們剪刀般的牙齒，你們彎刀似的獸爪，是我親自贈予給你們的，我看了很歡喜。我祝福你們，宣判你們是善。

如〈詩篇〉第一百零四篇歡欣的句子所言：向神尋求食物。

正當我們準備離開庇護我們的亞拉臘，讓我們自問：何者更為有福？吃或是被吃？逃或是追？施或是受？這些在本質上都是同一個問題，這樣的問題即將不再是假設性問題，因為我們不知道第一個肉食性動物不會偷偷埋伏哪樣生物。

假如我們必須犧牲自己的蛋白質，讓它得以在動物同胞之間流通，讓我們祈禱自己將明白這樣交易神聖的本質。身為人類，我們必然情願吃，而不願被吃，然而二者皆是上帝的賜福。萬一你必須交出生命，放心吧，你是把生命交給了生命。

讓我們歌唱。

水鼩撕裂捕來的動物

水鼩撕裂捕來的動物
不過是實現大自然的需求
牠不會止步策畫
只是行動

豹子夜裡會突襲
牠與家裡溫柔的貓咪是同類
牠們喜愛狩獵，因狩獵而有愛
這是上帝的意旨

是喜或懼誰能說
是否彼此欠下永久的恩情
由於接連的威脅
獵物是否都珍惜每一次的呼吸

我們與動物不同
我們珍惜其他創造物的生命
不食牠們的肉體
除非恐怖的飢荒所逼

假如恐怖的飢荒逼迫我們
假如我們屈服於肉的誘惑
願上帝原諒我們違背誓言
願牠賜福我們所食之生命

——《上帝之園丁口述讚美詩集》

62

桃碧

聖米黑尼克日
創園二十五年

紅色的日出，那麼晚點會下雨，不過晚點總是會下雨。薄霧升起。

嗚嘟—嗚嘟—嗚嗚嗚。嗚嘟—嗚嘟—嗚嗚。啾啾。答哩。噢噢噢。嗳嗳嗳。轟嗯轟嗯轟嗯。斑鳩，知更鳥，烏鴉，冠藍鴉，牛蛙。桃碧說出牠們的名稱，不過這些名稱對牠們沒有意義。她自己的語言會立刻離開她的頭腦，剩下的只有這些了。嗚嘟—嗚嘟—嗚嗚，轟嗯轟嗯。無止境的重複，這首曲子沒有開頭亦無結尾。沒有問題，沒有答案，沒有那麼多的文字，根本沒有文字，或者這整體就是一個龐然的字呢？

這個想法從何而來？從不知名的地方而生，進入她的腦袋中。

桃碧碧碧！

多像有人在呼喊她，卻不過是鳥鳴罷了。

她在屋頂上，在清晨的涼氣中烹煮她每日一份的沙蝦。亞當一的聲音說，別輕視聖烏爾平庸的菜餚。澤伯說，上帝提供食物，有時祂提供的是沙蝦，豐富的脂質，蛋白質的良好來源，你以為熊如何得到這麼多脂肪？

由於煙與熱氣，最好在外面烹煮。她利用聖烏爾啟發的靈感，以大容積的身體乳霜罐做了流動爐子，罐底的洞口放乾柴，側面的洞口排煙通風。以最少的燃料產生最大的熱度。夠用就好。

沙蝦在罐子上方發出嘶嘶聲。

忽然傳來烏鴉的喧鬧，牠們為了什麼而激動，不是驚慌的呼喊，所以不是貓頭鷹。反而像是驚訝的聲音：啞，啞！瞧，瞧！瞧那個！

亞當一說過，浪費食物等同浪費生命，桃碧把酥脆的沙蝦從錫罐上挖起來裝盤，以雨水壺將火澆熄，然後迅速趴在屋頂上。她舉起雙筒望遠鏡。烏鴉在樹梢上方盤繞，一群有六、七隻。啞，啞！瞧，瞧！

兩個男人從樹林間走出來，他們沒有唱歌，沒有裸體，不是藍色的，他們穿著衣服。

桃碧心想，還有人活著，也許其中一個是澤伯，他來找她了，他一定會猜到她還在這裡，還困在這裡，還在堅持不放。她眨眼一擠，這些是眼淚嗎？她想衝下樓，跑到外面的空地，伸出手臂表示歡迎，開心地哈哈笑。可是謹慎阻止了她，她蹲到空調廢氣排放機後面，從屋頂圍欄之間凝望。

可能是感官的惡作劇，她又看到幻象了嗎？

那兩人穿著迷彩裝，為首的拿著某種武器，也許是噴槍。絕對不是澤伯，體型不符，兩個人都不合。還有另一個人跟著他們，是男還是女？高個頭，穿卡其裝，頭垂下來，難以分辨是男是女。那人手握在前方，好像在祈禱。一個男人抓住這人的手臂或手肘，不知是推或是拉。

接著又一個男人從暗處冒出，他用皮帶牽著一隻巨鳥，不，是用繩子，像孔雀鷺的鳥，有藍綠色光澤燦爛的羽毛。可是這隻鳥有顆女人的頭。

我一定又產生幻覺了，桃碧心想，因為不管基因改造工程師能做到什麼地步，他們不可能改造出這樣的生物。男人與鳥女看起來非常真實可靠，不過幻覺可以是這麼真實的。

其中一人肩上扛著一件重物，起先她以為是麻袋，不是，是動物的後腿，上面有毛皮，金色的毛。是綿羊獅？她打了個寒噤：瀆聖之罪！他們殺了在和平國度名單上的動物！

桃碧命令自己，把腦筋放清楚點，首先，妳什麼時候成了狂熱的以賽亞會信徒，追求和平國度？第二，如果這些男人真的是人，而不只是糊塗腦袋瓜跑出來的幻覺，他們已經在殺生了。他們謀殺屠宰大型動物，因此擁有致命武器，他們從食物鏈的上層開始殺生。他們具有危險，他們不擇手段，我應該在他們走到我這裡之前槍殺他們。那麼我可以在他們也殺了那隻大鳥（管牠是什麼）之前，放她自由。

總之，如果他們不是真的，我射殺他們也無所謂，他們只會如煙般消失。

接著，牽著鳥女的那人抬起頭來，他一定看見桃碧，因為他開始呼喊，同時揮動他空著的那隻手。匕首閃現出光芒。另外兩個人也看過來，接著所有人朝著芳療館快步走來。鳥形的生物由於繩子牽動只得跟了上來。於是桃碧看出那身羽毛只是某種戲服，對方是個女人，沒有翅膀，而脖子上繞著一圈繩。

那麼不是幻覺，是真的，真的禍害。

她瞄準位於射程內的匕首男，開槍一射，他搖搖晃晃向後，一面高呼一面踉蹌往後退。不過她動作不夠快，雖然又扣了幾下，竟沒有打中另外兩人。

這時受傷的男子又一跛一跛站起來，所有人回頭跑進樹林。烏女跟著跑，不是自願的，是繩子的緣故。然後她跌倒，消失在雜草中。

其他人後方的綠葉打開然後吞沒了人影，走了，所有人都走了。她找不出那女人跌倒的位置，雜草長得太高了。她應該出去尋找她嗎？不行，可能是詭計，到時會變成他們三個對她一個。

她觀察了好長一段時間，烏鴉一定跟隨他們，跟隨那些男人與穿卡其服的人走遠。啞，啞，啞，啞，聲音逐漸消失在遠方。

他們會回來嗎？桃碧猜想：他們會回來的，他們知道我在這裡，他們會猜測我有食物，才能存活這麼長的時間。此外，我開槍射了其中一個，他們會來報復，不過是人性的表現。他們會像豬一樣懷恨在心，不過他們不會立刻過來，因為他們知道我有步槍，他們必須做好打算。

63

桃碧

聖溫波日
創園二十五年

沒有男人，也沒有豬。沒有綿羊獅。

沒有鳥女。

桃碧暗想，也許我失去了理智，不是失去，是暫時放錯了位置。洗澡時間到了，她到屋頂去。她把雨水從較小的集水鍋盆倒進較大的碗缽，然後以肥皂清潔身體，只清洗手和臉，洗全身容易遭受攻擊，她不願承擔這樣的風險，誰知道有誰可能在偷看呢？她正在用海綿洗掉肥皂沫時，聽見烏鴉騷動起來，就在附近。啞，啞，啞！這次聽起來像在笑。

桃碧！桃碧！救我！

是我的名字嗎？桃碧心想。她往圍欄外看去，什麼也沒看見。可是那聲音又傳來了，就在建築不遠處。

是陷阱嗎？一個女人呼喊她，有男人用手勾著她的喉嚨，再用一把匕首對準頸部靜脈嗎？

桃碧！是我！拜託救我！

她拿起毛巾吸乾身上的水，套上連身衣，背起步槍，開始走下樓梯。打開門：沒人。可是聲音又傳來，就在咫尺之遠。喔，拜託！

左側轉角，沒人。右側轉角，同樣沒人。當她剛好站在花園柵門外時，一個女人從建築一側拐了彎走來。她走路一跛一跛，身形瘦削，神色憔悴，糾結著泥土與乾血的長髮披在臉上，她穿著閃閃發光的緊身衣褲，上面有潮溼破爛的藍羽毛。

是鳥女。從性愛馬戲團出來的什麼怪胎，她一定受到感染，是會移動的瘟疫。桃碧想，假如她碰了我，我會死的。

「不要過來！」她大喊。她退後靠著花園籬笆。「給我滾！」

那女人搖搖晃晃站著，腿上有一道長傷口，赤裸的手臂有的地方擦傷，有的地方在流血，她一定跑過刺藤。桃碧只有一個念頭：這是鮮血，微生物與病毒在裡面活躍。

「走開！滾！」

「我沒有生病。」那女人說，淚珠從臉龐滾落。可是絕望的時候大家都是這樣說的，他們不光說，還會懇求，舉手求助、求安慰，然後人就變成了粉紅色的粥。

桃碧從屋頂看過那些人。

他們會溺死，別讓他們抓住你們，朋友們，別讓自己成為那最後一根稻草。亞當一如是說。

步槍，她笨拙地拉扯背帶，它居然卡在連身衣的布料上。怎麼抵擋這個化膿的燙手山芋？沒有武器，大聲開罵也是沒用。桃碧思索，也許我可以拿顆石子打她的頭，不過她手邊沒有石頭，那就狠狠朝她的心窩踢下去，然後再把腳洗一洗。

魯雅娜的聲音說：毫無慈悲之心啊妳，妳鄙視上帝的創造物，人類不也是上帝的創造物嗎？

那女人從雜亂的頭髮底下發出懇求：「桃碧！是我！」她身子垮下，跪到地上。這時桃碧才認出那人是芮恩。在那層層泥土與破亂的冶豔服裝下，竟是嬌小的芮恩。

64

桃碧把芮恩拖進芳療館，一面把門鎖上，一面讓她砰地摔在地上。芮恩依然哭得激動不已，上氣不接下氣地啜泣。

「沒事了。」桃碧說。她從芮恩的胳膊下抓住她，將她拉起來，兩人跌跌撞撞從走廊走進一間芳療室。芮恩沒有力氣，體重直往下沉，不過她不是很重，桃碧設法將她抱上按摩檯。她聞到汗水與泥土味，某處在流血。還有一個味道：某處在腐爛了。

「別走開。」桃碧說了廢話，芮恩哪裡也去不了，她躺在粉紅色枕頭上閉起眼睛。有隻眼睛瘀青，桃碧心裡盤算要用泉馨蘆薈舒緩眼膜，額外加上山金車花。她撕開一只包裝，把內容物敷上去，然後加了條粉紅床單，從側邊塞好，這樣芮恩就不會從檯子上摔下來。芮恩的額頭有割傷，臉頰上還有一道，都不是很嚴重，她稍後再來處理。

她走去廚房，拿戶外快煮水壺滾了點水。芮恩大概脫水了。她把滾水倒進杯子，加了少量她珍藏的蜂蜜與一小撮鹽，又由逐漸遞減的儲藏物中拿了些乾燥的青蔥。她把杯子端進芮恩的小隔間，取下眼膜，讓她坐起來。

芮恩的眼睛在瘦削瘀青的臉上顯得好大。「我沒有生病。」她說。這句話不對，她在發高燒。不過疾病不只一種，桃碧檢查她的症狀：毛孔沒有滲出血水，沒有流出泡沫。不過芮恩可能是瘟疫帶菌者，是細菌培養皿，無論如何，桃碧已經遭到感染。

「看看喝不喝得下去。」桃碧說。

「我沒辦法。」芮恩說，不過還是設法喝了幾口水。

「亞曼達在哪裡？我需要穿衣服。」

「沒事，」桃碧說，「亞曼達在不遠處，現在試著睡一下。」她小心翼翼扶芮恩躺下去。她心想，那麼亞曼達也跟這個故事有所關聯，那女孩總是麻煩人物。

「我看不見。」芮恩說。她全身發抖。

回到廚房，桃碧把剩餘的開水倒入碗內，她得立刻清除那些破爛的羽毛和金屬片。她帶著那碗水、剪刀、肥皂與一疊粉紅毛巾到芮恩的小隔間。她把床單往後摺開，將骯髒的衣服剪掉。羽毛底下不是布料，是別的材質，幾乎跟皮膚一樣的材料。她把黏住的部分弄溼，以便更容易將它們剝下。褲襠部位已經被撕開了，桃碧在心裡說：天啊，怎麼這麼慘。稍後她得敷膏藥。

脖子有擦傷，想必是繩子磨出來的。左大腿那道傷口已經在化膿了。桃碧盡量溫柔，芮恩還是畏畏縮縮，痛得叫出聲來。「痛死啦！」她說，接著把那又鹹又甜的水吐出來。

桃碧把髒東西擦乾淨，然後開始清潔腿傷。「這怎麼弄的？」她問。

「我不知道，」芮恩低聲說，「我跌倒了。」

桃碧把傷口的髒東西清掉，敷了些蜂蜜上去，琵拉爾常說蜂蜜中有抗生素。芳療館哪裡應該有急救箱。「別動，妳可不想要生壞疽。」她對芮恩說。

芮恩咯咯笑。「扣扣，」她說，「壞，疽。」

骯髒的外衣全數剝去，芮恩的身體也用海綿揩拭過。桃碧嘴上說：「我讓妳吃一些柳木和洋甘菊。」心裡則還想著罌粟。「妳得睡一下。」芮恩躺在地板上比睡在檯子上安全，於是她用粉紅毛巾鋪了床，小心扶她躺下去。桃碧額外又墊了幾塊布。芮恩無法去廁所，她太虛弱了，跟殘火一樣燙。

桃碧把柳木混液裝在小玻璃杯中，芮恩喝下去，喉頭像小鳥一樣活動。沒有吐出來。現在把蛆放上去也沒用，芮恩必須能密切配合，能夠遵循指示，比方不能抓癢。首要之事是先讓體溫降下來。

芮恩睡覺的同時，桃碧翻查她收藏的乾燥蕈菇，選出能增強免疫系統的種類：靈芝、舞茸、冬菇、樺木多孔菌、豬苓、猴頭菇、冬蟲夏草、木蹄層孔菌。她把它們放進開水中浸泡，到了下午，調配真菌香酒，她燉藥、過濾、放冷，然後給芮恩服用三十滴。

隔間臭氣沖天。桃碧把芮恩扶起，讓她翻身側躺，然後抽出已弄髒的毛巾，再把芮恩擦乾淨。她特地戴上橡膠手套，假如有腹瀉情況，她可不希望感染上。她把乾淨毛巾鋪平，再把芮恩翻回去。她的手臂噗通落下，頭顱衰弱無力，嘴裡念念有詞。

桃碧心想，還有很多工作要做。當芮恩身體好起來——如果她身體會好起來——那麼吃東西的不是只有一個人，而是兩個人，那麼存糧會以兩倍速度減少，原本剩下的就已經不多了。也許芮恩無法戰勝高燒，也許她會在睡夢中死去。

桃碧考慮要不要使用粉狀的死亡天使，不用太多，以芮恩虛弱的狀態只需少量就夠。讓她脫離痛苦，協助她乘著潔白的翅膀飛遠，或許這樣比較有慈悲心，是一種福氣。

桃碧心想，我好可恥，盡是想這樣的念頭。這女孩自小妳就認識，她來找妳幫忙，她理所當然相信妳。亞當一會說芮恩是桃碧收到的珍貴禮物，讓桃碧展現無私、分享與那些園丁會急於讓她表現的特質。桃碧實在無法以這種態度面對，此時此刻不能。不過她得繼續努力。

芮恩嘆氣呻吟，身體持續亂動。她在做惡夢。

天色暗了，桃碧點起蠟燭，坐到她身旁，聆聽她的氣息。吸吐吸吐，停。吸，然後吐。她不時摸摸芮恩的額頭，溫度下降了？館內一定有溫度計，早上她要去找出來。她測量她的脈搏：急速且不規律。

然後她在椅子上打盹，接下來她只知道自己在黑暗中醒來，聞到燒焦的氣味。她把手電筒轉開：蠟燭倒了，芮恩粉色的床單一角在悶燒。幸好，床單是溼的。

桃碧告訴自己，真是蠢到家了，除非清醒，不然不准再點蠟燭了。

65

創園二十五年
聖甘地日
桃碧

到了早上，芮恩的體溫摸起來降低了，脈搏更有力，她甚至能自己用顫抖的雙手捧起溫水杯。桃碧這天早上在水中加了薄荷，還有蜂蜜與鹽。

芮恩又入睡後，桃碧立刻把髒床單和毛巾抱到屋頂清洗。她帶了雙筒望遠鏡，趁著床單和毛巾在泡水時，她仔細查看芳療館四周土地。

豬的位置很遠，在草地的西南角落。兩隻魔髮羊，一藍一紫，一起靜靜地吃草。沒有綿羊獅。狗群在某處吠叫。禿鷹在公豬葬處附近振翅。

「走開啦，你們這些考古學家。」桃碧說。她覺得眼花，簡直像在發暈，而且還有心情對自己說笑話。兩隻粉紅巨蝶在她頭上打轉，打量了溼淋淋的床單。也許牠們以為找到了世上最大的粉紅色蝴蝶了，也許是戀愛。然後牠們薄薄的舌頭展開輕舔，那麼不是愛，是鹽分的關係。

亞當一說，朋友們，有人會告訴你們，愛不過是化學作用。當然是化學作用，沒有化學，我們會在哪裡呢？科學只是形容世界的一種方法，另一種形容的方法是說：沒有愛，我們會在哪裡呢？

桃碧想，親愛的亞當一，他一定死了。還有澤伯，儘管她一廂情願地相信他活著，他應該也死了。不過也說不定，因為我還活著，更重要的是，如果芮恩活著，那麼誰都可能還活著。

幾個月前，她停止收聽發條式收音機，因為毫無音訊、太折磨鬥志。不過，她沒有聽到任何人的消息，不代表沒有人存在，亞當一有證明上帝存在的假設證據，這就是其一。

桃碧清洗芮恩受到感染的腳，敷上更多蜂蜜。芮恩吃了少量東西，喝下少許的水。又喝了真菌香酒，又喝了柳木汁。翻天覆地搜找後，桃碧找出芳療館的急救箱，裡面有一條抗菌軟膏，不過已經過期了。沒有溫度計。她心想，誰訂購這種爛東西，噢，對，是我。

無論如何，蛆是比較適合的選擇。

下午她從扣蓋塑膠罐中挖出蛆，用微溫的水清洗，然後將牠們放到急救箱中取出的紗布上，在上面又蓋上一層紗布。她把塞了蛆的層層紗布用膠帶黏在傷口上，不久蛆就會咬破紗布，牠們知道自己喜歡什麼。

「這裡會癢癢的，」她告訴芮恩，「不過牠們會讓妳的傷口好起來，盡量別去動到腿。」

「牠們是什麼？」芮恩問。

「是妳的朋友，」桃碧說，「不過妳不必看。」

她前一晚殺人的衝動已經退了，她不要把死掉的芮恩拖到外面草地讓豬隻禿鷹吃，現在她想治好她，珍惜她，因為芮恩的出現不正是一個奇蹟嗎？她走過無水之洪而來，卻只有受到輕傷？起碼傷勢不甚嚴重。館內來了第二個人，雖然是一個虛弱的人，雖然是大部分時間都在睡覺的病人，不過是這樣，芳療館感覺變得像是溫馨的居家寓所，而不只是一間鬼屋。

我一直是那隻鬼，桃碧心想。

66

桃碧

聖法布爾、聖阿特金斯、聖富蘭納瑞、聖市田、聖鈴木、聖馬修森日
創園二十五年

蛆用了三天時間把傷口清乾淨。桃碧小心翼翼觀察牠們，如果牠們從壞死的組織跑出來，就會開始啃食健康的肉。

到了第二天早上，芮恩的高燒退了，不過為了確保萬一，桃碧繼續讓她服用蕈菇藥水。芮恩現在吃的也多了。桃碧扶她走樓梯到屋頂，讓她在晨光中坐在仿木長凳上。蛆畏光，光線會迫使牠們往傷口最深處的角落鑽去，牠們正需要到那裡去。草地上沒有動靜，森林沒有傳出聲響。桃碧試著問芮恩，洪水來襲時她在哪裡，如何逃過一劫，又怎麼到這裡來，為什麼穿著那些藍色羽毛，不過她只試過一次，因為芮恩一聽便哭了起來，只管說：「我失去亞曼達了！」

「沒關係，」桃碧說，「我們會找到她。」

到了第四天早上，桃碧把裹蛆的紗布拿下來，傷口乾淨了，而且開始癒合。「現在要讓妳的肌肉恢

復健康。」她告訴芮恩。

芮恩開始走路，上下樓梯，在長廊走動，她增加些許的體重，因為桃碧一直拿最後幾罐泉馨檸檬蛋白糖霜面膜餵她，裡面有許多糖分，不過沒有桃碧認為是毒素的成分。她帶領芮恩做澤伯以前都市屠殺弱點課上教的操練動作——satsuma與鰻魚，人要如水果穩重，如鰻魚蜿蜒。她自己也需要加以複習，她疏於練習了。

過了幾天，芮恩講起她的故事，應該說只講了部分而已。她斷斷續續說了幾個字，中間又停頓好久，只是茫然地望著。她說到被關在鱗尾，亞曼達千里迢迢從威斯康辛沙漠過來，設法找出門鎖密碼。然後小薛、小柯和奧茲不知從哪裡冒出來，就像變魔術一樣，她好開心。瘟疫爆發時，他們在痛彈場，所以倖免於難。不過痛彈場金隊那三個惡人到了鱗尾，她、亞曼達和男孩子跑走了，她說他們應該到泉馨芳療館，因為桃碧可能在那裡，他們差一步就到了——他們穿過森林時，眼前一片黑。講到這裡，她就講不下去了。

「他們長什麼模樣？」桃碧說，「他們有沒有……」她本想說特徵，不過芮恩搖頭，表示話題結束了。「我得找到亞曼達，」她抹著眼淚說，「我一定要找到她，他們會把她殺了。」

「拿去，鼻子擤一擤。」說著，桃碧遞給她粉紅毛巾。「亞曼達非常聰明。」最好講得一副亞曼達還活著的樣子。「她腦筋動得非常快，不會有事的。」她本來想說，女人短缺，所以亞曼達一定會被留下來分給眾人，不過她想還是不說為妙。

「妳不懂，」芮恩哭得更激動，「他們有三個人，全都是從痛彈場出來的，他們其實不是人，我得找到她才行。」

「我們會去找她，」桃碧安慰她說，「不過我們不知道他們去哪裡——她去了哪裡。」

「如果妳是他們，」芮恩說，「妳會去哪裡？」

「可能往東走，」桃碧說，「去海邊，到那裡他們可以捕魚。」

「我們可以往那裡去。」

「等妳有充分的體力。」桃碧說。反正她們得遷移到別的地方，存糧正快速減少。

「我現在體力就夠了。」芮恩說。

桃碧搜尋花園，又發現一顆孤單的洋蔥。她從草地邊緣附近挖出三條牛蒡，摘下若干雪珠花，這種植物的纖細白根是紅蘿蔔的祖先。「妳想妳敢吃兔子嗎？」她問芮恩，「如果我把肉切得很小塊，然後煮到湯裡面？」

「可以吧，」芮恩說，「我會試試看。」

桃碧差不多準備好要轉變成完全食肉性動物了，她擔心開槍的聲響，不過如果痛彈場的人還在森林潛伏，他們早知道她有槍了，提醒他們也無妨。

泳池附近常有綠兔出沒，桃碧從屋頂對準一隻開槍，不過好像無法打中牠，難道良心扭彎了她的準頭？也許她需要更大的目標，鹿或狗。她最近沒有見到那群豬，就當她做好一切準備要吃牠們，牠們便不見蹤影。

她在洗衣間架上找到背包，自從幫浦停止運轉之後，她就不曾下來這裡，這裡的空氣混濁，帶有霉味。還好，背包不是棉布做的，而是不透水的合成纖維。她把背包拿到屋頂用海綿擦乾淨，留在大太陽底下晾乾。

她把手邊可得的存貨擺在廚房流理檯。澤伯的聲音說，別帶太重的東西，以免消耗的熱量多過進食的卡洛里，工具比食物重要，最好的工具是腦袋。

步槍當然要。彈藥；泥鏟，挖地下根用；火柴；烤肉點火槍，但撐不久，不過也許用得上；附有剪刀鑷子的瑞士刀；繩子；兩張塑膠，下雨好用；發條式手電筒；紗布；強力膠帶；扣蓋塑膠容器；裝可食野生植物的布袋；鍋子；戶外快煮水壺；衛生紙是奢侈品，不過她忍不住想帶；從芳療館冰箱酒櫃拿出的兩瓶中杯嘶嘶水果飲料，覆盆子口味，垃圾食物歸垃圾食物，既然有卡洛里就是食物，而且瓶子之後可以用來裝水。

金屬湯匙，兩把；塑膠杯，兩只；剩餘的防曬霜；最後一罐超級D防蟲噴液；雙筒望遠鏡，很重卻有必要；掃帚柄；糖；鹽；僅剩的蜂蜜；僅剩的勁力棒；僅剩的黃豆片。

罌粟糖漿；乾菇；死亡天使。

她們臨行前一天，她把頭髮剪短，剪成了平頭，讓她想起時運不順的聖女貞德。不過她不希望頭上長出一條「髮柄」，反而更容易讓人抓住，割下喉嚨。她把芮恩的頭髮也剪了，告訴她這樣比較涼快。

「我們應該把頭髮埋了。」芮恩說。她為了桃碧無法揣測的理由希望將頭髮藏起來。

「乾脆放在屋頂上？」桃碧說，「那樣小鳥可以用它來築巢。」她不打算為了挖埋藏頭髮的地點而浪費身體的能量。

「啊，好啊。」芮恩說。看來她喜歡這個主意。

67

桃碧

殉道者聖孟迪斯日
創園二十五年

天快亮時，她們離開芳療館。她們身穿粉紅棉質運動衣褲，寬鬆長褲與T恤上衣正面有唇印與眨眼圖案。腳上是粉紅帆布運動鞋，這是小姐太太們跳繩與體重訓練時穿的。頭戴粉紅寬邊帽，身上有超級D噴霧與腐臭的抗陽乳液，背包內是粉紅色罩頭連身衣，以免陽光過烈。桃碧心想，要是每樣東西不像這樣都是粉紅色的，不知道有多好，這像嬰兒服，或者小女生生日聚會穿的，不屬於冒險的顏色，不適合偽裝的顏色。

如同過去的新聞報導，她知道情況危急，情況當然危急，可是她覺得興高采烈，簡直想癡癡傻笑，她彷彿有些微醺，彷彿她們不過要去野餐。一定是腎上腺素大量分泌的關係。

東方地平線益發明亮，霧氣自樹林中升起，露珠在晶玫瑰花叢上閃耀微微光芒，反射出花朵詭異的弱光。她們四周的潮溼草地散發甜香氣息，鳥兒開始活動啁啾，禿鷹在無葉的枝幹上展開翅膀晾乾水分。一隻孔雀鷺從南方朝她們振翅而來，輕快飛越草地，然後急速下降，落在覆滿綠渣的泳池邊緣。

桃碧想到，她或許再也見不到這樣的景象，令人驚奇的是，她的心居然放不下熟悉的一切，反而含淚低聲說：這是我的！這是我的！難道說她喜歡被迫留在泉馨芳療館的生活？不喜歡，不過這是她目前的居家領域，她到處留下了自己的皮屑。老鼠就會明白：這是她的窩。亞當一常說，〈告別〉是時間之神唱的歌。

某處有狗在吠，過去幾個月她偶爾聽見牠們，而今天聲音更近了。她不怎麼開心，由於沒有人餵，現在還留下來的狗一定已經變得野蠻凶猛了。

臨走前，她爬上屋頂細細查看原野。沒有豬，沒有魔髮羊，沒有綿羊獅，目光所及範圍沒有他物。她心想，我能看到的範圍其實多麼狹窄啊，草地，車道，泳池，園子，森林邊緣。她想避免走進那裡，走進樹林之間，澤伯常說，大自然或許如木頭般愚笨，但還是比人精明。

她看著森林想，看，就她所知，裡面就藏了豬和綿羊獅，還有痛彈場出來的人。別逼我。沒錯，我是穿著粉紅色，但我有步槍，也有子彈，它的射程比噴槍還遠，所以閃到一邊去吧，混帳東西。

芳療館附近土地與林地邊緣以網眼隔離柵和古蹟公園隔開，隔離柵上方有通電帶刺鐵絲，不過現在已經沒有電了。四個出入口，東西南北，各有蜿蜒的車道連接。桃碧計畫在東口警衛室過夜，那裡不算遠，芮恩還走得到；她的體力還不夠應付大膽的跋涉路程。隔天上午她們可以開始一步一步朝海邊走去，芮恩依然相信她們會找到亞曼達，她們會找到她，然後桃碧會用步槍射殺痛彈場的金隊隊員，然後薛克頓、柯洛齊與奧茲不管躲在哪裡，都會再冒出來。芮恩還沒擺脫生病的影響，期盼桃碧能解決、治療一切，彷彿自己還是小孩，彷彿桃碧還是夏娃六，擁有神奇的成人力量。

她們走過撞毀的粉紅迷你麵包車，繞過道路彎曲處，那裡有兩輛車，一輛是太陽能汽車，一輛是吉普車大小、吃垃圾油的車。從發黑的殘體判斷，兩輛絕對都燃燒過，有種生鏽微甜的氣味混著焦炭味。她們走過時，桃碧告訴芮恩：「別往裡頭看。」

「沒關係，」芮恩說，「我們從鱗尾來這裡的途中，我在平民區看過很多類似的畫面。」

再往前有條狗，是長耳垂毛狗，才死不久。牠被撕開了，內臟亂七八糟，蒼蠅嗡嗡叫，不過尚未見到禿鷹蹤影。無論是什麼動物下的毒手，牠最後一定會回到獵物旁，因為肉食性動物不會浪費。桃碧注視路旁樹叢，似乎聽到了藤蔓生長的聲音，它們遮住了光，怎麼有這麼多的葛根啊。「我們應該走快點。」她說。

不過芮恩不能再快了，她累了，而且背包太重。「我想我快起水泡了。」她說。她們停在樹下喝嘶嘶水果飲料。桃碧總覺得有東西蹲在樹枝上等著跳到她們身上，綿羊獅會爬樹嗎？她強迫自己慢下來，深深呼吸，不要著急。

「讓我們來看看妳的水泡。」她對芮恩說。還沒變成水泡，她從罩頭連身衣上撕下一塊布條纏在芮恩的腳上。太陽升到半空，她們套上罩頭連身衣，桃碧又用抗陽乳液抹臉，然後拿出超級D噴身體。

走到下一個道路轉彎處，芮恩走路開始跛腳。

「我們從草地穿過去吧！」桃碧說，「那樣路途比較短。」

聖瑞秋與眾鳥日

聖瑞秋與眾鳥日

創園二十五年

主　題：聖瑞秋的禮物與精神自由

演講人：亞當一

親愛的朋友，親愛的上帝創造物同胞，親愛的哺乳動物同胞：

我們發現自己在這個重整過的世界，這是多麼值得歡喜的理由！的確，我們有某些——讓我們別說失望二字。無水之洪留下的斷垣殘壁，如同任何退潮的洪水的殘留物一樣，並不迷人。朋友們，我們長久等待的伊甸園需要時間才能出現。

不過，這是多大的恩典，我們能見證重生寶貴的最初時刻！空氣更為清新幾萬倍，人為的汙染已經停止了！新鮮清淨的空氣對我們的肺而言，就像上方雲層空氣對鳥類的肺，當牠們在樹林上翱翔，一定覺得非常輕巧，非常飄逸！在許許多多的年代，鳥類與精神自由連結在一起，與物質沉重的負擔正巧相反。白鴿不正是象徵恩典，象徵全面寬恕、全面接納嗎？

而以這樣恩典的精神，我們歡迎三位凡人夥伴加入我們的旅程：米蘭達、戴倫與奎爾。由於神意，他們離群索居，正好奇蹟似地逃過無水之洪的劫難。米蘭達在山頂一處瑜伽減重中心，戴倫在醫院隔離病房，奎爾在單人牢房。我們很歡喜，這三位沒有被病毒感染。雖然奎爾與米蘭達並不信仰——應該說雖然他們還未信仰我們的宗教，但他們是我們上帝創造物同胞，我們樂於在共同的考驗時刻救助他們。

我們也非常感謝擁有這個暫時的住處，雖然它以前是快樂杯咖啡經銷店，但讓我們免於受烈日與暴雨之苦。感謝史都華的手藝，尤其是他對鑿子的熟悉度，讓我們能夠進入倉庫，因而獲取大量快樂杯的產品：乾燥奶精、香草糖漿、瑪奇朵咖啡混拌粉，還有單人份糖包，紅糖與白糖都有。你們都了解我對精緻含糖產品的看法，不過有時候規則必須改變。感謝妳，魯雅娜，我們不屈不撓的夏娃九，她發揮手藝，連忙做出維持生命的咖啡做為我們的便餐。

在這一天，我們不要忘記，快樂杯咖啡公司正好違背了聖瑞秋（Rachel Carson）的精神。它的咖啡在太陽下種植，噴灑了殺蟲劑，破壞了雨林中動物棲息地，它的咖啡產品是這個時代對上帝有羽毛創造物最大的威脅，就像DDT殺蟲劑是聖瑞秋年代對鳥最大的威脅。在聖瑞秋精神的召喚下，我們幾位更激進的前會員加入了抵制快樂杯的戰鬥活動中，也有其他團體抗議其對待辛勤員工的方式，不過那些往日的園丁抗議的是傷害鳥類的政策。不過我們無法寬宥暴力的手段，我們只認同他們抗議的目的。

聖瑞秋將一生奉獻給鳥類，因此也獻給了整個地球，因為如果鳥類生病滅絕，不正是表明生命本身愈來愈嚴重的疾病嗎？想看看，鳥類是上帝最精美、最悅耳的創造物，如果祂看著牠們的不幸，祂有多麼悲傷！

在她的年代，聖瑞秋遭到有影響力的化學公司攻擊，由於直言真相，而受到輕視與嘲弄，可是她的抗議活動最後獲勝了。很遺憾，反快樂杯的抗議活動並沒有達到同樣的成效，不過那個問題目前已由更偉大的力量解決了：快樂杯並沒有逃過無水之洪的災難，如《上帝人語》在〈以賽亞書〉第三十四章所言，「世世代代成為荒廢……鵜鶘、箭豬卻要得為業……箭蛇要在那裡做窩，下蛋，孵蛋，生子，聚子在其影下；鴟鷹各與伴偶聚集在那裡。」

這段話實現了，朋友們，儘管如此，雨林必將重新再生！讓我們歌唱。

當上帝明亮的羽翼展開

當上帝明亮的羽翼展開
從天國的藍飛翔而出
祂第一條旨意如白鴿
散發純潔晶亮的光澤

其後祂化為渡鴉
證明祂創造的小鳥
最早的與新生的
皆是美麗的

祂會與天鵝齊航
與隼鷹滑行
與白鸚貓頭鷹合唱黎明頌
偕同水鳥俯衝入水

其次祂以禿鷹面貌現身
那往昔的聖鳥
啄食死亡與腐爛
生命因而重生

我們在祂的羽翼下避難
逃離捕鳥人的羅網陷阱
祂的眼注意麻雀的墜落
留意老鷹的死亡

殘殺鳥類的人們
從事無益的消遣與活動
破壞了上帝神聖的和平
那創世第七日的祝福

——《上帝之園丁口述讚美詩集》

68

芮恩

殉道者聖孟迪斯日
創園二十五年

我們走過閃爍微光的草地，一陣嗡嗡響傳來，好像有一千個極小的震動器。粉紅巨蝶四處飛舞。苜蓿的香氣很濃。桃碧拿著掃帚柄探查前方。我想注意腳踏到哪裡，可是地面凹凸不平。我跌倒了，低頭一看，是隻靴子，甲蟲慌慌張張跑出來。

前面有幾隻動物，一分鐘前還不見牠們蹤影，我懷疑牠們本來趴在草地上，剛剛才站起來。我怕得不敢往前，不過桃碧說：「沒事，只是魔髮羊。」

我從沒見過活生生的魔髮羊，只在網路上看過。牠們站在那裡看我們，下顎往兩旁移動。「牠們會讓我拍拍牠們嗎？」我問。牠們有藍色、粉色、銀色和紫色，看起來像糖果，也像晴天的雲朵，讓人覺得心情愉快而安寧。

「我想不能吧！」桃碧說，「我們得加緊腳步。」

「牠們不怕我們。」我說。

「牠們應該怕的，」桃碧說，「來，走吧。」

魔髮羊望著我們。我們更靠近時，牠們整群掉頭慢慢離開。

一開始桃碧說我們要走去東口的警衛室，在有鋪設路面的道路上走了一陣子後，她說距離比她想像的遠。我開始覺得頭暈眼花，因為太熱了，躲在罩頭連身衣裡尤其熱，於是桃碧要我們朝草坪最盡頭的林地走去，那裡比較涼快。我不喜歡樹林，裡面太暗了，不過我知道我們不能留在草地上。

樹底下樹蔭較多，卻沒有比較涼快。裡面溼氣重，又沒有微風，加上空氣混濁，好像裡面塞了比其他地方還要多的空氣。不過起碼我們離開陽光，於是脫下罩頭連身衣，沿著小路前進。林中有濃濃的腐木味，還有我參加園丁會聖烏爾日公園遠足時認識的蘑菇味。藤蔓都長到碎石上面，不過很多枝蔓不是退回原處，就是被人踩過，桃碧說有人走過這條路，不過不是今天，因為葉子已經枯萎。

前方上空有烏鴉喧鬧。

我們來到一條小溪，上面有小橋，流水潺潺流過石頭，我看見裡面有小魚。在對岸有人挖過土的痕跡，桃碧先站著不動，轉頭傾聽，接著過橋去檢查被挖出來的洞。「園丁會的人，」她說，「或者某個很聰明的人。」

園丁會教過我們，絕對不要直接喝溪流裡的水，尤其是靠近城市的河流，最好在旁邊先挖個洞，這麼一來水至少會略為過濾。桃碧有個空瓶子，我們剛才喝水用的那個。她從水坑把瓶子裝水，只讓上層的水流進瓶子，她不想裝到淹死的蟲子。

再往前的空地旁有片蘑菇，桃碧說是鹵菌，它們本來是秋季的品種，當我們還有秋天的時候。我們把鹵菌摘下來，桃碧將它們放進帶來的布袋中，然後將袋子掛在背包外面，這樣它們才不會被壓爛。接著我們繼續前進。

還沒看到前，我們就聞到了。「不要尖叫。」桃碧說。

這就是烏鴉一直啞啞叫的原因。「天啊！」我低聲喊著。是奧茲，他吊在樹上緩緩打轉。繩索繞過他的手臂在背後打結，他身上沒有任何衣物，只有鞋襪。這麼一來那畫面更可怕，因為他就更不像是雕像了。他的頭往後仰，仰到很後面，因為喉嚨被砍斷了。烏鴉在他的頭四周振翅，胡亂想找地方落腳。他整頭金髮打結，後背有條裂開的傷口，像被偷了腎臟後丟在空地上的屍體。不過他的腎臟大概不是被偷去移植用。

「某人有把很利的刀。」桃碧說。

於是我哭了。「他們殺了小奧茲，」我說，「我想吐。」我腳一軟垮到地上。就是現在死在這裡我也無所謂了，我不想活在他們對奧茲做出這種事情的世界，太不公平了。我上氣不接下氣大口呼吸，痛哭到幾乎看不見。

桃碧抓住我的肩膀把我拉起來，然後搖晃我。「不要哭了，」她說，「我們沒時間哭，來，走吧！」她推著我沿著小路走在她前面。

「至少砍斷繩子放他下來，可以嗎？」我勉強把話說出口，「然後埋葬他？」

「以後再做，」桃碧說，「不過他已經不在他的身體裡了，他現在成了靈魂，噓，沒事了。」她停下腳步，抱著我前後搖晃，然後又把我輕輕往前推。她說我們得在午後雷陣雨到來前走到警衛室，而雲朵正快速從南方和西方飄過來。

69

桃碧

殉道者聖孟迪斯日
創園二十五年

桃碧覺得彷彿一記悶棍打來，怎麼這麼野蠻，太嚇人了，不過她不能對芮恩表現出她的感覺。園丁會鼓勵適度的哀悼，做為療傷過程的一部分，不過此時此地不適合這麼做。暴風雲是黃綠色的，閃電來勢洶洶，她懷疑有旋風要來了。「除非妳想被吹走，」她對芮恩說，「不然就快點。」在最後的五十公尺路，她們牽著手低頭一起往風裡跑去。

警衛室仿德墨復古風，有圓形線條和粉紅色泥草屋的電能外牆，只少了禮拜堂塔樓與幾座鐘。已經有葛藤爬上牆壁，鐵柵門開著沒關。景觀花圃的外緣是一圈塗白的石頭，牽牛花本來拼出「歡迎光臨泉馨芳療館」一行字，不過現在長出了大批的馬齒莧和苦菜。有生物常常來挖掘地下根，最可能的是那群豬。

「有幾條腿在柵門旁。」芮恩說。她的牙齒格格打顫，人驚魂未定。

「腿？」桃碧說。她覺得受到挑釁：一天內她究竟得面對幾具殘缺的屍體。她走到柵門前瞧一瞧，那幾條腿不是人類的，是魔髮羊的腿，一組四條，完整無缺，只有沒什麼肉的小腿部分，上面還有少許的羊毛，是薰衣草紫。那邊也有顆頭，不過不是魔髮羊頭，是綿羊獅的頭，金毛骯髒，眼窩空了，多了層硬殼，舌頭也不見了。綿羊獅的舌頭曾是「珍饈餐廳」的昂貴招牌美食。

桃碧走回芮恩身邊，她站在那裡摀住嘴發抖。

「是魔髮羊，」她說，「我把牠們煮成湯，配我們採的好吃磨菇。」

「噢，我什麼都吃不下，」芮恩用傷心的口吻說，「他只是——他年紀還小，我以前常帶他到處去玩。」淚珠滑落她的臉頰。「他們為什麼做出那種事情來？」

「妳必須吃東西，」桃碧說，「這是妳的本分。」對誰的本分？她懷疑。亞當一說過，身體是來自上帝的禮物，人必須尊敬那份禮物。不過現在她感受不到那樣的信念。

警衛室的門沒關，她從窗戶往接待區探看，沒人，於是推著芮恩走進去。暴風雨來得很快。她啪地打開電燈開關，沒電。裡面有一般的防彈報到窗口、素顏掃描器、指紋掃描機、虹膜相機。站在那裡，你知道有五把固定在牆上的噴槍對準你的後背，守衛通常無精打采待在內室控制這幾把槍。

她舉起手電筒，透過櫃檯窗口往烏漆漆的內室照過去：辦公桌、檔案櫃、垃圾。角落有個形影，大得足以是人，有人死了，有人睡了，或者最糟糕的狀況，有人聽見她們來了，假裝成垃圾袋，等到她們一放輕鬆就偷偷摸摸靠過來，露出犬齒，亂砍幾刀，再將她們分屍。

通往內室的門開著，她用力聞了聞空氣，當然有霉味，還有呢？排泄物，腐肉，其他隱隱約約的惡臭。她希望自己有狗的鼻子，能分辨不同氣味。她把門拉上。儘管風雨交加，她走到外面，從景觀花圃的外緣用力搬起最大的那顆石頭。它擋不了強壯的人，不過應該能讓體弱或生病的人減緩行動速度，她可不希望一團吃肉的破布從後面撲到她身上來。

「為什麼要搬石頭？」芮恩說。

「以防萬一而已。」桃碧說。她不多說，芮恩已經夠脆弱了，再多一個恐懼，她會撐不住的。

暴風已經發展到最強的風力，濃密的黑暗在四周怒吼，雷聲劃破空氣。在電光中，芮恩的臉龐忽隱忽現，她閉上眼，嘴巴嚇得形成O字形。她緊抓著桃碧的手臂，彷彿就要從懸崖墜落下去。

經過了一段彷彿很久的時間，雷聲轟隆轟隆遠去了。桃碧到外面檢查魔髮羊的腿。這些腿不會自己走到這裡，牠們還挺新鮮的，沒有燃火的痕跡，無論是誰殺了這隻動物，他並沒有在這裡把其餘的部位煮了。她注意切割的痕跡，利刀先生曾經走過這裡，他可能在多近的地方？

她朝道路左右張望，路面散滿了被扯下來的樹葉，沒有動靜，太陽又露臉了，蒸氣上升，烏鴉在遠方。

她拿了一條魔髮羊腿，用小刀刮下大量毛皮，要是手上有把大屠刀，她就能把腿砍成適合她鍋子的大小。最後她把羊腿的一頭放在通往警衛室階梯的最上級，另一頭放在人行道上，搬起岩石砸下去。現在問題是火，她可以去樹林找乾木柴，就算翻找半天，恐怕回來時也是兩手空空。

「我得走進那扇門。」她對芮恩說。

「為什麼？」芮恩有氣無力地問。她縮在沒人的前面房間。

「裡面有可以燃燒的東西，」桃碧說，「可以生火，來，聽好，裡面可能有人。」

「死人？」

「我不知道。」桃碧說。

「我不想再見到任何死人了。」芮恩鬧脾氣說。桃碧心想，那樣的機會可能不大。

「步槍在這，」她說，「這是扳機，我要妳就站在這裡，如果除了我以外，有誰從那個門出來，妳就開槍，不要不小心射到我，行嗎？」假如她自己在裡面被殺了，起碼芮恩手上有武器。

「好。」芮恩說。她笨拙提起步槍。「不過我不喜歡。」

桃碧暗想這樣做真是太傻了，她神經兮兮，我一打噴嚏，她就會嚇得開槍射我了。不過如果我沒有進去看看那間房間的情況，晚上也不用睡了，因為早上可能脖子上已經一刀了。不進去也沒有火可用。

她帶著手電筒與掃帚柄進去。一地的紙，燈砸爛了，玻璃破了，腳下傳來嘎吱嘎吱碾碎的聲音。氣味更濃，蒼蠅嗡嗡響。她手臂的毛髮皆豎，腦中血液轟轟奔騰。

地上那一團絕對是人，包在什麼噁心的毯子裡。這下她看到圓形的禿頭、幾綹頭髮。她用掃帚柄戳戳毯子，再將光束持續打在那團東西上。她又用力戳幾下，毯子微微抽動。然後是兩道細長的眼睛、一張嘴，嘴唇不但結了硬皮，還起了水泡。

「媽的，」那張嘴說，「搞什麼，你誰啊？」

「你生病了嗎？」桃碧說。

「王八蛋開槍射到我。」那男人說，他的眼睛在光線中眨動。「媽的，關掉關掉。」看不出來他的鼻子或嘴巴或眼睛有滲血的徵兆，很走運，他沒有染上瘟疫。

「射到你哪裡？」桃碧說。那發子彈一定是她開槍打的，那回她往草地開槍時打中的。有隻手伸出來亂摸，上面有紅色與青色的血管。他軟弱無力，又蓬頭垢面，眼睛因發燒而凹陷，不過錯不了，他是布朗可。她應該知道的，她曾經近距離觀察過他。

「腿，」他說，「我不行了，幾個混蛋把我丟在這裡。」

「他們是兩個人？」桃碧說，「是不是帶著一個女人？」她保持冷靜的口吻。

「給我點水。」布朗可說。靠近他腦袋的角落有只空瓶。兩只，三只。啃過的肋骨，是紫色魔髮羊的？「外面還有誰？」他用刺耳的聲音問，呼吸愈來愈沉重。「還有別的賤貨，我聽到了。」

「讓我看看你的腿，」桃碧說，「我也許可以幫上忙。」假裝受傷這招以前早有人用過了。

「媽的，我都要死了，」布朗可說，「燈關掉！」桃碧看見他微微皺起的額頭起了陣陣盪漾的波紋。他知道她是誰嗎？他會想突然朝她撲過來嗎？

「把毯子拿開，」桃碧說，「我就給你水。」

「妳自己來。」布朗可用低沉的聲音說。

「不要，」桃碧說，「你如果不想要人家幫忙，我就直接把你鎖在裡面。」

「鎖壞了，」他說，「他媽的排骨精！給我水！」

桃碧確認了另一個氣味：不管他還有什麼問題，他的身體已經開始腐爛了。「我有一罐嘶嘶水果飲料，」她說，「你大概比較愛喝。」

她從房門退出去後把門關上，不過芮恩已經看到了。

「是他，」她低聲說，「第三個人，最可怕的那個！」

「深呼吸，」桃碧說，「妳一點危險也沒有，妳有槍，他沒有，只要繼續瞄準那扇門就好。」

她翻背包，找出剩下的嘶嘶水果飲料，把起泡的溫暖糖水喝下四分之一瓶——不要浪費。然後用罌粟將瓶子補滿，又額外加了大量的粉狀鵝膏毒，白色的死亡天使能實現邪惡的心願。澤伯應該會說，如果有兩個不良的選擇，選擇比較不邪惡的那一個。

她用掃帚柄把門推開，再拿手電筒往內照。果然，布朗可硬是拖著身體爬過地板，由於用力過度而痛苦地咧開嘴。他一手拿著匕首，他大概本來希望能拉近距離，趁她進門時一把抓住她的腳踝，讓她跟他一起倒下來，或者利用她當談判籌碼控制芮恩。

狗急跳牆，誰知道還有什麼呢？

「拿去。」她說。她讓瓶子朝他滾過去，他抓住瓶子時，匕首噹一聲落下。他用顫抖的手轉開瓶蓋，咕嚕咕嚕把飲料灌下去。

桃碧等到確認飲料都喝下去。「馬上你就會舒服一些。」她輕聲說。她把門關上。

「他會出來！」芮恩說。她面如死灰。

「要是他出來，我們開槍打他，」桃碧說，「我給了他止痛藥讓他平靜下來。」她不出聲地說了道歉與解脫的那番話，就像她會對甲蟲做的事情。

等到罌粟起了作用，她才又走進那間房。布朗可鼾聲如雷，如果罌粟沒有了結他，那麼死亡天使會。她掀起毯子，他的左大腿慘不忍睹，腐壞的布料和腐爛的肉一起慢慢惡化，她得鼓起全身力氣忍住才不至於嘔吐。

接著她搜尋房間，盡量收集可以燃燒的東西：紙張，斷裂的椅子殘塊，一疊CD。有二樓，不過布朗可堵住了想必是通往樓梯的門，她還沒準備要那麼靠近他。她到樹木底下找枯死的樹枝，靠著點火槍、紙張與CD，樹枝最後點著了。她用魔髮羊腿熬了大骨湯，加上磨菇與花壇上摘來的馬齒莧，由於蚊子，她們坐在營火的燒煙中吃。

她們爬樹到平臺屋頂睡覺，桃碧也把背包和另外三條魔髮羊腿拉上去，這麼一來，夜裡沒有什麼能偷走她們的東西。屋頂地板凹凸不平又潮溼，她們躺在兩張塑膠布上。星星燦爛耀眼，月亮反而看不見。就要入睡前，芮恩低聲問：「要是他醒來呢？」

「他永遠不會醒來了。」桃碧說。

「喔。」芮恩用細細的聲音說。那是對桃碧的欽佩？或者只是面對死亡的敬畏？桃碧對自己說，腿傷那麼嚴重，他反正也活不了了，嘗試療傷反而糟蹋了蛆。只是再怎麼說，她剛剛的確殺了人，或者這算是慈悲的行為，起碼他不是渴死的。

別欺騙自己了，寶貝，澤伯的聲音在她腦中響起，妳懷有報復之心。

「願他的靈魂安息。」她發出聲說。事實上，她是要說：去死吧。

70

桃碧

聖瑞秋與眾鳥日
創園二十五年

快天亮時桃碧醒來，遠處有隻綿羊獅，牠奇特的哀嘯聲傳來。狗吠。她動動手，然後動動腳，她的身體硬得像塊水泥板。霧氣的溼氣鑽入骨髓。

太陽出來了，從桃色雲朵長出的熱玫瑰。懸垂大樹的葉子上覆滿了小水珠，在益發強烈的粉紅光線下閃耀光芒。萬物新鮮無比，猶如才剛創造而生；屋頂上的石頭，樹木，懸吊在枝幹與枝幹間的蜘蛛網。睡夢中的芮恩似乎散發光輝，彷彿渾身鍍了銀。粉紅色的連身衣緊裹著她的鵝蛋臉，水氣在她長睫毛上形成了水珠，她宛如雪做的，脆弱而出塵。

陽光直直打在芮恩身上，她張開眼。「啊，慘了，慘了，」她說，「我來不及了，幾點了？」

「妳不會來不及的。」桃碧說。兩人莫名地笑了起來。

桃碧舉起雙筒望遠鏡偵察，東方是她們要去的地方，朝東一看，沒有動靜，往西張望，卻見到一群豬，目前她發現最大的一群，六隻成熟的豬與兩隻小豬。牠們沿著路邊排成一行，像項鍊上圓潤的珍珠。牠們鼻子朝下，一路呼哧呼哧吸地聞，好像在追蹤什麼。

追蹤我們，桃碧暗想，也許是同一群豬，懷抱怨恨的那群豬，舉辦葬禮的那群豬。她站起來，在半空中揮動步槍，對著牠們大吼：「走開！滾！」一開始牠們只是目不轉睛看著，當她放下步槍瞄準牠們，牠們蹦蹦跳跳躲進了樹林。

「簡直好像牠們根本知道步槍是什麼東西。」芮恩說。這日上午她沉穩許多，更堅強了。

「嗯，牠們的確知道。」桃碧說。

她們爬下去，桃碧點起戶外快煮水壺。雖然附近看似沒有人，她不願冒險讓火勢燒得更旺盛，她擔心煙——會不會有誰聞到了？澤伯的守則說：動物躲火，人則被火吸引而來。

水一滾，她便泡茶，又稍微燙了一下更多的馬齒莧，這樣就足以讓她們身體熱起來，應付等一下的步行。

晚點她們可以利用剩下的三條腿再喝些魔髮羊湯。離開前，桃碧檢查警衛室的房間。布朗可冷冰冰的，氣味更難聞，如果本來的氣味居然還能更難聞的話。她將他的身體滾到毯子上，然後將他拖到外面花壇被翻鬆的土壤上。然後她在他扔下匕首的地板上找到它，這把小刀與剃刀一樣鋒利，她用它割開他骯髒的襯衫前襟，毛茸茸的鮪魚肚露出來。如果她要做到底，那就要把他切開，這麼一來禿鷹會感謝她。不過她想起那隻死豬令人作嘔的內臟臭味。豬會解決他，也許牠們會把布朗可當成獻給牠們的和解之禮，原諒她射殺了牠們的豬同伴。她把匕首留在花叢中，好用的工具沒錯，不過業障很深。

她們出來後，她把鐵柵門用力關上，電子鎖已經沒有用了，於是她拿一段繩子把門綁緊。如果豬打算跟上來，柵門無法阻止牠們太久，牠們可以挖洞從下面過來，不過也許能讓牠們暫時停下來。

於是她與芮恩走到泉馨芳療館館區外面。這條道路野草夾道，穿過古蹟公園，她們沿著道路前進，來到一塊有野餐桌的空地，葛藤爬上了垃圾桶、烤肉架、桌子與長凳。陽光分秒秒都變得更加炎熱，蝴蝶在陽光下飄盪盤旋。

桃碧確認方向。下坡往東一定是海濱，然後是海。往西南是植物園，小小園丁以前讓迷你方舟下水的小溪在那裡。通往太陽能空間入口的馬路應該在這附近哪裡交會。他們埋葬琵拉爾的地點就在附近，絕對沒錯，她的接骨木在那裡，現在已經長得相當高大，而且開了花，蜜蜂在四周嗡嗡叫。

桃碧在心裡說，親愛的琵拉爾，如果妳今天在此，妳應該有明智的話要告訴我們，妳會說什麼呢？

往前走她們聽到咩咩叫，有五隻，不，九隻，不，有十四隻魔髮羊你推我擠地從土墩爬上來，走到道路上。銀色、藍色、紫色、黑色，還有一隻紅色的羊毛編成許多條辮子，還有，有個男人。一個披白色床單的男人，腰間繫了帶子，活似《聖經》人物的打扮：他居然還有一條長棍，必然是趕羊用的。當他看見她們，他停下腳步轉身靜靜望著她們。他戴著太陽眼鏡，還攜帶一把噴槍，他若無其事把槍提在身旁，不過卻讓人清楚看見這把槍。太陽在他身後。

桃碧動也不動站著，頭皮和手臂隱隱發麻。這是其中一個痛彈場的人？在她能瞄準步槍之前，那人便可以將她打成蜂窩狀，因為太陽對他有利。

「是小柯！」芮恩說。她往前張開手臂朝他飛奔而去，桃碧當然希望她沒看錯人。不過她一定沒看錯，因為那男人讓她一把抱住他，並且將噴槍與長棍拋在地上，緊緊摟住芮恩，這時魔髮羊從容不迫開始津津有味嚼起花朵來。

71

芮恩

聖瑞秋與眾鳥日
創園二十五年

「小柯！」我說，「我不敢相信，我以為你死了！」我對著他的床單說話，因為我們抱得好緊好緊，我人貼在他身上。他一句話也沒說，也許哭了，所以我說：「我賭你也以為我死了吧！」我感覺他點了點頭。

我放開手，我們看著彼此，他想擠出笑容來。「你哪弄來的床單？」我問。

「到處都有一大堆的床，」他說，「這些比褲子好穿，穿了不會那麼熱，妳見到奧茲嗎？」他語氣聽起來很擔心。

我不知道說什麼才好，我不想告訴他這麼難過的事，把這一刻氣氛給破壞了。可憐的奧茲被吊在樹上，遭人割喉，腎臟不見了。不過當我凝視他的臉，發現我誤會了，他擔心的人是我，因為他已經知道奧茲的事了。他和小薛比我們早走過小徑。那時候他們聽見我大喊，人已經躲起來，接著他們聽見尖叫聲，各種的尖叫聲，接著後來——他們一定回來調查過情況了，所以一定聽到烏鴉叫聲。

如果我說沒看見，他大概會假裝奧茲還活著，這樣我就不會難過了。「欸，」我說，「我們看到了，我很難過。」

他看著地面，我考慮怎麼換個話題。魔髮羊在我們四周小口小口吃著草，牠們想留在小柯身邊，於是我說：「這些是你的羊嗎？」

「我們開始趕羊，」他說，「有幾隻已經訓練得乖乖的了，不過牠們一直跑掉。」誰是「我們」，我想問問看，不過桃碧走過來，所以我就說：「這是桃碧，記得嗎？」結果小柯說：「不會吧！園丁會的桃碧？」

桃碧以一貫正經的態度對他輕輕點了幾下頭，然後說：「柯洛齊，你顯然長大了。」那口氣好像參加同學會，要見到她不知所措的樣子還真難。她伸出手，小柯接過去握了握。好奇怪，小柯披著床單，看起來像耶穌，不過他的鬍鬚還沒有垂下來，而桃碧與我穿了有眨眼與唇印的粉紅衣服，桃碧的背包還伸出三條紫色魔髮羊的腿。

「亞曼達在哪裡？」他問。

「她還沒死，」我講得太快了，「我就是知道她沒有死啦！」他與桃碧從我頭頂上方交換了眼神，好像他們不希望告訴我，我的寵物小兔被輾過了。「那薛克頓呢？」我說。小柯說：「他沒事，我們回去吧。」

「回去哪裡？」桃碧問。他說：「泥草屋，我們以前舉辦生命之樹物料交換市集的地方，記得嗎？」他對我說：「離這裡不遠。」

反正羊群已經朝著那方向前進，牠們好像知道自己要往哪裡去，於是我們跟在後面一起走過去。

這時太陽非常炎熱，我們罩頭連身衣裡面像在沸騰。小柯把一截床單蓋在頭上，他看起來比我涼快許多。走到生命之樹小公園時，已經正午了。塑膠鞦韆不見了，不過泥草屋還是一樣，連平民區居民用噴漆畫的標語都還在，只是他們擴建了房子，用竿子、木板、鐵絲與一大堆強力膠帶蓋了柵欄，小柯打開柵門，羊群走進去，魚貫朝院子裡的羊圈前進。

「我把羊趕回來了。」小柯大喊。一個帶噴槍的男子從屋子的門走出來，接著又有兩個男人出來。然後是四個女人，兩個年輕，一個年紀略大些，另一個年紀更大，但大概與桃碧差不多大。他們不是穿著園丁裝，不過衣服不新也不漂亮。兩個男人披著床單，第三個穿剪短的褲子與襯衫。女人們穿著長袖的罩衫，類似罩頭連身衣。

他們目不轉睛地看著我們，眼神並不友善，反而露出不安的樣子。小柯喊出我們的名字。「你確定她們沒有受到感染？」頭一個男人說，有噴槍的那一個。

「不可能啦，」小柯說，「她們一直跟民眾隔離。」他看著我們，要我們證實這點。桃碧點點頭。

「她們是澤伯的朋友，」小柯又繼續說，「桃碧和芮恩。」接著告訴我們：「這些是瘋亞當。」

「剩下的會員。」最矮的男人說。他說出他們的名字：他是白鯨，其他三位分別是象牙啄木鳥、海牛與吸蜜蜂鳥；女人分別是蓮灰蝶、閃狐、白莎草與塔摩洛水牛。我們沒有握手，他們還是怕我們與我們身上的病菌。

「瘋亞當，」桃碧說，「很高興認識你們，我曾經在網路上密切注意過你們的活動。」

「妳怎麼進去的？」象牙啄木鳥問桃碧，「進去聊天室？」他凝視她的骨董步槍，好像那是金子打造的。

「我是荒島秧雞。」桃碧說。

他們面面相覷。「妳，」蓮灰蝶說，「妳是荒島秧雞！神祕女郎！」她笑呵呵。「澤伯始終不肯告訴我們妳是誰，我們以為妳是他某個性感辣妹女友。」桃碧淡淡一笑。

「不過他說妳很可靠，」塔摩洛水牛說，「他堅持這一點。」

「澤伯？」桃碧說，彷彿在自言自語。我知道她想問問他還活著嗎，不過她不敢問。

「瘋仸亞儅被抓走前，」白鯨說，「我們幹過不少壞事。」

「說好聽點是被該死的還童公司『徵召』了，」最年輕的女性白莎草說，「紅頸秧雞那個小王八蛋。」她有褐色肌膚，不過帶有些英國口音，所以這幾個字念出來變成「望把蛋」。當桃碧告訴她們，她其實是另一個人時，他們的態度親切多了。

我搞不懂狀況。我抬頭看看小柯，於是他說：「就是我們在做的那件任務，生化生物抵抗運動，所以才被他們送進痛彈場。這些是他們綁架的科學家，記得我跟妳說過的嗎？在鱗尾的時候？」

「噢。」我說。不過我還是沒搞懂，為什麼還童公司要綁走他們？是大腦綁架嗎？像我爸爸遇到的事情嗎？

「我們有客人，」象牙啄木鳥對小柯說，「你去趕羊後，有兩個男人帶著一個女人、一把噴槍和一隻死掉的浣鼬過來。」

「真的，」小柯說，「哇塞。」

「他們說他們是痛彈場出來的，講得好像我們應該放尊重點，」白鯨說，「他們想用那女人交換噴槍電池和魔髮羊肉，用那女人跟浣鼬跟我們交換。」

「我賭就是他們抓走我們的紫色魔髮羊，」小柯說，「桃碧發現了羊腿。」

「浣鼬！我們幹麼換那個東西？」白莎草憤慨地說，「我們又不餓！」

「我們本來應該開槍射他們，」海牛說，「不過他們用那女人擋在前面。」

「她穿什麼衣服？」我問，不過他們沒理我。

「我們說不交換，」象牙啄木鳥說，「可憐了那個女孩，不過他們急需電池，表示他們快用完電了，所以我們晚一點再來解決他們。」

「那是亞曼達。」我說。他們本來可以救她卻沒救，不過我不怪他們不交換，你總不能把噴槍電池給會用它來殺你的傢伙吧。「那亞曼達怎麼辦？」我說，「我們不該出發去救她嗎？」

「欸，既然洪水結束了，我們得把每個人集合起來，」小柯說，「就像我們說過的。」他在支持我。

「那麼我們就可以那個了，就是讓人類復興起來。」我說。我知道聽起來很蠢，不過我只能想到這個。「亞曼達真的能幫我們，她不論做什麼事都很厲害。」不過他們只是苦笑地看著我，好像知道這是不可能的事。

小柯牽起我的手，陪我從他們身邊走開。「妳是認真的？」他說，「人類的那件事情？」他露出微笑。「妳得生小孩耶。」

「現在可能還不想啦。」我說。

「走，」他說，「我帶妳去看看菜園。」

他們有露天廚房，一角有幾間紫羅蘭環保流動廁所，還有幾組正在修理的太陽能發電機，零件不缺，因為在平民區幾乎什麼都有，只是得當心建築倒塌。

他們的菜園在後面，種的東西還不多。「我們被豬攻擊，」他說，「牠們從柵欄底下挖洞過來，我們開槍射了一隻，所以其他的可能就懂了。澤伯說牠們是超級豬，因為牠們與人類的大腦組織接合在一起。」

「澤伯？」我問，「澤伯還活著嗎？」我突然覺得頭昏昏的，那些死掉的人又活起來了，讓人完全不知怎麼辦才好。

「當然活著，」小柯說，「妳還好吧？」他伸出手臂摟著我，以免我跌倒。

72

桃碧

聖瑞秋與眾鳥日
創園二十五年

芮恩和柯洛齊閒逛到泥草屋後面不見蹤影，桃碧心想，不會有事的，小孩子想必在談戀愛了！她告訴象牙啄木鳥關於第三個男人的事，也就是死掉的布朗可。他仔細聆聽。「瘟疫？」他問。她說是槍傷受到感染，不過沒說出罌粟和死亡天使一事。

他們談話期間，另一個女人從屋子後方繞出來。「嗨，桃碧。」她喊著。是蕾貝佳，老了，沒那麼豐滿，不過依然是蕾貝佳，實實在在的蕾貝佳。她抓住桃碧的肩膀。「妳太瘦了，寶貝，」她說，「沒關係，我們有培根，絕對讓妳胖起來。」

此時此刻桃碧聽不懂什麼是培根。她喊一聲「蕾貝佳」，想再問「妳為什麼活著？」不過這問題愈來愈沒有意義了，為什麼他們每個人都活著？於是她只說：「太好了。」

「澤伯說過妳一定沒問題的，他始終那樣說，嘿，對我笑一個吧！」

桃碧不喜歡過去式，感覺有臨終時的氣味。「他什麼時候說的？」她問。

「哎喲，他常常講，來，到廚房去吃點東西，跟我說說妳去了哪裡。」

桃碧心想，那麼澤伯還活著！既然現在已確認了，她就覺得自己其實始終都是知道的。但她也依舊懷疑，除非親眼見到他，摸摸他，不然不會是百分之百真的。

他們有咖啡，蕾貝佳驕傲地說，是用烘過的蒲公英根煮成的。桃碧還吃了些香草烤牛蒡，以及一片——是冷豬肉嗎？「那些豬好討厭，」蕾貝佳說，「聰明過頭且惹人嫌。」她以挑戰的眼光注視桃碧。「情勢所逼，」她說，「總之我們好歹知道裡面是什麼，不像祕密漢堡的那些肉。」

「很好吃。」桃碧發自真心說。

吃過點心後，桃碧交出剩下的三條魔髮羊腿，不是很新鮮了，不過蕾貝佳說當存糧不錯。接著她們立刻聊起過去。桃碧把泉馨芳療館的日子迅速說了一遍，然後聊到芮恩。蕾貝佳說她以假身分在西部管制社區推銷壽險，同時偷偷將瘋徝亞當創造的生化生物引進該地區，然後趕上最後一般往東開的子彈列車——冒險之舉，上面有許多民眾在咳嗽，不過她套鼻塞、戴手套。接著與澤伯、克郎一起躲在健康診所。「在我們以前的會議室，記得嗎？」她說，「我們亞拉臘的存糧還在那裡。」

「克郎呢？」桃碧說。

「他很好，感染了某種病菌，不過不是可怕的那種，他現在好了，他跟澤伯、薛克頓、黑犀牛出門了，他們去找尋亞當一與剩下的人。澤伯說如果有人能撐下來的話，他們也能活下來。」

「真的？有機會嗎？」桃碧說。他找過我嗎？她想問這句話，大概沒有吧，他會認為她一個人也沒問題，她確實是，不是嗎？

「我們一直收聽發條式短波收音機，每天二十四小時收聽，也傳送訊息出去。幾天前我們終於收到回音。」蕾貝佳說。

「是他嗎？」桃碧現在準備好什麼都相信。「亞當一？」

「我們只聽到一個聲音，那聲音只說：『我在這裡，我在這裡。』」

「讓我們期待吧！」桃碧說。她的確抱著期待，起碼試圖燃起內心的希望。

外面有狗在叫，還有混亂的吼叫聲。「糟糕，狗來攻擊了，」蕾貝佳說，「妳拿那把槍。」

瘋狂亞當中有噴槍的成員已經站在柵欄前。巨犬與小狗約有十五隻，搖著尾巴朝他們撲過來。噴槍開始射擊，桃碧還沒能開槍，已經有七隻狗死了，剩餘的則逃之夭夭。

「沃特森・克里克學院的基因接合變種，」象牙啄木鳥說，「牠們不是真正的狗，只是看起來像而已，牠們會撕開人的喉嚨。通常會在監獄壕溝等地方看到，無法侵入牠們的系統，這跟警報系統密碼不一樣。不過牠們在洪水期間逃脫了。」

「牠們會流血嗎？」桃碧問。他們得趕走一波又一波的這種「非狗」，還是這種東西數量不多？

「天曉得。」象牙啄木鳥說。

蓮灰蝶和白莎草到外面確認狗已經死了，接著塔摩洛水牛、閃狐、蕾貝佳與桃碧也跟他們做了同樣的事情。他們把皮剝掉，把肉切開，同時拿著噴槍保持警戒，以免其他狗回來。桃碧的雙手從很久以前就記得這個工作該怎麼做，氣味也是相同的，一種童年的氣味。

狗皮放在一邊，狗肉則切好放進鍋子。桃碧覺得有點噁心，卻也覺得餓了。

73

芮恩
聖瑞秋與眾鳥日
創園二十五年

我問小柯，我該不該去幫忙剝狗皮，小柯卻說人手已經夠了，而且我看起來很累，不如到泥草屋裡的床上躺一下。房間涼爽，聞起來就像我記憶中的泥草屋的味道，所以我覺得很安心。小柯的床只是一張平臺，不過上面有銀色魔髮羊的羊毛，還有床單。小柯祝我「睡香香，睡飽飽」。於是我脫下泉馨芳療館的上衣與褲子，因為太熱了，魔髮羊毛又軟又滑，我便睡了。

午後大雷雨把我吵醒，小柯在我背後縮成一團，我看得出來他有心事，心情不好，所以我翻身過去，我們倆於是就抱在一塊。他想做愛。不過我忽然不想沒有愛就跟人上床，自從吉米以後，我再也沒有真正愛過誰，在鱗尾是絕對沒有的，那只是配合別人變態的腳本演戲而已。

而且我心裡有一個漆黑的角落，好像有墨水潑在大腦裡，在那角落，我不能想性這件事，那裡有刺藤，跟亞曼達有關的某件事，我不想去那裡。所以我說：「現在不要。」雖然小柯以前有點不成熟，現在他好像能夠了解了，所以我們只是抱在一起聊天。

他滿腦子計畫，他們要建這個，他們要蓋那個；他們會把豬趕走，或者是馴服牠們。等到那兩個痛彈場的傢伙死了（他會親手處理這事），他會帶著我、亞曼達，還有小薛，一起去海灘捕魚。瘋徑亞當的成員，啄木鳥、莎草、塔摩洛水牛和犀牛，每個人都聰明到不行，所以他們很快就會讓通訊設備恢復作用。

「我們要跟誰聯絡？」我問。小柯說其他地方一定還有別人，然後他告訴我瘋徑亞當的事情，他們如何跟澤伯合作，後來公司安全衛隊透過一個代碼是紅頸秧雞的瘋徑亞當找到他們的下落，最後他們就變成了一個叫做「天塘計畫圓頂屋」地方的大腦奴隸，要麼就去那裡，不然就要被噴槍打，所以他們選擇去工作。後來洪水爆發，守衛一個個不見了，他們就解除安全系統自己走出來，不過那對他們不是什麼難題，他們都是腦筋一流的人。

這件事他之前跟我說過，但當時沒有提到天塘計畫或紅頸秧雞。「等等，」我說，「他們在那個圓頂屋裡面，是不是在研究什麼永生？」

小柯說沒錯，他們都在幫紅頸秧雞進行試驗，某種基因接合變種人類，不但完美又漂亮，而且可以長生不老。他們也很辛苦，要開發喜福多藥片，不過他們自己不吃，他們也曾動心過，這種藥能讓人享受到銷魂絕妙的性愛經驗，不過會有嚴重的副作用，比方說會死翹翹。

「流行性瘟疫就是這樣開始的，」小柯說，「他們說紅頸秧雞命令他們把瘟疫放進那種超級性愛藥裡。」我又覺得自己當時很走運，正在痲煩間，雖然馬迪斯說過綠鱗女孩不能吃藥，我很可能自己偷吞下喜福多，那種藥聽起來很棒，吃了好像完全進入另一個現實。

「誰會做那種事？」我問，「性愛毒藥？」是格倫，一定是的，那就是他在鱗尾告訴還童公司大人物的產品，當然他沒提到毒藥這部分。我記得那幾個暱稱：巨羚和紅頸秧雞。我還以為那只是格倫跟他那個炮友在叫床，很多人在那種時候都會用動物名字啊，什麼黑豹、老虎和狼獾，什麼小野貓和南亞小狼犬。所以不是叫床，是代號，或者兩者都是。

我有一瞬間想把事情都告訴小柯，告訴他我過去還知道不少紅頸秧雞的事，不過這樣我就得把以前在鱗尾做什麼事說出來，不只要說高空舞蹈，甚至是格倫叫我們學貓嗚嗚叫、學鳥唱歌也要說，還有別的事，在頂級羽毛房的事。小柯不會想知道的，他們討厭想像其他傢伙跟妳做他們自己想跟妳做的性感事。

所以我反而問：「那麼那些基因接合變種人呢？完美的人類？他們成功了嗎？」格倫一直希望每樣事情都能變得更完美。

「他們做出來了。」小柯說，好像造人只是家常便飯。

「我猜那些人跟其他人都一起死了吧！」我說。

「才沒呢！」小柯說，「他們住在海邊，不需要衣服，他們吃葉子，跟貓一樣嗚嗚叫，我覺得那才不叫完美，」他呵呵笑，「像妳這樣比較符合完美。」

我當作沒聽見。「這是你捏造的故事吧。」我說。

「不是，我發誓，」小柯說，「他們那個有這麼大喔——他們的老二會變成藍色的，然後跟藍色屁股的女人集體做愛，超可怕的！」

「你在開玩笑吧？」我說。

「我親眼看到的，」小柯說，「我們不應該靠近他們，因為怕他們搞不清楚狀況。不過澤伯說我們可以從遠處觀察，就像在動物園一樣。他說他們沒有危險，我們對他們才具危險性。」

「我什麼時候可以看看他們？」

「等我們解決了那幾個痛彈場的人，」小柯說，「我得陪妳去，那裡有個傢伙睡在樹上，自言自語，跟一袋蛇一樣瘋癲——這句話沒有冒犯蛇的意思。我們不管他，我想他大概染上病菌了，我不希望他來煩妳。」

「謝謝，」我說，「這個天塘計畫圓頂屋裡的紅頸秧雞長什麼樣？」

「從來沒有見過他，」小柯說，「也沒有人提過。」

「他有朋友嗎？」我問，「在那個圓頂屋裡面？」格倫那次帶吉米去鱗尾，他們肯定一起在忙什麼事情。

「犀牛說他沒什麼朋友，不過裡面確實有個夥伴，還有那個人的女朋友，他們兩人應該一起規劃行銷的事情，犀牛說那傢伙浪費時間，很喜歡講無聊的笑話，酒喝得很凶。」

我心想，沒錯！那是吉米。「他也順利出來了嗎？」我問，「離開圓頂屋？跟藍皮膚的人在一起？」

「我哪知道啊？反正誰鳥這件事情？」小柯說。

我在乎啊，我不希望吉米死掉了。「你講那種話有點讓人討厭。」我說。

「嘿，」小柯說，「不要生氣嘛。」他一手抱住我，手落在我的胸部，好像是不小心一樣。我把手拿開。「好吧。」他說，口氣透露出失望。他親吻我的耳朵。

我接下來知道的，是小柯在叫我起來，「他們回來了。」他說。他三步併兩步出去，而我先穿上衣服，等我走到外面，澤伯在院子，桃碧抱著他。克郎在，還有他們喊他黑犀牛的男人也在，他的確有點黑。小薛也在，他笑嘻嘻地看著我。他還沒聽到那兩個痛彈場傢伙與亞曼達的事，小柯得告訴他，如果我去說，他會問我問題，我只有不好的答案。

我慢慢走向澤伯，我覺得很害羞。桃碧放開他，她在微笑，不是淡淡的微笑，而是發自內心的微笑，我想她還是有美麗的一面。「小芮恩，妳長大啦。」澤伯對我說。他的頭髮比我上次看見他時還要白，他露出笑容，捏捏我的肩膀就放開。我記得以前在園丁會時，他在我們的浴室唱歌，我記得他對我很好的時候，我希望他因為我活下來而感到驕傲，雖然那大部分是因為運氣好。我希望他看見我還活著時能露出更驚訝高興的樣子，不過他一定有很多心事。

澤伯、小薛和黑犀牛帶著噴槍和背包，這時他們動手打開背包，把裡面東西拿出來。黃豆罐頭、兩只瓶子（看起來像酒）、幾條勁力棒、三個噴槍用的電池組。

「從各個園區拿來的，」克郎說，「很多柵門都開著，打劫的人進進出出。」

「凍才園區鎖得緊緊的，」澤伯說，「我猜他們認為在裡面可以熬過去。」

「他們和他們那些冷凍的頭都在裡面。」小薛說。

「我不相信有人出來。」黑犀牛說。聽到這句話我很難過，因為琉森一定在那個園區裡，不管她後來做了什麼，她曾經是我的母親，我以前是愛她的。我朝澤伯看過去，因為也許他也愛過她。

「你找到亞當一了嗎？」象牙啄木鳥問。

澤伯搖頭。「我們到怡景公寓找過，」澤伯說，「他們一定在那裡待過一段時間，不是他們，就是別人，證據很明顯。我們也查看了幾個亞拉臘，不過什麼都沒有，他們一定移到別的地方了。」

我對小柯說：「你有沒有告訴他有人住在健康診所？在醋罈後面的小房間？有手提電腦那裡？」

「我說過了，」小柯說，「那人是他，還有蕾貝佳與克郎。」

「我們倒是碰上那個瘋瘋癲癲的男人，他一拐一拐往前走，還一面自言自語，」小薛說，「就是在海濱那裡睡在樹上的男人，不過他沒看見我們。」

「你沒有開槍打他？」象牙啄木鳥問，「萬一他發現了？」

「幹麼浪費彈藥？」黑犀牛問，「他活不久的。」

等太陽低垂，我們在外面的院子生火，吃了加了肉塊——我不確定是什麼肉——的蕁麻湯，還有牛蒡和一些魔髮羊的羊奶乳酪。我本以為他們用餐前會說「親愛的朋友們，我們是地球上僅剩的人類，讓我們感謝」，或者園丁會常說的那種話，不過他們沒有，我們只是吃晚餐而已。

吃飽以後，他們討論接下來要做的事情。澤伯說他們必須找出亞當一和其他園丁，免得他們出了什麼事情，或者有誰找到他們。他明天會去陰溝口，查看伊甸崖屋頂、幾個松露避難處、和其他他們可能去的地方。小薛說要跟他一起去，黑犀牛與克郎也說了同樣的話。其他人需要留下來保護泥草屋，以免這裡遭到狗和豬的攻擊，此外，萬一那兩個痛彈場的人回來也要抵抗。

然後象牙啄木鳥告訴澤伯關於桃碧的事，還說布朗可已經死了，澤伯望著桃碧說：「幹得好，寶貝。」聽見有人喊桃碧寶貝，我的下巴差點掉下來，這有點像叫上帝大帥哥。

我鼓起勇氣表示我們必須找到亞曼達，讓她離開痛彈場那些傢伙。小薛說他同意，我想他是真心的。澤伯說他很抱歉，可是我們必須了解這不是二選一的問題，亞曼達只是單獨一個人，亞當一和園丁則有很多人；如果是亞曼達，她也會做同樣的選擇。於是我說：「那好吧，我就自己去。」澤伯便說：「別傻了。」好像我還是十一歲。

然後小柯說他會陪我去，我捏捏他的手以示感謝。但澤伯說小柯得留在泥草屋，他們不能沒有小柯。澤伯還說，假如我可以等他、小薛、犀牛和克郎回來，他們會派三個男人帶噴槍跟我去，這樣我們的機會就大得多。

可是我認為時間不夠了，如果那些痛彈場的人想拿亞曼達去交換東西，那就表示他們對她膩了，隨時可能殺了她。我說我知道他們會怎麼做，就像鱗尾有臨時員工，被利用完就可以扔了，所以我現在就得找到她，我知道很危險，但我不在乎。然後我哭了起來。

沒有人說話。然後桃碧說她陪我去，她會帶她那把步槍，還說她的開槍技術不賴，也許痛彈場那幾個傢伙最後一組噴槍的電池已經沒電了，那麼我們就占了更大的優勢。

澤伯說：「那主意不怎麼好。」桃碧頓了一下，然後說那是她想出來最好的點子，因為她不能讓我獨自胡亂走進樹林，這跟謀殺沒兩樣。於是澤伯點點頭說：「千萬要小心。」所以就這麼決定了。

瘋狂亞當成員在正廳掛起強力膠帶做成的吊床，讓桃碧和我睡覺。桃碧仍和澤伯以及其餘的人說話，所以我先上床。吊床鋪上魔髮羊毛毯，還頗舒服的，雖然我非常擔心怎麼才能找到亞曼達、到時又會發生什麼事，我最後還是勉強睡著了。

隔天早上我們起來，澤伯、小薛、克郎和黑犀牛已經離開了，不過蕾貝佳告訴桃碧，澤伯替她在以前小孩子玩的沙坑上用沙子畫了地圖，上面標出泥草屋與海濱的位置，好讓她知道東西南北。桃碧仔細研究地圖，看了好久，臉上露出奇怪的表情，一種苦笑。不過也許她只是在背地圖，然後她把地圖擦掉了。

吃過早餐後，蕾貝佳給我們幾塊肉乾，象牙啄木鳥給我們輕型吊床，因為睡在地面上不安全，然後我們用他們挖的水井裝滿水壺。桃碧把一堆東西留下來：裝了罌粟、磨菇和蛆的瓶瓶罐罐，以及所有醫療的東西，不過帶了鍋子、刀子、火柴、繩子，因為我們不知道要去多久。蕾貝佳擁抱她，說：「親愛的，要小心。」然後我們就出發了。

我們走啊走啊，中午時停下來吃東西。一路上，桃碧都在仔細聆聽，她說有太多不正常的鳥鳴，例如烏鴉叫；而根本沒有鳥叫聲時，就代表要當心。但我們只聽見背景傳來唧唧喳喳的聲音，「很像小鳥啄壁紙。」桃碧說。

我們繼續走下去，又吃了東西，又走了更多的路。樹葉好多，偷走了空氣，而且也讓我覺得很緊張，因為上次我們走在森林時發現奧茲被吊在樹上。

天色暗了，我們選了幾棵夠高的樹木把吊床綁起來，然後爬進去。不過我睡不著。我聽見唱聲，好美，只是不像一般的歌聲，那聲音很清透，像是玻璃，不過是一層一層的玻璃。也像是鈴聲。

歌聲逐漸消失，我想也許是我的幻覺，接著又想那一定是藍膚人，那一定是他們唱歌的方法。我想像亞曼達在他們那裡，他們餵她吃東西，照顧她，用嗚嗚叫來治療她、安慰她。

這是假的，是我一廂情願的想像，我知道不該這樣，應該要面對現實，不過現實裡面有太多的黑暗，太多的烏鴉。

亞當夏娃們以前常說，我們吃什麼就會變成什麼，可是我寧願說，我們想要什麼就會變成什麼，因為要是不能許願的話，那幹麼還特地許願呢？

聖泰瑞與眾徒步旅者日

聖泰瑞與眾徒步旅者日

創園二十五年

主　題：流浪的狀態

演講人：亞當一

親愛的朋友，親愛的上帝創造物同胞，同在穿越人生險路的親愛旅居者同胞：

最後在我們最愛的伊甸崖屋頂花園上慶祝聖泰瑞日，那是多久以前的事啊！

我們當時並不明瞭，比起我們現在經歷的陰暗日子，那段時光是千百倍的美好。

那時候，我們在祥和的花園中享受眼前景觀，雖然那景色充滿陋巷罪惡，我們卻從一處重整且復興的空間觀看它，那空間還有茂密的純潔植物，以及無數辛勤的蜜蜂。

我們高聲歌唱，相信我們的信仰會普及人間，因為我們的目標可敬，我們的手段毫無惡意。因此我們相信我們的清白，此後發生許多可悲的事情，然而當時推動我們的精神依然存在。

聖泰瑞日獻給每一個徒步旅行者，其中首屈一指的是聖泰瑞（Terry Fox），他以一條凡人的腿、一條金屬腿奔跑了萬里路，立下面對毫無勝算之勇氣的卓越楷模，展現人類肉體無須化石燃料的運動能力，他與必死賽跑，最後跑贏了自己的死亡，永遠活在人們的記憶中。

在這一天，我們同樣緬懷聖特魯斯（Sojourner Truth），她在兩個世紀前引導逃亡的奴隸，她走過千山萬水，只有兩顆星星指引她。

我們也紀念以探險南極與北極聞名的聖薛克頓（Shackleton）與聖柯洛齊（Crozier），還有史考特遠征隊的聖奧茲（Laurence Titus Oates），他健行前往無人曾經踏足之地，為了同伴的幸福，在暴風雪中犧牲自己的性命。

讓聖奧茲不朽的遺言在我們旅程上鼓勵我們：「我只是出去一下，等等就回來。」

今日的聖徒都是徒步的旅客，他們都深知旅途比抵達終點更為重要，只要我們靠著堅定信念旅行，便能前往無私的終點。

我的朋友與旅伴，讓我們不忘這一點。

我們也應該緬懷旅途中失去的伴侶。

戴倫與奎爾因病而死，此疾早期的徵狀讓我們憂心忡忡，應他們的要求，我們離開，將他們留下。我們感謝他們對依然健康的人表現出如此可佩的關懷。

斐洛進入休耕狀態，在一處停車場屋頂平和過日，那地點也許讓他想起我們親愛的屋頂。

我們當初不該任梅妮莎落後我們這麼長一段路，由於一群瘋狗，她成了創造物同胞的終極禮物，成為上帝蛋白質盛舞中的一員。

請在內心以光明包圍她。
讓我們歌唱。

最長的一哩

最後一哩是最長的一哩
當下我們軟弱無力
喪失參加競賽的氣力
懷疑起希望的指引

當深沉的絕望耗盡信念
一切猶如枯燥無味
我們腳瘓疲倦
該不該轉身離開這條漆黑之路？

該不該放棄窄途
那難行的旁道
選擇快捷的交通、錯誤的喜悅
走上那毀滅的高速公路？

敵人會抹滅我們的生命
埋葬我們的差使？
我們舉的火把
會在戰爭衝突中熄滅嗎？

加油，噢，風塵僕僕的旅行者
你或許腳步動搖
你或許沿途失足
你將抵達聖壇

跑下去，跑下去，
儘管視線朦朧，合唱樂曲模糊
上帝給我們大自然新鮮的喝采
我們將恢復元氣

努力之中有目標
因而祂珍視我們
祂了解我們朝聖的靈魂
以此衡量我們

——《上帝之園丁口述讚美詩集》

74

芮恩

聖泰瑞與眾徒步旅者日
創園二十五年

當我醒來，桃碧已經坐在吊床裡伸展手臂。她望著我微笑，最近她笑的次數多了，也許她現在笑是要鼓勵我。「今天是哪一天？」她說。

我想了一想。「聖泰瑞日，聖旅居者日，」我說，「眾徒步旅者日。」

桃碧點點頭。「我們應該花一點時間冥想，」她說，「今天我們會走過非常危險的路程，我們需要內心的平靜。」有任何亞當或夏娃要你冥想，你不敢說不。桃碧從吊床爬出來，她盤成蓮花坐時，我站著提防，以免有意外發生。以她年紀來說，她的身體相當柔軟。不過輪到我的時候，雖然我能把自己像橡皮一樣彎成那個坐姿，可是無法好好進行冥想，我怎樣也無法做到前三個部分：道歉、感激、寬恕，尤其做不到「寬恕」，因為我不知道需要原諒誰。亞當一會說，我太害怕、太生氣了。

於是我想著亞曼達，想想她為我做的每一件事，還有我怎麼從來沒有為她做過半件事，卻讓自己為了吉米而嫉妒她，雖然吉米的事根本不是她的錯，這樣不公平，我必須找到她，不管她可能面臨哪種情況，我要救她出來。即使她可能已經像奧茲一樣被吊在樹上，身體器官被割下來。

不過我不想去想像那景象，所以我想像自己朝著她走過去，因為我一定會這樣做。

亞當一常說，旅行的不光是肉體，還有靈魂，每一段旅程的終點是另一段旅程的起點。「我準備好了。」我對桃碧說。

我們吃了幾塊魔髮羊肉乾，喝了點水，把吊床藏在樹叢裡，這樣就不用帶著走。桃碧說，我們應該帶背包裝食物等東西。然後我們查看四周，確定沒有留下任何明顯的蹤跡。桃碧檢查步槍。「我只需要兩顆子彈。」她說。「如果妳沒有射歪的話。」我說。痛彈場的傢伙一人一顆：我想像子彈在半空中移動，筆直射進——什麼？眼睛？心臟？這麼一想，我縮了一下。

「射歪的代價我承擔不起，」她說，「他們可是有噴槍的。」

接著我們又走上小路，繼續往海的方向前進，朝著我在夜裡聽到的聲音來處而行。

過了一會兒，我們聽見那些聲音，不過不是唱歌，只是說話的聲音。那裡有煙味，是木柴生的火，還有孩童笑聲。是格倫特意製造的人類，一定是的。

「慢慢走，」她壓低聲音說，「跟面對動物時同樣的規則，完全保持冷靜，如果我們必須離開，往後退就好，不要轉頭跑開。」

我不知道我期盼什麼，不過我見到的跟我期待的並不一樣。那裡有一片空地，空地上有營火，火堆四周有人，大概有三十個。他們全是不同的膚色，黑色、褐色、黃色與白色，不過沒有上年紀的人，而且每個人都沒有穿衣服。

我心想，這根本是天體營嘛，不過這只是我對自己講的笑話。他們實在太漂亮了，比完美還完美，看起來就像泉馨芳療館的廣告——動過美胸手術、全身除毛，半根體毛也沒有，全身換膚後用噴霧器上了油彩。

有時候沒有親眼看見一樣東西，你不會相信它的存在，這些人就像那樣。我本來不怎麼相信格倫居然辦到了，也不相信小柯所說的，即使他確實見過這些人。現在他們就在這裡，就在我的眼前，我好像看見了獨角獸，我想聽他們發出滿足的嗚嗚聲。

他們看到我們了。一個小孩子先看到，然後是一個女人，接著全部人都看到了。他們不管原來在幹麼，全都停下來，轉頭瞪著我們。他們的樣子不驚慌，也不覺得受到威脅，反而露出有興趣卻平靜的表情。我好像被魔髮羊瞪著，而他們也像魔髮羊一樣咀嚼東西。他們吃的東西一概是綠色的，有兩三個小孩看到我們，驚訝得嘴巴合不起來。

桃碧說：「嗨。」然後對我說：「留在這裡。」她走向前。一個一直蹲在火邊的男人站起來，走到其餘人前面。

「歡迎，」他說，「妳是雪人的朋友嗎？」

我能聽到桃碧在心中盤算選擇的聲音：誰是雪人？如果她說是，他們會把她當成敵人嗎？如果她說不是呢？

「雪人是好人嗎？」桃碧問。

「是啊！」那男人回答。他比其他人高，看來是他們的發言人。「雪人人很好，他是我們的朋友。」其餘人點點頭，嘴裡還在咀嚼東西。

「那我們也是他的朋友，」桃碧說，「而且我們也是你們的朋友。」

「妳跟他很像，」那男人說，「妳多了一層皮膚，跟他一樣，不過妳沒有羽毛，妳住在樹上嗎？」

「羽毛？」桃碧說，「在他多出來的皮膚上？」

「不是，是在他的臉上，」那人說，「還有一個人來過，跟雪人一樣，有羽毛，而跟他一起的那個人的羽毛是短的。還有一個女人，聞起來藍藍的，不過表現不是藍藍的。跟妳一起的女人也像那樣嗎？」

桃碧點點頭，彷彿她全都聽得懂，也許她的確聽懂了。但我始終看不出來她到底懂什麼。

「她聞起來藍藍的，」另一個男人說，「跟妳一起的女人。」

這下所有男人都朝我的方向用力吸空氣，好像我是花還是乳酪般，好幾個人的藍色巨根勃起翹出來。小柯曾警告我，不過我從沒見過那樣的東西，連在鱗尾也沒見識過，有些客人可是會針對這而去身體彩繪與進行增大手術。有好幾個男人發出奇怪的哼哼聲，那聲音就像用手指繞著水晶玻璃外緣摩挲。

「另一個女人來的時候，我們對她唱歌，送她花，用陰莖跟她示意，她變得很害怕。」為首的那個說。

「對啊，另外兩個男人也害怕，他們跑掉了。」

「那女的多高？」桃碧問，「比這個還高嗎？」她指著我。

「對，比她高，她的身體不是很舒服，而且心情不好，我們本來想對她嗚嗚叫，讓她心情好起來，那樣我們才可以跟她交配。」

我想一定是亞曼達，她還活著，他們還沒殺她！快！我想大吼。不過桃碧還沒有要走的意思。

「我們希望她從我們之中選出四個交媾配對，」為首的人說，「也許跟妳來的女人願意，她聞起來好藍！」聽到這裡，所有男人都面露微笑——他們的牙齒好潔白——把老二對準我，然後搖晃它，好像它們是快樂的小狗尾巴。

四個？同時一起？我不希望桃碧開槍射他們任何一個，他們看起來很善良，而且長得這麼好看，不過我也不想這些顏色鮮明的藍色陰莖靠近我。

「我的朋友其實不是藍色的，」桃碧說，「那只是她外加的皮膚，是一個藍色的人給她的，所以她才會聞起來藍藍的。那幾個人往哪裡走了？那兩個男人跟女人？」

「他們沿著海邊走下去，」為首的說，「然後今天早上雪人去找他們。」

「我們可以看看她另外一層皮膚嗎？看看她有多藍。」

「雪人的腳受傷，我們對它嗚嗚叫，還需要再嗚嗚叫。」

「雪人如果在這裡，他會找出藍色，他會告訴我們應該怎麼做。」

「藍色不應該浪費，那是紅頸秧雞給的禮物。」

「我們想跟他去，不過他叫我們留在這裡。」

「雪人知道。」一個女人說。到目前為止，女人都還沒有加入對話，不過現在每個人都點頭微笑。

「我們現在一定要去幫忙雪人，」桃碧說，「他是我們的朋友。」

「我們跟妳一起去。」另一個男人說，他比較矮，黃皮膚，綠色眼睛。「我們也要幫忙雪人。」這時我注意到了，他們全都是綠眼睛，而且聞起來有柑橘類水果的味道。

「雪人常常需要我們的幫忙，」高個子說，「他的味道很虛弱，沒有力量，現在他生病了，他的腳生病，他走路跛腳。」

「如果雪人叫你們留在這裡，你們就一定要留在這裡。」桃碧說。他們面面相覷，他們在擔心什麼。

「我們留在這裡，」高個子說，「不過妳一定要馬上回來。」

「還有，帶雪人回來，」一個女人說，「這樣我們才可以幫他，然後他又可以住在樹上了。」

「還有給他魚，魚讓他高興。」

「他吃魚，」一個小孩扮著鬼臉說，「他嚼一嚼，吞下去，紅頸秧雞說他必須這樣做。」

「紅頸秧雞住在天空，他愛我們。」一個身形矮小的女人說。他們好像把這個紅頸秧雞當作神。格倫，穿黑色T恤的神；想想他本人的真面目，那還真是好笑。不過我沒有笑出來。

「我們應該也給你們一條魚，」那女人說，「妳們想要一條魚嗎？」

「要啦，帶雪人來，」高個子說，「那我們就捕兩條魚。是三條，一條給妳，一條給雪人，一條給聞起來藍藍的女人。」

「我們盡力而為。」桃碧說。

這句話似乎讓他們糊塗了。「什麼是『盡力』？」那男人說。

我們從樹林下走出來，站到開闊的陽光中，聽著海浪聲，走過柔軟的乾燥沙地上，踩到海水邊緣那片又硬又溼的長灘。海水悄悄淹上來，然後又在如巨蛇呼吸般的嘶嘶輕聲中退下。海濱滿地都是鮮豔的垃圾：塑膠碎片、空罐、玻璃碎片。

「我還以為他們要跟我做愛。」我說。

「他們聞妳的味道，」桃碧說，「他們聞到雌激素，認為妳在發情，他們只有變成藍色的時候才交配，跟彿彿一樣。」

「妳怎麼知道？」我問。小柯告訴我藍色陰莖，可是沒說到雌激素。

「象牙啄木鳥告訴我的，」桃碧說，「瘋狂亞當的成員幫忙設計出那個特徵，本來是想讓生命變得簡單一點，簡化交配的選擇過程，消除戀愛的痛苦，好了，我們應該保持安靜。」

我在心裡偷偷說，我好想知道桃碧對戀愛的痛苦有什麼了解？

岸邊的海水中立著一排遺棄的高樓，我想起來了！我們園丁到古蹟公園海灘遠足時也見過這些房子，那裡本來是陸地，後來海平面升高太多了，還來了好幾次的龍捲風——這些我們在學校都學過。海鷗翱翔，在平面屋頂上停下來。

我想我們在那裡可以撿到蛋，還有魚。澤伯教過我們，沒有辦法的時候，利用照明燈做一支火把，魚會朝光線游來。沙灘上有幾個螃蟹洞，很小的螃蟹洞。蕁麻往海灘生長。海藻也可以吃。所有聖烏爾的生物都可以吃。

我又開始祈禱了，我在計畫午餐，可是腦袋後面明顯只有恐懼。我們絕對辦不到，我們絕對沒辦法把亞曼達接回來，我們會被殺。

桃碧在溼沙地上發現一些足跡，好幾個人穿鞋子或靴子走過，然後他們在某處脫掉鞋子，也許是要洗腳，接著又穿回鞋子，繼續朝樹林走去。

他們現在可能在樹林中往外看，他們可能在注意我們，他們可能在瞄準。

這些足跡的上面還有另一組腳印，赤腳的腳印。「跛腳走路的人。」桃碧低聲說。我想一定是雪人，那個住在樹上的瘋子。

我們把背包迅速放下來，留在最外圍樹木底下沙地與草地野草交接處最前面的樹下。桃碧說我們不需要讓背包壓迫我們，我們需要能自由活動的手臂。

75

桃碧

聖泰瑞與眾徒步旅者日
創園二十五年

桃碧心想，好，上帝，假如祢是存在的，祢怎麼看？現在告訴我吧，拜託，因為這恐怕是終點了，一旦我們與痛彈場的人纏上，照我看來，我們是一絲機會也沒有。那些新人類是祢計畫的優化模範嗎？這是第一位亞當應該的模樣嗎？他們將取代我們嗎？還是祢打算聳聳肩膀，與現存的人類繼續下去？如果是的話，祢選擇了奇怪的人選：幾個往日的科學家，幾個叛教的園丁，兩個逍遙法外的神經病，還帶著奄奄一息的女人。這不是最適合存活的人選，除了澤伯以外，不過連澤伯也累了。

還有芮恩呢！祢竟然挑了這麼脆弱的人？這麼天真的人？難道就不能選個堅強一點的人嗎？假如她是動物，會是哪種動物？老鼠？畫眉鳥？前照燈下的鹿？到了關鍵時刻，她會不堪一擊，我應該將她留在剛才的海邊，不過那只是拖延無法避免的下場，因為我如果倒下，她就會倒下。就算她逃走好了，這裡離泥草屋太遠了，她絕對回不了那裡，就算她跑得比他們快，她也會迷路。而且誰來保護她不受荒野森林裡成群的狗豬的傷害呢？回去藍膚人那裡也不成，如果痛彈場的人有噴槍，那樣是行不通的。如果她不立刻斷氣，那她要面對的下場會淒慘許多。

亞當一常說，人類道德的琴鍵有限，你能彈出來的音樂，都已經有人彈過了，因此親愛的朋友，我很抱歉要這麼說，它還能彈出更低的音符來。

她停下腳步檢查步槍，把保險鎖解開。

左腳，右腳，靜悄悄地走下去。她的腳步踏在落葉的微弱聲如呼喊般地傳到她的耳朵，她心想，不論是誰，都看得見我，都聽得到我，森林的萬物都在監視，它們等著鮮血，它們聞得到血液，聽得見它在我血管奔騰，倥婜，倥婜。在她頭上方，奸詐的烏鴉群集在樹梢：嘔咿嘔咿嘔咿！那些烏鴉想要她的眼睛。

然而每一朵花，每一根小樹枝，每一顆小卵石，彷彿由內散發出光輝，猶如她走入屋頂花園的第一天。是壓力，是腎上腺素，是化學作用，她非常了解。她心想，為什麼我們天生具有這種特質呢？為什麼我們注定在快要被消滅前見到絕美無上的世界呢？當狐狸的牙齒往下咬在兔子脖子上，兔子也是同樣的感受嗎？這是慈悲嗎？

她停下來轉頭衝著芮恩微笑，心裡懷疑著：我的樣子能讓她安心嗎？我看起來冷靜不慌嗎？我是不是看起來像是知道究竟將要做什麼？我沒辦法做到，我動作不夠快，我年紀太大了，我變遲鈍了，我沒有立即的本能反應，顧忌造成我的壓力。原諒我，芮恩，我正帶領妳走向死亡，我祈禱如果我射偏了，我們兩人都會很快死去。

這次沒有蜜蜂會解救我們。

我應該召喚哪個聖徒？誰擁有決心與技巧呢？無情，判斷，準確。
親愛的豹子，親愛的狼，親愛的綿羊獅，此刻請將你們的氣魄借給我吧！

76

芮恩

聖泰瑞與眾徒步旅者日
創園二十五年

我們一聽到聲響，就悄悄地往前走。桃碧說，先把腳跟放在地上，然後往前踩下腳板，再換一邊腳跟放在地上。這麼一來，乾燥的東西就不會劈啪劈啪響。

是男人的聲音，我們聞到他們生火的煙味，還有另一種味道：燒焦的肉。我發現原來我好餓，感覺自己在流口水。

我努力想著飢餓感，不去想著自己的害怕。

我們從樹葉間偷看。沒錯！是他們。一個留著比較長的深色鬍鬚，另一個淺色鬍鬚是短短的，剃光的頭髮開始長出來。我記得他們每一個特徵，我覺得要吐了。恨意和恐懼揪住我的肚子，朝我全身上下蔓延。

不過我看到亞曼達了，我忽然放下心中的大石頭，感覺好像可以飛起來似的。

她的手是鬆開的，不過有繩子繞著她的脖子，繩子另一頭綁在深色鬍鬚那傢伙的腿上。她還穿著卡其沙漠女裝，不過我沒看過那套衣服這麼髒過。她臉上被泥土弄得髒兮兮的，頭髮少了光澤又黏黏的。她一邊眼底下有紫色瘀傷，手臂露出來的地方也有幾處瘀青，手指還殘留著在鱗尾擦的橘色指甲油，我看了好想哭。

她只剩下皮包骨，不過那兩個人看起來也沒那麼胖。

我覺得呼吸急促，桃碧抓住我的手臂捏了一下，意思是要我保持冷靜。她褐色的臉龐轉過來看我，露出骷髏頭似的笑，牙齒邊緣的閃光穿過嘴唇，下顎肌肉收縮，突然間我為那兩個男人覺得難過。然後她鬆開我的手臂，以非常緩慢的動作舉起步槍。

那兩個人盤腿坐著，在煤炭上方烤竹籤串起來的肉塊，浣鼬肉，黑白條紋的尾巴在一邊的地上。地上還有一把噴槍，桃碧一定看到了，我聽到她心裡在想：如果我開槍打了其中一個，來得及趁另外一個射我之前射他嗎？

「那藍色顏料可能是什麼野蠻的東西。」有深色鬍子的傢伙說。

「不是，是刺青吧！」短髮的說。

「誰會在老二上刺青？」鬍子男說。

「野蠻人哪裡都刺，」對方說，「食人族做的事情。」

「你看太多無聊的電影了。」

「我賭他們兩分鐘內就把她當生人祭品，」鬍子男說，「等他們都跟她做過愛之後。」他們轉頭看亞曼達，不過她盯著地面。鬍子男扯了扯繩子。「賤貨，我們在跟妳說話。」他說。亞曼達抬起眼睛。

「可以吃的性愛玩具。」短髮男說。兩人都哈哈大笑。「你看見那些騷娘做出來的大胸部嗎?」

「不是做的,那是真的。要怎麼知道,就要把胸部割開,假的裡面有那個……裡面有像某種凝膠的東西,也許我們應該回去那裡跟野蠻人談個交易,」鬍子男說,「這個給他們,他們好像很想要她,想把藍色老二塞到她裡面,然後我們換幾個他們的性感辣妹,幹,這交易太棒了!」

我知道亞曼達在他們眼中的樣子:榨乾了,用舊了,沒價值了。

「幹麼交換?」短髮男說,「為什麼不乾脆回去開槍把那些混蛋打死就好?」

「這東西裡面的電不夠開槍打死他們每個人,電池組電力很弱,他們會發現,然後就來攻擊我們,把我們五馬分屍後吃了。」

「我們得再滾遠點,」短髮男警覺地說,「他們有三十個人,我們只有兩個,要是他們晚上偷偷攻擊我們怎麼辦?」

他們停了一會,思考這問題。我全身起了雞皮疙瘩,我恨他們恨到骨子裡去了,我覺得奇怪,桃碧為什麼還在拖延時間,為什麼不直接殺了他們?接著我想,她以前是園丁,她下不了手,她不是冷血的人,這違背了她的宗教信仰。

「不賴耶,」鬍子男從煤炭上拿起烤肉叉,「明天我們可以再抓一隻這種好吃的小動物來吃吃。」

「要餵她嗎?」短髮男說。他在舔手指。

「拿一些你的份給她,」鬍子男說,「她死了就對我們沒用了。」

「死了才對我沒用,」短髮男說,「你那麼變態,屍體也敢上。」

「講到這件事,輪你先了,把小穴弄溼,我討厭幹乾的。」

「昨天是我先。」

「這樣，那比腕力？」

這時，空地上突然出現第四個人，一個裸體的男人，不過不是那群漂亮的碧眼人。這個人神情憔悴，身上有疤，留著蓬鬆的長鬍子，看起來好像整個人瘋了。可是我認識他，還是我以為我認識他？是吉米嗎？

他拿著一把噴槍對準那兩個男人，他想開槍打他們，露出瘋子專注的那種眼神。

可是他這樣也會射到亞曼達，因為那深色鬍子的傢伙見到他，匆匆忙忙地把亞曼達抓到他前面擋著，一隻手勒著她的脖子。短髮男則身子一低，躲到他們後面。吉米猶疑了，不過並沒有把噴槍放下來。

「吉米！」我從灌木叢中放聲大喊，「不要開槍，那是亞曼達！」

他一定以為樹叢在跟他說話，把臉轉過來。我從樹葉後面走出來。

「太好了，另一個性感的傻妞來了，」鬍子男說，「這下我們一人有一個了。」他賊賊地笑。短髮男往前趴下去，伸手要拿他們那把噴槍。

桃碧走進空地，步槍已經舉起來瞄準好了。「不要碰那個東西。」她對短髮男說。她的聲音清楚有力，不過冷淡平穩，他聽了一定覺得她很可怕，她那樣子也嚇人：瘦巴巴的，衣服破破爛爛的，牙齒露出來，像電視上的報喪女妖，像是會走路的骷髏，好像一個沒什麼好失去的人。

短髮男不敢動，抓住亞曼達的那傢伙不知道要把頭往哪裡轉：吉米在前面，可是桃碧在一旁。「退後！不然我扭斷她的脖子。」他對我們說。他的聲音非常大聲，這表示他在害怕。

「我可能在乎，不過他可不管。」桃碧說。「他」是指吉米。她又對我說：「把噴槍拿起來，不要讓他抓到妳。」對短髮男說：「躺下。」對我說：「小心腳踝。」又對鬍子男說：「放開她。」

事情發生得非常快，不過同時一切也慢了下來。聲音從遙遠的地方傳來，太陽亮得讓我覺得很痛苦，光線啪啪地打在我臉上。我們發出強光閃光，好像有電像水一樣流到我們全身上下。我簡直可以看穿身體，看穿每個人的身體，血管、肌腱、血流。我聽見他們的心跳，像雷聲愈來愈靠近。

我想我可能快昏倒了，可是我不能昏倒，我需要幫忙桃碧。我不知道怎麼辦到的，可是我跑過去，跑到很近的地方，都可以聞到他們的味道了，那發酸的汗味，那油膩的頭髮。我把他們的噴槍搶過來。

「繞到他後面去。」桃碧對我說。她對痛彈場的傢伙說：「把手舉到後腦勺。」對我說：「如果妳沒有馬上看見手，就開槍打他後背。」她說話的口吻好像我知道該怎麼做。她對吉米說：「放輕鬆。」好像他是受驚的巨獸。

在這段期間，亞曼達一直沒有動，不過當鬍鬚男放開她，她像蛇一樣移動。她把繩套從頭上拉起來，拿著繩子抽打那傢伙的臉，接著踢他的睪丸。我看得出來她沒剩下什麼力氣，不過她使出渾身力量，當他肚子貼著大腿伏在地上，亞曼達踢了另一個人。然後她抓起石頭，朝那兩個人的頭用力打下去，於是血流出來了。最後她扔下石頭，一跛一跛朝我走過來。她在哭，抽抽噎噎地哭，我知道我不在的那些日子一定很可怕，因為亞曼達是連天塌下來都不會哭的人。

「喔，亞曼達，」我對她說，「對不起，對不起。」

吉米的腳搖搖晃晃。「妳是真的嗎？」他對桃碧說。他露出非常迷惘的樣子，還揉揉眼睛。

桃碧說：「跟你一樣是真的。」又對我說：「你最好把他們綁起來，要綁牢，他們逃脫的話，可是會非常凶的。」

亞曼達用衣袖抹了抹臉，然後我們開始把那兩個人綑綁在一起，除了把手綁在後面，兩人的脖子也都套了環。繩子如果再長的話會更好，不過目前是沒問題了。

「是妳嗎？」吉米說，「我覺得我以前見過妳。」

我朝著他走過去，慢慢地，小心翼翼地，因為他還拿著槍。

「吉米，」我說，「我是芮恩，記得我嗎？你可以把那個放下了，現在沒事了。」這是對小孩說話的口氣。

他把噴槍放低，我用雙臂抱住他，給他一個長久的擁抱。他在發抖，皮膚卻燙得要命。

「芮恩？」他說，「妳死了嗎？」

「沒有，吉米，我還活著，你也是。」我把他的頭髮往後撫平。

「我日子過得亂七八糟，」他說，「有時候我以為每個人都死了。」

聖朱利安與眾靈魂日

THE YEAR
洪荒年代
OF THE
FLOOD

聖朱利安與眾靈魂日

創園二十五年

主　題：宇宙的脆弱

演講者：亞當一

親愛的朋友，目前尚存的少數幾位：

我們僅剩的時間無幾，我們用了其中部分時間走到上面來，來到我們曾經繁榮的伊甸崖屋頂花園，在希望更多的年代裡，我們曾一起在此度過快樂無比的日子。

讓我們藉此機會，在最後一刻，沐浴於光明之中。

新月正在上升，示意聖朱利安與眾靈魂日開始了。所有靈魂不限於人類靈魂：在我們之中，它包含所有生物的靈魂，這些靈魂歷經生命，歷經大改造，進入了偶爾稱為死亡的狀態，不過更正確的說法是，進入「更新的生命」，因為在我們的世界，在上帝的眼中，曾經存在的任何原子都不會真正滅亡。

親愛的梁龍、親愛的翼龍、親愛的三葉蟲、親愛的乳齒象、親愛的嘟嘟鳥、親愛的大海雀、親愛的候鴿、親愛的熊貓、親愛的美洲鶴，還有其他無數曾在你們年代與我們共享花園中嬉戲的物種，在這考驗的時刻，請與我們同在，強化我們的決心。和你們一樣，我們享受空氣、陽光與水面上的月光；和你們一樣，我們聽到季節的呼喚，回應它們的需求；和你們一樣，我們豐富了大地。也和你們一樣，我們現在必須目睹我們人類的滅亡，從現世的風景中消失。

今天一如以往，十四世紀慈悲聖徒聖朱利安（Julian of Norwich）的話提醒了我們宇宙的脆弱。在二十世紀，科學發現原子與原子之間浩瀚的空虛，並且揭露星球與星球之間無窮的空白空間，於是科學家再一次確認了它的虛弱。我們的宇宙怎麼是雪花呢？怎麼只是一段蕾絲呢？我們親愛的聖朱利安說得真是精采，他那親切的話語在幾百年間迴響傳承：

……他讓我看一樣小東西，榛果大小的東西擺在我的手掌……像球一般圓。我看著它，心想這會是什麼，於是得到概括的回答：這是被創造的一切。我懷疑它能維持多久，因為我想只要一點點動力，它馬上就會突然變成空無一物，根據我的理解，我得到一個答案：它會維持到永遠，因為上帝愛它。因此萬物憑藉上帝之愛而有了存在。

我們值得擁有上帝維持宇宙的這份愛嗎？身為人類，我們值得擁有它嗎？我們收下了給予我們的世界，然後粗心地摧毀它的結構、它的生物。有的宗教告訴世人，這個世界會像卷軸捲起來，然後燒成「無」，而後新的天國與新的大地就會出現。當我們惡劣對待這個大地，為什麼上帝要再給我們另一個大地呢？

不，朋友們，將被毀滅的不是這片大地，而是人類。也許上帝會創造另一個更有慈悲心腸的人種來替代我們的位置。

無水之洪已經席捲我們，它不像凶猛的颶風，不像彗星的攻擊，不像有毒的雲狀氣體，不，如同我們長久以來的懷疑，它是一場瘟疫，一場只影響人類的瘟疫，而所有其他上帝創造物都完好無缺。我們的城市變暗了，我們的交通網絡不再存在。現在下方清空街道的荒蕪與崩壞正好反映了我們花園的荒蕪與崩壞。我們現在無須擔心被人發現，我們以往的敵人已經無法追蹤我們，假如他們還未喪命，自身身體會溶解的恐怖折磨一定讓他們忙碌不堪了。

我們不該為此歡欣，真的不能，因為昨日我們有三個人被瘟疫帶走。我自己已經感受到你們眼中映現的改變了，我們非常了解我們將要面對什麼。讓我們勇敢且快樂地走出去！讓我們最後向眾靈魂禱告。靈魂中，有迫害我們的人，有謀殺上帝創造物的人，有滅絕祂的物種的人，有以法律之名折磨他人的人，有只崇拜財富的人，有獲得財產與世俗權力卻施加痛苦與死亡的人。讓我們原諒大象的凶手，老虎的消滅者，為膽汁殺熊、為軟骨殺鯊、為牛角殺犀牛的人。願我們慷慨寬恕他們，因為我們也希望得到上帝的寬恕，祂手中托著我們脆弱的宇宙，憑藉祂無盡的愛讓宇宙平安無虞。

這份寬恕是我們被召喚執行的任務中最最艱難的，給我們力量完成它。

我希望我們都手牽起手，讓我們歌唱。

大地寬恕

大地寬恕爆破的礦工
拆了她的硬殼，燒了她的膚
樹木在千年後重生
海洋魚兒都在那兒

小鹿最後寬恕了野狼
撕了牠的喉嚨，喝了牠的血
骨頭返回土壤
餵養開花結果的大樹

在那成蔭的樹林下
野狼度過悠閒的時光
死亡時間到了
野狼化為小鹿啃食的草地

生物都明白
有的生物必死，其餘接受進食
或早或晚
鮮血都將化為美釀，鮮肉成為糧食

獨有人類擁有報復之心
石上寫下深奧律法
建立不公正義
折磨五體壓碎骨骼

這是神的形象嗎？
以牙還牙，以眼還眼？
啊，如果報仇不改變關愛
反而移轉星辰，星子不閃耀

我們在脆弱的絲線上擺盪
微渺的生命如砂礫
宇宙是小小空間
握在上帝的掌心中

放棄憤怒與仇恨
效法小鹿與大樹
在親切的寬恕中覓得歡喜
唯有它讓你自由

——《上帝之園丁口述讚美詩集》

77

芮恩

聖朱利安與眾靈魂日
創園二十五年

新月在海上冉冉升起，聖朱利安與眾靈魂日來了。

我小時候很喜歡聖朱利安日，每個小孩會用拾荒來的東西做出自己的宇宙，然後把亮晶晶的東西黏在上面，再掛到線上。那天晚上的大餐都是圓形的食物，像是小蘿蔔和南瓜，整個花園都布置了閃閃發亮的天體。有一年我們用鐵絲做成宇宙，在裡面放燒剩的蠟燭，實在好漂亮。又有一年想做捧著宇宙球體的聖手，不過我們用黃色塑膠家事手套製作，結果那雙手像是殭屍的手。不管怎麼說，你沒辦法想像上帝戴手套。

桃碧、亞曼達和我圍著火堆坐著，吉米也在，還有那兩個痛彈場金隊的傢伙我也得算進去。火光忽隱忽現地打在每個人身上，讓我們比實際上看起來更親切漂亮。不過當臉孔落入陰影時，你看不到眼睛，只看到眼窩，有時候也讓我們看起來更陰鬱、更可怕，只見深深的兩潭黑暗在腦袋瓜上。

我全身疼痛，但同時心裡好開心，我覺得我們很幸運能在這裡，我們每個人，連痛彈場的傢伙也是。

等正午的熱氣消了，雷雨下過，我走回海灘拿我們的背包，帶到空地，還帶了我沿路找到的野生芥菜。桃碧拿出鍋子、杯子、刀子與大湯匙，然後用剩餘的浣鼬、蕾貝佳的剩肉、和一些乾燥植物煮湯。她把浣鼬的骨頭放進水裡時，嘴裡說了道歉，還要求牠的原諒。

「又不是妳殺死牠的。」我對她說。

「我知道，」她說，「不過除非有人這樣做，不然我良心不安。」

我們把桃碧以前的粉紅色連身裝撕成長條，綁成辮子，然後加上繩子，把痛彈場的傢伙綁在附近的樹上。辮子是我做的，如果園丁會只教你一件事，那就是利用回收材料做手工藝。

痛彈場的傢伙話不多，被亞曼達痛打過後，他們心情應該不怎麼好，一定也覺得自己很笨，如果是我的話，我一定這樣覺得。澤伯會說，他們跟一盒頭髮一樣笨，居然被我們那樣偷偷摸摸襲擊。

亞曼達一定還覺得很震驚，她輕聲地哭，一下停了，一下又哭了，扭著參差不齊的髮尾。等到痛彈場的傢伙都被牢牢綁起來以後，桃碧做的第一件事情就是給她一杯溫水，為了以防她脫水，裡面加了蜂蜜，還攪了一些羊腿肉的粉末進去。

「不要一下子都喝下去，」桃碧說，「一小口一小口地喝。」接著表示只要亞曼達的電解質提高，她就能開始解決亞曼達需要處理的其他問題，最先要處理的是傷口和瘀青。

吉米的身體狀況很差，他在發高燒，腳上還有一個化膿的潰瘍。桃碧說假如我們能把他帶回泥草屋就好了，她可以用蛆來治療，長時間下來會有療效。不過吉米可能撐不了多久。

之前她在他腿上敷了蜂蜜，也餵他吃了一匙。她不能給他吃柳木或罌粟，因為她把那些東西都留在泥草屋。我們拿桃碧的連身衣給他披上，不過他自己一直脫下來。「我們得替他找條床單或類似的東西，」桃碧說，「明天再找，還得想辦法讓衣服留在他身上，不然他在太陽下會被烤死。」

吉米完全不認得我，也不記得亞曼達。他一直對著某個女人說話，好像那人就站在火堆旁。「貓頭鷹音樂，不要飛走。」他對她說，語氣裡有濃濃的渴望。

我覺得很嫉妒，可是我怎麼能嫉妒某個不存在的女人呢？

「你在跟誰說話？」我問他。

「有一隻貓頭鷹，」他說，「牠在叫，就在上面那裡。」不過我沒有聽見什麼貓頭鷹。

「看著我，吉米。」我說。

「音樂是與生俱來的，」他說，「不管是什麼都有。」他仰頭朝著樹木凝望。

我在心裡說，喔，吉米，你去哪裡了？

月亮往西移動，桃碧說大骨湯已經滾夠久了，她加了我採集的芥菜進去，等了一分鐘後把湯杓出來。我們只有兩只杯子，她說我們得輪流喝。

「不分給他們吧？」亞曼達問。她不想看著痛彈場的人。

「要分給他們，」桃碧說，「今天是聖朱利安與眾靈魂日。」

「他們明天會怎麼樣？」亞曼達說。起碼她對某樣事情還有興趣。

「妳不能直接放走他們，」我說，「他們會殺了我們的，他們殺死了奧茲，還有看看他們對亞曼達做了什麼！」

「我會想想怎麼解決那個問題，」桃碧說，「晚點再說，今天是節慶的晚上。」她把湯舀進杯子，然後視線繞著火光轉了一圈。「簡單的筵席。」她用乾巫婆的口吻說，然後笑了幾聲。「不過我們還沒完呢！對不對？」她最後一句話是對亞曼達說。

「已經完蛋了。」亞曼達說。她的聲音非常微弱。

「不要想那個。」我說。不過她又開始哭了，她進入休耕狀態了。我抱住她。「我在這裡，妳在這裡，沒事沒事。」我低聲說。

「有什麼意義？」亞曼達說，但不是跟我說，而是跟桃碧。

「現在不是老想著最終目標的時候，」桃碧用她以前夏娃的口吻說，「我希望我們全都忘掉過去，忘記最可怕的時候。讓我們感謝收到這份食物。亞曼達，芮恩，吉米，還有你們，如果你們有辦法感恩的話。」「你們」是指那兩個漆彈場傢伙。

其中一個喃喃罵了句「他媽的」一類的話，不過沒有說得很大聲，他想要喝點湯。

桃碧似乎沒聽見又繼續說：「我希望我們緬懷已經走的人，全世界死去了人，不過特別要懷念不在場的朋友。親愛的亞當們，親愛的夏娃們，親愛的哺乳類同胞，親愛的上帝創造物同胞，所有以精神存在的人，看護我們，將你們的力量提供給我們，因為我們一定會需要它。」

然後她從杯子喝了一小口湯，將它傳給亞曼達。她把另一只杯子給吉米，不過他沒有拿好，把一半的湯灑到了沙地上。我蹲到他身旁協助他喝下去。我心想，他可能要死了，也許到了早上他就會死了。

他說：「我知道妳會回來。」這回是對我說。「我早知道了，不要變成貓頭鷹。」

「我不是貓頭鷹，」我說，「你瘋啦，我是芮恩，記得嗎？我只想要你知道，你傷了我的心，不過不論如何，我很高興你還活著。」我說出口了，一種沉重窒息的感覺離開我，我發自內心覺得開心。

他對著我微笑，或者對著他以為我是誰的那個人微笑。起了水泡的嘴咧開微笑。

「我們又說對了吧！」他對自己受傷的腳說，「聽聽音樂。」他把頭歪到一邊，露出狂喜的深情。

「你殺不死音樂的，」他說，「你殺不了的。」

「什麼音樂？」我問，因為我什麼都沒聽見。

「別出聲。」桃碧說。

我們仔細聆聽。吉米是對的，有音樂聲，模糊遙遠，不過愈來愈靠近。是很多人齊聲唱歌的聲音，現在我們看見他們火把搖曳的光線，穿過樹林的黑暗，朝我們蜿蜒而來。

（全文完）

致謝

《洪荒年代》是虛構小說，不過令人擔憂的是，故事中的大致趨勢與許多細節與事實接近。上帝之園丁教派在小說《末世男女》（*Oryx and Crake*）出現過，同樣出現的有亞曼達・佩因、布蘭達（芮恩）、伯妮斯、雪人吉米、格倫（化名紅頸秧雞），還有瘋狂亞當團體。

園丁會並未以任何現存的宗派做為範本，不過他們若干宗教理論與實踐方式確有先例存在。園丁選擇對他們生命的重要核心領域有所貢獻者做為聖徒，他們還崇拜許多沒有在本書中出現的聖徒。影響園丁讚美詩最明顯的是布雷克（William Blake，譯註：英國浪漫時期的詩人），我也得力於班揚（John Bunyan，譯註：英國基督教作家，著有《天路歷程》一書）以及《加拿大聖公會與加拿大聯合教會讚美詩集》（*The Hymn Book of the Anglican Church of Canada and the United Church of Canada*）。與所有讚美詩集一樣，園丁會的讚美詩中有非信徒或許無法全然理解的內容。

這些讚美詩在幸運的巧合機緣下有了音樂，加州威尼斯歌手暨音樂人施托伯（Orville Stoeber）為幾首讚美詩譜曲，試試看效果如何，結果大為喜愛。他特別的成果收錄在〈上帝之園丁讚美詩〉（Hymns of the God's Gardeners）CD中，任何人想在非專業祈禱或環保用途上使用這些讚美詩，我都非常歡迎。請到下列網站欣賞這些歌曲：www.yearoftheflood.com、www.

yearoftheflood.co.uk，或www.yearoftheflood.ca。

亞曼達・佩因（Amanda Payne）一名最早出現在《末世男女》，是某人物名，感謝「關懷受虐者醫療基金會」（Medical Foundation for the Care of Victims of Torture, U.K）拍賣會得標人提供。「清淨空氣麻雀聖愛倫日」由CAIR（CommunityAIR, Toronto）執行的拍賣會贊助。蕾貝佳・艾克勒（Rebecca Eckler）一名感謝為加拿大《海象》雜誌（The Walrus）舉辦的公益拍賣會。我感謝所有名字捐贈者。

一如往常，我感謝熱心忠實卻也工作繁重的編輯：加拿大麥克里蘭與史都華出版社（McClelland & Stewart）的史萊曼（Ellen Seligman）、美國博岱出版社（Doubleday）的泰勒斯（Nan Talese）、英國布魯貝瑞出版社（Bloomsbury）的普林格（Alexandra Pringle）與卡德勒（Liz Calder），另外還有加拿大老牌／克諾夫出版社（Vintage/Knopf）的丹尼斯（Louise Dennys）、美國安格出版社（Anchor）的華特（LuAnn Walter）、英國薇若歌出版社（Virago）的古丁司（Lennie Goodings）、加拿大博岱出版社（Doubleday）的馬福吉（Maya Mavjee）。也要謝謝我的經紀人，負責北美的拉摩爾（Phoebe Larmore）、負責英國的舒師特（Vivienne Schuster）與羅賓斯（Betsy Robbins）。感謝伯恩斯坦（Ron Bernstein）、感謝我世界各地其他每一個經紀人與出版商。

亦感謝桑斯特（Heather Sangster）負責審稿的勇敢工作，感謝卓越的辦公室支援人力：偉伯斯特（Sarah Webster）、喬德斯邁（Anne Joldersma）、史坦伯（Laura Stenberg）與卡瓦諾（Penny Kavanaugh）；席爾德（Shannon Shields）同樣給予了幫助。也感謝拉賓諾維奇（Joel

Rubinovitch）與索伯（Sheldon Shoib）；布萊德里（Michael Bradley）與庫伯（Sarah Cooper）。感謝昆恩（Coleen Quinn）與張（Xiaolan Zhang）讓我寫作的手能繼續動下去。

特別感謝本書無畏的初稿讀者：吉伯森（Jess Atwood Gibson）、庫克夫婦（Eleanor and Ramsay Cook）、亞貝拉（Rosalie Abella）、馬丁（Valerie Martin）、庫倫（John Cullen）、與賓雷（Xandra Bingley），你們非常寶貴。

最後，尤其感謝吉伯森（Graeme Gibson），我與他一起慶祝過許許多多的四月魚節、大蛇智慧節、與眾徒步旅者日，這是一段漫長而美好的旅程。

閱世界 81

洪荒年代

The Year of the Flood

作者	瑪格麗特・愛特伍（Margaret Atwood）
譯者	呂玉嬋
責任編輯	宋敏菁
發行人	蔡澤松
出版	天培文化有限公司 台北市105八德路3段12巷57弄40號 電話／02-25776564・傳真／02-25789205 郵政劃撥／19382439
九歌文學網	www.chiuko.com.tw
印刷	鴻霖印刷傳媒股份有限公司
法律顧問	龍躍天律師・蕭雄淋律師・董安丹律師
發行	九歌出版社有限公司 台北市105八德路3段12巷57弄40號 電話／02-25776564・傳真／02-25789205
初版	2010（民國99）年8月10日
初版2印	2010（民國99）年12月
定價	**400元**

書號	Z0081
ISBN	978-986-6385-12-4

（缺頁、破損或裝訂錯誤，請寄回本公司更換）

國家圖書館出版品預行編目資料

洪荒年代／瑪格麗特・愛特伍（Margaret Atwood）著；
呂玉嬋譯.－－初版.－－臺北市：天培文化，民99
面；　公分.
譯自：The Year of the Flood

ISBN 978-986-6385-12-4（平裝）

885.357　　99011530